近代名译丛刊

侠 隐 记

〔法〕大仲马 著 伍光建 译 沈德鸿 校注

上海大学出版社

丛书主编

王培军　丁骎绮

出版说明

伍光建是近代的大翻译家之一,他所译最有名的书,是大仲马的《侠隐记》(*Les Trois Mousquetaires*,今通译作《三个火枪手》)。其书出版以后,脍炙一时,为公认的大手笔。胡适评之云:"吾以为近年所译西洋小说,当以君朔(伍光建笔名)所译书为第一。"又说:"近几十年中译小说的人,我认为伍昭扆(光建)先生最不可及。他译大仲马的《侠隐记》,用的白话最流畅明白,于原文最精警之句,他皆用气力炼字炼句,谨严而不失为好文章,故我最佩服他。"这一评论是中肯的,绝非虚语。

伍光建译《侠隐记》,时间是在晚清(1906、1907年),由商务印书馆印行,此后多次再版。1924年,沈德鸿(茅盾)为之校注,为"中学国语文科补充读物"之一。沈注本,后又收入《万有文库》。今据《万有文库》本,易为简体排印,用飨读者。另需说明,为保存原貌,伍氏的用词、造语及历史人名、地名之译,与今日不同、易致疑怪的,也不作改动,仅于后附一表,略为之简释,供读者参考。

名家评伍译《侠隐记》

奚若的《天方夜谭》，伍光建的《侠隐记》和《法宫秘史》，都是百炼的精钢，胜过林译千万倍！

——寒光《林琴南》

伍光建所译大仲马《侠隐记》（一九〇七）亦佳，系用语体文译出，可作为白话翻译品之代表。

——王森然《近代名家评传》（初集）

（伍）光建译述，亦发端于此，自是译述《西史纪要》，文笔效左氏。又创为语体，译法国《侠隐记》、《法宫秘史》，读之者以为类施耐庵《水浒》。数书出，世重之，语体遂大行。（严）复译书，谓用近世利俗文字，求达难，而光建此后所译书百数十种，凡亿万言，乃皆用所创语体；此异于（严）复者也。综光建所译，或统述欧西文化，或分述语文、科学、哲学、历史、政治、经济、社会真谛，其体裁则论说、批评、史传、小说、剧本、童话、随笔具备，选材皆寓深义，而于说部尤慎，非图取悦读者；此又异于林纾所为也。

——夏敬观《伍光建传》

近几十年中译小说的人，我认为伍昭扆先生最不可及。他译大仲马的《侠隐记》十二册(从英文译本的),用的白话最流畅明白,于原文最精警之句,他皆用气力炼字炼句,谨严而不失为好文章,故我最佩服他。

——胡适《论翻译——与曾孟朴先生书》

凡做"历史小说",不可全用历史上的事实,却又不可违背历史上的事实。全用历史的事实,便成了"演义"体,如《三国演义》和《东周列国志》,没有真正"小说"的价值。……若违背了历史的事实,如《说岳传》使岳飞的儿子挂帅印打平金国,虽可使一班愚人快意,却又不成"历史的"小说了。最好是能于历史事实之外,造成一些"似历史又非历史"的事实,写到结果却又不违背历史的事实。如法国大仲马的《侠隐记》(商务出版。译者君朔,不知是何人。我以为近年译西洋小说当以君朔所译诸书为第一。君朔所用白话,全非抄袭旧小说的白话,乃是一种特创的白话,最能传达原书的神气。其价值高出林纾百倍。可惜世人不会赏识),写英国暴君查尔第一世为克林威尔所囚时,有几个侠士出了死力百计的把他救出来,每次都到将成功时忽又失败;写来极热闹动人,令人急煞,却终不能救免查尔第一世断头之刑,故不违背历史的事实。

——胡适《论短篇小说》

伍昭扆先生来谈。他说起二十年前(1906)初译《侠隐记》时,用假名"君朔"出版,张菊生先生劝他用真姓名,他一定不肯,说:"我不愿人家因为伍光建三个字去看这书,——老实说,我要看人家会不会读此书。"

我说,"昭扆先生,你的意思固然有理,但也有大错。倘使先生当日用伍光建的名字译小说,也许可以使风气(用白话译文学的风气)早开二十年。"

他说,"不错。我当初不曾想到这一层。汪穰卿曾对我说:'昭宸,你的《侠隐记》真好,但我总觉得林琴南的古文译法是正当的办法。'这可见风气还不曾开。"

——《胡适日记》1928年12月17日

  大仲马的《三个火枪手》,也是我所爱读的。我读过这书的英文译本,也读过伍光建先生的中译本。伍先生的译本是节本,可是我觉得经他这一节,反更见精彩。大仲马描写人物的手法,最集中地表现在达特安这人物的身上。(要研究达特安的性格发展,还须读《达特安三部曲》的第二部即《三个火枪手》的续编《二十年以后》,中文伍译《续侠隐记》。)达特安个性很强,然而又最善于学习他人之所长。达特安从他的朋友们(三个火枪手)身上学取了各人的优点,但朋友们这些优点到达特安那里就更成达特安固有的东西了,我们并看不出他有任何地方像他的朋友,达特安还是达特安,不过已经不是昨日的达特安。而这样的性格发展的过程,完全依伏于故事的发展中,完全不借抽象的心理描写或叙述。

——茅盾《爱读的书》

  从前在"五四"时代,《新青年》对于林译小说下了严厉的批评,同时很赞美大仲马的小说《三个火枪手》的译本《侠隐记》。那时《侠隐记》出版已久,译者署名君朔。后来我们才知道原来就是伍光建氏。

  大仲马的《达特安三部曲》第一部就是《三个火枪手》,中文译本即名为《侠隐记》;第二部是《二十年以后》,中文译本改名《续侠隐记》;第三部是《波拉治子爵》,中文译本改名《法宫秘史》和《续法宫秘史》,可是没有译完。《续侠隐记》和《法宫秘史》及其续,也都是伍光建氏译的。

  在外国,《三个火枪手》的声名,远比它的姊妹篇要大些。这书名已经成了一个典故,许多文学作品中描写到三人一连的好汉时(不论他是什么样的好汉),往往就用了"三个火枪手"这一成语。这书之成为世界名著,是无疑的。这样一本书竟早就介绍到中国来,实在也是可喜的。

....

那么这本书的译文如何呢?

不是我们喜欢做《新青年》的应声虫,这《侠隐记》的译文实在有它的特色。用《侠隐记》常见的一个词头儿——实在迷人。我们二三十岁的大孩子看了这译本固然着迷,十二三岁的小孩子看了也着迷。自然因为这书原是武侠故事,但译文的漂亮也是个最大的原因。

....

《侠隐记》的译文到底是有特色的。第一是译者有删削而无增添,很合于大众阅读的节本的原则,不像林译似的删的地方尽管删,自己增加的地方却又大胆地增加;第二是译者的白话文简洁明快,不是旧小说里的白话;第三是紧张地方还它个紧张,幽默地方还它个幽默,这一点却是很不容易办到的,而也是这一点使这译本人人爱读。

——茅盾《伍译的〈侠隐记〉和〈浮华世界〉》

法国大仲马的历史小说《三个火枪手》和续篇《二十年后》被介绍到中国来,……先父(按指伍光建)就仿效《水浒》的艺术风格,译笔力求生动简炼,对话有神,检出人物个性,并改名《侠隐记》、《续侠隐记》。这是中国第一部白话翻译小说,书一出版就迎来广大读者。

——伍蠡甫《伍光建与商务印书馆》

目　录

1	大仲马评传	
1	作者自序	
1	第一回	客店失书
10	第二回	初逢三侠
17	第三回	统领激众
24	第四回	达特安惹祸
29	第五回	雪耻
36	第六回	路易第十三
48	第七回	四大侠之跟人
54	第八回	邦那素夫妻
60	第九回	邦那素被捕
66	第十回	老鼠笼
72	第十一回	达特安之爱情
82	第十二回	巴金汗公爵
88	第十三回	入狱
93	第十四回	蒙城人
100	第十五回	廷辩
105	第十六回	搜书
113	第十七回	主教之手段

121	第十八回	懦夫出首
126	第十九回	送信
132	第二十回	抢照杀人
139	第二十一回	金刚钻
145	第二十二回	跳舞会
149	第二十三回	第一次幽期密约
156	第二十四回	大失所望
161	第二十五回	摩吉堂猎酒
171	第二十六回	阿拉密谈经
179	第二十七回	阿托士之妻
188	第二十八回	赌马
195	第二十九回	办行装之为难
200	第三十回	达特安追寻密李狄
205	第三十一回	达特安会密李狄
210	第三十二回	老状师之款待
215	第三十三回	密李狄之秘密信
221	第三十四回	阿拉密同颇图斯之行装
226	第三十五回	达特安报仇之法
230	第三十六回	密李狄报仇
234	第三十七回	密李狄之隐事
238	第三十八回	阿托士办行装的钱
243	第三十九回	路逢邦氏
248	第四十回	达特安会主教
253	第四十一回	战场遇刺客
259	第四十二回	十二瓶好酒
263	第四十三回	火枪手遇主教
268	第四十四回	主教之诡计
273	第四十五回	夫妇密谈

276	第四十六回	奇赌
280	第四十七回	吃早饭的地方
289	第四十八回	威脱的家事
296	第四十九回	密李狄
300	第 五 十 回	威脱与密李狄之密谈
304	第五十一回	巡查
310	第五十二回	监禁之第一日
314	第五十三回	监禁之第二日
318	第五十四回	监禁之第三日
323	第五十五回	监禁之第四日
328	第五十六回	监禁之第五天
334	第五十七回	末了一段把戏
338	第五十八回	逃走
343	第五十九回	行刺
348	第 六 十 回	找寻邦氏
351	第六十一回	比东庵
357	第六十二回	密李狄之布置
361	第六十三回	太迟了
369	第六十四回	红衣人
372	第六十五回	问罪
377	第六十六回	正法
380	第六十七回	达特安二次见主教
386	第六十八回	结局
389	附录:《侠隐记》用词及译名简释	

大仲马评传

沈德鸿

一　戏曲家与小说家

十九世纪初,法国文坛上古典主义与浪漫主义的冲突渐成不可掩的事实。戏院成了这两个主义交绥的大战场。虽然大多数守旧的批评家还出力拥护古典的悲剧,但是古典主义显然是仅存一息,只要有人出来加他一个打击,古典的悲剧立刻就会断气的。那时有许多势力都不谋而合的准备辟开"戏剧中兴"的道路,要把戏曲从严肃呆板的古典派悲剧形式里解放出来,渗进了感伤的调笑曲的气分。这许多势力可以指出来的,是斯台尔夫人(Mme. de Staël)作品,是沙士比亚戏曲之渐为一般人所好,是较进步的杂志如《大地》(Le Globe)与《法兰西评论》(La Revue Française)之"剧评"栏的渐表示不满意于传统的戏曲形式而要求新的,而最后公然与古典主义宣战的"宣言"却由《嚣俄》(Hugo)以《克林维勒》(Cromwell)一剧序言的形式在一八二七年发表。

在这篇序里,嚣俄把新派戏剧的原则提纲挈领的说出来:新派反对古典派的矫揉造作、格律和不忠实的表现,新派主张"返于自然",就是写实,凡现实人生所有的变幻、矛盾、繁复,戏曲中亦必备具,因此悲剧喜剧之分界必须消灭,现实人生既聚喜怒哀乐于一室,

1

戏曲亦当如是：既号咷了，亦笑，既美了，亦丑，既缠绵倩巧了，亦悲壮伟大。新派又主张努力保有"地方色彩"，因此打破古典主义的"三一律"。总之，新的戏曲必须是形式精神两均自由的戏曲；因求自由，故虽不废韵，而亦不拘拘于韵。

《克林维勒序》既引古典主义与浪漫主义的前哨接触了，越两年，乃有"赫娜妮（Hernani）大战"，正式替古典主义发表。《赫娜妮》亦嚣俄所著，于一八三〇年二月二十五日第一次上演于法兰西喜剧院（Comédie Française）。那一晚，拥挤在戏院里的兴奋的观众，不是寻常的观众，却是新旧两派最激烈的分子。从开演起，到闭幕，只听得不绝的喝采与倒采；幕间休息的几分钟更热烈的争辩，有时竟至动武；迨及闭幕，全院鼎沸，旧派出力的攻击，新派出力的辩护。次日，战线扩张于巴黎所有的报纸，历久未已。

我们现在都把这一日——一八三〇年二月二十五日——作为浪漫主义得胜的纪念日。

但是我们也要晓得，《赫娜妮》虽负盛名，实在既不是浪漫主义戏曲的第一个榜样，也不是第一次成功。在一年前，已有大仲马的《亨利第三》（Henri III et aa Cour）得了巨大的成功，并且做了新派戏曲的十足的模范。这一篇剧本使大仲马在一夜之间成了文坛名人。加之他以后所作的三四篇戏曲（例如 Richard d'Arlington, Antony 等），我们实在可以说大仲马是建立浪漫派戏曲的重要元勋。虽然现今一般的读者或许只晓得他是一个小说家，——因为大仲马的小说至今日还在青年间极有势力，——但是在文学史上，他的戏曲上的成就是决不容忽视的。他是一个伟大的历史小说家。是的，他是的！但是他同时又是一个伟大的浪漫派戏曲家。

有些批评家则以为大仲马的戏曲比小说更伟大。丹麦大批评家勃兰特（G. Brandes）的《十九世纪文学的主潮》第五卷《法国的浪漫派》讲到大仲马就完全是讲戏曲家的大仲马，没有提及他的小说。对于小说家的大仲马，全卷没有提起，只在前半卷论乔治·珊德

(George Sand)的时候,和嚣俄(Hugo)巴札克(Balzac)等人同提一提罢了。

法国著名的文学史家发格(Emile Faguet)更明白的告诉我们:"在这个辉煌的时代(指缪塞(Musset)、夏朵勃梁(Chateaubriand)、嚣俄(Hugo)等浪漫派小说家全盛的时代),大仲马的声名更放射少有的异光奇彩。他是一个永不倦息,永久有兴味的说故事者,他把流行的小说又升高一步,因为他捉住了历史的影子,投入小说里,尤其是因为他有不竭的想像力以构造出奎的动作,运命的突变、惊怕和种种料不到的事故。但是他虽然是这样出色的一个小说家,他却是更伟大的一个戏曲家。讲到十九世纪的戏剧革命,就是推翻了相传数十年的悲剧而代以历史剧,恐怕大仲马的功绩比嚣俄的还要大些。"(发格《法国文学史》英译本页五七〇)

如果我们完全接收勃兰特和发格的意见,我们不免要想起这位大作家竟和英国的伟大历史小说家司各德成一个极有趣味的对照。司各德的文学生涯可分前期后期,大仲马亦然;不过司各德的前期是诗人,而大仲马是戏曲家。司各德是小说家的司各德胜过诗人的司各德,即后期胜过前期;而大仲马却是戏曲家的大仲马胜过小说家的大仲马,即前期胜似后期。这岂不是极有味的对照么?但是我们如果离开了文学史的关系,专就作品本身的价值而论,我们却要说司各德和大仲马不是相反的,而是相同的。这两位大作家的永久的令名都建筑在他们的长篇小说上!

我们自然承认戏曲家的大仲马在近代戏曲发达史上占着极重要的地位。但是我们却也不能不承认大仲马的戏曲"并不会告诉我们什么关于人类灵魂的,因此,他的戏曲虽娱乐了甚至感动了两世纪的人们,而在我们看来,只不过是文学上的古董罢了。"(此为发格语。)而大仲马之所以尚未成为完全的古董,所以尚与现代人,至少是青年,气息相通者,却全靠了他的小说。他的中坚作品——"达特安三部作",《蒙德克利斯都》和"伐洛华三部作",正如塞望提司

(Cervantes)的《唐贵萨》(Don Quixote)一样,内中包含了些人性的永久原素,是不受时间影响的。再说他的小说的艺术,也是百世罕有其匹的。他能够从对话里巧妙地写出动作的发展,和人物的心理的变幻;他的人物描写极少用直接叙述的方法,大都是从人物的声音笑貌、言论举止上暗示读者。他虽然不像司各德是历史小说的始创者,但是他的小说实在是艺林中的奇品,有永久不灭的光辉的。

所以戏曲使大仲马成为法国文学史上浪漫运动的一个重要角色,而小说使大仲马成为一个历百世而不朽的世界的作家:如果我们这样的批评大仲马并不是全无意义的。

这一点既已说明,我们再来看看大仲马一生的经历。

二 小 传

大仲马的完全的原名是一个贵族的名字:他的全名应为亚历山大・仲马达维・特・拉・班来泰尔(Alexandre Dumas-Davy de la Pailleterie)。

拉・班来泰尔这块地本是他家的产业,在一七〇七年,乃受法国皇帝鲁易第十四进封为侯爵采地。后及一七六〇年,仲马的祖父售了在法国的地产,搬到隔着大西洋的汉第(Hayti)住了许多时。祖父名恩都奈・亚历山大・达维・拉・班来泰尔侯爵,(Antoine Alexandre Davy, Marquis de la Pailleterie),在侨寓汉第中,与黑种女子玛丽亚・珊三德・仲马(Marie Cessete Dumas)为夫妇,于一七六二年生仲马之父,名托玛・亚历山大・仲马(Thomas Alexandre Dumas),便是后来法国著名的军官亚历山大・达维・拉班来泰尔侯爵。

所以若就血统关系而言,大仲马的血管里多少总有些黑种人的热血在流着;说者因谓大仲马的放浪热情豪迈的性格是有所由来的。

一七七二年,老侯爵——那时他的夫人大概故世了——携稚子托玛重来法国,后遂不复出国。托玛既长,乃入飞龙联队为军人。俄而惊天动地的法国大革命起来了。大革命虽以推翻贵族政治为口号,然而当时贵族加入革命军的,却也不少。托马·亚历山大·仲马就是效忠于共和政府的。当时革命军初起,尚不脱群众暴动的色彩,杀戮无辜甚多,托玛虽赞成革命,但极不以苛事诛求为然;他竭力反对滥杀,保全了很多的人,因此暴烈的群众给他一个恶意的诨号,叫做"人道主义先生"。和他的忠实仁慈相似,托玛是一个极勇敢极壮健的军人。拿破仑曾经把"共和政府的台柱"夸奖托玛的有力的臂膊。

一七九三年,托玛升为师长,旋任为西巴仑尼司(Pyrenees)军队总司令,及阿尔迪(Alps)拉文特(La Vendée)等处军队的司令,功勋卓著,是共和政府有名的大将。他一生大小数百战,而最著名的,是一七九七年四月二十二日指挥旭伯尔(Joubert)骑队,击溃奥军于克鲁生(Clausen)大桥边这一役。

拿破仑征埃及时,托玛亦从往。大概那时托玛已经窥见拿破仑有帝制自为的野心,因进直言,不意迕了这位雄心不可一世的科西加小炮兵,托玛乃解甲归国,隐居于维莱尔·考忒莱(Villers Cotterets);一八〇六年,逝世,身后萧条,遗产仅荒地三十亩,娇妻幼子几无以为生。

托玛于一七九二年娶玛丽亚·伊利沙伯兹·腊蒲莱(Marie Elizabeth Labouret)为妻,于一八〇二年(或曰〇三年)七月二十四日生大仲马;那时候,托玛已经不当军官,隐居于维莱尔·考忒莱了。

据大仲马的《回忆录》(Memoirs)看来,父亲死的时候,大仲马不在家里,他——这个四岁的孩子,和表姊玛利盎娜在一处;《回忆录》里有一段描写得极好:

"及夜半,一个大声打在我们卧房门上,我立刻惊醒,实在是我表姊和我同时惊醒。除了鬼,那当别论,人是不能够打我们卧房门的,因为卧房门之外还有一道门是锁着,〔此处,详写房屋的构造〕。我爬出床来,要去开门。我的表姊喊道:'你到那里去?亚历山大!'

"'开门让爸爸进来,他是来我们作别。'

"这个女孩子把我拖回床上;我还是喊:'再会呀,爸爸,再会!'那时我觉得像有一个人叹息时吹出来的冷气拂过我的面孔。……我父亲正是我们听得打门的时候死的!"

自从父亲死后,大仲马和他母亲过的日子极困难。父亲遗下的薄产是不够用的,亲戚故旧也不肯帮助,仅赖母亲自设的小杂货店博得些微利益,敷衍了母子二人的衣食住。仲马的母亲,本是一个贵家小姐,但到此时,没奈何只好镇日守在她那狭隘的店铺的小窗洞下,很小心的应酬一个苏(法国钱名)两个苏的买主了,因此,四五岁的仲马的幼稚教育,做母亲的就无暇留意了。仲马是和别的大天才一般,开头便自己教自己认字的。一副百兽图板(儿童玩具)是仲马的宝贝;他从这里认识字,从这里知道亲爱野兽。他因为要多晓得些关于野兽的事,他自己学会了念书。他和济兹(Keats 英国大诗人)一样喜欢神话。他的智识生活是和我们人类(或不如说各民族)一样从神与兽的传说开头的。因为仲马是这样的一个生就的"原始人",所以他后来的嗜好也像古代人一样是浪漫的;他爱中古的传奇小说,爱冒险恋爱和战争的故事。

十岁的仲马,我们看见他在一个牧师的私塾里读书。法国复行帝制的一年,仲马十二岁;这一年,他下了个重大的决心,他把姓名上的附带品 De la Pailleterie 废掉,单叫 Alexandre Dumas(亚历山大·仲马)。仲马自始便是民治主义者,虽则他家和奥林斯皇族有旧;但是他对于前朝皇帝却也没有偏见,这看他后来的小说,便可明白。

十五岁的时候,仲马做乡间律师的书记。这不过是他的糊口之计罢了。他全身的兴趣是在浪漫文学方面。他第一次看见舞台上的

《韩姆列德》(Hamlet)便铭心刻骨地爱慕这一派的文学。他这个天生的浪漫主义者不喜欢本国的大作家高纳绮(Corneille)和拉辛(Racine),却喜欢外国作家。莎士比亚是他最初赏识的,自不用说,而第二个惹起他的热爱的,便是司各德早年所深嗜的德国诗人皮尔吉(Bürger)。司各德文学事业的开始是翻译皮尔吉的《莱诺埃》(Lenore),大仲马也打算翻译这部著名的民歌;可是司各德以一宵之力做成功的,大仲马却失望地搁开了。但这是他第一次"动笔";他自己这样承认。

那时大仲马只有一个朋友,名阿道耳夫·特·留文(Adolphe de Leuven),本是瑞典贵族,因本国政变,随父亡命法国,也在穷途。这两位少年很投契,又都是喜欢文学的;便合作戏曲(从一八二〇年到二一年),但俱被舞台拒绝排演。

这个时候,仲马虽处窘乡,但因有一个朋友,精神上也还愉快。如果留文能长和仲马在一处,在那时的仲马想来,未始不是一件乐意的事,可是我们现在或者竟失却了一位大文学家。因为如此则仲马未必到巴黎,不到巴黎则他的天才或竟永无机会充分发挥,正亦难说。但运命神的安排是叫留文先到了巴黎,然后仲马因为不耐寂寞与贫窘,也往巴黎找他的老友;这正是一八二三年。

大仲马到巴黎,不是为了文学,是为了面包。他那时实在窘极,连盘缠都没有,一路上靠打野味换几个钱,好容易方到了巴黎。

他先认识了塔而玛(Talma),晓得在戏剧界有机会活动,他就决意住在巴黎。他父亲的朋友福将军(General Foy)又介绍他在奥林斯公爵(Duc D'Orléans)府里当一名书记,年俸一千二百佛郎,于是衣食住亦暂可无忧。仲马乃迎母来巴黎,谋久居;这时候,仲马觉得"将来之门"已开了来迎接他。他已有生活的职业,是书记;他又看得见将来事业的崇台,那就是戏剧。

此时仲马刻意读书:先读司各德的著作,他说,"浮云散了,我看见新的天空了"。后转而读考贝(Cooper)的,读拜轮的,尤倾倒于拜轮。他的《回忆录》里说,一天,他到奥林斯公爵府秘书办公室去办公,一进房便喊道:"拜轮死了!"同事们万想不到仲马是说历史上的文学家拜轮,不禁问道:"拜轮是谁?"

仲马于读书之暇,又编戏曲,都是和他的好朋友留文同编的,但都不曾在舞台上演过。后来,他,留文,还有卢梭(不是哲学家的卢梭),三个人合编了一篇剧本,名《猎与爱》(La Chasse et l'Amour),有一家戏院接受去排演,时在一八二三年九月二十二日,这是大仲马第一次在舞台上与群众相见。这篇剧本得到了相当的成功。同时,三个短篇小说合成的一册小说集也卖了四版。渐渐有人知道仲马的名字了。所以仲马说:"我不信英才终为人遗弃,而天才终不为人所认识;最要紧的,是你未成名之前须不怠不懈的干!"仲马是很自信的,他知道他在生活未独立以前,先要"成名"的。

著名的沙士比亚戏曲演员查理·康勃尔(Charles Kemble)和哈列·斯弥森(Harriet Smithson)在巴黎演沙士比亚名曲,给了大仲马很大的影响;《克列司丁》(Christine)就是在这种影响下作成的。既成,泰洛男爵(Baron Taylor)甚为赏识,为介绍于法兰西喜剧院(Comédie Erançaise),立邀承认,择期上演。不料结果并不能如预期般的成功,大仲马的朋友都为扼腕,然而仲马不灰心。那时他刚作历史剧《亨利第三》,(Henri Ⅲ et sa Cour),既成,再求喜剧院排演,一八二九年二月十一日上演,竟得意外的成功。

《亨利第三》的题材也是大仲马偶然碰到的。他偶然读恩格底(Anquetil)的著作,看见了一段记亨利第三朝的轶事,觉得极有味,因此他进而读勒司都华(L'Estoile)的《回忆录》,看见了格列司(Quelus)、莫奇隆(Maugiron)、比塞·邓波华(Bussy d'Amboise)等人;把这些材料,就做成了《亨利第三》。他后来作《玛尔古女皇》(La Reine Margot)、《蒙梭莱夫人》(La Dame de Monsoreau)及《四十五》(Les Quarante-Cing),也是应用这些材料的。《玛尔古女皇》等三书,和"火枪手(或达特安)三部作"算是大仲马浪漫小说的中坚,大仲马盛名的支撑者。大仲马作小说原是从二十五岁上开始的,但这个时候,大仲马全身的精神都注在戏曲上。

《亨利第三》既上演,其成功之大,乃非大仲马始料所及。方《亨利第三》上演的一晚,大仲马最亲爱的母亲忽患疯麻症极危险。大仲马一面要照顾病危在床上的老母,一面又要到戏院内照料《亨利第三》开演,一面又要拉奥林斯公爵到戏院给他"做脸":真的,这一晚,他像跳舞师一般,没有片刻的休息。这一晚,他又新认识了当时文坛上的巨头——嚣俄（Hugo）和特尾纳（Alfred de Vigny）。他在母亲病榻边听报说全剧将毕,匆匆的赶到戏院里来,刚好是"幕落"的时候,当观众请他上台见面的时候,全场一致脱帽鼓掌,连奥林斯公爵也在内,颂祝这位初次出名的大作家。大仲马是第一次在舞台上成功了,也就是浪漫主义第一次在舞台上成功了！

所以和拜轮一样,大仲马第二天醒来,看见自己成了名人。他是用最忠实的方法成名的。可是麻烦的事仍旧跟踪而来：戏院检查员的挑剔留难,谣言,决斗,种种浪漫的波涛相继而来,一直衔接着一八三〇年巴黎最大的浪漫壮剧——法国大革命,大仲马投笔从戎,在他的《回忆录》中有很详细的叙述。

一八三一年,一月十日,《拿破仑》上演,则大仲马又继续他的文学事业了。大仲马本不肯以父亲的仇人（拿破仑）作为一剧的主人翁,但为哈来尔（Harel）所逼（将他反锁在一间房内,直到作完始放他出来）,不得已而为之。

同年五月三日,《恩托南》（Antony）上演于包尔·圣玛丁戏院（Porte Saint-Martin Theatre）,以前大仲马做的是历史剧,这一篇《恩托南》却表现那时候浪漫的资产阶级青年。恩托南这个人物,有人以为"拜轮式",有人以为大仲马自况,实在都不是；他是那时候大多数青年的代表。流浪子的恩托南爱一个有夫之妇亚台尔（她心中也爱他,但是常避他）,始而在旅馆中乘亚台尔不防,施行强奸,后来因要保全亚台尔的面子——免得她被丈夫诃骂,或至离弃——而不惜手刃亚台尔，自认为杀人凶手：这种纯任热情冲激的行为，的确攫住了那时巴黎资产阶级青年的心灵。所以当此剧第一夜上演时，青年的男女观众绝叫、悲叹、呜咽、喝采，都如疯如狂；及至全剧演完，观众围住了大仲马，把他一件美丽的绿色外褂撕得粉碎，都说是要得一片布来作为永久的珍贵纪念！这时候的大仲马简直是巴黎青年的至高偶像。

自此至一八四五年，大仲马或独作，或和人合作，发表了许多剧本；这些剧本，在当时皆哄动观听，但是在戏剧史上的地位，并不甚高，所以我们姑且略过，转而看看大仲马的小说罢。

大仲马早年作的小说，短篇居多，并且没有怎样的特色。一八三九年，他得了奥格斯忒·玛格(Auguste Maquet)的帮助，作历史小说，于是名震一时，几乎掩过从前他在戏剧界所得的名誉。

著名的"达特安三部作"的第一部《三个火枪手》(Les Trois Mousquetaires 即《侠隐记》)于一八四四年发表，得到了空前的欢迎；翌年，"三部作"的第二部《二十年以后》(Vingt ans après 即《续侠隐记》)发表，成功更大。不但法国人都知道"达特安"，英国人也知道。大仲马已成为世界的作家了。沙克雷(Thackeray，英国伟大的小说家)读《三个火枪手》，竟放不下手，尽斥诸事，于一天之内赶着读完；斯帝文生(R. L. Stevenson，英国小说家)和安吉利·兰(Andrew Lang，英国文学批评家)都惊叹大仲马叙事的技术，尤其佩服他运用史料的灵敏浑脱，甚至为作考证。

一八四四年，大仲马已开始作另一巨帙——《蒙德克利斯都伯爵》(Le Comte de Monte-Cristo)，在一八四四年—五年之间发表。肖伦铁诺(Fiorentino)是得力的助手。这部小说在世界的声誉，也许要比《三个火枪手》还要大些。《三个火枪手》和《蒙德克利斯都伯爵》替大仲马挣得了许多钱，大仲马乃效法司各德，在圣遮猛附近盖造了一所巨厦，就取名为蒙德克利斯都；也像司各德一般，供养了一大群的宾客，还有许多女伶，日日置酒高会。

"伐洛华（Valois）三部作"的第一部《玛尔古女皇》（La Reine Margot）也是于一八四五年始见,述法国摄政王后加若林曼迪息（Catherine of Medicis）与亨利特捺伐尔（Henry de Navarre）中间的暗斗。第二部《蒙梭莱夫人》（La Dame de Monsoreau）于一八四六年出版,说的是亨利第三朝的史事。第三部《四十五》（Les Quarante-cing）于一八四七——一八四八年间发表,则述狄安娜特蒙梭利（Diane de Monsoreau）因为恨极了前情人比司唐博华（Bussy d'Amboise）要报仇,因而委身于安周公爵（Dake of Anju）。

照上面所说看来,我们应知一八四二——一八四六年这四年间是大仲马小说的黄金时代；他的重要杰作几乎全成于这一段时间。我们如果相信天才家的创作也像果子树似的有所谓"旺产季",那么,一八四二——一八四六年就可说是大仲马的旺产季。他已发挥到天才的最高点,以后便逐渐的衰落。

一八四七年,二月,大仲马自办的历史戏院（Théâtre Historique）开幕了。这个戏院,有蒙德班西公爵（Duc de Montpensier）做经济的后援,专备排演大仲马自己的戏曲；他曾把玛尔古皇后改编为戏曲在这个戏院里演过。

这个时候,大仲马的经济已极恐慌。他建造蒙德克利斯都所欠的债,也还未曾还清,他的开销却一天比一天大。蒙德克利斯都内男女食客,——做诗的、唱曲的、击剑的、骑士、猎师、女伶,足有路易十四王宫那么热闹,都恣情代大仲马挥霍。单是他的爱犬,也要引进十三头野犬来帮着吃用。大仲马还养着猴子、猫、老鹰、秃头鹫以及其他飞的走的,简直是开设着一个动物园；只在这些地方,大仲马每月也化上千把佛郎。虽然金钱从各方面流进来,数目亦不算小,但是大仲马总不够用,债台愈筑愈高。一八四八年,革命又起,历史戏院受了损失,宣告破产,大仲马负经济上的责任。于是他再不能安居在蒙德克利斯都了,只好避往比利时。在比利时两年,于一八五三年复回巴黎,办一种日报名《火枪手》,以批评文学为主；大仲马做的文章极多,《回忆录》即登于此。但是办报的结果又是亏本。

一八五八年,大仲马游俄,至高加索;一八六〇年游锡锡里(Sicily)。四年后再回巴黎,大仲马看见他的时代已经过去;他的剧本时常失败,他的小说也没有很多人欢迎。他只好靠他的儿子小仲马来接济;(小仲马是大仲马初到巴黎时和一个女裁缝玛丽·加太令·拉勃(Marie Catherine Labay)所生,大仲马曾经过法律手续,正式承认是自己的儿子。)那时小仲马正是巴黎最出名的戏曲家,有他老子当年的气势。

一八七〇年十二月五日,大仲马死于儿子家里。

三　对于他的批评很不一律

大仲马是一个不世出的天才,那是无疑的,但是批评家对于他的成绩有许多不利的批评。这些批评,大都是对大仲马的小说而发的,约可分为四类:

第一是所谓道德派,他们说大仲马的著作有许多是不道德的;例如《三个火枪手》(即《侠隐记》)内写达特安躲在密李狄的女仆吉第的卧室内强迫吉第顺从他,后来假冒了狄倭达伯爵的名,到密李狄房里,还有达特安哄密李狄去刺死狄倭达因而得蒙密李狄留宿,后来看破了密李狄的秘密等等,都不留余地的描写"纵欲"及以恋爱(实在是性交)为达到某种目的之交换条件。又如《二十年以后》(即《续侠隐记》)内叙述波拉治子爵的来历,说施华洛夫人得了王后(即路易十三之后,奥国安公主)的密信,知道立殊理主教要捉她,便连夜带了女仆吉第,改换男装逃走。他们快要逃到西班牙的大路了,却不敢从大路走,恐怕有人追寻;他们走小路,到了一个乡村,叫做罗殊拉;那时是十月十一日的夜里,罗殊拉那个地方没有大房子,也没有客店,乡下人家的小房,又卑陋,又不干净,施华洛夫人平常是用惯香水的,受不了乡下人家的气味,于是打定主意,向教士家借宿。那时已经很晚,教士早已睡了,因为门上没有闩,假装的施华洛夫人就推门进去。教士允许他们借宿,不过没有第二间房,只好请他们同睡一间房。以后,施华洛夫人分付吉第在外房的椅子里睡,她自己跑进教士房里,和教士同房睡;教士原不知道这个美貌少年是女子假装的。忽然施华洛夫人异想天开,想要迷惑这个教士,试试她迷人的手段,——将来好说教士最难迷,也被她迷了。但是这个住在教士房里的男子,并不是真的教士;他也是一个过路人,早一点钟到教士那里借宿,忽然隔村人家有个少年,病重将死,来请教士,教士赶快走了,叫那个借宿的男子,代他住在房内。假装的施华洛夫人碰到的,就是这个暂时顶替的教士,那当然是很容易的被她迷上了。这一夜,施华洛夫人就受了孕,后来生了个男孩子,就是波拉治子爵。这一段描写,许多守旧的批评家也认为不道德。(大仲马作品中诸如此类的描写,实在很多,因为《三个火枪手》与《二十年以后》已经译出,故引此两书。)其实这种描写,无所谓道德不道德。像达特安和吉第和密李狄间的交涉,还不是社会中常常发生的么?社会上常有的事体何以不许大仲马描写,何以描写了即为不道德?至于施华洛夫人的事情,若说是似乎太巧,太浪漫,都还中肯;和道德不道德没有什么关系。我们要晓得太巧太浪漫正是浪漫派小说家共通的毛病,不过别人也许是描写一个浪漫的男子,而大仲马是写一个浪漫的女子罢了。但因从前的批评家都把小说当作"修身教科书"看待,以为描写了秽亵,便是提倡秽亵,便是不道德,所以他们对于凡涉秽亵的描写,一概反对。然而这种观念,自从自然主义兴起加以努力攻击后,已经失却权威了。所以大仲马著作的道德问题在现今已经不成问题。

其二,有许多批评家很疑大仲马的著作不全出他自己之手,以为凡署名大仲马的作品,至少有大半实在是他的"秘书"——合作者,做的,不过用了大仲马的名儿,所以说大仲马是"掠美"。他们怀疑的理由,一因大仲马有许多帮手,最著名的是马格(Auguste Maquet)、腊柯滑司(Paul Lacroix)、包卡琪(Paul Bocage)、麦勒菲(J. P.

Mallefille)、飞哇伦蒂诺(P. A. Fiarentino)等等，这是事实。二因大仲马的全集有三百卷之多，除了戏曲二十五卷，游记，《回忆录》，杂文等又约二十卷外，仅小说约有二百五十卷左右，每卷都有三百面光景，细字密印，而大仲马作小说的时期，照算不过十年，并且此十年之中，游历娱乐又占三分之一，所以大仲马著作的时间，实不过六七年，以六七年的时间，成书二百五十卷，想来是一个人的力量所难能的。这两个原因合起来，有许多批评家就疑大仲马是个掠美者。但是我们如果仔细考察一下，便知道这种怀疑论的基础是极脆弱的。以五六年之短时间成书二百五十卷，原是平常人所难能，但在不世出的天才是可能的；司各德常常在一个早晨写四五十面，成书之速，不亚于大仲马；邓南遮闭居在山寺内，一个月内可以作成一部《死的胜利》；这都是现成的例子，可以证明大仲马的"多产"并不是难以索解的。所以若因大仲马著作既多又速而遂怀疑他"掠美"，在理论上很说不过去。倒是大仲马著书一定有帮手，很动人疑：可是事实也证明给我们看，大仲马的帮手不过是帮助搜集并整理材料的"书记"罢了，不是代笔的。因为事实上证明，大仲马的帮手自己单独著作的书，并没有世所传与大仲马合作的书那样的精采，凡署名大仲马的书里的好处，一点也没有。况且大家所认为大仲马最重要的帮手马格于一八五一年后即不做大仲马的书记，但是大仲马于一八五一年后发表的小说还是和从前一样的多，并且作风还和从前一样：这不是一个有力的反证么？

其三，因为大仲马作品的重心在冒险，很近乎中古的"罗曼司(Romance)"，所以有些批评家说他是"过时的"。但此说亦不全对。我们要晓得"冒险谭"诚为大仲马作品的主要成分，然而决不至于像中古罗曼司之惟有冒险谭；中古罗曼司内所没有的人物描写，在大仲马的作品里是极成功的。只举"达特安三部作"为例，便知大仲马不但能创造几个个性极不相同的人物，并且能巧妙地表示环境如何形成一个人物的个性。他的人物是动的活的，跟着书中故事的变迁而一同变迁的,达特安就是一个显明的例;《三个火枪手》内的少年的达特安,《二十年以后》内的中年的达特安,以及《波拉治子爵》(又名《十年以后》)内的老年的达特安,我想随便什么人都看得出有点不同。大仲马表现那经历了三十年世情的达特安是如何的渐渐改变他对人对事的态度,实在很精妙,比得上近代最成功的心理派小说。达特安他们是冒险的,但不是中古人的冒险,是近代人的冒险,斯帝文生(R. L. Stevenson)所谓"快意与微酸的悲哀兼而有之,常常是勇敢迈往的,决不怅惘失神的",可称是确当公允的批评。

其四,大仲马小说中的史事是否正确,也是批评家纷争不决的问题。大仲马却也奇怪,他的小说有仅仅里头的人名是历史上真有,而事实都是他杜撰的,也有几乎直抄历史的。前者的例极多,不劳具举,后者则如《贞德传》(Joan of Arc)的后半竟为通俗化的历史。因此,有些批评家说大仲马的小说不是历史小说,却是小说化的历史;又有些批评家则说大仲马不过将史事作为衬底的布,再把他的幻想绣上去,有时漏了光,就映出底下的历史的纹痕来。这两说自然都不错,因为大仲马确不拘拘于全然杜撰或全抄历史。我以为只要大仲马所描写的历史空气是真确的,——譬如《三个火枪手》内的历史空气是路易十三朝,就应该是正确的路易十三朝的空气,——则其中人物之是真是假,都没有关系。不过批评家总不肯含糊,总喜欢去考据。例如达特安这个人物,约尔甘(Jaurgain)曾用了大工夫去考证,作了一部《特拉维、达特安和那三个火枪手》(Troisvilles, D'Artagnan et les Trois Mousquetaires)证明达特安实有其人,是白曲冷特巴支(Bertrand de Batz 一位老世家)的第五子,以勇敢多智善冒险为马萨林所赏识,拔为亲兵营帮统,后升统领,于一六五四年派往英国见克林维勒,一六五八年调任火枪营帮统,打过许多仗,于一六七三年阵亡。约尔甘的辛苦工作,自然是我们所不胜钦佩的,但是我想来,喜欢读"达特安三部作"的人们,未必会因达特安实有其人而更增加了若干兴味。因为历史小说本不定要真历史,只须没有"时代错误"的描写,就是了。

　　故总上所论述而观,对于大仲马小说的价值,应该是没有疑问的了。他是一个罕有的天才,是伟大的历史小说家;他吹活气到历史的枯骸内,创造出永久不死的人物,使每世纪的人决不会忘记他。

作者自序

予读国库书,搜罗路易第十四一朝故实,偶见所谓《达特安传》者;是书因触当时忌讳,刊行于荷兰。予取而读之,见其所述,大抵皆军人之行为,与夫当代名人之事实:如路易第十三,奥国安公主,立殊利,马萨林,——两红衣主教,其最著者也。作者独具写生神手,描画情景,惟妙惟肖,跃跃欲动,如在目前;最奇者,书中叙达特安初见特拉维,遇三人焉:曰阿托士、颇图斯、阿拉密。予读而疑之,疑其为当代豪杰,或因遭逢不幸,或因怀才欲试,姑隐其名,以当军人,以假名行于世。予乃广搜当时记载,以采掇其事迹,久不可得,闷欲中止,忽友人得抄本见贻,题曰《德拉费伯爵传》,则彼三人者之假名在焉。予得之甚喜,请于吾友,刊行之,以饷读者;亦欲借他人之著作,以博一己之功名。今先出第一部,续出第二部。倘读者以为无足观,是则予之过也,于德拉费伯爵何尤。

第一回　客店失书

　　话说一千六百二十五年四月间,有一日,法国蒙城①地方,忽然非常鼓噪:妇女们往大街上跑,小孩子们在门口叫喊,男子披了甲,拿了枪,赶到弥罗店②来。跑到店前,见有无数的人,在店门口,十分拥挤。当时系党派相争最烈的时候,无端鼓噪的事,时时都有。有时因为贵族相争,有时国王③与红衣主教④争,有时国王与西班牙人争,有时无业游民横行霸道,或强盗抢劫,有时因耶稣教民与天主教民相斗,有时饿狼成群入市。城中人常时预备戒严,有时同耶稣教民打架,有时同贵族相斗,甚至同国王相抗击的时候也有,却从来不敢同主教闹。这一天鼓噪,却并不因为盗贼同教民。众人跑到客店,查问缘故,才知道是一个人惹的祸。

　　此人年纪约十八岁,外着羊绒衫,颜色残旧,似蓝非蓝。面长微

---

① 蒙城(Meung),这是一个市集的名儿,并不是城。
② 弥罗店(Jolly Miller),客店名。
③ 国王,就是路易第十三。
④ 红衣主教(Cardinal),这是罗马教会里的一种官爵,仅有教王是他的上司。选举教王的时候,红衣大主教有发言权;并且须在红衣大主教中间选出教王。红衣大主教由教王任命。当时欧洲各强国之以罗马教为国教者,大率每国可有一个红衣主教,为该国教会中的最高主权。那时因为政教不分,所以红衣大主教又可掌管政事,做事实上的国王。法国在路易第十三的时代,红衣大主教是立殊理,在法国历史上很有名的。红衣主教的官服是:红帽,红袍,——所以我们可以把Cardinal译做"红衣主教。"

黑,两颧甚高,颊骨粗壮,确系法国西南角喀士刚尼①人。头戴兵帽,上插鸟毛,两眼灼灼,聪明外露,鼻长而直。初见以为是耕种的人,后来看见他挂一剑,拖到脚后跟,才知道他是当兵的。

这个人骑的马最可笑,各人的眼都看这马。这马十三年老口,毛色淡黄,尾上的毛去光了,脚上发肿,垂头丧气。入城的时候,众人看见那马模样难看,十分讨厌;因为讨厌马,就讨厌到骑马的人。这个骑马的少年人,名叫达特安②,也知自己模样古怪,马的样子更难看,众人拥来看他,心中十分难过。当日从他老父手里要了这匹马时,心中已是十分难受,不过不好当面说出来。按下不提,且追说从前的事。

有一日,达特安的父亲,喊达特安到面前,指着老马说道:"这一匹马已经有十三岁了,在我们家里也有十三年了,总算是老奴仆了。你应该疼爱他才是,你千万不要卖他,等他好好的老死。倘若将来你入朝做官,总要做个君子。我们得姓以来,有五百馀年,做官的人也不少。你要荣宗耀祖,你将来只要受国王或主教的分付,不可受他人分付。现在世上的人,要勇敢方能有进步,一时疑惑胆怯,就错过了机会,从此就难上进。你正在少年的时候,前程无限,只要你自己好好的做去。我今告诉你,我何以望你有胆,却有两层的缘故:第一层,因你系喀士刚尼人;第二层,因你系我的儿子。你遇见凶险的事,却不要怕;不但不要怕,并且常时要找极凶险的事来做。用剑的本事,我已经教过你了。你有的是铁筋钢腕,遇着机会,不妨同人相斗。因为现时禁止比剑,胆子却要更大些,不妨多同人比剑。今日你与老父分别,我无甚相送,只有三件好事:第一件,就是刚才教你的说话;第二件,就是这匹马;第三件,是十五个柯朗③。你母亲要传授你一条

---

① 喀士刚尼(Cascony),古时法国西南部的一个县,现为 Landes, Gers, Hautes-Pyrénées 等地。(编者按:后文或译作喀士刚。)
② 达特安(D'Artagnan)。
③ 柯朗(Crown),钱名。柯朗是英国古时钱名,和法国的 ecú(法国古钱名)价值相等,所以 Ecú 常常被译作柯朗。此书乃从英文转译,故依英译 Crown 又译为华音柯朗也。一个 Ecú 价值五法郎。

极好的医伤良方,此方神妙,身上的伤都能治,惟有心伤不能治。老父从前只打过仗,却未曾入朝做官,可惜不能做你的榜样。我有一个邻舍,同我是老朋友,名叫特拉维①,少年时同现在的国王路易第十三②做顽耍的朋友。他们从前常时因为顽耍,打架起来,都是我的朋友打赢的趟数多;但是国王却也可怪,打架越输的多,越喜欢同特拉维做朋友。以后特拉维同别人打架的时候更多。他从此处起程进京③,路上就同人打了五次;老国王死后,新国王登位,中间特拉维又同人打架七次,打仗攻城的事还不算;自现今国王登位后,特拉维同人相打,总有一百多次了。我今告诉你,虽然现在有许多上谕禁人比剑,特拉维居然无事。他做到火枪营统领,他所带的火枪营,算得国内最体面的人,国王还敬重他们。现在的主教,算是天不怕地不怕的了,见了火枪营的人,也怕他三分。特拉维不但得人敬重,并且每年有一万柯朗薪俸,总算是个极阔的人了。他虽算阔,从前出身的时候,并不比你强。我今写了一封信,你带去见他,就拿他做一个好榜样,学了他,你也可以做到他的地位。"老头儿说完,把剑挂在儿子腰间,亲了两边脸;儿子就去见母亲,收了医伤良方,母子洒泪而别。

　　达特安装束好了,出了门,一路上就挥拳舞剑,寻人争斗。他所骑的马,模样古怪,过往的人看见,禁不住笑,及看骑马的人,腰挂长剑,两眼怒气冲冲,便不敢开颜大笑,只好拿一边脸笑。一路无事。到了蒙城弥罗店门口,没人出来执马镫,达特安只好自己下马。他看见楼窗里一个人,像贵人模样,貌甚严肃,同两个人说话。达特安疑心那三个人总是评论自己,留心细听,听得那三个人虽然不是评论自己,可是评论自己所骑的老马。第一个人在那里说那马难看,那两个听完大笑。著书的人方才已经说过,达特安看见人家一边脸笑,他已

---

　　① 特拉维(M. de Tréville)。
　　② 路易第十三(Louis XIII),他是法皇显理第四(Henry IV)的儿子,一六一○年即帝位;因为年幼,母后 Marie de'Medici 执政。及路易十三成年亲政,红衣主教立殊理又执政权。一六四三年,路易十三崩,他的儿子路易十四继位。
　　③ 进京,这所谓"京",就是法国京城巴黎。

经发怒,现在听见人家大笑,岂有不怒之理。他暂时儿不发作,且把那人细看。见得那人年约四十馀岁,两睛甚黑,眼光射人,面白鼻大,两撇黑须;身上衣服虽新,却有许多皱纹,似从远路来的。

达特安正在这里看,那个人又评论他的马,对面两个人又大笑,那人自己也微笑。达特安手执着剑柄,怒气冲冲,向那人说道:"你们躲在窗后说什么?请你告诉我,我也要同你们笑笑。"那人慢慢将两眼从老马身上转到达特安面上,半晌不语,在那里疑惑,方才无礼的话恐不是向自己说的,徐徐的皱住眉头,半嘲半诮的向达特安说道:"我并未曾同阁下说话啊。"达特安怒那人冷诮他,答道:"我正是同你说话!"那人听见,两眼又射在达特安脸上,微微冷笑,徐徐行出店门,站在马前,离达特安两步。那两个人见他面色侮慢,不禁大笑。

达特安看见那人来至跟前,便拔剑出鞘一尺。

那人并不管达特安发怒,便向楼窗两人说道:"这匹马少年时候,毛色似黄花。在花木中,黄色不算稀奇,但是世界上黄色的马,真算稀奇了。"达特安答道:"世上的人很有胆子笑马,却没胆子笑马的主人。"那人答道:"我并不十分喜欢笑,你看我面貌便知,但是我要笑时,别人却管不得。"达特安道:"我若不喜欢时,却不许人来笑我。"那人便用冷语答道:"果真如此,也无甚要紧。"转头便要行入店门。

达特安忍不住火起,拔剑跟住那人,喊道:"你那无礼的人,回转头来!不来,我就要斫你的后背了!"

那人并不介意的冷笑道:"你想伤我!你莫不是疯汉么?"又低声自言道:"这事真可惜,王上正想招募有胆子的人当火枪手,这个疯汉,倒可以合式。"

说犹未了,达特安已是一剑刺来,那人往后一跳,拔剑相向。那时楼窗内的两个人,同那店主人,手拿棍棒火钳等物,向达特安乱打。达特安不能上前。那人插剑入鞘,立在一旁观看,似甚无事的,——一面唧咕道:"这些喀士刚尼人,真是讨厌!你们按他上那黄马,由他去罢!"

达特安虽被三个人围打，心更不服，大喊道："你这无耻的懦夫！我非杀你不可！"那人又唧咕道："这些喀士刚尼人，真无法可治！你们只管叫他自己跳，不久他也就跳够了。"

那人不知道达特安的脾气却是从来不肯认输的，那里肯罢手。几个人在那里打成一团，后来达特安手脚渐渐软下来，手中的剑也丢了，被棍子打作两段，额上受了一拳，晕倒在地，满面鲜血。

城中的人拥来看热闹，正是这个时候。店主人忙将达特安抬到厨房，替他医伤。那人又到了窗门，往外的看。店主人走到跟前，那人问道："那疯汉怎样了？"店主人答道："贵官并未受伤么？"那人道："我并没伤。我问你，那少年怎样？"店主人道："那少年一起首晕过去，现在好些了。"那人道："是么？"店主人又道："那疯子未晕倒的时候，他要用尽馀力，同你作对呢。"那人道："这人必是魔鬼了。"店主人道："他不是的。他晕倒的时候，我们搜他的衣包，搜不出别的东西来，只有十二个柯朗，还有一件洁净的汗衫。他将晕倒的时候说道，若是这事出在巴黎，你这时候，必已经后悔了。现在事体闹在这里，不久也要报仇的。"那人道："难道那汉子是个王子王孙改装的不成。"店主人道："我刚才告诉你的话，就是要你留点神。"那人道："他发怒的时候，可说出什么人的名字没有？"店主人道："我才记得了。他曾拿手拍口袋说，等我告诉了特拉维，你就知道了。"那人道："他曾说出特拉维名字么？我且问你，你曾搜他的口袋么？"店主人道："搜出一封信。是交御前火枪营统领特拉维的。"那人道："是么？"店主人道："是的。"

说到此处，那人听了这话，神色略变，店主人却并没留意。那人颇不高兴，咬牙自说道："真是怪事。难道特拉维密派这喀士刚尼人来半路害我么？不过这个人要干这种事，年纪还轻呢。但是年轻的人，人家倒不疑他。有时用小小的利器，倒可以破坏极大的事。"那人说完，想了几分钟，便向店主说："你有法子替我弄丢这汉子么？我杀了他，可是问心不过，但是他叫我讨厌得很。他现在在那里？"店主答道:"他在我楼上,在我女人的房内,他们张罗着养他的伤呢。"那人道:"他的衣包等物在那里?他脱了外衣没有?"店主答道:"他的衣包等物都在楼下厨房里。如果他叫你讨厌……"说犹未毕,那人道:"讨厌之极。他在你店里吵闹,体面的人实在不能受。请你快快算帐,叫我的跟人来。"店主惊道:"请客官不要就走。"那人道:"我早已想今日走的,故要先把马备好。你备好了么?"店主人道:"已备好了,现在大门口呢。"那人道:"既然如此,请你算帐。"店主人意甚不乐,自言自语的说道:"难道这个客人倒怕那小孩子么?"那客人怒目看他,他鞠躬走开了。

那一人唧咕道:"我须要小心,不叫那汉子看见密李狄①。她的车辆快该到了,其实已经过了时候了,不如我先上马去迎她。不知那给特拉维的信,说的什么,我到要想看看。"说毕,走到厨房来。

那时店主已跑到楼上自己女人的房里,看见达特安已醒过来了,他就告诉他:如果再同贵人大官争斗,巡捕一定要重办他,现在既经醒过来,请他快快离这客店。达特安听见这话,见自己又无外衣,头上裹了布,只好站起来下楼。刚走到厨房门口,看见刚才笑他的那客人,站在一双套马车旁边,同车里的人说话。

那在车里头的,却是一个女人,从车外可以看见她的面貌。那女人年纪约二十来岁,其貌甚美:脸色雪白,头发甚长,眼蓝,而多柔媚之态;唇如玫瑰,手如白玉。达特安听得那美女问道:"主教要我做什么呢?"那客人道:"要你马上回去英国,如果那公爵②要离开伦敦,你马上要给主教一个信。"那女人道:"更无别的话么?"客人道:"有。那些话都写在信上,收在这箱子里。现在你不必看,等你过了海峡,再看罢。"那女人道:"很好,你作什么呢?"客人道:"我回巴黎去。"女人

---

① 密李狄(Milady),原注:这一个字的前面应该有一个夫家的姓,但是我们见原稿上是这么用的,也就不去改动了。〔按:密李狄一字有"夫人"之意,所以上面应该有一个夫家的姓;大仲马在本书自序中,假托本书乃从一旧抄本名"德拉费伯爵传"改作成的,所以此处的自注,说"原稿上是这么用的。"——注者〕

② 公爵,此所解"公爵",指英国的权臣巴金汗公爵;详见后。

道:"你不收拾那汉子吗?"达特安听见这话,赶紧往外跑;不等那客人回答出来,达特安已经站在门口大喊道:"那汉子还要收拾你呢!你这趟可跑不掉了。"那人皱眉道:"跑不掉?"达特安道:"在女人面前,你可没有脸面跑开了!"那女人见客人用手去拔剑,便止住他道:"我们的事体要紧。耽搁半刻,便要误事。"那客人道:"你说的不错。请你先走你的,我走我的。"说毕,同那女人点点头,跳上马鞍。那马夫即上车,两人分道而去。

店主大喊道:"客官,房火还没有算清呢!"那客人骂那跟人为什么不先算清,跟人把银钱数枚摔在地下,鞭马跟随主人而去。达特安亦大喊道:"无耻懦夫!匪徒!恶棍!"骂不绝口。那时重伤初愈,骂的太费力,晕倒在地,还在那里骂。店主把达特安扶起,说道:"你的骂实在不错。"达特安说:"他虽是个无耻下流,但是她——她可是很美。"店主道:"什么她?"达特安妞妮道:"密李狄。"说着又晕倒了。店主自言道:"懦夫也罢,美人也罢,我今日丢了两宗好买卖。但是这一个定要多住几天的了,算来还有十一个银钱入腰包。"那时候达特安身上只有十一个银钱,那店主盘算好了,住一天,算一个银钱,那达特安恰可尚有十一天好住。

谁知第二天早上五点钟的时候,达特安自己可以起来,走到厨房,讨了些油酒等物,照他母亲传授的方子,配起药来,敷在身上受伤的地方,自己裹好,不用医生帮忙。却也奇怪,一则因方子实在灵验,二则因无医生来摆布,那天晚上就能动走如常。到了明早,几乎全好了。那两日达特安不饮不食,倒不费钱,只是买些油酒药料,花钱也有限。马吃的本来也有限,却被店主人多开了帐。达特安把钱包摸出来,要结帐,忽然摸不着那封要紧的信;摸来摸去,那里有个信的影儿。他着急极了,几趟大闹起来。店主人拿了铁叉,他的女人拿了帚把,那些店里的伙计拿了前日打过他的棍棒,都赶来。听见他喊道:"还我荐书,还我荐书!你不还我,我把你们都叉起来,同叉雀的一般!"达特安一边喊着,一边就伸手拔剑,谁知那剑是前日折作两段的了。那一段店主人收起来,将来要改作别的东西;带柄的那一段,仍旧插在鞘上,拔出来,不到一尺长的断剑,却是无用。

那店主人见达特安实在着急,便问道:"你那封信究竟丢在那里了?"达特安道:"这句话,我正要问你。那封信是给特拉维的,一定要找着,如果不赶快找还我,我须想出法儿来找的!"店主听见大惊,——因为那时的法国人,第一怕的是国王同主教,第二怕的就算是特拉维了——赶紧把铁叉放下,叫他的女人同伙计们,把家伙都放下,一齐去找那封信。找了好几分钟,找不着。那店主问道:"你那封信,有值钱的东西没有?"达特安道:"怎么不值钱!我将来的功名富贵,全靠着这封信的。"那店主大惊,问道:"信里头可是有西班牙的汇票?"达特安道:"不是西班牙的,是法兰西国库的汇票。"店主更怕起来。达特安道:"光是钱,也算不了什么,不过那信是有性命交关的。我宁可失丢一千镑金钱,不愿失丢这封信。"他本来要说二万镑的,因为忽然觉得不好意思,故只说了一千镑。

那店主无法可想,忽然想起一事,便说道:"你的那封信,并未曾丢了。"达特安道:"你怎么讲?"店主道:"你的信被人偷了。"达特安道:"偷了么?谁偷的?"店主道:"就是昨天那客人。你的外衣脱在厨房,那客人在厨房好一会。我敢拿性命同你赌,你的信是他偷了去。"达特安半信半疑道:"你当真疑是那人偷的么?"店主道:"我看当真是那人偷。因为我告诉他,你系特拉维提拔的人,带了一封荐信,他听见了,当时脸上变色。他知道你的衣裳在厨房,马上就跑到厨房去了。"达特安道:"如此看来,定是他偷的无疑了。我定要把这事告诉特拉维,特拉维定必告诉国王。"说完,拿出两个柯朗,交把店主,拿了帽子,走出店门,上了黄马,平安无事的来到巴黎城外安敦门①,把那黄马卖了三个柯朗。达特安甚为得意,以为卖得好价钱。那买马的人,原来不肯出这大价钱,因为看见那马的毛色,实在稀奇,故此出三

---

① 安敦门(Gate of St. Antoine)。

8

个银钱买了。

于是达特安步行入城,找了好几处,后来在福索街①租了人家顶高一层的一间房。交了押租,搬了进来,先把衣服的边子缝好,到街上配好了剑,就跑到卢弗宫②,碰见一个御前火枪营的兵,问明了特拉维的住址,原来就在哥林布街③,离他的寓所不远。达特安欢喜之极,到寓酣睡,明早九点钟起来,便去见那国中第三个阔人。

---

　　① 福索街(Rue des Fossoyeurs)。
　　② 卢弗宫(Louvre),法京巴黎的一个古宫,据说始建于六二八年;后来历朝皇帝,都有增修,路易十四所增修的,尤多。这宫为世界大建筑之一,连排的房屋,计长一千八百九十一尺,现在改为美术馆。
　　③ 哥林布街(Rue du Vieux-Colombier)。

第二回　初逢三侠

话说特拉维原是喀士刚尼人,出身却是寒微,同达特安也差不多。他出身的时节,腰间并无一个钱,只是胆子大,人又聪明,可是到了后来,却比那些富贵的子弟,好得多了。他的胆子既大,什么艰险的事体都不怕,兴致又好,最好同人争斗,恰好朝上有人帮忙,故此不到几时,富贵都到手了。

他的父亲,当日在朝,同老国王显理第四①极相好,替国家立了极大的汗马功劳,老王那时因国库空虚,不能拿财帛来赏功臣。老特拉维虽立了大功,可得不着什么钱财,老王赏他一个走狮的徽章,上加"忠刚"两字。那老特拉维高兴的了不得,临死的时候,并无金银财帛,只好把自己所用的剑,及老王所赐的两个字,遗交他的儿子。

特拉维自此之后,常在宫内陪伴太子。特拉维用剑的本事,练得极熟;路易第十三也算是当时有名会比剑的好手,故此常时对人说:"如果我有朋友因为争斗,同人比剑,要请陪手,第一最好请我,第二莫如请特拉维。"路易第十三同特拉维真是相得。那时世界扰乱,国王的身边总要有特拉维这种人。那时要找刚强之人,却也不难,说到个"忠"字,倒是极难的了。特拉维那个人,真算够得上那"忠"字。他

---

① 显理第四(Henry Ⅳ),他就是路易十三的父亲,半生在军营中过去,即位后整理内政,颇著成效。后于一六一〇年五月十四日遇刺而死。

对待国王极恭顺,极大胆,又善看风色,故此国王派他做御前火枪营的统领。

那时国里有个红衣主教,叫做立殊理①,算得国内第一第二有权力的人。他看见国王有个火枪营,他也弄个火枪营,同国王针锋相对,当作自己的亲兵。这两营的统领,到处搜求,要寻那天下第一等好剑法的人,来当火枪手。国王同主教见面的时候,常常谈到火枪营,各人自夸各人的火枪营好,夸他身体如何强壮,胆子有多们大;面子上虽不许那两营的人争斗,不许比剑拼命,暗地里却鼓励他们打架,那一营输,那一营赢,却是极留心的。

路易第十三却有一件短处,就是不甚念旧。好在特拉维是早晓得的,故此君臣相得。他常时把自己的火枪军,操演把主教看;见他们军人的模样,极其骄蹇,那主教气得须都挢起来了。特拉维又晓韬略。当日情形,与现在不同,打仗时抢敌人的东西,太平时抢本国人的东西;他火枪营的人,也是如此。终日无法无天的,除了他们自己的统领外,没有人能降伏他们。那些酒店同热闹的地方,常常有御营的火枪手吃得半醉,在街上乱喊乱唱,总要借个机会,同主教的火枪手打架。若是被人打死,他知道自己死后,必有一番光荣,又有人同他报仇;若是打死了他人,特拉维总要想法,不叫他监禁得太久,又不叫他受别样的委屈。故此那御营的人,看见了他们的统领,就如天

---

① 立殊理(Richelieu),他的名姓爵号,全写出来是 Armand Jean Duplessis, Cardinal Richelieu,法国历史上一个有名的人物。一六二二年,被派为红衣主教;一六二四年,为法王路易十三的大臣,秉国政。他在那时欧洲的政治舞台上,号称为大阴谋家。他一生最大的政绩,第一是把路易第十三的妹子嫁给英王查理第一,因而和英国连盟,以扼西班牙;第二是围攻罗谢尔,剿除 Huguenots(这个名儿,不知始于何时,只知是十六十七世纪宗教战争时代罗马旧教徒称呼法国新教徒的特名)的最后的根据地;第三是远征意大利,阴谋联合意大利的诸侯、教主及北欧的新教徒,以扼奥国。他不但是大阴谋家,又是极好的大将。一六三五年后,他和西班牙开了战,西奥联军的大将 Piccolomini 引兵进披喀狄,直逼巴黎的时候,立殊理以三万步兵、一万二千骑兵出奇制胜,大败敌兵于披喀狄,就此结束了战事。他不但是大军事家,又是学问家。他首创法兰西学会,替法国造成了最高学府的基础;他自己又做了许多剧本及《回忆录》(Mémoires)一本,剧本已经不大有人说起,《回忆录》却到现在还颇有名。

神一般。这班人虽算是亡命之徒,见了统领,可害怕的了不得,服从得很,不问遇见大事小事,人人都肯拼命,保住那统领的名声。

特拉维有了手下这一班人,不独能替国王办许多事,并且可以增长自己的势力,或替朋友帮忙。但是特拉维的势力虽然大,却不肯假公济私,仍系完完全全的一位极靠得住的人。他虽然常常同人打架,受伤的时候也不少,兴致还是好的了不得;人人都敬他,怕他,爱他。那时的达官贵人很多,如王宫及主教府里,来的客人算是最多的,其余阔人的地方,还有二百多处,还算统领的宅子,宾客最多。夏天是午后六点钟,冬天是晚上八点钟,来的客人最多;常时总有五六十名的火枪手在那里,看来极是热闹。那楼梯上来往的人不绝,前厅坐的都是客人,特拉维在旁边那一间小客厅会客,得闲的时候就阅操。

再说达特安来的那一天,可巧来往的人比寻常多些。大门里头便是院子,满院子的人都是军人装扮,在那里吵闹顽耍。除非是高等的武官或系贵人妇人,若是别人在那院子走过,总要被那班军人开顽笑的。达特安走入院子来,陪着笑脸,剑长拖地,心里只管一上一下的跳。从第一群人里钻出来的时候,心里觉得安些,见那班人转眼看他,自己虽觉得无甚好笑之处,心里不免疑惑那班人在那里顽笑他。

走到楼梯口,有四个火枪手在那里顽,旁边有十馀人等着。那四个人里头,有一个人站在楼梯最高一级,手执利剑,不让那三个人上来;那三个人拿了剑,攻打那一个人。倘若有人受了伤,不独旁观的人笑,受伤的人,还跟着笑。那第一个人本事甚好,居然拦住那三个人。原来这种顽耍,也有规矩的:那受伤的人,算输了,不许再顽,旁边的人来补他的缺。达特安看了不到五分钟,看见那第一个人把攻打的三个人,都伤遍了:一个人伤手,一个伤颊,一个伤耳;他自己却并未受伤。那达特安原是个天不怕地不怕的,看见这种顽耍,心里不禁一惊。他自小在乡下的时候,顽过的淘气冒险的事真不少,却没顽过今天看见的事。

前厅外头,许多人闲谈,谈的都是妇女的事,达特安听见,又害怕,又脸红;谈的都是贵人家里的人幽期密约的事,情节毕露,不留馀地。达特安是个好冒险的人,也有些思想的,从前也曾同那婢女仆妇闹过累坠,却未曾听过那班人说的事情。

等到走入前厅,那些人谈的却不是妇女,谈的却是秘密国事,都是与欧洲各国极有关系的。又有许多人谈的是主教的阴私事情。从前有过人评论主教的行为,已经被主教杀了,谁知在这里倒可以放肆的谈。达特安的父亲是最尊敬那主教的,谁知那御前火枪营的军人倒可以拿主教来作笑话。有些人在那里唱歌,姗笑主教的女相好,叫做代吉隆夫人①的;也有姗笑主教亲眷②的;也有在那里想法子,同那主教手下的人开顽笑的。这班人倒也奇怪,就是姗笑主教到顶闹热的时候,若有人提到国王二字,马上不吵了,各人都前后四围的看看,像是恐怕有人在那里窃听的。等到又有人谈到主教,各人又放言高论,不留馀地。达特安听见这些话,不禁打了一战,自己想道:"这班人如此放肆,不是问绞,定要监禁的了。我站在这里听,恐怕还要拖累到我呢。我若是同这班野人来往,我的父亲知道了,怎么样呢?我父亲是平日最敬重那主教的。"达特安只管在那里听,可不便插嘴,但是听得有味,只管在那里留心的听,留心的看。那班人从来未曾看见怎样的一个人,便有人问他在那里"要什么"。达特安先自己通了名姓,然后把要见统领的话,告诉了那下人。那人请他略候。

达特安从新又把那班人细细的看,看见中间一群人里头,有一个身躯壮大的火枪手,模样十分骄蹇,身上亦不着号衣,只穿一件天蓝夹衫,肩上挂了绣金带子,外罩红绒大衣,胸前露出那绣金带子,挂了一把大剑。这人值班才下来,故作咳嗽之状,说是受了点风,故披上红绒大衣,一面大模大样的在那里说话,一面拿手来捋须。那时达特安同旁观的人羡慕那绣金的带子。达特安听他说道:"人总要时路。趋时的事,本来没甚意思,也是没法。人有了家当,总得花几文。"内

---

① 代吉隆夫人(Madame d'Aiguillon)。
② 主教亲眷,这指主教的侄女甘白勒夫人(Madame Cambalet)。

中一人答道："颇图斯,你难道说那绣金带子是你父亲给你的钱买的么？我肯同你赌：那带子是那蒙面帕的美人送你的。就是上礼拜那天,我看见在安那门①你同她说话的美人。"颇图斯答道："我老老实的告诉你,的确是我用自己的钱买的。"又一个火枪手说道："不错的。你买那带子,同我买这新钱袋一样。我的相好,把钱装在旧袋子里,我拿那钱,买了这新袋子。"颇图斯答道："你虽是这样说,我却是花了十二个毕士度②买的。"众人听见了,还是羡慕他,却不甚相信他的话。颇图斯便转过头来,对一个同伴说道："阿拉密③,我那一番的话你可以作见证。"这一个同伴的面貌同颇图斯却相反：年记约廿二三岁,一脸的柔和,眼睛黑而温润,脸带微红,两撇细润的须；平常不肯多说话,说话的时节,声音低而慢,常常的鞠躬为礼；笑时声音不大,牙齿白而整齐。那同伴对他说话,他略略的点头。众人看见了,才相信颇图斯那带子是自己钱买的。

众人犹是羡慕不绝,又谈到别的事体上。内中又一个火枪手问大众道："你们看查赖士④家臣告诉我们的那一件事,怎么样？"颇图斯问道："他说的什么事？"那火枪手道："他说,他在巴拉些尔⑤碰见卢时伏⑥,——卢时伏是主教的好朋友,你是晓得的,——他改了装,扮作伽普清教士⑦,那蠢人竟被他瞒过,看不出来。"颇图斯答道："他是个大蠢人,不必说了。但是你打那里听见的？"那人答道："阿拉密说

---

① 安那门(Gate St. Honoré)。
② 毕士度(Pistoles),钱名。本为西班牙金钱名,约值六先令；十六世纪时代,法国用之。
③ 阿拉密(Aramis)。
④ 查赖士(Chalais)。
⑤ 巴拉些尔(Brussels),比利时的京城名,通译为不鲁塞尔。
⑥ 卢时伏(Rochefort)。（编者按：后文或作罗时伏。）
⑦ 伽普清教士(Capuchin),"伽普清"是 Capuchin 的音译；Capuchin 这字从 Capuche 而来,原是一种帽子的名儿。圣弗兰昔司(St. Francis)宗派中间有一派苦修的僧士都带这种帽子,所以人家就称呼这种僧士为"伽普清"。据教会的纪载,伽普清一支,是意大利的高僧名叫 Metteo di Bassi 的,在一五二六年所创立。Capuche 帽的形状,有长尖的顶和阔的边；据说圣弗兰昔司原本戴的这种帽子。伽普清教士的服装,除这可注意的帽子外,又有灰色或棕色的长袍；英国文学家司各德的诗,有云："赤着脚,胡子很长,"来的是一个伽普清。"那末,伽普清教士大概又是常常赤足,并且不剃胡须——这都以表示他们的苦修而已。

的。"颇图斯问道:"是你说的么?"阿拉密答道:"你晓得的,我昨天已告诉你了,现在不必再提罢。"颇图斯答道:"这是你的意思说不必再提罢!为什么不必再提呢?你拦的太快了。主教买出一个奸细来,侦探一个人的事,又买出一个无赖一个贼人,偷他的书信,又要把查赖士杀了,反要同人说,是查赖士要弑国王,把王后嫁与王兄;这件事是你告诉我们,我们才晓得的。我们听见了,好不惊讶,不知是件什么事,你到要叫我们不必再提了!"阿拉密答道:"既是这样,我们就谈这事何如?"颇图斯道:"假使我是查赖士的家臣,那卢时伏总要受我一刻钟的窘。"阿拉密道:"后来你可要受那主教的一刻钟非常之窘。"颇图斯点头拍掌的大笑道:"你说的是。主教这意思好极了,我永远忘记不了;你说的也有趣。你为什么不跟住你当初的意思,去做教士;你到可以做成一个头等的教士。"阿拉密答道:"这不过暂时的事。往后有一天,我总要做教士的;我现在常时讲习教里的书呢。"颇图斯对众人道:"他是说得到,做得到的;迟早总要做教士的了。"阿拉密道:"我看还是早些做。"有一个火枪手接住说道:"他现在等一件事,等到了,他便要披上那教士的大袍了。我看那件教袍,是预备好的了,挂在钉子上,藏在军衣的后面。"又一个火枪手问道:"他等的是那一件事?"那头一个火枪手道:"他等的是王后产太子。"颇图斯拦住道:"诸位不要开玩笑了。王后年纪并不老,还能生太子呢。"阿拉密冷笑的说道:"有人说,巴金汗①现时在法国呢。"颇图斯答道:"你这次可错了。你说话说得太聪明,有时太说多了;倘若我们的统领听见你这番话,你可要后悔了。"

阿拉密听见,两眼发怒,对颇图斯说道:"你要训我么?"颇图斯道:"我的好朋友,你要想做教士,就做教士;想做火枪手,就做火枪

---

① 巴金汗,就是英国的权臣巴金汗公爵(Duke de Buckingham),名姓叫 George Villiers。他是一五九二年八月生,行二;少时已极得英王乾姆司第一之信任,后为查理第一大臣;查理第一与路易十三的妹子订婚的时候,他为议亲大臣,因此到法,恋爱了法后。一六二八年八月二十三日,第二次远征拉罗谐时,为海军士官费尔顿所刺杀。

手;拣一样做,不要做两样。你可知道那天阿托士①说你的话么?他说你什么事都要来一份。你记得我们三个人的约,你就不必生气了。你跑到代吉隆夫人那里去充好汉子,随后你又到波特里夫人②处去讨好,我知道你是她心爱的人。现在并没人查你的行为,也没人疑你办事没分寸,你也不必解说你何以运气独比别人好。你既然灵巧,这些事是一句不提,你为什么单要提起王后的事呢?人家讲国王,讲主教,那都不甚要紧,但是王后的声名,是神圣不可侵犯的。我们不谈王后就罢了,若要提起,总要尊尊敬敬的才是。"阿拉密负气的答道:"颇图斯,你这个人自大得很,我不必隐讳的了,我最不喜欢你这样训我的话。阿托士训我,我到不甚要紧,你不配摆出教士架子来训我。你肩上挂的绣花带子,不是训人的应该挂的。我要想做教士,就做教士,不过现在我当火枪手,我既然当了军人,我就可以要讲就讲。我现在就要说:你极其讨厌。"说毕,两人互叫名字,正欲相打,众人正劝,忽然有人开喊道:"统领传见达特安。"那时众人便屏息无声。达特安穿过前厅,入去见特拉维。

---

① 阿托士(Athos)。
② 波特里夫人(Madame de Bois-Tracy),她是那时王后党的施华洛夫人的堂姊妹。

第三回　统领激众

　　特拉维面带怒容,见了达特安,倒是极恭敬的。达特安深深的打躬,说了几句恭维的话。那统领听见他的乡谈,想起自己少年的情景,不禁的微笑;一面作手势叫达特安略等一会,一面走到门口喊了三声:"阿托士！颇图斯！阿拉密!"都是发号令的声音,内中还带好几分的怒气。那两个人听见,随即入来,把门关了。达特安看见这两人走进来的模样,心里着实的羡慕;他看这两个人就如同神仙的一般,看那统领就如雷神一样。

　　那门关了之后,门外又有议论的声音。那门内只有统领走来走去,皱住眉头,走了几遍,忽然站在那两人的面前,问道:"你们可晓得,昨晚国王同我说的什么话?"颇图斯迟疑半晌的答道:"我们并不晓得。"阿拉密鞠躬尽礼的答道:"请你告诉我们。"统领道:"国王告诉我,已后要从主教的亲兵营内挑选火枪手了。"那两人齐声问道:"从主教亲兵营里挑选！这是何意?"统领道:"国王的意思总是嫌水酒无味,要加点火酒。"那两人满面通红,达特安恨不得沉在海底。

　　特拉维接着疾声说道:"这是实在情形,不能怪国王。我们火枪营的人,实在不成话了。昨天主教同国王打牌,向我说道:'你的火枪手在一个酒馆里头闹事,我的亲兵没法,只好捉他们。'你们是知道的,我的火枪手,是给人捉的吗？你们两个都有份子,那主教把你们的名字都说出来了。这也是我的错,我没眼睛,不会挑选人。阿拉

17

密,你试看看你自己的模样:你为什么要穿军人的衣服?你还是穿教士的袍子好!颇图斯,你到底要那绣花带子何用?你挂的不过是把草刀子!阿托士那里去了,为什么他不来?"

阿拉密垂头丧气的答道:"统领,他病了,病重的很。"统领道:"病了!什么病?"颇图斯接住道:"他出天花。恐怕将来连脸都要糟蹋了。"

特拉维怒道:"脸都糟蹋了!害的天花!颇图斯,你不要胡说了,我都知道了!他是受了重伤,或者已经送命了!我就要查明白的。你们真不是东西,你们不许在那些不体面的地方消闲了!不许在大街上市面上打架了!别的也还罢了,你们为什么让主教的亲兵,把你们当作笑柄;你们为什么同那流氓一样,被人捉去!那些亲兵,胆子比你们大,主意比你们多,他们是懂得规矩的。我晓得他们是不让人家捉去的,我也晓得他们宁可拼了命,是不肯逃,不肯被人捉的。你们实在太不顾我的脸了。"

那两个人听了,登时怒发冲冠,恨不得把那统领弄死了,但是他们心里明白,因为统领爱惜他们,才说出这一番话。他们只好咬牙切齿,在那里顿脚,把手拿剑柄,牢握住。那门外听见的人知道是统领生气。有人窃听的,听见统领那番话,登时转述各人知道。不到一会子,厅里头人,及院子上的大门内的人,大吵起来。

那时特拉维大怒,好像发狂的喊道:"我告诉你们罢!御前火枪营的人,被主教的亲兵捉了!"他部下的军人,听见这话,犹如刀刺一般。统领又喊道:"六个亲兵捉了六个火枪手。我此刻就去见国王,辞了这差使,不干了。不如投到主教那里,当一名帮统,他若是不答应,我只好出家,做和尚[①]了!"那时外边的人,鼓噪起来,实是可怕,有发誓的,有咒骂的,有喊杀的,有喊死的。达特安亦觉得惭愧难堪,恨不得躲在帐后,或藏在桌子底下。

[①] 和尚,这所谓"和尚",指天主教里的一种苦修的教士;译文里借译做和尚。

颇图斯至此忍耐不住,同统领说道:"统领说得不错,我们是六个人对六个人,本来自有公道,乃我们尚未动手,已经被他们杀了两个。阿托士受了重伤,他受伤之后,爬起来两次,同他们打,跌了两次。到了这个地步,我们并不放松。他们见直恃众,把我们硬拖去,我们只好想法逃了;那时他们以为阿托士死了,随他倒在地上。这就是实在的情形。统领是明白的,大凡打架,不能次次都是赢的。从前旁培①也有法沙利阿②之败。法兰琐③算是名将,也曾败于巴维阿④。"

阿拉密接道:"我是用敌人的剑把敌人杀死。因为我自己的剑,一动手时便坏了。"

统领怒气平些,说道:"这话我倒不听见。原来主教的话,太过了。"

阿拉密道:"求统领千万不要告诉国王,说阿托士受伤。他若知道国王晓得他受伤,他可就要拼命的了。他受伤甚重,深入肩膀及前胸,恐怕……"说犹未了,门帘打开,忽见一极美貌的男子,脸无血色,站在门口。

那两人一见,齐声喊道:"阿托士!"统领也喊。那人微声答道:"我的同伴说是统领找我,我来听统领的分付。"说毕,脚步稳稳,向前直行。特拉维见他如此义气,心也动了,即刻跳起,往前迎接,说道:"我刚要告诉这两位,我要请我部下的军人,不要无端的冒险,自伤性命;因为国王最看得重的,是有胆子人的性命。国王是知道,那火枪手都是勇中之勇。你的手呢?"那统领不等阿托士回答,便伸手来拉他的右手,亲热的了不得,却不觉得阿托士虽是自己心里把持得住,

---

① 旁培(Pompey),世界著名的罗马大将,约生于纪元前一六年。一生征讨,所向皆捷,但在纪元前四十八年,法沙利阿一战,旁培军大败,亡至埃及,为人谋杀。
② 法沙利阿(Pharsalia)之败,见前条。古时希腊 Thessaly 邦内的一个县名。
③ 法兰琐(Francis the First),就是法王法兰琐第一,查理的儿子;一五一九年,德皇 Maximilian 死,法兰琐是候补人,有继位的希望,但其后皇位竟为查理第五所得,于是法兰琐遂起兵攻查理,连战数年,卒于一五二五年二月二十四日兵败于巴维阿,法兰琐被擒。
④ 巴维阿(Pavia),见前条。是意大利北部的一个城。

身体却禁不住,微微的哼了一声,脸上颜色比前略加灰白。阿托士进来之后,并未关门,门外的情形,扰乱得很,因为众人都知道阿托士受了重伤。听见统领末后那几句话,众人皆以为然。有两个从门帘蕤子探头入内,那统领正要斥其无礼,忽然觉得阿托士的手硬了,向他面上一看,见有晕倒之势;——阿托士忍痛已久,至此不能支持,晕倒地下,如死人一样。

特拉维喊道:"叫我的医生来!叫御医来!叫最好的医生来!不然,我的阿托士要死了。"门外的人听见了,跑了好几个进来,围住阿托士。幸而医生就在府里,推开众人,走了进来,马上把那受伤的人,搬到别的房子,关了门。平常那统领的会客厅是闲人不得进来的,现在站了许多人,个个咬牙切齿的要同主教及他的亲兵为难。稍停一会,颇图斯、阿拉密出来,只丢下统领同医生看守阿托士。随后特拉维也出来,告诉众人说:"阿托士已醒过来,医生说是失血太多,馀无大碍。"说毕,摆手,叫众人出去,惟有达特安一人,留在后头。

那房门关了之后,特拉维看见达特安仍在那里,便问他的来意。达特安自己报了名字,那统领才想起来,对达特安道:"我的同乡,你不要怪,我见直的把你忘了。我实在没法。做了统领,也不过做人家父兄一样,手下的军人,就是子弟,不过国王的号令,主教的号令,是要遵守的。"达特安微笑不答。那统领看见,知道这人是伶俐的,便不去闲谈,见直的同他说正经话,说道:"你的父亲,我是素来敬重的,他的儿子,我是极愿意帮忙的。你简简捷捷的告诉我,我实在忙。"达特安答道:"我从家里来的时候,原要求你派我当一名火枪手。我到了这里,不过两点钟,看见这里的情形,我便知道这火枪手是很有体面的事,我恐怕我还够不上。"统领道:"火枪手却是极有体面的差使,你也很可以够得上,并不是望不到手的,不过这件事我还要同国王商量。我老实告诉你,须要打过几次仗,立点军功;不然,也要在别的营里当兵,有了两年资格,才可以补一名火枪手。"达特安知道自己的资格未到,鞠躬不语。统领知道他的思想,说道:"念你的父亲同我同事的交情,我还可以同你设法。向来从般尔①到这里来谋事的人,大约都是不甚宽裕的,我离开喀士刚已多年了,大约情形尚未改变。据我看来,你腰间未必有钱。"达特安听见,站得直直的,脸上带点骄傲的意思,表明他并不是打抽丰来的。特拉维说道:"我知道你的意思,我领略得你的面孔。这可不相干。我当初到巴黎来的时候,我只有四个柯朗。那个时候,倘若有人微露意思,笑我无钱买不起王宫,我是要同他打架的。"达特安因为卖了那黄马,腰间尚有八个柯朗,比特拉维当时还多了四个柯朗,不知不觉的那得意之色,比前更甚了。统领又道:"无论如何,你那几个钱,可不要乱花了。凡是上等人应该晓得的技艺,你先得学习。我今天就写信给武备院的总办,你明天就可以去,也不必你花钱。你可不要看不起这件事,有许多富贵人家,要想进去,还不能够。你在那里学骑马,学比剑,学跳舞,还可以多交朋友。你常常的来见我,我要知道你的情形,并且看看还有可以帮你忙的地方没有。"

达特安虽然不知宫廷情形,倒觉得那统领待他无甚亲热的意思;达特安叹气道:"我实在不幸,没有一封荐书来见你。"特拉维道:"我觉得实在奇怪。你大远路来,并无荐书,那却是少不得的。"达特安道:"我离家时,原有荐书的,是我父亲手写的,不过在路上被人偷了。"说毕,就把当日在客店的情形,细说一番。统领问道:"这是奇怪了。你可曾说出我的名姓来?"达特安道:"我说出来的。因为你的名字赛过护身符,碰见有了为难,我就依赖他。"那时世界,最讲究恭维,不独国王主教好恭维哩,特拉维亦是个人,听见这话,不觉微笑,意甚快乐。不过半晌之间,忽又露出严厉之色,问道:"你看见的那个人,颊上有个小疤么?"达特安答道:"有。好像是脸上受过枪子刮过的。"统领道:"那人身材甚好么?"达特安道:"是。"统领道:"那人生得高?"答道:"是。"又问道:"是否头发深黄,脸色略淡?"答道:"是的。我要

---

① 般尔(Béarn),法国古省名,喀士刚即属此省;喀士刚语成为此省方言。

找寻这人,他要跑入地狱,我也要找着他。"又问道:"你想来他在那里等候一个女人?"答道:"好像是的。那女人坐车来的,他同那女人说完了话,他就上马跑了。"问道:"你可听见他们说什么话?"答道:"他把箱子交给那女人,说道:'信条都在箱子里,你未到伦敦却不许开看的。'"问道:"那女人是英国人么?"答道:"我却不晓得。只听见他称呼那女人做密李狄。"特拉维自言自语的道:"必是那人,无疑了。我还以为他尚在巴拉些尔。"达特安道:"统领如果晓得那人在什么地方,请你告诉我。你应许我的事,我先不管,我先要找着那人,洗洗我受他的羞辱。"统领道:"你年轻卤莽,我先关照你:你要留心,你若看见那人在街上东边走,你要改在西边走。那人好比是块极硬的大石,你好比是块玻璃,你若碰上了他,可是要粉碎的。"达特安道:"我可不管,只要碰上他。"那统领接住道:"当下你要听我的话,不要想法子去寻那人。"

忽然间特拉维疑惑起来,自己盘问道:"那个人偷了你的信,那也算不了什么大事,你何苦如此怀恨,难道里面藏了诡计,他所说那痛恨的话,不过是装来骗我的不成?难道这少年,是主教的奸细么?特为来叫我上他那圈套,叫他来作我的心腹,打听我的秘事,日后害我。"想到此处,把眼钉着那达特安好一会,看见他脸上坦白不过,疑心稍释;心里想道:"这人却是个喀士刚的人,就怕他系替主教办事的人,我且来试试他。"特拉维慢慢的问道:"你是我老友的儿子,我相信你的话,那荐书是被人偷了。现在朝廷秘密的事甚多,我要告诉你一二。外间谣传说,国王同主教不对,其实他两人好的了不得,假装不对,蠢人被他们瞒过了。你是我老友的儿子,我甚不愿意你上那阴谋诡计人的当;你上了当,就坏了。我是一片忠诚,替国王尽力,替主教尽力的。那主教是法国最有才干的大臣。我现在同你说的话,你要自己细细的斟酌;你若是因为家事,或因为你自己实在愿意,要同主教反对的人一气办事,我们的道路,是要分开的了:你我不能同在一处。我并不是无照应你的法子,但是现在我可不能安置你在我府内。

我是以好友相待,故把实话相告;我同别的少年,还没有这样开诚布公的话。"那特拉维心里又想道:"倘使那主教叫这少年奸诈的人来探听我的,必定叫这人在我面前,极力说他不好,叫我心里喜欢。如果我猜的是实,这少年就要骂那主教了。"谁知他此次却没猜着。那达特安随口答道:"我的意思,同统领的一样。临走的时候,我的父亲告诉我:叫我只要听国王、主教及统领的号令,不听别人的调度。他说这三个人,是法国最高无上的人。"——其实他父亲说的,只是两个人,达特安自己加上统领,也不过恭维的意思;接着又说道:"我是最尊敬那主教的。统领刚才说的话,我听见了,高兴的了不得,因为我借此可以表白我的意见,是同统领一样的,倘若统领不能尽以我的意见为然,请你仍旧的照应我。我看统领的交情,比什么还重呢。"

特拉维听了这话,见他又坦白,又伶俐,颇为诧异;心里想道:"如果这人是来当奸细的,越伶俐是越可怕。"心里仍怀着疑团,面上仍是不露,挽住达特安的手,说道:"你是个少年老成。不过现在我只能替你做到这个地步,但望你时常的来见我,便可以常同我商量,将来总可以同你再想法子。"达特安道:"统领的意思,大约是叫我找机会,显些本事,无疑了。我想不久就可以做给统领看。"说毕,鞠躬,便要出去,特拉维止住他道:"你且等等。我写信把你,交给那总办。如果你看不起这信,我也不写了。"达特安道:"我很想得那封信。我这次可小心了,不要失丢这信。那个要想法子偷我的信,我是不肯与他干休的。"特拉维听了这话,不禁微笑,走到书桌写信。那达特安看街上走过的火枪手。

特拉维把信封好,正站起,方要把信交与达特安,忽然看见他面红发怒,跑出房外,大喊道:"你这次可逃不出我的手了!"特拉维叫道:"谁,谁?"达特安跑下楼,一面跑,一面喊道:"那个贼,那个反叛!"特拉维自言道:"这个疯汉难道他见诡计不行,借此逃脱么?"

第四回　达特安惹祸

达特安两步跳出前厅,赶下楼去,一跳四级,不提防碰了一个火枪手;一面跑,一面说道:"对不起,我忙的很。"刚跑到楼下,那人一手拉住他的带子,说道:"你忙的很么?你想说一句对不起,就完了么?这可使不得。统领今天还可以叫我们下不去,你可不能摆这种模样给我们看?"——那人原来就是阿托士,医生看过之后,正要回去。

达特安认得是他,答道:"我实在不是有意碰你的。我不妨再告诉你,我实在是忙的了不得。请你让我走罢,我的事要紧。"阿托士放手说道:"你这个人,不见得懂礼法,我一看见就知你是乡下来的。"达特安回头答道:"你也不必问我是那里来的,你也不配教训我。"阿托士道:"为什么我就不配?"达特安道:"我是着急要捉一个人,不然,我要……"阿托士忙接住道:"你不必远跑,就可以找着我。"达特安道:"在那里找你?"答道:"就在喀米德所①。"问道:"你几时在那里?"答道:"正午的时候。"达特安道:"正午我来找你。"阿托士道:"你可不要叫我等,等到十二点一刻,我是要来找你,割你的耳朵。"达特安道:"我差十分,到十二点时便到。"说毕,又跑,同鬼迷的一样,要赶那个人。

那时颇图斯站在大门,同守门的兵说话,两个站得相近,只容一

---

① 喀米德所(Carmes-Desohaux),巴黎城中的一个古庙,详见下回本文第一节。

个人打中间走过,那达特安像一枝箭打当中跑来。谁知那时刮了一阵风,刮起颇图斯的外衣,刚把达特安全裹起来。颇图斯死命的拉住那外衣,达特安跑不出来,用力扯来扯去,把那人肩上挂的绣花带子的底,全露出来。原来那条带子,面上虽绣的好看,那阴面却是皮的。因那颇图斯买不起全条绣金的带子,只买了一条半金半皮的,故此常怕冷,常披上那件外衣。颇图斯见了,大怒道:"你这人疯了!那里有这样碰人的?"达特安摆脱出来,答道:"对你不起,我忙得很,我要赶一个人。"颇图斯道:"你忙的时候,丢了眼睛的么?"达特安道:"不。我的眼甚好,别人看不见的时候,我的眼都看得见。"颇图斯怒极了,说道:"你这样碰火枪手,你是该打!"达特安道:"你说打么?你这话说得太重了。"颇图斯道:"有胆子肯当面同仇家见仗的人,却不嫌这句话太重。"达特安道:"我明白了。你是见了仇人,不肯跑开的。"说毕,便大笑而跑。颇图斯正要动手。达特安道:"等你不披外衣时,再打。"颇图斯道:"今日一点钟,在罗森堡①后头相会,如何?"达特安回头答道:"我一点钟必到。"

　　说毕,转出街头,四处找寻,看不见那人。路上逢人便问,跑到河边,又回转来,不见那人踪迹。越跑越热,那怒气慢慢平下来了,想起那一早碰见的事:——那时只有十一点钟——第一件,因为匆匆忙忙的跑出来,得罪了统领;第二件,得罪了两个火枪手,还要同他们比剑——那两个都不是等闲之辈,一个可以敌数个的。细想起来,事体不妙,想起打架来,总要被阿托士刺死的,那颇图斯的一仗,可以不打的了。不过少年气盛,还盼望自己运气好,比剑两次,或者只受点伤,还不至死,自己说道:"我自己亦实在太粗心了。阿托士肩上受伤,我为什么刚要碰他那里,他一定觉得痛的利害。最奇怪的,是为什么他当时不拔剑,把我刺了。颇图斯那件事,更不必讲了,实在是岂有此

---

① 罗森堡(Luxembourg),巴黎城中有名的大建筑,乃路易十三的母后 Mane de Mèdicis 在一六一六年所建筑。

理。"说到这里,大笑起来,赶快四面的留心看,恐怕大笑又得罪了别人。又说道:"那颇图斯的事,实在好笑,我虽然没伤害什么东西,总不应这样的碰人。假使我那时不说那几句姗笑他的带子的话,也可无事的了。这些事,都是我自己招上身的。一件事未闹了,又闹第二件。"想到这里,自己向自己说道:"达特安,这次如果徼倖无事,我劝你学讲些礼法。你要晓得,讲礼数的人,并不是胆怯。你看那个阿拉密,他温柔讲礼的很,却没一个人敢说他是个懦夫。你要拿他作你自己的榜样呀。哦!原来他在这里。"

  那达特安刚走到代吉隆府前,碰见阿拉密同三个御兵在那里说话。阿拉密原先看见达特安,不过因为刚才达特安在统领那里,看见统领同他们发气,故此不去招呼;达特安心里要同他周旋,含笑的走上前来。阿拉密看见他,不甚想理他,四个人登时不说话了。达特安看见他们不甚理他,正想借话走开,忽然看见阿拉密丢了手巾,又看他把脚踏住。达特安以为他是不知道,无意踏住的,低了头,从阿拉密脚下,把手巾扯出来,恭恭敬敬的送把阿拉密道:"你若要丢了这手巾,你心里是不会爽快的。"原来那手巾,四边有通心花,一角上还有贵族的徽章。阿拉密看见,红了脸,把手巾抢过来。有一个朋友道:"阿拉密,你素来是小心谨慎的,波特里夫人既然肯把手巾借给你,你为什么还说你同她不对呢?"阿拉密瞪了达特安一眼,像是要刺死他的模样,忽而十分和气的对那朋友道:"这手巾并不是我的。我不晓得为什么这位先生交把我。我自己的手巾,还在袋里。"说完,果将自己手巾掏出来,是细竹布的,并无花边,又无徽章,上面只有他名姓第一个字母作记号。达特安知道自己卤莽了。但其中有一个人,不肯放松,便假作郑重的样子,对阿拉密道:"如果你说的是实,我请你把那手巾交给我,因为波特里同我是很熟的,我不能让他夫人的手巾到处摆给人看,像战胜品似的。"阿拉密答道:"你的道理是不错,你对待我的样子却不好,我不能交给你。"达特安迟疑的说道:"实在我并不曾看见这手巾从阿拉密先生口袋里丢出来,我只看见他的脚踏住手巾,故我疑是他的。"阿拉密冷冷的答道:"这可是你错了。"回头对那一个同波特里相熟的人说道:"我忽然想起,我也同那波特里相熟,也同你一样。看起来,这条手巾也许是从你口袋里出来的。"那个人答道:"我可以同你赌咒,说不是的。"阿拉密答道:"且慢。如果我们两个人都赌咒,总显出一个说谎的来。我的满搭兰①,我有一个妙法:我们何不一人扯一半?"那人答道:"每人扯半条手巾?"阿拉密道:"是的。"那馀人叫道:"这是索鲁们②判案的法子。阿拉密,你的办法真不错。"众人听见,都笑起来,那事便从此不提。

俄而众人皆散,阿拉密同那几个朋友是分路走的。当那几个人说话的时候,达特安并未插嘴,等到他们同阿拉密分了手,达特安要同他周旋。阿拉密走开,并不理他,他便说道:"我刚才是错了,请你不要见怪。"阿拉密答道:"我老实告诉你:你刚才所做的事,不是君子所为。"达特安道:"什么？难道你……"阿拉密忙答道:"我看你不是个呆子。你就算是打喀士刚来,也要晓得人家无缘无故是不把手巾踏在脚下的,巴黎也不是拿手巾铺路的。"达特安生气道:"你不要侮慢我。我是喀士刚的人,不错的;你可要知道,我们喀士刚的人,是不大能容人的。作错了事,道了歉,就完了。"阿拉密答道:"我不愿意同你争闹。我不是强盗,又不是凶手,我不过暂时是个火枪手,我非到万不得已,不肯同人打架。我看打架的事体,无甚意思。但是刚才那件事,不是顽的。你这么一来,把一个女人的名字,牵涉在里头。"达特安道:"那可不是我的错。"阿拉密道:"我已经告诉过你,那手巾不是打我的口袋出来的。"达特安道:"你说了两次谎了。我却确见那手巾是打你的口袋出来的。"阿拉密道:"你还是这样说么？等我们来教你些规矩。"达特安道:"你是个教士,我请你作你的教士去。我正要同你较量较量,请你马上就拔剑罢。"阿拉密道:"且慢。我们刚在

---

① 满搭兰(Montaran),就是和阿拉密谈话的那个人。
② 索鲁们(King Solomon),古犹太王大卫的儿子,以公平善判狱著名。

代吉隆府前，主教手下的人甚多。主教大约很想我的脑袋，不过我还要把我的脑袋装在两肩上，若讲到杀你，我可没有什么不愿意的。不过我要寻一个好点的地方，等你死了，你不能夸嘴，说你是什么样死的。"达特安道："你且不要太稳当。我请你把那手巾收好，不管那是谁的，将来你总得著他的用处。"阿拉密道："你是喀士刚人么？"答道："是的。你说等等再打，可为的是妥当起见？"阿拉密道："是的。火枪手原是不讲妥当不妥当的，教士们却是要讲的。我不过暂时当火枪手，我不能不盘算。我今日两点钟，在统领府内等你，见面的时候，我们再定相会的时刻和地方。"说毕，两人鞠躬而别。

阿拉密向罗森堡走。达特安记得十二点钟有事，便向喀米德所而去，路上自言道："无论怎么样，也要做到底。那怕死了，也不如死在御前火枪营军人手里。"

第五回　雪耻

　　达特安在巴黎无朋友,比剑找不着陪证人,只好让阿托士替他找陪证。他心里算计定了,见面的时候,先同阿托士陪不是,却不要自己太失了体面。他的意思,甚不想同那人比剑,为的是那人本已受了重伤未愈,自己若是输了,脸上更不好看,自己若是赢了,人家又要说他太占便宜。看官要知道:那达特安并非等闲之辈,他自己知道同那几个人比剑,是凶多吉少的,不能不处处的盘算。他先把各人的性情想了一想,然后定一个对付他们的法子。他最称赞的是阿托士,要想同他分辨明白,就不相打。他见了颇图斯,便先要告诉他,如果自己打赢了,是要把那绣花带子的故事,到处传播的,叫天下的人都去笑话他。想到阿拉密,他是一点不怕的,他要好好的把他打倒了,至少也要在他脸上拉一刀,把他俊俏的脸弄坏了。他想起父亲临别的话,他主意打得更牢了,赶紧的向那喀米德所来。原来这是个大庙,在旷野中间,那时法国人动不动同人比剑,巴黎人比剑,都喜欢到这里来。

　　他走到庙外的空地来,看见阿托士已先到了——那时刚打十二点钟,——看见阿托士仍带重伤的病容,坐在那里等他;看见他来了,起身,恭恭敬敬的相迎。达特安一手拿帽子,一手伸出来,同他相会。阿托士先开口道:"我请了两位朋友来同我作陪证,现在还未到。他们来迟了,这也奇怪,他们平常不是如此的。"达特安答道:"可惜我没陪证的。我昨日才到巴黎,除了我父亲的老友特拉维统领外,我是一个朋友都没有。"阿托士想了一会,答道:"这是不幸的事。倘若我把你打死了,怎么样呢?你这样年轻的小孩子,我实在不愿意杀你。"达特安答道:"你忘记了,你的伤还未好,身上还是痛。"阿托士道:"痛得利害。你碰我的时候,痛得更凶。我用左手同你打,我两手都会用的,你占不了便宜。你若从来没有同用左手的人交过锋,恐怕你要吃点亏,可惜我没有预先把这话告诉你。"达特安鞠躬道:"你如此关照,我甚感谢。"阿托士谦让的说道:"你叫我很不安。我们换别的话谈谈罢。啊唷,你碰得我好痛,我的肩膀,疼得同火烧的一样。"达特安拿出刀伤药道:"让我同你……"说犹未毕,阿托士诧道:"这是什么?"达特安道:"我的母亲传授我极好的刀伤药。我自己也用过,极有灵验的,包你三天就好。等你伤好的时候,再同你打。"达特安说得诚诚恳恳的,随便什么人看见,都晓得他是至诚,并非规避。阿托士答道:"你的意思甚好,我是领略你的好意。不过我不能照办。从前,大查理①之世,那些义侠之士都是慷慨激昂的,都可以做我们的榜样,可惜我们不幸,不生在那个时候。现在是主教的时代,若等三天,人人都知道了,那便打不成。我想我那两个朋友,是永远不来的了。"达特安道:"你不必着急。你若是急于把我打倒了,我马上就可以动手。"阿托士道:"这话说得妙。我看得出你这个人,又明白,又仁慈,我是最喜欢你这样的人。我们倘若相打之后,彼此都不死,我要同你结交,做个得意的同伴。你若是不着急,我要等我那两个朋友来。我却并不着急,照规矩,是要陪证的。哈!有一个来了。"远远的果然有一个身躯壮大的人来了。达特安惊讶道:"颇图斯是你的陪证么?"阿托士道:"是的。你不嫌么?"达特安道:"好的。我并不嫌。"阿托士又道:"那一个也来了。"达特安回转头来,看阿托士指的那一方,认得来的

---

① 大查理(Charlemagne),亦称 Charles the Great,七七一年后为法王,八一四年崩。大查理武勇善战,威震全欧。

是阿拉密。达特安喊道:"阿拉密也是你的陪证么?"阿托士道:"是的。你还不晓得么?我们三个人是不离开的。不论在城里,或在宫里,那些禁军火枪手都知道阿托士、颇图斯、阿拉密三个人,是分不开的。但是你从大斯①来,……"说犹未毕,达特安拦道:"我是从塔尔比②来的。"阿托士道:"你是不晓得的。"达特安答道:"人家说你们三个人的话,真是不错。"

说到这里,颇图斯已经到了,对阿托士抓手见礼之后,站在那里,把眼瞪那达特安,现出不胜诧异的样子。著书人要补明一笔,那颇图斯把带子换了,并未披外衣。颇图斯问道:"这是怎么讲?"阿托士指着达特安,同他鞠躬的答道:"我就是同这位比剑。"颇图斯喊道:"我也是要同他比。"达特安道:"那是一点钟的事。时候还早了。"那时阿拉密也跑上来,说道:"我也是要同他比。"达特安道:"那是两点钟的事。"阿拉密问道:"阿托士,你是为什么事要同他打?"阿托士答道:"我也不甚晓得。不过他碰了我的肩膀。"又问道:"颇图斯,你又为什么也到这里?"颇图斯脸红了,答道:"谁知为什么?我不过想打就是了。"阿托士眼快,看见达特安微笑的答道:"我们是因为论衣服,意见不合。"阿托士问道:"阿拉密,你又是为什么呢?"阿拉密递眼色与达特安,叫他不要说出实在情形,答道:"我们却因辩论宗教,意见不合。"阿托士又看见达特安微笑,阿托士转头向他问道:"是为这个缘故么?"达特安答道:"是的。因为阿格士丁经论③上有一段的话,我们的意见不合。"阿托士道:"真是少年聪明。"

达特安道:"你们三位都在这里,让我陪不是。"他们听了这话,阿

---

① 大斯(Dax),法国镇名,属 Landes。阿托士只知达特安是初到巴黎的乡下人,却不知道他是那里人,故遂误以为大斯了。

② 塔尔比(Tarbes),今为 Hautes-Pyrénées 省之省会。Hautes-Pyrénées 即古喀士刚尼地方。

③ 阿格士丁(Saint Augustine),最有名的拉丁学者,生于三五三年,死于四三〇年。他研究基督教的经典,著作宏富;基督教徒辩论经典的时候,不论是天主教徒、耶稣教徒,都喜援引阿格士丁的议论以自重。

托士皱了眉头,颇图斯微微的姗笑,阿拉密摇头,露出看不起人的意思。达特安作出骄傲的样子,对三个人说道:"你们不要误会我的意思。我刚才陪不是,为的我自己恐怕要失约,不能够同你们三个人都打遍了。第一次是阿托士先同我比,颇图斯露脸的机会,可就少了些,阿拉密更无望了。我是为这件事陪不是。阿托士,你要预备了。"说完,拔出剑来,着急的要动手。那时不讲三个火枪手,就是全营来了,他也不怕的。那时刚在正午,太阳在天顶,那空地上热得很,阿托士拔了剑出来,说道:"天气甚热,我可不能脱外衣,因为我伤口又流血。你未刺着我出血,我不愿意你看见我的血讨厌。"达特安道:"你体贴人情的很。不论是我刺的,或是别人刺的,我看见你怎样勇敢的人流血,心里可惜。既然如此,我也不脱外衣了。"颇图斯着急道:"你们不要互相恭维了。我们还有两个人在这里等挨班呢。"阿拉密说道:"你说你的。我不着急。他们两个人说的不错。"阿托士预备好了,问达特安道:"你预备了么?"达特安道:"我只等你。"说毕,两人交战起来。

才一动手,就有一队主教的亲兵,伽塞克[①]统带着,从那边来了。两个陪证嚷道:"主教的亲兵来了,快把剑收起来。"那时已是迟了,那两个人的样子,一看就知是比剑的。那伽塞克一面上前,一面招他的手下人跟来,说道:"火枪手又打架么?上谕都不管了吗?难道那上谕下来之后,是叫你们违犯的吗?"阿托士恨极的答道:"这个太不公道。若是我们看见你们的人打架,我们是从来不干预的;你还是让我们打,你们在旁边看热闹。"伽塞克答道:"这是办不到的。上谕是要遵的。收起剑来,跟我们走。"阿拉密学那伽塞克的样儿说道:"你请我们走,我们是很愿意的,不幸我们作不到。特统领分付过的,他的号令也是要遵守的。请你们诸位走罢,你们在此没有什么事了。"那说话无忌惮的样子,把伽塞克激恼了,说道:"你若不听我的号令,

---

① 伽塞克(de Jussac)。

我就要叫他们动手了。"阿托士一半同自己说道："他们有五个人，我们只有三个人，又要吃亏了。我只好死在这里，我再没面孔第二次败了去见统领。"

登时阿托士、颇图斯、阿拉密三个，肩靠肩的站齐了，那伽塞克也叫他们的人站好，预备攻打。当下达特安自己思量，究竟帮那一边，这是最要紧的当口，一个人终身的前程，就靠这俄顷之间。他要分别清楚，是帮国王，还是帮主教？择定之后，是不能追悔的，并且动起手来，就是犯法，就是同国里第一个有势力的人作对，那个人的势力，也许比国王还大些。这几层的道理，他都想到了。总算亏他的，马上拿定主意，回头向火枪手道："刚才阿托士说错了。他说三个人，其实连我算是四个人。"颇图斯道："你怎么也算一个呢？"达特安道："我虽是未穿你们的号衣，我心里却是一个火枪手。不管怎么样，我跟你们一路走。"伽塞克劝道："小兄弟，你走开罢！你若要保住你的身体，赶紧走罢！"达特安那里肯走。阿托士拉他的手道："你真是个好汉子。"伽塞克喊道："你到底怎样？"颇图斯对阿拉密说道："这件事，赶紧的要定规了。"他们看见达特安年轻，无见识，在那里半信半疑的，不敢就要他帮忙。阿托士道："就是他帮我们的忙，我们也不过是三个大人，一个小孩子。那三个里头，还有一个是重伤未痊的。"颇图斯道："我们万不能让他们的。"阿托士道："那是不能的！"达特安看见他们犹豫未决，喊道："诸位让我试试，我敢保打赢了。若打不赢，我也是不离开这里的。"阿托士道："请问这位好汉尊姓大名？"答道："我叫达特安。"阿托士道："好极，我们四个人在一路。"伽塞克又喊道："你们打定了主意没有？"阿托士道："打定了。"又问道："你们打的什么主意？"阿拉密拔出剑来说道："我们要同你打。"伽塞克道："什么？你们拒捕么？伙计攻上去！"那两边的人，登时打起来。

两边都是好剑手，本事都是可观的。阿托士敌住克荷萨[①]，——

---

① 克荷萨(Cahusac)。

他是主教最得意的心腹,颇图斯敌住毕克拉①,阿拉密抵住两个,达特安直攻伽塞克。他是并不畏惧,不过跳到那身体壮大的人面前,心里未免一跳。那达特安跳来跳去,忽而在左,忽而在右,忽然跳到面前,忽然跳到背后,如活虎一般,一分钟里头,换了二十个招架的样子。伽塞克是个顽剑的好手,费了许多精神本事,才抵得住达特安这样不守常规的战法。他的一击一刺,达特安却挡得甚妙。后来伽塞克力竭了,看见打不过一个小孩子,心中大怒,乱打起来。那达特安看见机会来了,慢慢用起诡计来,加倍出力的打。伽塞克以为可以收功,用尽狂力,一剑扑来,达特安早已留神,轻轻架住,趁他不及提防,一剑刺去,伽塞克登时倒地,如死人一般。

那时达特安略定一定,回头看他的朋友,打得怎么样。阿拉密打死了一个人,尚在同那一人斗;颇图斯臂上受伤,把敌人的腿伤了,但是两个人的伤都不重,还在那里恶斗;阿托士被克荷萨打伤,脸色死白,仍在那里招架,换了左手拿剑。按比剑的规则,达特安可以帮他的朋友,一时拿不定去帮那一个,一眼看见了阿托士的情景,他跳过来对克荷萨喊道:"你预备好了! 不然,我是一剑把你刺死了。"那时阿托士两腿酸软,站立不稳,对达特安喊道:"你不要杀他,等我歇一歇,同他算旧帐。顶好你把他的剑弄丢了。"果然那剑便飞开了二十步远。阿托士喝采道:"好极,好极!"克荷萨跳向前头拾剑,又被达特安一脚踢住了;克荷萨跳向那死在地下的亲兵,夺了他的剑,又跳转来,攻达特安。那时阿托士喘息过来,又同克荷萨战。达特安知道他歇过,不用帮手,走开了,不到几分钟,克荷萨咽喉受伤倒地。

那时阿拉密又把那一个亲兵打倒在地,在那里叫喊求饶。只剩了颇图斯还在那里同毕克拉打。颇图斯一面打,一面在那里笑话他的敌人,毕克拉却一点也不放松。他们两边打了好一会子,时时刻刻怕巡兵来拿。阿托士、达特安、阿拉密等叫毕克拉降。毕克拉腿上虽

---

① 毕克拉(Bicarat)。

受了伤,还是不肯罢手。伽塞克一只手按住地,抬起头来,对毕克拉说道:"你降了罢。"毕克拉也是个喀士刚人,不肯降,把剑指地下答道:"现在只剩我一个,我要死在这里。"伽塞克道:"你一个人,如何敌四个人?我是你的统领,我叫你降。"毕克拉道:"你是统领,我是要遵号令的,我就降了。"他却不愿把剑献与敌人,遂折断了,丢在墙脚,两手交胸,在那里唱歌。那火枪手们看见此人如此勇敢,不免肃然起敬。众人对他行了军礼,把剑都收起来,达特安也收了,同毕克拉两个人,把克荷萨同那阿拉密所伤的亲兵,抬到庙里,第四个亲兵是死了。他们把庙里的钟打了几下,拿了抢来的四把剑,便向特拉维府里来。路上高兴的如同发狂,手拉手的在街上走,一条顶宽街,不够他们走的。碰见火枪手就告诉他,他也跟住热闹。达特安夹在阿托士、颇图斯当中,乐到如登了第七层天一样,走到院子时候,说道:"我虽然未曾入你们的军籍,我已经帮你们打了一仗了。"

第六回　路易第十三

他们打架的事体，惊动了许多人。特拉维当面的申饬他们，背地里禁不得高兴，但是不能不先告知国王，赶紧跑到卢弗宫，可惜已是迟了，那主教已先到了，国王并没传见特拉维。

到了晚上，国王斗牌赢了，十分高兴，特拉维入宫伺候，国王见他到了门口，说道："统领，你快进来，我要申饬你。你可知道，主教又在这里说你的火枪手不好？他难受得很，今晚总不高兴。你可知道，你的火枪手，见直的是天不怕地不怕的，他们见直的是些死囚。"特拉维是极会看风头的，看见这个情形，便答道："他们是极可靠的，同小羊一样的驯良。他们不想别的，只想拔剑相向，替我王尽力。有些时候，他们也是没法，主教的亲兵总要同他们争斗，为的是本营的体面，他们怎么好让人蹧蹋，不去自己保护自己呢？"国王拦住说道："你听听我们这个好汉统领说，好像他的人，就是庵里的尼姑一样。特拉维，我老实的说罢，我很想降伏你，把你的差使交把薛摩罗小姐[①]。我

[①] 薛摩罗小姐(Mademoiselle de Chemerault)，此位大概是一个贵族里的修道的小姐。路易十三说这句话——"我很想降伏你(特拉维)，把你的差使交把薛摩罗小姐"——显然是调侃特拉维的。因为特拉维替自己的人(火枪手)辩护，说他们"同小羊一样的驯良"，所以路易十三便调侃他，说了"你听听我们这个好汉统领……一个庵主"那一段，意思是：火枪手既然都驯良得和尼姑一样，那么火枪营岂不成了尼庵，该得修道的薛摩罗小姐来当统领才合式——路易本就应许她一个庵主的职位还不曾派哩。

曾经应许她一个庵主①。你可不要想我只听你的一面之词,我要听听两面的说话。你却不要忘记了,人家都叫我公道的路易②。不必忙,我是要慢慢的查。"特拉维道:"我相信王上一定秉公办理的,我慢慢的等就是了。"国王道:"你只管等罢,我可不要你久等。"

　　过了一会子,国王的手运坏了,他赢的钱,慢慢输了。国王借端起来,把赢的钱,装入口袋,说道:"拉乌威③,你来替我,我要同特拉维有要紧的事商量,我桌子上还有八十个路易④,你也如数的拿出钱来,我不要输钱的人说闲话。公道要紧。"转过头来,把特拉维领到窗口问道:"统领,你说的是主教的亲兵先挑火枪手的?"答道:"他们常常是这样的。"问道:"是怎么样起手的? 两边的话,判案的都要听听。"答道:"起首是没什么的。我手下顶好的三个人,——他们的名字,陛下是晓得的,他们的忠心,陛下是知道的,也不止一次的了,——那三个人,同一个喀士刚人,——那人是今日初到,来投效的,同他们才认得,——他们约好,要到圣遮猛⑤,在喀米德所会齐。到了那里,就有五个亲兵,伽塞克为首,也到那里,同他们闹起来。我看那亲兵们是因为自己的事,背地里要违犯陛下禁止比剑的谕旨。"国王道:"我看也是的,他们要在那里比剑。"特拉维道:"我也不能无故的控他们,陛下也明见,五个人拿了兵器,到那里作什么。"国王道:"你的话不错。"特拉维接住道:"他们看见我的人在那里,他们自己的事先丢开了,要同我的人闹。陛下明见,火枪营是陛下的亲兵,是自然同主教的亲兵不对的。"那国王很下气的说道:"是的。国里不幸,他们要分出党来,

---

　　① 庵主,就是尼庵的住持。那时很有许多尼庵,贵族的妇女不喜欢在巴黎凑热闹的,往往到这种尼庵去当住持,这也要政府派的。
　　② 公道的路易,那时的法国人,这样称路易十三,实在也是路易十三自己这样称自己。
　　③ 拉乌威(La Vieuville)。
　　④ 路易(Louis),法国金钱名。值二十法郎。
　　⑤ 圣遮猛(St. Germain),这大概是 St. Germain-en-Laye 的简称。St. Germain-en-Laye 是镇名,离巴黎三英里,有法王室的离宫及围场,法国王上如显理第二、查理第九、路易第十三、路易第十四等均生于圣遮猛离宫。

常常的要争胜,也不是事。你说是他们先挑你的人?"特拉维道:"不过我看情形是很像,我可不能说一定是这样。陛下明见,要查出实在的情形,却不容易。那里人人都能够明见万里,叫人家都称呼公道天子,如陛下的呢?"国王道:"你的话不错。当日闹事的时候,除了你的火枪手,我听见还有一个年轻的人在场,是么?"特拉维答道:"有的。内中一个是先前受伤的。可见是陛下的三个火枪手,一个先前已受重伤的,还有那个年轻的,共总四个人,不独抵当住主教的五个最有本事的亲兵,并且把四个都打倒了。"国王高兴的了不得,说道:"这是大胜了,见直是全胜了。"特拉维道:"全胜之至。也比得上从前在赛桥①那一胜。"国王道:"共总是四个人,一个先前受伤的,一个年纪还轻,那个年轻的人是谁?"特拉维道:"那个还算不了成丁的人,这回可出色的很,我要趁这机会保荐给陛下。"国王道:"他叫什么?"特拉维道:"他叫达特安,是我老朋友的儿子。他的父亲,很打过仗,同老王出过力的。"国王道:"你说这少年很出色。你把情形告诉我,我最喜欢听大胆人作的事。"说毕,一手叉住腿,一手搓须。特拉维道:"达特安不过是个大一点的小孩子,穿的是平民衣服。主教亲兵的首领看见他年轻,又看见他不是营里的人,故此没有动手的时候,叫他先走开。"国王拦住说道:"特拉维,你晓得是他们先打?"特拉维道:"陛下说得是,那是无疑的了。不管怎的,他们叫他走开。他答道:'我心里是个火枪手,要尽忠于王上,故此要帮火枪营的忙。'"国王道:"真好个胆大的少年!"特拉维道:"他果然帮我们的人,十分替陛下出力。出色的很,是他把伽塞克身子刺通的。因为这一层主教很生气。"国王道:"这小孩子刺通伽塞克身子么?说来难叫人相信。"特拉维道:"我说的是实在情形。"国王道:"那伽塞克是国里有名的一个使剑的好手。"特拉维道:"他这次遇着敌手了。"国王道:"特拉维我很想见见他,你叫他来,我们替他想想法子。"特拉维问道:"陛下几时见他?"国

---

① 赛桥(Bridge of Cé)。

38

王道:"明日中午。"特拉维道:"只带他一人来见么?"国王道:"四个一同来。我要谢谢他们,如此忠心的人,却不多,应该酬报他们。"特拉维道:"明日十二点钟,我们来卢弗宫伺候。"国王道:"等等,不要忘了从后楼梯上来,我们不必叫主教知道。"特拉维答应着。国王又道:"特拉维,你要晓得,谕旨是谕旨,打架可是犯法的。"特拉维道:"陛下明见,这次打架,同平常比剑不同,并未有先约好的。请看他们五个人,我们三个人,又凑上一个小孩子,便知是没有预约在先了。"国王道:"这是不错。且不管他。你不要忘了从后楼梯来。"特拉维不禁微笑,看见居然把这懦弱的国王说动了,叫他同主教反对,心里觉得舒服。于是对着国王鞠躬尽礼,走出宫来。

当天晚上,那三个火枪手,都知道明天见国王。他们是常去的,不算什么稀奇。惟有那达特安,他是个喀士刚人,异想天开,以为这一次他的前程有了,一夜在那里作好梦。明早八点钟,他就走到阿托士那里,阿托士已经穿好衣服,正要出去。他原已约定颇图斯、阿拉密两人,在罗森堡旁边打网球,顺便就约达特安同去。达特安从来没见过,又闲得没事,就同走了。到了那里,那两个人已经在那里打球。阿托士是个好手,同达特安合了伙,同那两个对打。打了几下,知道他伤尚未好,打不了球,因此这边只得达特安一个人。达特安因为自己不会打,只好罢了,抛球作耍子。忽然颇图斯用力甚猛,那球在达特安脸旁飞过,幸未打着。达特安想了一想,如果脸上打了一球,是不能见国王的,岂不是抛丢了前程。想到这里,便对那两个人说,实在不会顽球,等学会再来,今日且先不顽。遂跑到旁边坐下。

谁知旁观的人中间有一个是主教的亲兵,因为同伴打输了,装了一肚子的气,昨晚销假回来,正想找机会来报仇。他这时看见了机会,特为大声的同他的同伴说道:"想来那个人不过是个火枪手的学徒,你看他见了球就这样害怕起来!"达特安听见了,同被毒蛇钉了一口一样,怒目看那说话的人;又见他一面搓须,一面叫道:"你只管看我。你要看多久,就多久。我刚才说的话,的确是从心里出来的。"达特安低声答道:"你的意思显明的很,请你跟我来。"那亲兵问道:"几时?"答道:"就是现刻。"又问道:"你可晓得我是谁?"答道:"我不晓得,我不要晓得。"那人说道:"你太莽撞了!你若是晓得我的名字,你就不这样快快的喊我出来。"达特安问道:"你是谁?"答道:"我叫波那朱。"①达特安道:"波那朱先生,我在外相候了。"那人答道:"我就来。"他的同伴道:"波那朱,你慢慢的去,不要叫人看见我们是一块出去的。我们不要叫人看见。"波那朱道:"你说的不错。"他心里却是诧异,为什么说出名字之后,那少年一点都不理会。原来波那朱最是有名喜欢打架的,巴黎的人是都晓得的,惟有达特安他是初到,故此不知。颇图斯同阿拉密打球打的高兴,阿托士旁观看得入神,都不觉得那达特安出去了。

达特安在外等候,不一会子,波那朱也来了。达特安因为十二点钟还要见国王,心里着急,四围看了一看,见街上无人,便对他的敌人道:"你今日徼倖得很,只要同火枪营的学徒较量。我总要尽力的对付,来罢。"波那朱道:"且慢。我看这里地方不妥,我看还是到圣遮猛,或是柏力奥,②似妥当点。"达特安道:"你说的也有理。不过我是等不及,十二点钟还有要紧事。那赶紧预备罢!"波那朱立刻拔出剑来,跳过来就攻,要使出下马威来,吓唬小孩子。达特安自上次打赢之后,有了阅历,有了把握,不独比从前镇静,还要胆子大些。交手之后,达特安地步站得稳,波那朱倒退后了一步,把剑向旁边一闪,达特安把剑一送,刺着敌人肩膀。波那朱说"不要紧",直撞上来,碰着达特安剑尖,幸没跌倒。他还不肯认输,直向脱力木③的宅子跑来,他的亲戚住在那里。达特安还不知他重伤了仇人,苦苦的追来,几乎结果了波那朱。不料打球场吵起来,有两个人手拿着剑,跑出来,攻达特安;阿托士、颇图斯、阿拉密也赶来,把那两人打跑,救出同伴来。波

---

① 波那朱(Bernajoux)。
② 柏力奥(Pré-aux-Clercs)。
③ 脱力木(M. de le Trémouille)。

那朱同时倒地。那两个人见势不敌,大喊道:"救命呀! 脱力木的人来救命呀!"就有一队人从脱力木住宅跑出来,攻火枪手及那少年。那火枪手见势不好,亦喊道:"救命呀! 火枪手来呀!"原来那时候的军人,都是同火枪手要好的多,当下有德西沙①所带的三个禁兵,在那里走过,两个就上前帮火枪手,一个跑回统领府报信,统领府院子里是常常有火枪手的,听见了,都跑去帮忙。那时打的真是热闹,火枪手的人多,主教亲兵同脱力木的人,退入宅里,关闭大门。波那朱是早已抬进去了,伤的甚重。达特安他们在门外大闹,要放火烧宅。忽听见打十一下钟,只好罢手,还弄了些大块石头轧门,轧不开,只好回府。

特拉维已知道又闹事了,催他们道:"时候不早,该到罗弗宫了。我们要先发制人,不要让那主教先去。我们要说,今日的事,是昨日的馀波,两件事并作一件办。"他便带了那四个人,一直到罗弗宫来,谁知国王已经去了圣遮猛的大树林打猎。特拉维以为不确,又问一番,后来见是确的,眉头皱了,问道:"是昨晚说定打猎的么?"侍者答道:"不是的。今早围场总管来说,有个好鹿,王上初时不去的,但王上最好打猎,后来也就答应了。饭后动身的。"特拉维问道:"今早王上见过主教么?"答道:"想是见过,我今早看见有人套主教的车。我问他们,主教要到那里去,他们说是去圣遮猛。"特拉维对四个人道:"他先去的了。我今晚必定见国王,你们先躲在一边罢。"特拉维是知道路易第十三脾气的,他的主意总是不错,那四个人只好听统领的话。统领随分付他们回去听信。

特拉维到了府,就首先发作,写了封信,叫人送到脱力木宅子,叫他把主教的亲兵阋出去,责成他惩办他的用人,罚他们擅打王上的火枪手。谁知波那朱的亲戚早已把事由告诉了脱力木,脱力木回信说是:"火枪手先滋事的。你们的人还要放火烧我的宅子。"特拉维看见

---

① 德西沙(M. d'Essart),禁兵营统领。

打笔墨官司无用,自己亲身去面说。

两人见面,十分客气,两个都是极有胆子、极有体面的人。脱力木奉的是耶稣教,从来不附党,入宫的时候也不多,却不把党政来害私交的。他今日虽十分恭敬,却比平时冷淡些。特拉维先开口道:"今日的事,两边都有点错,我特为来商量了事。"脱力木答道:"我也愿把这事结结实实的查究。我是已经查过的了,看起来是你们火枪手的不是。"特拉维道:"阁下是个公道人,最讲道理的。我有一个办法,想来阁下是听的。"脱力木道:"我很愿意听你的办法。"特拉维道:"我先要问你,你的家臣的亲戚波那朱,怎么样了?"脱力木道:"伤的很重。那肩膀的伤,是轻的,但是肺伤甚重。医生说是了不得的。"特拉维道:"受伤的人尚省人事么?"答道:"尚省人事。"问道:"能说话否?"答道:"尚能说话,但不甚容易。"特拉维道:"我们同去看他,劝他说实话。他说的话,我绝不驳。什么责成,我都担任。"脱力木略想一会,也答应了。两人到了受伤人所住的房,他看见了,尚要起来,因伤重不能起,几乎晕倒。赶紧进药,吃了好些,特拉维就请脱力木问话。特拉维料的不差,那人虽是奄奄待毙,说的却是实在情形,一字不假。特拉维意思就是要他说实话。当下同波那朱说了望他早日痊愈的话,辞别脱力木,回到自己的府,便请那三个火枪手同达特安来吃饭。

特拉维是极好客的,只是座中从来没有主教的朋友,席上谈的都是那两次打架的话。达特安两次都打赢了,座上的人,都恭维他,那三个火枪手听见了,也毫无妒忌之意。到了快六点钟,特拉维就说要入宫,因约定召见的时候过了,他同那四个人就不从后楼梯进去。国王打猎还未回来,只好先在前厅等候。等了半点钟,王上回来了,就传见。达特安心里乱起来,再等几分钟,他的前程就定规了,两只眼不停的看那扇门。路易第十三果然出来了,还穿打猎衣服,鞋子上都是尘土,手里拿了猎鞭。达特安一眼望过去,就知国王不甚高兴。王上进来,百官分两旁站班,他们明知王上发怒,也要王上怒目看看他,觉得比不看的好。那三个火枪手前进一步,达特安仍站在后面。王上原是认得那三个人,这时却并不理会。路易两眼落在特拉维脸上,特拉维两眼回看,神色不变。路易转眼看了别处,嘴里唧咕着走了进去。阿托士说道:"这次情景不好,恐怕没机会得着勇号。"特拉维道:"你们四人在这儿等十分钟,等我先进去,如果我十分钟还不出来,你们先回府,久等是无益的了。"那四个人等了十分钟,一刻钟,二十分钟,特拉维还未出来,只好先走了,心上觉得不安,不晓得闹出什么乱子。

再说特拉维进去,脸上是个强硬的样子,看见王上十分的不高兴,坐在椅子上,用鞭杆打那靴子。特拉维故作高兴的神气,恭恭敬敬的问王上圣安。王上答道:"身体不好!身体不好!闷的要死。"——路易是惯说这种话的,常常的把百官拉开一个,到了一边,同他说道:"让我们两个人今日去受闷罢。"特拉维听了,答道:"怎么陛下觉得闷?今日打猎,不尽兴么?"国王道:"有什么兴!事体是一天坏一天。近来的野兽,走过是不留气味的,不然,那些猎狗是没有鼻子的。我们放了一只大鹿,赶了他六点钟,正要合围的时候,圣赛们①正要吹号筒,那群猎狗却嗅错了,跑去别的地方追,原来是个小鹿。你看,我是要丢开打猎的了,同我从前丢开顽鹰的一样。特拉维,我真是个没运气的国王。我只有一只大北雕,前天死了。"特拉维道:"陛下着实失望,我听了也难受。但陛下现在还有许多鹰雕之类。"国王道:"有是有的,谁去教呀?教鹰雕的人,现在没有了,只剩我一个人,还懂得点。等我死了,就没人打猎,只好拿陷阱笼子网子顽顽罢。我又没时候教几个徒弟,那主教又常常的来罗唣,不叫我有一点空。不是讲西班牙,就是讲奥大利、英吉利。不必说主教罢,特拉维,我也不高兴你。"特拉维是早已知道的了,他晓得国王的脾气,他晓得慢慢是要说到他自己身上的,遂故作惊讶的神气,问道:"陛下因什么事不高兴我?"路易问非所答的说道:"你这样,就算尽职吗?

---

① 圣赛们(Saint-Simon)。

就因为这样,我就叫你当火枪营统领吗?他们跑去行刺人,半城都闹起来,又要放火烧人家的房子,你坐在那里不管。我也许太着急了,说你不好,大约你现在来告诉我,你已经把那些人都监禁起来了,你是秉公的把这事办结了。"特拉维冷冷的说道:"没有。我是来请旨惩办犯事的人。"国王道:"你怎么说?"特拉维道:"我说的是人家冤枉我们的人。"国王喊道:"怎么样?这可是件新鲜事了。难道你说刚才我说的话,是靠不住吗?难道你那该死的三个火枪手,同那个小子,没有同野人的一样,打那波那朱,打的他快死吗?难道你说,他们没有把脱力木公爵府围起来,要放火烧吗?论起他那府里,都是耶稣教人塞满了,打仗的时候,是要烧的①。现在升平世界,岂不是反了吗?特拉维,难道这些事,是赖得丢的吗?"特拉维问道:"陛下是那里听来的这一段奇怪的新闻?"国王道:"还有谁?就是那个人,他当我睡的顶着的时候,他可睁着两眼,灵醒的很;当我顽耍的时候,他可要翻天搅地的办他自己的事。他那个人呀,什么事都管,内政也管,外交也管,法国的事也管,欧罗巴全洲的事也要管。就是这个人告诉我的。"特拉维道:"除非陛下说的是上帝爷,不然,那个能够比陛下的势子还要高出怎么些来呢?"国王道:"不是的。我说的是法国柱石之臣,很听我调度的一个臣子,我的独一的好朋友,就是那主教是也。"特拉维道:"主教并不是教王呀。"国王道:"你这话怎么讲?"特拉维道:"我说的是惟有教王是立于不倒不败之地的。主教还够不上呢。"国王道:"难道你说他骗我欺我么?你要控告的可就是他,如果是的,你赶快的说。"特拉维道:"我并不是说他骗陛下,是说他自己听错了别人的话,自己骗自己。他向来同陛下的火枪手有意见,他诬赖了他们。他听来的话,是靠不住的。"国王道:"这话是脱力木公爵说的,你可没得辩了。"特拉维道:"这件事体,同公爵大有关系,他那里肯说公道话,

---

① "他那府里,都是耶稣教人塞满了,打仗的时候,是要烧的。"因为法王所奉的是天主教,而且法国的国教也是天主教,和耶稣教是对头。

然而我却相信公爵是个顾体面的人,我很愿意拿他的话当凭据,可是要先约好一件事。"国王道:"那一件?"特拉维道:"是请陛下叫他来,陛下自己盘问他,不许有旁听的人。问了之后,请陛下马上就传我来。"国王道:"公爵判了案,你肯依么?"特拉维道:"肯依。"国王道:"他要怎么办就怎么办么?"特拉维道:"自然。"国王当下就喊向来最相信的内侍,名叫赤斯尼,①说道:"你马上打发人往脱力木府,说我今晚要同他说话。"特拉维道:"请陛下见了他之后,马上就传见我,不要先见别人。"国王道:"一定。"特拉维道:"我明早来伺候。"国王道:"很好。"又问道:"几时来好?"国王道:"随便。"特拉维道:"如果来的太早,恐怕惊极陛下。"国王道:"我那里还有觉睡!我现在没有觉睡了,全是作梦。你只管早点来,七点钟罢。你可要记得,如果是你的火枪手不是,……"特拉维忙接住道:"如果我的火枪手不是,自然是把那些人交把陛下,听候陛下秉公的办。陛下尚有话分付么?"国王道:"没有了,人家叫我公道路易不是无故的。请了,明天见罢。"特拉维鞠躬,说了句祈祷的话,就出来了。

　　再说那天晚上,路易果然睡的不舒服,特拉维是更不必说了。第二天早上六点钟,那三个火枪手同那小子,就到府里来,统领早已分付,叫他们入宫。他可没有许他们什么,不过叫他们知道,他自己的名誉同他们的名誉,只靠今天这一点,前程是一点把握没有。到了后楼梯下,他叫他们在那里等,特拉维走去问赤斯尼,才晓得公爵今早才到,因为昨晚不在府里,得信很迟。特拉维听了,很高兴,知道他自己未见国王之先,是没人造谣言,骗国王了。等不到十分钟,公爵出来,碰见特拉维,说道:"王上叫我来,问昨天打架的情形,我把实在情形告诉了,就说是我府里的人不是。我是预备同你陪不是,幸而就遇见你,我甚盼望,我们两个人从此以后,是两个好朋友。"特拉维道:"我素来佩服你公道,顾体面,故此我就请你在王上面前,替我说话。

---

① 赤斯尼(La Chesnaye)。

45

看起来我并没作错,我高兴的很,晓得法国还有一个人,当得起我刚才说的话。"谁知国王听见了,说道:"好口才,说得好。不过你要补一句,说我也要算脱力木的好朋友。我觉我得实在孤零,无人理我。打那里说起,我有三年没见公爵了,我不请他,他是不来的。烦你把这话告诉他罢,我自己是不好意思说的。"公爵说道:"王上的话,我甚感激。不过陛下要晓得,那常见陛下的人,除了统领不算,不见得都是陛下最忠心的臣子。"国王从门里走出来道:"公爵,你听见我的话了;特拉维,你的火枪手在那里?我叫你带领他们来,你为什么不听我的话?"特拉维道:"他们在楼下等着。陛下要见他们,请分付赤斯尼,喊他们来。"国王道:"叫他们马上来,现在将八点了,九点钟还有别人来见。请了,公爵以后常来些。"公爵鞠躬而退。

才开了门,那三个火枪手同达特安,跟了赤斯尼,到了楼上。国王喊道:"你们进来。我要骂你们一顿。"三个火枪手鞠躬上前,达特安跟在后头。国王道:"你们干的什么事?不到两天,你们把七个亲兵打倒了,这是太过了。按你们这样办法,岂不是叫主教每三个礼拜就换一营新亲兵么?看起来,我是要把谕旨加严厉些的了。偶尔闹一次,那是没法的事,两天弄倒了七个,未免太多些。"特拉维道:"他们因为这件事,来见陛下求饶,我着实作保,他们是十分懊悔。"国王道:"什么懊悔,没有的事。他们那诡谲的脸,我不相信的,那一个像个喀士刚人,我更不相信。你过来。"达特安走上前,作出那副可怜的脸来。国王道:"怎么说,特拉维,你说他是个少年,他不过是个小孩子。你难道说是这小孩子把伽塞克刺伤的吗?"特拉维道:"是的。他很出色的两剑,还把波那朱打倒了。"阿托士道:"还不止这样。当日若不是他把我从克荷萨手上救出来,我今天是不能够来见陛下的。"国王道:"这喀士刚人打起架来,倒像是个魔鬼。不过他们打架,衣裳总要弄破了,剑也折了,喀士刚人是不见得钱多的。"特拉维道:"他们那里虽然山多,却还没有找出金矿来,他们从前同老王很出过力,也该得点好处。"国王道:"我所以有今日子,也得喀士刚人的力。

赤斯尼,你去看我的口袋,有四十个毕士度没有？拿来把我。小伙子,你来告诉我,是怎样打的?"达特安就把打架的情形,细说了一遍。如何听见王上召见,欢喜的一夜没睡;如何起早,同那三个朋友去打球;如何怕球打坏了面,不便见王上,故此躲开;如何波那朱讥诮他,几乎丧了命;如何公爵的府,几乎被他们放火烧了。国王道:"公爵也是这样说。那主教真是可怜,两天丢七个人,都是亲兵里头最出色的。你们众位听着,这可够又够了,你们报仇,算报过头了,也该罢手了。"特拉维道:"陛下如果算是够了,我们也算是够了。"国王从赤斯尼手里拿了些金钱,交把达特安,说道:"我是很满意了。这就是我满意的凭据。"看官须知:那个时候风气不同,国王把臣下的钱,臣下收了,不算丢脸的。达特安把钱收了,感激得很的谢王上。国王看钟,说道:"现在已经八点半钟了,你们可以去了,我还要见别人。我谢谢你们替我出力,盼望以后,你们还要替我出力。"阿托士道:"我们愿意粉身碎骨,报答陛下。"国王道:"很好。我要你们保全身躯的好,那是更有用。"

　　他们出去的时候,国王低声对特拉维说道:"火枪营现在无缺,生手也要练习练习才好进去,你把那小伙子送到你的亲戚德西沙所带的亲兵营去罢。想到主教因这些事体,在那里生气,也倒有趣。我只好不管他,我要怎样就怎样了。"国王说毕,摇手,特拉维走出来。

　　达特安把金钱分给那三个朋友。

　　那主教果然在那里大发雷霆,有一个礼拜总没来陪王上打牌,国王也不去理会;有时碰见了,就问主教道:"你那两个人,——伽塞克、波那朱,——这几天好点么?"

第七回　四大侠之跟人

达特安等离了罗弗宫,就同那三个人商量那四十个毕士度应该怎么花法。阿托士要吃馆子;颇图斯说是雇个底下人好;阿拉密劝他找个女相好。那天他们果然大吃馆子,跟人在那里伺候。菜是阿托士点的,跟人是颇图斯雇的。原来这人是披喀狄[①]人,阿托士从桥上走过,看见他在那里闲逛,向着水面,吐唾沫顽。颇图斯一想这个人一定是有思想的,马上就雇了他。

那人名叫巴兰舒[②],看见颇图斯的样子阔,心里很高兴,等到见了颇图斯已先有了跟人,名叫摩吉堂[③],觉得懊悔,只好跟达特安了。后来伺候吃馆子,看他拿出一手的金钱来还帐,心里又喜欢的了不得,以为是运气来了。到了晚上,去收拾床铺,看见达特安只有内外两间房,一铺床,他又觉得难受,只好拿了主人的一张毯,铺在外间睡了。

阿托士的跟人叫吉利模[④],很得了他主人不多说话的本事。原来阿托士同颇图斯、阿拉密两个人相处了五六年,他们两人从来没听见过阿托士大笑,就是微笑的时候,也是少的。他若是见得说一个字就够的,他再不肯说两个字的。同他闲谈,是极没趣的,他说出来的,都

---

① 披喀狄(Picard),古时法国北部及省名,今为 Somme 及 Aisne, Pas-de-Calais 之一部。
② 巴兰舒(Planchet)。
③ 摩吉堂(Mousqueton)。
④ 吉利模(Grimaud)。

是极简括的话,没甚枝叶的。阿托士今年快三十岁了,人是聪明,脸是俊俏。从前有没有过相好女人,谁也不知道,他从来是不肯谈女人的。他总觉得无趣,就是偶然谈到女人,他的话是说得极牢骚的,因此他倒有少年老成、未秋先槁的模样。他同吉利模是不说话的,要他作事,只是略动动手,或摆摆嘴,就是了。吉利模却倒是极恋主的,看见主人,十分害怕,有时不晓得主人意思,常把事弄错了,阿托士责备他,那时话语略多些。

颇图斯却同阿托士的品格相反。他最好说话,说得又响,不管有人听没有人听,他总在那儿说。他听自己说话,高兴的很。他是样样都谈,就是不谈科学。他说从做小孩子起,就恨极讲科学的人。颇图斯的模样儿不及阿托士,故此颇图斯待阿托士,总欠公道。他们初相处的时候,颇图斯觉得模样儿差,专要穿华丽的衣服。阿托士虽穿平常号衣,颇图斯还是比他不上,只好常常在营房夸嘴,夸他同女人得意的事体。阿托士却从不说一字。颇图斯好吹,起初就吹某阔绅的夫人如何同他要好,如何密约;随后就说到世爵的夫人;后来吹得更利害了,就说是有一外国公主,同他要好的了不得,还要送他许多钱用。俗语说得好,有这样的主人,就有同样的跟人。且说他的跟人摩吉堂,是那曼①人,他原另有名字,颇图斯嫌不好听,把他改叫摩吉堂。他初跟颇图斯的时候,原两面约过的:穿的要好,住的要好,每日自己要两点钟的假,自己办点私事。颇图斯穿旧的衣服,就赏给他,他交给裁缝修改,——摩吉堂出来伺候主人的时候,穿的倒也整齐。

阿拉密的跟人叫巴星②,他因为主人不久要做教士,他就常穿黑色衣服。他是巴利③人,年纪三十六岁,脾气极好,脸上柔和,得空就

---

① 那曼(Norman),那曼就指脑门豆(Normandy)地方的人;脑门豆是法国古时的省名,今为 Seinve-Inférieure Eure, Orne, Calvados, Manche 等地。
② 巴星(Bazin)。
③ 巴利(Berri),古时法国中部的一个省,现为 Indre 及 Cher 等地。

看教书,天天弄些好菜给主人吃,给自己吃,从来是不肯多说话的。不晓得的人,以为他盲聋哑。他却是忠心为主的。这是说的那三个人的跟人,现在要说他们的住处。

阿托士住在孚留街①,与罗森堡相近,住的两间很好的房。房主人是个女人,年纪尚轻,也有姿色,常常的两眼不转睛的看那少年火枪手,总想不到手。房里挂的,都是战胜品,内中有一把剑,想大约是法兰琐阿第一②时代的东西,装饰华丽,剑柄镶了许多宝石,顶少也值二百毕士度。阿托士穷极的时候,也不肯卖的。颇图斯最喜欢的是这把剑,他常说,"宁可少活十年,要得这把剑。"有一天,颇图斯要去会一个公爵夫人,他问阿托士借那剑。阿托士一字不说,把他所有的宝石金链都取来,交给他,对他说道:"这剑挂在墙上,不好动的,除非我离开了这里,我才取下来。"墙上还挂得一幅真像,似是显理第三③时候的人,挂了宝星,人家看见,认做阿托士同那真像十分相似,一定是阿托士的祖上了。墙桌摆一金盒子,上面的徽章,同剑上的真像上的一样。桌上还有许多东西,都不如这个金盒子,盒子的钥匙,他常带在身上。有一天,他打开盒子来看,刚好颇图斯在那里,看见盒内全是信札,大约都是些情书家谱之类。

颇图斯住在克仑毕街④,住的极阔房子,他同朋友走过,总要指把他看,告诉他:"这就是我的房子。"有人要去那里找他,他总是不在家的,他也从来不请人到他那里去,故此无人晓得他房里有什么东西。

阿拉密住的房子小,一间饭厅,一间客房,一间卧室,都在地下。卧房外边,是个有树阴极幽密的一所园子。

达特安的住处同他的跟人,是说过的了,按下不提。

且说达特安是个足智多谋的,什么事都要打听,费了许多事,要

---

① 孚留街(Rue Férou)。
② 法兰琐阿第一(Francis Ⅰ),看第三回第四条注。
③ 显理第三(Henry Ⅲ),法国皇帝显理第二的第三个儿子,一五七四年继其兄查理第九之位。
④ 克仑毕街(Rue du Vieux Colombier)。

打听他那三个朋友的来历。他晓得那三个人的名字,都是假的。阿托士世家的模样,他看的最有味。他就要从颇图斯那里打听阿托士的来历,从阿拉密那里打听颇图斯的来历。谁知颇图斯也不过略知一点,阿托士又是个不好说话的人,怎样也打听不出详细的来历。众人猜的是:他从前爱过一个女人,未得好结局,有人对不住他。到底是怎样一件事,也无人知道。说到颇图斯,他的来历,是人人知道的,只不知道他的真名姓。他原同特拉维约过,不许说出来的。他为人是最好浮华的,性子又卤莽,就同一片玻璃一样,一看就透的。他最好吹,你若相信他自夸的话,可就上他的当了。

　　阿拉密外面是坦白的,骨子里却是城府甚深,人家要从他那里打听别人的事,他是不大答腔的;若是问他自己的事,他总是把话来搪塞。有一天,达特安问他,颇图斯同公主要好的话,问完了,就要问他自己的事,说道:"你讲别人同世爵夫人公主要好的事,讲的也不少了,你自己的事,怎样了?"阿拉密拦住,说道:"你别怪我。我讲颇图斯的事,都是他告诉众人的,若是他叫我不要告诉别人,你是一字听不着我讲的。"达特安道:"我晓得。但是你是很熟徽章典故的,我还记得初次同你认识的时候,是因为一块绣花手巾。"这次阿拉密倒没不高兴的意思,客客气气的答道:"你要晓得,我不久是要当教士的,碰见世上浮华的事,我是躲避。那块手巾,不是人送的,是朋友来探我,丢在我房里的。我没法,只好收了,不要害了我朋友同他相好的交情。我自己却没有相好的女人,也不愿意有,我学阿托士的好榜样。他是没相好的女人。"达特安道:"算了罢。你是个火枪手,不是个教士呀。"他答道:"不错。我暂时是个火枪手,也不是我愿意干的,我心里总爱当教士,是颇图斯、阿托士两个人硬拉我来的。你晓得,我正要当教士的时候,我有一件为难……"说到这里,便不说了,赶紧又接住道:"这种事,你是不愿意听的,我也不必糟蹋你的时候。"达特安道:"不打紧,我很要听,我现在一点事也没有。"阿拉密道:"我可有事。我还要念经,还要替代吉隆夫人作诗,还要到某街替施华洛夫人①买胭脂。虽没事,我却忙的很。"说毕,拉拉手,走了。达特安想了多少法子,只打听得那三个人一点儿来历,他暂时且不追问,他到日后,自然看见许多的。现在他看那三个,阿托士就像是阿奇理②。颇图斯是爱则克士③,阿拉密就是个约瑟④。按下不提。

再说这四个好朋友,日子过的很快活。阿托士赌钱,输的时候多。只有他借钱把他人的时候,他从来不向人借钱的,就是当天还不了的债,明早六点钟,他一准送钱来还的。颇图斯的运气颇好,赢了钱,他就吹的令人难受;若是输了,他就跑了,好几天不见面,等到再见面的时候,总看见他脸色青些,人也瘦些,不过他总要弄些钱回来。阿拉密是向来不赌的,总不算是个顽友,闲人也不大上得来,他时时刻刻都要办事。有时吃饭吃得最高兴的时候,别人在那吃酒闲谈,正想再吃再谈几点钟,那阿拉密独自一个人站起来要走,嘴里说是要同一个极有学问的道学先生,商量事体,有时说是要作一篇论,还要请众位不要搅乱他的心思。阿托士到了这些时候,总微笑,颇图斯浮一大白,说:"阿拉密只配作个三家村教士。"

再说达特安的跟人巴兰舒看见他主人得意的时候,却是很遵循的。他每天的工钱,是三十个苏⑤。第一个月,高兴的同百灵鸟一样,待他主人十分恭敬。等到主人那几个钱快花完了,他嘴里不歇的叨叨,弄得阿托士三个人极讨厌他。阿托士劝达特安把他开发了;颇图斯的意思,是要打他一顿,再撵他出去;阿拉密的意思,是随他叨叨,不要理他。达特安说道:"你们都说得好听。阿托士是从来不同吉利

---

① 施华洛夫人(Madame de Chevreuse),她是王后党,主教把她驱逐出巴黎的。
② 阿奇理(Achilles),他是希腊古代大诗人荷马(Homer)所作史诗 Illiad 里的英雄,以神勇正直仁慈著称。他是 Myrmidon 王,从征 Troy 杀 Hector(最勇的 Troy 王子)后,因伤而死。
③ 爱则克士(Ajax),据荷马的 Iliad,爱则克士有两个:大爱则克士和小爱则克士,这里指的是大爱则克士。他是 Salamis 王,躯干高大,胆气粗豪,而且自信。他又常被呼作 Telaman Ajax,因为他是 Telaman 的儿子,他亦从征 Troy,因不得 Hector 甲胄,愤而自杀。
④ 约瑟(Joseph),这也许是指耶稣的父亲,玛丽的丈夫,做木匠的约瑟。
⑤ 苏(Sou),法国的铜子,每枚值中国铜子一枚多。

模说一句话,也不让吉利模说一句话,他们两个人,是不会对说的。颇图斯的手段极阔,他的摩吉堂,看他同天神一样。阿拉密终天在那儿考究教里的经典,他的巴星,看他的主人,以为十分了不得的。我又不是火枪手,连亲兵还够不上,我又没钱,你们叫我怎样叫我的巴兰舒,恭敬我,害怕我呢?阿托士答道:"这虽算是件家里的事,可是件很要紧的事。待小人是待女人一样,你将来要怎样待他,起首就要怎样待他。你要细细的想透了。"达特安果然想了,立定主意,先惩戒那巴兰舒,随后不许他去跟别人,对他说道:"我不久运气就要来了。你只要稍为等等,你的好事也来了。我是个有良心的好主人,我不肯等你快有好事的时候,哄你走。"那三个朋友看他如此办法,都以为然。巴兰舒很害怕,不敢再说走了。

　　这四个人,后来闲得没事,达特安尚没定性,看见巴黎样样是新鲜的,只好跟那三个人跑。冬天八点钟起来,夏天是六点钟,随即就到特拉维府里,听分付,打听新闻。达特安虽然不算是个火枪手,却天天同那三个人在一起,他们值班,他也跟往值班;火枪营的人,个个同他要好。特拉维极喜欢他,常时在国王面前,提他的名字。那三个人同达特安极亲热,他们四个人,不论在什么地方,或是打架,或办事,或顽耍,都是在一块的。四个人的交情深的很,是分他们不开的。

　　且说有一天,国王分付德西沙,把达特安补了一名禁兵;达特安穿起号衣,不禁叹一口气,为的是不知几年才能够换穿火枪营的号衣。特拉维答应他两年,如果出力,办得好事,立了功,还可以快些。达特安只好罢了。第二日,就当起军人来。每逢达特安值班的时候,那三个人也来陪他。德西沙添了一名禁兵,却得了四个人的用。

第八回　邦那素夫妻

且说王上赏的那四十个毕士度，不久就用完了；那四个人没法好想，起初是阿托士帮忙，其后颇图斯救急，——忽然他跑的无影无形好几天，其后弄了钱来。四个人又过了两个礼拜，最后，阿拉密卖了些书，弄了几个钱，支持了几日。等到没事的时候，跑去同统领借钱。那三个是欠了债的，达特安是没薪水的，弄不到几时，借来的钱都花光了。真是无法好想的时候，颇图斯搜括了几个毕士度，跑去赌钱，谁知道赌运不好，那些钱输光了，还欠二十五个毕士度，这可真弄到山穷水尽了。他们四个人带了四个跟人，就在那马码上，或火枪营左近闲逛，要找机会，等朋友们请他吃饭。只要遇着朋友请他一个，他们总想出法子来，叫朋友把那几个都请了。达特安是初到，没什么朋友，这些时只有人请过他两次：一次是一个教士请他吃早饭，一次是同营的小兵官请他吃晚饭。他自然把他的朋友都带了去，吃的人家一桌精光。巴兰舒就说道："任你能吃多少，也不过一次只能吃一顿。"达特安吃了同伴的许多顿，自己不过请了他们一顿半，心里觉得难受；他却忘记这一个月内，大众所化的钱，都是他弄来的，反觉得叫他们受累，心里不舒服，要想想法子。他想到，四个年轻的人，有胆有力，不应该终日舞剑顽耍过日子；他们四个人既作了死友，只要把精神势力，好好的用，不管是日里，或是夜里，也不管是攻城，是挖地洞，或是智取，或是力取，那是无坚不破的。达特安想到这里，就后悔，为什么不早早的办起来。

自己在那里用心想,正是想的有味,听见有人来打门,他把巴兰舒叫醒了,去开门。看官不要把"叫醒"两字误会了,那时并不是晚上,也不是早起,正是午后四点钟。因为两点钟之前,巴兰舒要吃饭,达特安就告诉他一句俗话,说是"睡觉再得吃饭",故此巴兰舒只好睡觉了。再说那巴兰舒把门开了,领一个人进来,是个做生意人的模样。巴兰舒要听那人说什么话,谁知那人只要同达特安一个人说,不叫旁人听见,他说是极秘密要紧的事。达特安叫他的跟人出去,请客人坐下,停了一会,达特安点头,等那人说。那人开口道:"我听见达特安是个极有胆的人,我有一件极秘密的事奉商。"达特安请他说。那人停了半晌,说道:"我的内人,是替王后作针线的。人是极聪明,脸儿也好看,我是前三年娶她的。她可没甚妆奁,不过王后的一个心腹人,名拉波特①,是她的干爹,很关照她的。"达特安道:"怎么呢?"那人道:"她昨天从针线房出来,就不见了,我怕是被人掳了。"达特安道:"你疑心是谁?"那人道:"有一个人,近来常在她身上用心。"达特安道:"岂有此理!"那人道:"他找我的女人,看来不是贪色,恐有别的奸谋。"达特安道:"你看其中是有诡计,你可知道是为什么事?"那人答道:"我不晓得这件事我该告诉你不该。"达特安道:"我就不问你。是你自己来说,有秘密事同我商量,说不说随你。你看不该说,就不说。"那人道:"不是的。我看你是个可靠的人,我很相信你。我老实告诉你,那个人掳了我的女人去,虽然不是因他同我的女人有什么爱情的事,却是因为一个很阔的女人爱情的事。"达特安要卖弄他也知道内廷秘密的本事,问道:"是波特里夫人么?"答道:"比这人还阔。"问道:"代吉隆夫人么?"答道:"还要阔。"问道:"施华洛夫人么?"答道:"还要阔的多。"达特安道:"难道是⋯⋯"说至此,不敢大声说,只好低声了。那人低声答道:"是的。"达特安道:"同谁?"那人道:"还有

---

① 拉波特(Laporte)。

谁？就是同公爵①——。"达特安道："就是公爵——。"那人道："是的。"他们说话，说到名字，声音是甚低的。达特安问道："你怎么晓得的？"答道："我怎样晓得的？"达特安道："你要通身告诉我。隐隐藏藏，是没用的。"那人道："我的女人告诉我的。"达特安道："你的女人，从那里听来的？"那人道："她的干爹拉波特告诉她的。拉波特是王后的心腹人，故此把我的女人放在王后身边，叫王后时时刻刻有个心腹人。你是晓得的，王上是不大理那王后的，主教时时刻刻的找王后的错处，那些大臣们，也想害她。"达特安道："我知道根源了。"那人道："我的女人，前数日回家一次，从前原约定一个礼拜回家两次，我不妨告诉你，我的女人同我极相爱的。她那一次回来，曾告诉我，说是王后有极为难的事。"达特安道："是么？"那人道："是的。那主教天天想法害王后，因为萨拉班②那件故事，把王后恨的不可解。你晓得这故事么？"达特安道："晓得，谁人不知道呢？"——其实他并不晓得，只是不肯认罢了。那人道："主教不独恨王后，并且常常的借机会来窘她。"达特安道："是么？"那人道："王后还相信……"说到此，又不说了。达特安问道："王后相信什么？"那人道："王后相信有人冒她的名，写信叫巴京汗公爵来。"达特安道："冒王后的名？"那人道："是的。骗他来到巴黎，叫他入圈套。"达特安道："你的老婆同这件事有什么相干？"那人道："他们晓得我的女人是王后心腹人，要把她弄走了，或是吓唬她，叫她把王后的私事说出来；或是拿钱买她，叫她当奸细。"达特安道："这也许是有的。你可晓得谁把你女人掳去了？"那人道："我晓得。"达特安道："他叫什么名字？"那人道："我不晓得他的名字，我晓得他是主教的走狗。"达特安道："你看见过这人没有？"那人道："有一次，我的女人指把我看过。"达特安道："他有什么异相，可以叫人一见就认得？"那人道："有的。那个人，样子骄蹇的很，黑头发，黑

---

① 这里的公爵，就是指"巴金汗公爵"。
② 萨拉班(Saraband)，一种跳舞的名儿。

脸,两只刺人的眼,太阳还有疤。"达特安听了,叫道:"太阳有疤,黑头发,骄蹇的样子,眼光射人。这是我在蒙城会过的人。"那人道:"你认得他么?"达特安道:"是的。但是同你这件事不相干,你的人就是我的人,一拳可以报两仇。他现在那里?"那人道:"不晓得。"达特安道:"你不晓得他住处么?"那人道:"全不晓得。有一天我送女人回宫,碰见他从宫里出来,我的女人指把我看。"达特安道:"这件事,太没处抓拿了,影儿都没有。你究竟听谁说你的女人被人掳了?"答道:"拉波特告诉我的。"问道:"他可曾告诉你些情节?"答道:"一点也没有。"问道:"你从别处可打听些来?"答道:"我接了……"说至此,又停住了。问道:"你接了什么?"答道:"我说了,恐怕不应该。"达特安道:"你刚才说过了,你已经说到这里,不妨都告诉了我。"那人道:"我就要说了。我邦那素①……"达特安道:"你叫邦那素么?"答道:"是的。"达特安道:"这个名字好熟。"那人道:"想是熟的,我就是你的房东。"达特安鞠躬道:"原来你就是我的房东。"那人道:"是的。你住在我这里已经三个月了,因为你的公事忙,你也忘了付房钱了;我不是催你交房钱,我并不因为这事来罗唣你。"达特安道:"我的好房东,你这样体贴我,感领的很;只要是我办得到的事……"邦那素接住道:"我极相信你,你的主意,我极佩服的。"达特安道:"既然如此,请你说罢。"邦那素从袋里掏出一封信来,交与达特安。达特安见了,喊道:"有信么?"邦那素道:"今早接到的。"达特安拆了信,那时天将黑了,跑到窗子前来看,那人随了来。那信上说道:

"你不用找你的女人,时候到了,自然回来;你若要找她,你自己先不得了。"

达特安道:"说得倒也明白,没有别的,只是吓你的话。"邦那素

---

① 邦那素(Bonacieux)。

道:"够吓我的了。我不会打架,我也不想到巴士狄①那里去。"达特安道:"我也不想到监里去,不过顽顽剑……"那人接住道:"我把这件事全托了你。"达特安道:"好的。"那人道:"我看见你同特拉维统领的火枪手要好的很,他们是天下有一无二的人,我也晓得他们同主教是对头,故此我想想,你同你们的朋友,是喜欢替王后出力,保护王后的名誉,他们就是把主教的奸计破了,也是不怕的,也是要做的。"达特安道:"那个自然。"那人道:"那三个月的房钱,是到期的了,我还没有说起。"达特安道:"不错的,你刚才说起了。"邦那素答道:"我的房子,任你住到几时就几时,说到房钱,我们从此都不提了。"达特安道:"你是客气的很。"邦那素道:"我现在送你五十个毕士度。这件事体,是要用钱的。"达特安道:"你实在见爱。我只好收了,谢谢你。邦那素,你很是个财主。"邦那素道:"我一年可以混到二千来柯朗;有几个是我开栏杆杂货铺弄来的,馀外是作别的生意发财的,你看……"说至此,忽然叫起来。达特安问道:"什么事?"邦那素问道:"那人是谁?"达特安问道:"在那里?"邦那素指道:"在街上对过门口,披了罩袍的。"达特安道:"就是那奸贼。"邦那素道:"是他。"达特安喊道:"他这次可逃不了我。"说毕,拔出剑来,往楼下就跑;走到门口,刚碰见阿托士、颇图斯来找他,让他出来;他跑到街上,他们两个喊道:"你到那里?"达特安道:"就是蒙城的人。"答完,已经转了湾。

  他们两个是听见达特安说过在蒙城遇着一个人偷了他的荐书的事:阿托士不信上等人会偷信的,总以为达特安同那人打架,把信丢了;颇图斯以为那个男子同那女人是有幽期密约的,被达特安碰的不凑巧;阿拉密说,这种事,内中藏了许多阴谋诡计,把这事发露了,是

---

① 巴士狄(Bastille),巴黎城里的一个古堡,据说是一三七〇年顷法王查理第五所筑;后来这个堡就作为监禁政治犯的牢狱,有名的森严可怖。巴黎的平民极恨巴士狄,以为这是专制黑暗的象征。一七八九年七月十四日,巴黎市民暴动,徒手攻破了巴士狄狱,夷为平地,于是法国大革命的壮剧就开始了。

没甚好处的。现在阿托士同颇图斯两个知道他去找那仇人,不久就要回来的,只好等他;进门之后,看见没人,——那房东是胆子极怯的人,看见达特安跑了出来,恐怕惹祸,自己也跑了。

第九回　邦那素被捕

过了半点钟,达特安回来了,气的了不得。他的仇人,不知用什么法子,又不见了。他走了好几条街,也看不见那人。达特安最先是看见那人站在一家门口,只好去敲门,敲了几十下,也无人应门,却惊动了邻舍。他们就告诉他,那是空房,已经有六个月无人住了。

当达特安在街上乱跑的时候,阿拉密也来找他。等到达特安回来时,看见三个人都在那里等他。他们见他回来,问道:"捉着了没有?"又一个问道:"你杀了他没有?"达特安把剑摔在一边,喊道:"我看来,那人就是个魔鬼。他就像一阵烟,一化就没了影子了。忽现忽散,同鬼一样。"阿托士问颇图斯道:"你信鬼么?"答道:"我看不见的,我就不信;我从没见过鬼,我是不信的。"阿拉密道:"《新旧约》教我们信鬼。据我看来,鬼是有的。"达特安道:"人也罢,鬼也罢;真也罢,假也罢,肉身也罢,神魂也罢;我也不晓得我的仇人是那一种。总是我的晦气,捉不着他,若是把他捉住了,我们就发了大财了,顶少也有一百毕士度,多些也许有。"颇图斯、阿拉密一齐问道:"一百毕士度!你说什么?"惟有阿托士半信半疑的看达特安。那时巴兰舒从门缝张头往里看,达特安喊道:"你同房东说,请他送半打好酒来。"颇图斯笑道:"好呀,你同房东有交情,可以通融的么?"达特安道:"他很相信我,是从今天起的。巴兰舒,你告诉房东,我要顶好的酒,坏的不要。"阿托士说道:"达特安一个人的聪明,比我们三个人凑起来的,还强些。"达特安鞠躬的谢他恭维。颇图斯道:"你要告诉我们,这是怎么会事?"阿拉密道:"你要把我们当作心腹;除非这事与女人的名誉相关,说与不说,那就随你的便。"达特安道:"你放心罢。我原要告诉你们的,就是内中有女人,她也不怪我同你们说的。"他就把房东的话,告诉了他们;又说,碰巧这个人就是他从前在蒙城看见的那人。

阿托士尝尝那好酒,点头说道:"你说的不错,这件事也值四五十个毕士度。不过万一办不成,我们四个脑袋恐怕保不住。"达特安道:"你们要晓得,一个无辜的女人,因为忠于其主,青天白日被人掳了,现在或者在那里受毒刑,怎么不要救她。"阿拉密道:"达特安,你要小心,不要因为一时不平,作了过火,忿不顾身的去冒险。女人的事,常常叫我们受灾难的。"阿托士听了,皱了眉,在那里咬牙。达特安道:"我也并不专为邦那素的女人,我是为的王后;王上不理她,主教要害她;王后亲信的人,都被主教收拾完了。"阿拉密道:"我们最恨的是西班牙人同英国人,王后为什么偏要同他们要好呢?"达特安道:"王后是西班牙人,怪不得她喜欢西班牙人;至于英国人,王后喜欢的不过是一个英国人。"阿托士说道:"王后喜欢那一个英国人,是情有可原的。那个人是个极可爱的,是女人,看见都喜欢的。"颇图斯道:"他穿的衣服,是没人学得了的。有一天,我在罗弗宫看见他丢了许多珠子,他也不去拾;我却拾了两个,每个卖了十个毕士度。阿拉密,你看见过他么?"阿拉密道:"我看见过他。他们在阿密安那个花园捉他①的时候,我在那里;王后管马官让我进去。我那时尚在学堂读书。那件事,实在令王上难过。"达特安道:"那些事,我都不管;我只晓得,如果有机会,我是要把那公爵弄来,叫他同王后见面,破主教的诡计,——他是我们一辈子的仇人。我只要能够把他奸谋破坏了,我就是丢了脑袋,也是愿意的。"阿托士问道:"那封信说王后请公爵来的话,是封假信。房东告诉你没有?"达特安道:"王后知是假的。"阿拉

---

① 阿密安(Amiens),法国的一个城,本为披咯狄省的省会。

密道:"等一等。"颇图斯道:"作什么?"阿拉密道:"我想起一件事来了。"达特安道:"我看他们把那女人掳了去,是与我们现在所谈的事,极有关系,同现在巴金汗公爵到巴黎似乎一气。"颇图斯极口称赞他道:"这喀士刚人,真多主意。"阿托士道:"我喜欢听他说话里带点土音,有趣的很。"阿拉密道:"请静听!我有一件事,要告诉你们。"达特安等三人齐声应道:"请你说,我们在这里留心听。"阿拉密道:"我昨日去看我那教里朋友,要请教他……"阿托士听着,微微的笑。阿拉密接着说道:"他住在一个极清静的地方。我同他分手要出门的时候,——"说至此,不说了。内中一个问道:"你出门的时候,怎么样?"阿拉密说不下去了,因为他说的话,连影子都没有,实在接不下去。他的朋友等的不耐烦了。他只好说道:"我那教里朋友,有个侄女①……"颇图斯喊道:"这话有味了!"阿拉密说道:"那女人是极正派的。"那句话,惹得众人都笑了。阿拉密道:"你们若是只管笑,不相信我的话,我只好不往下说了。"阿托士道:"我们相信你的话,就同那班大门徒信马罕默德的话一样。我们都同哑子一样,不开口。"阿拉密道:"好。我就讲。那个侄女儿,常去看她的叔伯。那一天,我去的时候,她刚好也在那里。等她告辞的时候,我领她上马车。"颇图斯道:"我教里朋友的侄女,养马车,那是便当极了。"阿拉密道:"颇图斯,我从前说你口嘴不小心,好说话,女人们是不会喜欢你的。"达特安看见这事有点线索,叫住他们道:"这是件很要紧的事,不可以当作笑话。我们众人听他说罢。"阿拉密道:"忽然间一个身高脸黑的人,——达特安,这人同你那个朋友一样。"达特安忙接住道:"大约就是他。"阿拉密道:"想来总是他。这个人走到我跟前,他背后紧跟着五六个人。这人恭敬的很,同我说道'公爷',又同我手扶住的女人说道'夫人',……"阿拉密尚未说完,他的朋友道:"你说的就是教里朋友的侄女么?"阿托士道:"颇图斯,你不要搅,你真是永远不会改的了。"阿拉

---

① 这里的"侄女",统指和侄女同辈分的女人。

密说道："那个人说：请上马车，不要害怕，也不要抗拒。"达特安道："他认错了，把你当作巴金汗。"阿拉密道："是的。"颇图斯道："他把那女人当什么人呢？"达特安道："当是王后。"阿拉密道："你说的不错。"阿托士道："这喀士刚人太聪明了，什么都晓得。"颇图斯道："你要晓得，阿拉密身材同巴金汗一样，不过你穿了火枪营的号衣。"阿拉密忙道："我穿上罩袍。"颇图斯道："七月天气穿罩袍！你的教里朋友难道怕人认得你么？"阿托士道："那是自然。罩袍是可以把身材遮掩，你的脸怎样呢？"阿拉密道："我戴上大帽子。"颇图斯道："考究经典的人，要冒这些险，可了不得。"达特安又喊道："不要说笑话来糟蹋时候了，让我们分路去找房东的女人。这件事的秘密线索，全在她手里了。"颇图斯问道："这样下等的女人，会这样，我不大相信。"达特安道："他是王后心腹内侍拉波特的干女儿。秘密事体，有时是要用下等人的；用了上等人，免不了主教疑心。"颇图斯道："既然这样，我盼望你同房东商量好了，得些好处。"达特安道："那却用不着，就是他不给我们钱，那里还有别人重赏我们呢。"

　　说到这里，忽然听得有人抢上楼来，脚步之声甚急。门推开了，房东跑入来，喊道："救命呀！救命呀！他们来捉我，四个人来捉！"颇图斯同阿拉密跳起来。达特安道："慢点。"叫他们把剑收了，说道："这事要小心谨慎，不是蛮来的。"颇图斯道："虽然这么说，我们难道就让……"阿拉密拦住他道："这个喀士刚人是有主意的，我听他的分付。达特安，你有何妙计？"这个时候，四个来人已到了前厅外边，看见四个火枪手带了兵器，不敢就上前。达特安向他们说道："请进来，我们欢迎你们，我们彼此都是替国王主教出力的人。"那些原来都是主教的人，那为首的说道："既然如此，我们奉命来办公事，你们就让我们办罢。"达特安道："那个自然。我们还可以帮你们的忙呢。"颇图斯咕唧道："这可太难了。"阿托士止住他道："呆子，你不要说话。"房东咕唧道："你不是应许……"达特安忙低声止住他道："我们先要自己有了手脚，无人来制我们，我们才能救你；现在若帮你，他们弄了许多人来,连我们都要捉了去。"房东又要说,达特安喊道:"请进来罢。你们要捉的人,在房里,我犯不着窝庇他。我从来没看见他,他今天来,是要房钱。邦那素,这话对不对?"邦那素道:"对的。你可没说……"达特安忙拦住道:"蠢材,不要多说了;你再多说,可要累我们了。来罢,我们把他捉住了,你们把他快弄走罢。"达特安一手把房东推到那些亲兵手里来,一面骂道:"你这财迷鬼,捉得好!你还来骚扰我,要房钱?把他关了监,教他学点好规矩也好。"那班亲兵谢了他,把人捉了,拉住走,正欲下楼,达特安在那为首的肩上拍了几下,说道:"等等,我请你吃杯酒。"就把刚才房东送来的酒,倒了两杯。那为首的说道:"你请我吃酒,我觉得体面的很,我是领情了。"达特安吃酒道:"望你好运气,请教贵姓?"那人道:"我叫波里那①。"达特安道:"波里那,望你身体康健。"那人道:"我也祝你身体康健。请教你贵姓?"答道:"我叫达特安。"那人道:"达特安,请了。"达特安道:"我们还要祝国王主教的身体康健。"那人见他如此多礼,若是酒不好,他就要犯疑的了,但是那酒却是好酒,他便深信不疑的去了。

颇图斯见达特安如此行为,咕唧道:"这是无耻的行径。一个不得了的人,向我们求救,我们四个睁住大眼,看住他被人捉去,这实在是丢脸。你还在那里同那人吃酒。"阿拉密说道:"刚才阿托士说你是个无知无识的呆子,我实在是相信这句话。达特安,你真有见识,你若是做到大官,同特拉维一样,我若是要做一个大庙的住持,我一定是求你帮忙的。"颇图斯道:"我简直是没主意了。难道你说达特安把这事办好了吗?"阿托士道:"我实在是说他办的好,佩服他的见识。"达特安道:"俗语说的好:我们众人的事,就是一个人的事;一个人的事,就是我们众人的事。"颇图斯还咕唧道:"虽是这样说,我可不懂。"阿拉密道:"颇图斯,你伸手来,我们发个誓。"颇图斯还要咕唧,看见

---

① 波里那(Boisrenard)。

自己占小数,只得依了他们,伸出手来,把刚才说的"众人的事,就是一个人的事"那句话,重新说了一遍。达特安道:"你们都请回去,却不要忘了,我们从今以后,我们同主教作仇人了。"

第十回 老鼠笼

这一回叫做老鼠笼。这不是新鲜名词,自古以来,地方人多了,设了巡警,就有老鼠笼。看官也许有不懂的,作者只好解说一番。大凡在一个人家里捉了一个人,那件事是先要弄的秘密,再在那屋里藏四五个人,若是有人来打门,就开了,让他进来,进来了便把他捉住;不等到两三天,那常到那里的人,都捉住了:这个就叫老鼠笼。

邦那素的房子,现在变了老鼠笼,进来的都要被主教的侦探捉住了。幸而达特安住的,另有便门来往,他的朋友却没捉住;其实除了那三个火枪手,是没有别人来看他的。他们三个人各处打听,都没消息。阿托士跑去问统领,统领也不知;不过说,末一次见国王、王后、主教的时候,觉得主教像心里有事的,国王是不舒服,王后的眼像是痛哭过的,又像是多夜没睡的样子——那也不足为奇,因大婚之后,王后是常哭的。统领分付阿托士,要十分小心替国王办事;王后近日有些危险,叫他要专心保护;又叫他把这些话,告诉他的同伴。

再说那达特安终日是不离他的住处,把那住房当作望台。他从窗子望见谁人进来,谁人被捉。他又把楼板弄丢几块,他们捉了人,在楼下的房间问话,他都听清楚。他们问的话,大约都是那几句:第一句是问邦那素的女人托你送东西给她男人没有?有东西送把别人没有?又问邦那素有托你送东西给他的女人没有?或送给别人没有?又问他们夫妇两人,有告诉你们什么秘密的话没有?达特安听了这些话,心里寻思道:"如果他们知道一点踪迹,他们断不问这种话的,他们到底是要探什么消息呢?看来大约是打听巴金汗公爵在巴黎没有,打听他同王后通信没有,他们两个人见了面没有,安排好了见面没有。"达特安也不晓得他想的对与不对,只好在那里胡猜。那老鼠笼捉得人多了,他在那里候着,讨消息。

房东捉去的第二天晚上九点钟,阿托士刚从达特安这里回去报告统领,巴兰舒在那里收拾卧房,忽然听见敲大门。那门开了,马上就关上,又捉得一个老鼠。达特安赶紧爬在楼板上听,听见呻吟哭泣的声音,像是有人塞住嘴,不许响,又听不见问的话。达特安想道:"这一定是个女人,他们在那里难为她。"他气极了,要下楼打救,又恐怕有些疏虞不妥,止住不去,忽听楼下说道:"我告诉你,我就是邦那素的女人。这间房子是我们的,我在宫里当差的。"达特安听了欢喜,想道:"这就是邦那素的女人!人人这时候都要找她。"听听声音微了,只听见争脱的声音,同靴子响——那女人在那里死命的要逃。又听见道:"天呀!天呀!你们……"说至此,说不出来了。达特安道:"他们用强硬手段,要把那女人拖到监里去了!"喊道:"我的剑呢?呀,原来在这里!巴兰舒,你跑去看看颇图斯三位在家没有,请他们带了兵器,赶紧来!我想起来了,阿托士在统领那里。"巴兰舒问道:"主人要做什么,要往那里去?"达特安道:"我要从窗户下去。这个法子最快。你把楼板放好了,打扫打扫,赶紧去送信。"巴兰舒道:"主人,这样是要跌死的。"达特安道:"你不要说。我是没事。"一面扶住窗边,跳下地来,幸而窗离地不高,马上站起来,跑来敲大门,自己咕唧道:"我是第二个入笼老鼠,来捉我的那个猫,没有什么便宜处。"敲了两下,里头不响了,只听得脚步声,开了门,达特安撞入去,手拿了剑,那大门关了。以后房里只有吵闹的声音,剑碰剑的声音,打破家具的声音。邻舍们听见吵闹,跑到窗子看,看见大门开了,有四个穿黑的逃出来。达特安打胜了。因为那四个人之中,只一个有兵器,那里敌得过达特安;那三个拿了家具来动手,更是不济了。邻舍们是见惯打架的,看见四个人跑了,不要再看,天也不早了,各人关了窗。达特安阒了那四个人走,看看帮那素的女人在榻上,有一半晕过去了。再细看时,这女人到有几分姿色,年纪约二十五岁,黑眼睛,齿白,脸色若玫瑰;再看就知她不是富贵家女人,她的手虽白而大,又不甚细,双脚也大。达特安见地下有块手巾,拾起来,看见角上的徽章,同那天阿拉密那脚趾的一样。达特安把这手巾放到那女人口袋里,那女人才开眼来看。见那些人到跑了,只剩一个不认得的人,她伸出手,对达特安笑。这女人笑得极可爱的。女人说道:"蒙你救我出了这班无赖的手,我感谢不尽了。"达特安道:"不必谢我,是男人看见都要做的。"那女人道:"我感激的意思,言之不尽,我是要酬报的,这班无赖要什么? 我始初还当他们是强盗。为什么我的男人不在这里?"达特安道:"这班是主教的人,比强盗可怕多呢。你的男人,是昨天被人捉了,关在巴士狄监了。"那女人喊道:"我的男人关在监了,他犯了什么事? 这是从那里说起,他从来没有犯过事,害过人。"达特安道:"据我看来,就是因为他是你的男人。可见他做了你的男人,自然是他的福气,然而因为这个,他可也惹了祸。"女人道:"我看你是晓得这件事的。"达特安道:"我晓得你被人掳了。"女人道:"谁人掳我去? 你若晓得,快告诉我。"达特安道:"掳你的人,年纪约四十五岁,黑头发,黑脸,左额有个疤。"女人道:"是这个人。他叫什么名字,你晓得么?"达特安道:"我就是不晓他的名字。"女人道:"我丈夫晓得我被掳么?"达特安道:"有一封信告诉他的。那封信就是掳你的人写的。"女人听见了,有点难为情的意思,问道:"我丈夫疑心了么?"答道:"他知道是为的是政界上一件秘密事。"女人道:"我的丈夫没疑心。我起先也不知道为什么事,我现在也晓得是为这事了。"达特安道:"你的丈夫相信你的爱情,也晓得你是明白人,一点也没疑心。"女人听了,微笑。达特安问道:"你怎么样逃出来的?"答道:"我看见了空儿,当着看守的人没留心,我把被单当作绳子,从窗子爬下来。他们可没难为我,我就晓得因为什么掳我去。我以为丈夫还在家,就赶紧跑来。"达特安道:"你找他保护你?"女人道:"不是的。他没力量保护我,他做不到;我找他,要告诉他一件极要紧的事。"达特安道:"什么事?"女人道:"这是秘密的事,可不是我的,不能告诉人。"达特安道:"那个自然,我佩服你的谨慎。这里也不是说话的地方,那四个人跑了,等一会,还要带许多人来的。我们久等在这里也不妙。虽说我已经叫人去请三个人来帮忙,却不晓得他们在那里,能够来不能来。"女人道:"你说的不错。我们到别处去罢,一刻不可耽搁的了。"达特安扶了那女人出来,问道:"我们到那里去?"答道:"我们先离开这里,再商量罢。"他们两个人走了好几条街,到了沙尔辟大街①。达特安问道:"你怎么样? 要到那里去?"女人道:"我也不晓得。我原想先打发我的男人到拉波特家里打听这几天宫里有什么事,问问看,我可以安安稳稳的回宫不能。"达特安道:"为什么不叫我去替你打听?"女人道:"原可以的。不过我的男人宫里熟,没人拦阻,你是生人,不大好进去。"达特安道:"那个好办。你只要把暗号告诉了我,那看门的人,自然让我进去了。"那女人留心的看了达特安,答道:"我把暗号告诉了你,你能够这一次用过了,就把暗号忘记了么?"答道:"你请放心。我这次用了之后,就同没有听见过的一样。"女人道:"你是个有胆子、有信实的人,你是靠这两件求富贵的,我相信你。"达特安道:"你也不用叫我发誓,我总是尽力替王上办事,保护王后;你只管叫我办,就是了。"女人道:"我现在跑到那里去呢?"达特安道:"你难道不能到朋友家去送个信,叫拉波特来接你么?"女人道:"这件事体,实在要紧。我的朋友不甚可靠。"达特安道:"且慢,我的朋友阿托士,住的离这里不远。"女人道:"谁是阿托士?"答道:"我的朋友。"女人道:"倘若他在家,看见我,怎么样呢?"达特安道:"我晓得他不在家。我把你放在他房里,我把钥匙交给你,你自己锁在里头,等我回来。"女人道:"譬如他先回来,怎样呢?"达特安道:"他还不能回来。就是回来,你就告诉他,我叫你

---

① 沙尔辟大街(Place St. Sulpice)。

在他那里等我的。"女人道:"你想想看,这个办法,有点不妥,叫人起疑心。"达特安道:"不要紧的。谁也不认得你。现在事体很险,那些小节,只可不管的了。"女人道:"也罢,我们就去。他住那里?"达特安道:"住在孚留街,离这儿不过一点路。"女人道:"我们就去罢。"

果然阿托士不在家,达特安拿了钥匙,领女人到房里,说道:"你就在这里舒舒服服的歇歇。钥匙在这里,你把门锁了,不让别人进来;等你听这样的敲门三下,你就知道这是我回来了。"女人道:"是了,该轮到我分付你了。"达特安道:"我是预备听你的调度。"女人道:"你到勒谐尔街①,罗弗宫的小门,问遮猛②;他一定问你来做什么,你只要说出两个字来,一个是'土尔'③,一个是'波禄些尔'④,你随后分付他什么事,他都替你办。"达特安问道:"我该怎样分付他?"答道:"叫他请王后的马官拉波特来。"问道:"来了怎么样?"答道:"你就请他来找我。"问道:"这好是好了,我已后怎样找你?"答道:"找我不找,有什么要紧。"达特安道:"自然要紧。"女人道:"很好。我自然会安排,你不要费心。"达特安道:"我相信你的话。"女人道:"你请放心罢。"达特安同那俊俏的女人告辞了,临行,还看她一眼,露出无限爱恋的意思。下得楼来,听见她把门锁了。

不一会,达特安来到罗弗宫,进小门的时候,刚听见打十下钟。果然如邦那素女人的安排,把暗号说了,不到十分钟,拉波特出来了,达特安把他干女儿的话,告诉他,他马上就走,走不几步,回转头来说道:"我有一句话奉劝你。"达特安道:"请教。"拉波特道:"这件事不是顽的,要惹出乱子来的,你晓得吗?"达特安道:"你看有乱子么?"拉波特道:"你可晓得你那个朋友家里的钟是慢的么?"达特安道:"有便怎样呢?"拉波特道:"你何妨去探望他,日后他便可以发誓,说今晚九点

---

① 勒谐尔街(Rue de l'Echelle)。
② 遮猛(Germain)。
③ 土尔(Tours)。
④ 波禄些尔(Bruxelles)。

半钟,你的确是在他家的。"

达特安看见这话有理,他就跑到统领特拉维府里来。他不到客厅,却到统领的书房来。达特安是常来的,跟人就去报,说他有要事求见。过了五分钟,特拉维来了,问他这时候来作什么。原来那跟人去禀报的时候,达特安就把那个钟的针往后拨,拨慢了三刻。统领问他,他就答道:"这时候不过九点二十分,我以为还不算晚呢。"特拉维道:"这才九点二十分么? 我以为打过十点了。"达特安道:"钟上只有九点二十分。"特拉维道:"不错,我还以为过了。你来做什么?"达特安就把他听见王后有危险的话,说了一番;又说他听见主教害巴金汗公爵的话;一面说话,一面作出旁观人的样子。等到钟打十下,他告辞出来,特拉维还分付他用心打听。达特安走了出来,忽然忘了出门拿的手杖,又走回书房取手杖,轻轻的又把那钟针拨快三刻。

第十一回　达特安之爱情

达特安从统领府走出来,要回寓所,特为了绕许多路,心里像有件大事似的。看官要问他想的什么,为什么要绕许多路,为什么他抬头看看天上的星,有时叹口气,有时又微笑起来？著书的人,老实说罢。原来那达特安是在那里想邦那素的女人。他年纪还轻,阅历又少,看见这个女人,以为是绝美的了。那个女人生得原是俊俏;宫里秘密的事,她是知道的;国里什么阔人,她也认得的;言语举动,却也大方可爱;并且风流自赏,讨人的喜欢,看见风流的少年,她心里也着实的称赞。那少年心热的人,看见这样女人,是要动心的。达特安从主教手下的人,救了她出来,就算是有了交情,也怪不得,从此交情或者可以变深了。达特安是个异想天开的人,想到那里,就要作到那里。自从救了那女人之后,他就在那里梦想,要同那女人幽期密约,传书递柬了。

著书的人已经说过,那时候少年人从王上手里受几个钱,是不算下作的。现在著书人要加一句:就是那时的少年是没什么长性的,妇女们若是同他们动了情,彼此相爱,她要送他们点值钱的东西,就保得住他们的性子长些。那时候的人,有许多都是亏他们的女相好常常接济。美貌的佳人,自然是拿貌来笼络男子,俗语说的好,美貌的佳人,只好尽着自己所有的来笼络,是不能再给钱的。若是女人只是有钱,她们只好给钱了。当时许多立了大功的武将,起首都是一贫如洗的，全靠相好的女人，拿钱来接济他们。达特安也是个穷汉，但是前程是不可限量的。他有了那三个朋友指教他，他把那些乡下的土气，也去得干干净净，学起风流子弟的模样来。看见女人，以为他也有一分，可以弄到手的，女人的财产，他也可以拿来用用的，不问是到外国打仗，或是自己办些私事，都可以用女人的钱的。达特安这次倒不是为钱，——虽是邦那素告诉过他，说自己有钱，是他的女人管着的。达特安却为的是那女人可爱，从此就生出爱情，却是难制得住的。不过女人也是知道钱的用处，有了钱就可以置衣服，置鞋袜；平常女人得了这些装饰，就可变作好看，好看的女人装扮起来，就是美人了；况且有了钱，就可以歇息，不去辛苦，手脚本来粗的，歇歇就可以变细了。达特安并不是个百万财主，他心里也许在那里想过就要发财，现在却并不在那里妄想作财主，现在只有恋爱的心，热的了不得。他就想到，把这个女人引进，给那三个朋友看看，同他们在大街上墟市上逛逛，到那常去的地方吃饭。他心里想，有了这个美人作伴，又有三个朋友顽要说笑，岂不是极乐的世界么？至于那个房东，达特安把他交给了主教的人，还说要打救，但是现在达特安实在还没有想到打救的话，因为一段爱情的事，倒把他打救的心弄淡了些。他心里盘算，虽然关在监里，眼前还没性命之忧，只好慢慢的设法，恐怕过于着急，反为不美。

　　且说达特安一面走，一面想那女人，一面在那里微笑，不觉走到查斯米狄街①。他想起阿拉密住此不远，他要告诉他刚才请他来的缘故，他心里想：阿拉密如果跑到福索街，看见没人，或只看见那两个朋友，是要诧异的。他要告诉他这缘故，又要听他怎样说，并且要同阿拉密说说邦那素女人的事。

　　那时天已颇晚，街上没人，听见打十一下钟。他从一条窄巷走过，旁边不远有一所花园，风吹来一阵阵的香。远远还听得酒馆里头

---

① 查斯米狄街（Rue Chasse-Midi），这条街现在叫做 Cherche-Midi 街。

歌唱的声音。他转了弯,向阿拉密的住处走来,那住宅门前,有些树木,忽然看见有个人影,从沙尔万街①转过来。那人用罩袍裹住,倒像个男人,但看他身材甚小,脚步甚轻,走路有些胆怯,他晓得一定是个女人。那个人仿佛是不认得门口,常常的往上看,看了又站住,回头来,又往前走。达特安犯了疑心,自己想道:"我还是去帮她不帮?这个人好像年纪甚轻,也许长得俊俏。但是一个女人,夜深的时候,在这里跑,一定是找相好的了,如果我去帮她,她一定是不喜欢的。"那女人还在那里走,一路走,一路数间数,数窗户。原来这边的街,只有三间房子,向街两个窗子,一个窗子就是阿拉密那边的。达特安想道:"我想起阿拉密说的教里朋友的侄女来了。如果真是她,那可有趣了。我看这个情形,是无疑的了。我的阿拉密,我今番可捉住破绽了。"他一面想,一面躲起来。那个女人只管往前走,走近阿拉密的房子,就低低的咳嗽了一声,达特安知道这是他们的暗号。那个女人走到窗外,用手敲了三下。达特安自言道:"阿拉密,你这个老奸巨猾,干得好事,原来你考究的经典,就是这个样么?"女人敲了三下,里面点着火了。达特安自己说道:"就是用这个法子么?哦!她打窗子进去,不打大门走,这是预先约好的,等一会子,这个宝贝就要进去了。"谁知窗子还是关着不开,那灯光一会也没了。达特安晓得这是他们的把戏还没唱完,且在那里等。提起全副精神,在那里看,在那里听。再等一会,果然来了,里边急急敲了两下,外边女人敲一下回答,窗子开了,可惜黑了些,不大看得清楚。幸而达特安像个猫,晚上都能看见的,他却看见很清楚:那个女人从口袋里掏出一样白的东西来,好像是手巾,把手巾打开,用手指那一角。达特安想起邦那素老婆的手巾来,又想起阿拉密脚跐的手巾来,自己想道:"这条手巾,倒有些秘密事在内。"他在外边,可看不清楚里面的人,他心里知道是阿拉密无疑的了,他却要看准了是不是他,又要晓得那女的是什么人。他就趁

---

① 沙尔万街(Rue Serandoni)。

着窗子内外两个人说话的时候,捱到墙角,要看到房里。谁知里面并不是阿拉密,另是一个女人,却是不认得的,连面貌也看的不甚清楚。达特安总想看个清楚,只见窗子里的女人也从口袋里拿出一条手巾来,同窗外人换了,再说了几句话,——达特安也听不清楚,——窗子就关了。外面那个女人,转过脸来,把蒙头的东西披上了,就在达特安身边走过,——却不是别人,就是邦那素的女人。

达特安看见手巾的时候,已经疑心是邦那素的女人,却想不到她是要拉波特领她回宫的,怎么一个人夜深在巴黎走来走去,不怕人家捉她关在监里:这件事一定是紧急的,但是二十五岁的女人有什么紧要的事呢?一定是为着爱情了。但是她如此冒险,还是为人,还是为自己呢?达特安这个时候,起首有点醋意了。他要看这个女人回那里去,就随后跟住她。谁知那个女人看见墙角跑出个男人来,听见他脚步跟自己来,那女人喊了一声,跑了。达特安随后赶来,一会子赶上了,达特安把手放在她肩膀上。她害怕了,跪在地下喊道:"你杀了我罢!我一句也不告诉你的。"达特安一手围住她的腰,把她抱起来,知道这女人快要晕过去,他就告诉她不要害怕。邦那素的女人听见这话,原不放心的,她晓得这种好话,内里藏着毒计的,但是她听见声音,就认得那说话的人,及看见面,知道是达特安,她喜欢的了不得,喊道:"谢天谢地,原来是你。"达特安道:"是我。上帝叫我来照应你的。"女人微笑的问他道:"你难道因为这事,一路跟我的么?"答道:"不是的。我刚到这里来,看见有人打我朋友的门……"女人道:"你的朋友?"答道:"阿拉密是我的好朋友。"女人问道:"阿拉密?谁是阿拉密?"达特安道:"算了罢,不要瞒我罢,你晓得的。"女人道:"我真不晓得。这是头一次听你说。"达特安道:"那房子你从来没来过么?"女人道:"没有,这是头一次。"达特安问道:"你不晓得有个少年男子,住在那里么?"答道:"实在不晓得。"达特安道:"他是个火枪手。"女人道:"我从来没听见说。"达特安问道:"你不是来找他么?"答道:"自然不是的。你在那里偷看的时候,也晓得同我说话的,不是个男子。"达特安道:"不错。那个女人许是阿拉密的朋友。"女人答道:"我并不晓得阿拉密的事。"达特安道:"他们两个,倒像是住在一起的。"女人道:"这事我管不了。"达特安道:"那女人到底是谁?"女人答道:"这不是我的秘密事。"达特安道:"邦那素奶奶,你生的实在俊俏,却未免太诡诡祟祟的。"女人答道:"我望你不要因为这点,看低了我。"达特安道:"自然不看低你。你实在的迷人!"女人道:"既是这样,把手过来扶我。"达特安道:"我高兴的很扶你。"女人道:"你保护我回去。"问道:"你要到那里去?"答道:"我有我的地方去。"问道:"你到底要往那里去?"答道:"你一会儿就知道了,你只送我到门口。"问道:"我在门外等你,好么?"答道:"不必费心了。"问道:"难道你从那里出来,就一个人回家么?"答道:"也许是的,也许不是的。"又问道:"若是有人陪你,那人还是男的,还是女的?"答道:"现在还不晓得。"问道:"我却要知道。"答道:"为什么?"达特安道:"我在门外等你出来。"女人道:"既是如此,我同你要告辞了。"达特安道:"为什么?"女人道:"我不要你了。"达特安道:"是你请我的。"女人道:"我请你帮我,并没有请你作侦探,作奸细。"达特安道:"这话说的太过点。"女人道:"我不要那人,那人一定要跟我,不是奸细是什么?"达特安道:"这种人有点不体谅,是有的。"女人道:"这个字眼又太轻些。"达特安道:"你这样分付,我只好听了。"女人道:"你快听了,是你的好处。"达特安道:"难道悔过没点好处么?"女人问道:"你是真改悔么?"达特安道:"我却不知道。不过我晓得的,如果你让我陪住你,你要我作什么事,我都肯的。"女人道:"却是我什么时候叫你走,你是要走的。"达特安道:"那个自然。"女人道:"你不在那里等我出来么?"达特安道:"说了不等是不等的。"女人道:"让我扶住你的手,我们可以走了。"

邦那素的老婆,扶住达特安的手半笑半抖的走。到了拉哈普街①,又停住了,忽然像是看见什么东西,认得了房子,一面跑到门外,

---

① 拉哈普街(Rue de la Harpe)。

一面就说道:"我在这里有点事。我谢谢你保护。不然,一个单身女人在街上走,不是顽的。我已经到了,请你不要失约。"达特安道:"你回家不害怕么?"女人道:"就怕强盗,常时碰得着的;除了强盗,别的不怕。"达特安道:"碰见强盗,不是顽的。"女人道:"我身上一个钱没有,也抢不了什么去。"达特安道:"你忘记了那有徽章的手巾么?"女人问道:"什么手巾?"达特安道:"我从你脚下拾起来,放在你口袋的那条手巾。"女人道:"你若不要毁了我,从今以后,再别提那条手巾了。"达特安道:"我只说手巾两个字,你就发抖,怕人听见害了你,你如何能够叫我相信你不危险?"达特安捉住她的手,定睛看住她,说道:"来罢,你放心罢!你看着我,难道你还看不出我是忠心为你么?"女人道:"你若是要打听我自己的秘密事体,我倒可以告诉你;不过这是别人的秘密事体,又当别论了。"达特安道:"你说的虽然不错,但是我一定打听得出这秘密事来;这件事若是同你性命交关,我是一定要打听出来的。"那女人正色的说道:"你要小心,你不要干预我的事。我现在作的事,你不要帮我。你打救我一番,我是感激的,永远不忘。你既然有心关照我,请你再不要干预。你听我的话,不要干预我的事。你只好当是我死了,当是你从来没见过我。"达特安听了,有点不高兴,说道:"阿拉密,你也不许他干预你的事么?"女人道:"你对我说这个名字,第二三次了。我告诉过你,我不认得这人。"达特安道:"你到他家里,敲他的窗子,你还说不认得他,我实在不能相信。"女人道:"你老实说罢,你是故意的造出阿拉密这个名字来,要同我多说话,是不是?"达特安道:"我并没造谣言,我说的都是实话!"女人道:"难道你说你真有一个朋友住在那儿吗?"达特安道:"我已经告诉你两次,说我的朋友阿拉密住在那里。"女人说道:"这件怪事,将来总要弄明白的,现在你且耐烦点,不要再问我罢。"达特安道:"你若看见我的心,你就晓得我恋爱你的很,你就告诉我了。我既然恋爱你,你还怕什么。"女人答道:"你同我说爱情,未免来得太快些。"达特安道:"我今年才二十岁,从来没有恋爱过。"那女人听了,用心的打量他。达特安道:"你听着,这件秘密事,我已经有点线索了。三个月前,因为一条手巾,我同阿拉密打架。你在窗口给那女人的手巾,仿佛同我从前看见的手巾一样。"那女人像不高兴的,说道:"你一定要打听,太罗唣了。"达特安道:"请你想想,万一有人捉住你,搜出那条手巾,你怎么得了?"女人道:"手巾上两个字母,是代我的名字。"达特安道:"也许是代波特里夫人①的名字。"女人道:"别响了,你真是改不了。你若是不为着我,你也要为着自己。"达特安道:"我怕什么?"女人道:"你也有险。你会着我,就是险。"达特安道:"我立定主意,是不离开你。"那女人听了,合手哀求道:"你是个军人,你是个君子,你离开我罢,已经打十二下钟了,他们在那里等我了。"达特安道:"我听你的话,我就离开。"女人道:"你不跟我,你不等我回去?"达特安道:"我不等,我就回家。"那女人一只手够那墙洞的小门,一只手伸给达特安,说道:"我晓得你是个有勇的好少年。"达特安捉住那只手,尽情的舔,喊道:"我宁愿从来没看见你!"说得十分诚恳亲切,是女人听见了,总要动动心的。那女人很怜爱的答道:"我却不说这话。今天丢了的,明天也许找得着,那个晓得呢? 等到我可以自由,可以告诉你,我就告诉你。"达特安问道:"我恋爱你,你愿还敬么?"女人道:"现在还说不到,全靠你后来的举动。"达特安道:"今天?"女人道:"今天只能说到感激罢了。"达特安道:"你虽然是迷人,却未免待我太苦了。"女人道:"不是的。我知道你为人慷慨,我就趁此讨点便宜。你别灰心,到底总会好的。"达特安道:"你不要忘了今晚,不要忘了你应许我的事,我就是世界上顶快活的人了。"女人道:"你耐烦点,时候到了,我是不会忘记你的。你快走罢,我已经迟了。"达特安道:"不过五分钟。"女人道:"有时五分钟像五年呢!"达特安道:"你说的是指有爱情的时候。"女人道:"别人也许在那里发爱情。"达特安道:"看来是有个男子等你。"那

---

① 波特里夫人(Camille de Bois-Tracy),那条手巾上绣的两个字母是: C. B. 邦那索女人的姓名是 Constance(闺名)Bonacieux(夫家的姓),缩写起来是 C. B.,但是波特里夫人的姓名是 Camille de Bois-Tracy,缩写起来,也是 C. B. 两个字。

女人不耐烦,却禁不住的微笑道:"啊唷! 你又来了,又要从新再说了。"达特安道:"不是的。我就要走,我相信你,不管怎么样,我心总不改变。请了请了。"说完走了。那女人轻轻敲了三下,达特安回头看时,门一开随即关了,邦那素的老婆进去,已看不见了。达特安既答应了不看,是宁死不再看的了。

不到五分钟,他自己就到了寓处,自思自想的说道:"可怜那阿托士,他不晓得是怎么一会事,也许睡着了,在那里老等我,也许他回去了,看见个女人在他房里。那也不要紧,阿拉密房里也有个女人。实在奇怪,这件事不晓到底是怎样。"有人答道:"不好的很,不好的很!"达特安认得是他的跟人的声音,谁知他在楼梯口听见了。达特安问道:"呆子,你说什么? 怎么样了?"跟人道:"闹到不得了!"问道:"怎样讲?"答道:"阿托士先生被人捉了。"问道:"捉了? 为什么事?"答道:"他在你房里,他们错认是你,就捉了。"问道:"是谁来捉的?"答道:"就是主教的侦探,带着亲兵,先前来过,被你哄走的。"问道:"他为什么不说出自己的名字来,他没辩明他不晓得这事么?"答道:"他一字也没说。他还低声同我说道:'现在你的主人,要自由,要办事,他知道的情节,比我多。他们以为捉着他了。有了这点机会,倒可以叫他多办点事,等过了三天,我才把真名字告诉他们,他们就放我了。'"达特安道:"想得好。阿托士,想得好,真是个极可敬重的朋友。这才像他为人。"又问道:"那亲兵怎样待他?"跟人答道:"四个人捉他去,关在巴士狄或孚拉维①监里;两个陪着巡警搜东西,什么窟窿,什么墙缝板缝,都搜到了,什么字儿信儿,都掳去了。搜的时候,两个人把门。搜完了,就跑光了,门也不关。"问道:"颇图斯、阿拉密两个在那里?"答道:"我找不着他们,他们也没来。"达特安道:"你若留了信,他们随时都许来的。"答道:"是的。"达特安道:"你不要走开,他们若

---

① 孚拉维监狱(Fort L'Evêque)。

是来了,你把这件事都告诉他们,请他们到邦德宾①来会我,那里稳当些,这间房子,恐怕有人侦探。我先见统领,禀明这些事,随后去会他们。"巴兰舒道:"好的。"达特安道:"你可要在这里。你害怕么?"巴兰舒道:"我不怕。主人还没晓得,我拿定主意的时候,我是有胆的。"达特安道:"很好。你是宁死不肯走开么?"跟人道:"是的。什么事我都肯做,只要能够叫主人知道我是有义气的。"达特安道:"很好。"自己觉得教跟人的法子甚好。

达特安出门就向克仑毕街来。统领不在家,带了火枪手,在宫里值班。达特安晓得事体要紧,一定先要告诉统领,便向罗弗宫来,因为穿了号衣,总可以进去。他原想坐摆渡过河,可巧身上没钱,只好过桥。走到某街上,看见那边街上有两个人来:一男一女,女的像邦那素的老婆,男的像阿拉密;男的穿着火枪营的号衣,女的披了罩袍,蒙头盖住,男的拿手巾遮了脸,都是不愿人认得的意思。两个人打达特安面前走过,过了桥,原来那是往罗弗宫的路。达特安只好跟着他们走,走不到二十步,他晓得那两个人是阿拉密同邦那素的女人,不禁吃起醋来,以为那个女人欺了他:邦那素的女人发誓,说从没看见阿拉密,不过一刻钟之后,她扶了阿拉密的手同行。达特安却忘记了,他认得那女人,也不过在三点钟之前;就是打救了她,也只好望她感激,还谈不到别的事体。他却受不得,以为他们哄骗他,欺瞒他,一定要同她讲个清楚。

那两个人见有人随后跟来,只好急脚的走。达特安赶过了头,重新复走回来,在桥灯之下,站住了。那火枪手问道:"你要什么?"说话带点外国人的声音。达特安知是看错了,说道:"你不是阿拉密么?"那人答道:"我不是阿拉密,你认错人了,我也不怪你。"达特安道:"你不怪我?"那人道:"不怪。你同我既没什么事,你可以让我们过去了。"达特安道:"我同你没事,同这位夫人却有点事。"那人道:"这位

---

① 邦德宾(Fir Cone Cabaret)。

夫人,你却不认得她。"达特安道:"我却认得。"邦那素的女人带责备的意思,说道:"我说是个军人,又是个君子,我还以为你的话是靠得住的!"达特安道:"你也曾答应我一件事。"那人道:"你扶了我的手,我们走罢。"达特安看见这事,心也乱了,人也糊涂了,拦在前面。那火枪手走上前,推开他,达特安退后一步,拔出剑来,当下快如闪电,那人也把剑拔出来。邦那素女人跳上前,把那两人分开,喊道:"爵爷且慢。"达特安听见"爵爷"两字,忽然想起来了,问道:"你就是……那……"邦那素的女人低声接住道:"他就是巴金汗公爵,我们要糟了。"达特安道:"爵爷,奶奶,我望你们饶我的冒犯。我实在为爱情起见。爵爷是晓得的,狭路遇着情人,便情不自禁了。请你恕罪,告诉我,有什么事都可以帮忙。"那公爵伸出手,让达特安抓,说道:"你是个有胆的少年,我很要你帮忙,你离开二十步,跟我们到宫门。倘若有人侦探,你就杀了他。"达特安收了剑,趁这机会,替英国王上查理第一的大臣出点力。谁知并没侦探的,只好看他两个人从小门进了宫。

达特安一个人跑回邦德宾那个酒店,看见颇图斯同阿拉密在那里等他。按下那三个人不提,下回且说公爵入宫的事。

第十二回　巴金汗公爵

再说邦那素的女人同巴金汗公爵入了罗弗宫,并无拦阻。邦那素的女人,是王后的人,公爵穿的是火枪营号衣,当晚又是火枪营值班,故此无人盘问。那守门的遮猛,原是忠心为王后的,就是有人说邦那素的女人带了自己的情人入宫,声名不好听,但是栏杆铺东家女人的声名,是没人管的。

再说两个人进了宫院,便向边墙小路走,看见一道小门,那晚却未曾关,邦那素的女人推开了,里头十分黑暗,幸而那女人认得路,关了门,拉住公爵的手,慢慢的走;遇着楼梯,登了楼,到了第二层,往右转,穿一条过路,下了楼,又遇一道门;那女人把门开了,轻轻的把公爵推进一间房,——房内只点一枝夜灯,——对公爵说道:"爵爷,请在这里等,一会就有人来。"那女人走出来,把门锁了,那公爵就像是在监里一样。这种情景,虽是十分危险,但公爵是最好冒险的,处此情形,也不觉得可怕。他平生冒险的事多了,这不算第一次。他晓得王后给他的信,请他来,是别人假冒,骗了他来的,但是已经到了巴黎,不见王后一面,是不肯去的。起先王后不肯见他,后来恐怕公爵做出行险的事体来,才答应见他的。邦那素的女人原是去领公爵入宫的,谁知又被人掳了去,有两天不知下落,王后着急了两天。后来邦那素的女人逃了出来,告诉了拉波特,居然把一件极险的事,办成了。若不是被人掳了,早三天就要办成的。

再说巴金汗一个人在那里，跑到镜子前面照照，那火枪营号衣很合衬，他今年不过三十五岁，英国法国算他是第一个美男子。这位公爵是极有钱，两国的国王，都最喜欢他。势力是大极的了，他主打仗，就是打仗，他主讲和，就是讲和；他的为人，胆子极大，极好风流，极喜冒险，自己却自信的了不得，以为朝章国法，只好管他人，是管不了他的，随你别人梦想都不敢做的事，他都敢做，他也不迟疑，要做就做了，一做就得手。因为这个性质，法国的王后，当时有名美貌的，有名骄傲的，也不由的不恋爱这位公爵。再说那公爵对着镜，在那里弄头发，拧须，得意的很，在那里微笑；忽然绣帷挡住的一道门开了，有个女人走进来。公爵在镜子里看见，喊了一声。进来的就是王后！这位奥国的安公主①，年约二十六岁，正在盛年，十分艳丽，举止名贵，眼光射人，神情极流丽，而又带端庄；口小唇红，笑时最能动人，犯了她的时候，那神气却令人难堪；皮肤细嫩，手膀软弱，光华射目——当时诗家，有许多诗称赞王后手膀的美丽；头发微红，装成拳曲的样子；加上粉，更显出异样丰神。巴金汗看见了，立住脚，在那里赞美，一句话也说不出来。那从前看见，都是艳妆，这时候，王后只穿了一件白缎袍，更是好看。王后身边只跟了一个人，叫爱斯狄芬夫人②，是西班牙人，其余的西班牙人，都被国王或主教哄走了。

王后前走两步，巴金汗跪在地下，拿了袍脚来亲。王后说道："爵爷，你晓得不是我叫你来的。"公爵道："我晓得。我若是相信石头会镕化，雪会生热，我岂不成了个呆子。但是有了爱情的人，也望能够感动别人生爱情。我今番来了，见着你，也不算白来了。"王后答道："你可晓得，我为什么见你？我看你心里狂乱的可怜，我看你住在这里，时刻有性命之忧，也与我的名誉有碍，故此我见你；告诉你，样样事体，都是叫我们分，不叫我们合——不独是一片大海分隔我们，两

---

① 奥国的安公主（Anne of Austria），法王路易十三的后，后在路易十四时代以太后执政。

② 爱斯狄芬夫人（Donna Estefania）。

国的王上不对分隔我们,就是大婚的誓语也分隔我们。万万做不到的事体,你还是要做,也是枉然。我今日见你,就是要告诉你,我们从此再不能见面了。"巴金汗答道:"请你只管说,你极甜的声音,把你的极苦的话,调和了好些。你说誓语是不可犯的!我且问你,上帝造就的两个心,要同在一块的,把来分隔了,难道这是可犯的吗?"王后道:"爵爷,你忘记了,我从来没有同你说起爱情来。"公爵道:"你却也没同我说你不爱我。你如此说法,是忘恩负义了。你敢说天下人的爱情,还有比得上我的么?我的爱情,不问长久,不问看见没看见,也不问有望没望,都是不变的。我的爱情虽然深到如此,只要你偶然看我一眼,或随便同我说句话,我就心满意足了。我第一次见你,是在三年前,我爱了你三年了!我第一次见你的时候,你穿的什么衣服,你要我说给你听么?你带的首饰,你要我数给你听么?你当日坐在软垫上的情景,我还记得清楚,就像是今日才看见的一样。你穿的是绣金花银花的绿缎子衣裳,袖子盖住绝美的膀子,上面还有光彩射人的金刚钻;头上戴的小帽,同你衣服相衬,帽上有雪白的鸟毛,——我闭住眼,还是看见的;我开了眼,看见你现在的样子,比从前却又美过数百倍。"

　　王后受了他这一番恭维,说道:"这是疯病。你为什么把从前的事,重新又翻起来,岂不是疯了吗?"公爵道:"我活在世上作什么?别的作不了,只好把旧事来想想,这就是我的快活事,我的至宝,我的希望。我得着你看我一眼,就如同得了至宝,就把他收藏在我的心里。这算是第四次得着了至宝。这四年里头,我只看见你四次:第一次,我刚才已经说了;第二次,是在施华洛夫人府里;第三次,是在阿密安花园。"

　　王后红了脸,说道:"爵爷,你别说那天晚上的事了。"公爵道:"你让我说说罢。那天晚上,是我一生一世最快活的时候!你还记得,那天晚上,天气最好,风和星朗,那时独自一个人同你在那里。你正要同我说,——你过的寂寞日子,并你心里的忧闷。你扶着我的手,我每转头问你的时候,你的头发碰着我的脸,——我每次都浑身发抖!你那里晓得,我那时就如同在天堂的一样!我宁可把功名富贵身家性命都不要了,只要再换得怎样的一晚。我敢发誓,你那天晚上恋爱我。"王后道:"那天晚上的良辰美景,同你的顾盼动人,还有数不尽的许多小事,可以叫女人失了把握的,都聚在我一个人身上,但是女人把持不住的事,王后却是守得稳的。你一开口说爱情的话,我就喊随从的人来,同你离开了。"公爵道:"是的。不过别人的爱情,是可以消灭的,我的爱情,是不能的。你想回来巴黎,就可以离丢我了。你以为我的君主叫我照管的财宝,我是不能离开的,——就是天下的财宝,我都看不上,天下的君主,我也不管!过了八天,我又回来了,你就没话好说。我是弃了前程,把性命来冒险,特为来看你一会。我看见了你,却没拉手,你看见如此悔过,如此下气,你就饶恕了我。"王后道:"不错的。但是已经有许多谣言污蔑我。主教在国王面前谮我,国王叫我受了许多闲气;我身边的人,如施华洛夫人们,都哄走了。后来你要来法国当公使,王上还不肯。"公爵道:"因为王上不肯,我们要同法国开仗。现在我虽然不能见你,你却天天听见我的消息。你可晓得,我这次为什么要同罗谐尔①奉耶稣教的人联盟起来,出兵攻打拉爱②地方?我为的是要看你。我并不要带兵到巴黎,不过打完仗,是要讲和的,讲和要派钦差大臣的,那钦差大臣,就是我。你们却不能够不许我来。我那个时候就能够见你,就是看见不过一会子,也是快活的。自然因为这一点,要蹧蹋几千人的性命,我可不管,我只要看见你就是了。你看来又是要说我不该,说我疯了。我且问你,天地间还有别的女人的情人有我这样热心的么?天地间的王后的臣子,有如我这样忠诚的么?"王后道:"爵爷,爵爷!你自己辩护的话,

---

① 罗谐尔(Rochelle),地名。在法国西北海滨,是一个建有炮台的海口。那时,法国的 Huguenots(十六七世纪法国旧教徒用以呼新教徒者)尚据罗谐尔,英国暗中帮助他们。(编者按:正文中或作罗谐、拉罗谐尔。)

② 拉爱(Ré),正对罗谐尔的一个狭长形的小岛;长十八英里,阔处约三英里,共二十八平方英里,市民约一万四千人,以煮盐为业。

都显出人家评论你的凭据。你自己表白你的爱情的证据,就是你的罪案。"公爵道:"那是因为你不爱我的缘故。你若是爱我,自然不怎么想了;你若是爱我,我却要乐死了。你刚才说的施华洛夫人,她的心,却没你的心狠,荷兰爱她,她也爱荷兰。"

王后看得公爵的爱情太猛烈了,说道:"施华洛夫人却不是个王后。"公爵道:"然则你若不是个王后,你就可以爱我了!是否如此,请你告诉我。原来是因为你的位分太尊崇了,故此待我如此恶虐。不然,你是可以爱我的。谢谢你这几句极有价值的话!几百回的感谢!"王后道:"你误会了,你把我的话解说错了,我并不是说⋯⋯"公爵拦住道:"笃,笃!① 你不要太很了,从梦中喊醒我。你告诉过我,说我中了人家的奸计,恐有性命之忧。却也奇怪,我近来常作恶梦,梦见我自己死了。"说到这里,公爵微笑,脸上带凄惨之色。王后喊道:"天呀!"这一喊,却露出一往情深的样子来。公爵道:"我不是说这句话来吓你,我是不信神怪的,但是你说的话,你所感动我的想望,也就可以补救我所受的苦了。"王后道:"咳!我也有恶梦,梦中看见你受伤,倒在地下流血。"公爵问道:"你梦的是否我左边受了刀伤?"王后道:"是的,左边受刀伤。谁把我的梦告诉了你?我的梦惟有在祈祷的时候告诉上帝。"公爵道:"你爱我,这就够了,我不想别的了。"王后道:"我爱你吗?我⋯⋯"公爵道:"是,你爱我。你不爱我,上帝为什么把我的梦送给你呢?我们两个人,若不是情感相通,怎么会有同梦呢?我的王后,你是爱我,你替我滴点眼泪。"王后喊道:"我支不住了,你走开罢。我不晓得我爱你不爱,但是我晓得,我是不说谎的。你可怜我,你走罢!你若是因为我,在法国被人谋害,我一生一世不能饶我自己的了。我也要疯了,走罢,我求你走罢!"公爵道:"你这样,真是美丽,我不晓得怎样爱你才是!"王后道:"我求你走了罢!等有好机会,再来!你再来的时候,做钦差,身边带了人保护你,我就不

---

① 笃,笃!,表示止住王后再谈的意思。

怕你遇险了,我那时一定喜欢见你。"公爵道:"你说的是真的么?"王后道:"真的。"公爵道:"请你给我点东西,作我们朋友交情的记念。我看那东西,就晓得这件事不是一场梦。我要你身上戴的东西:戒指、颈圈、链子,都好。"王后道:"我给了你,你就走吗?"公爵道:"给了我,我就走。"王后道:"马上就走?"公爵道:"马上就走。"王后道:"你离开法国,回去英国?"公爵道:"我肯发誓。"王后道:"你等等。"说完,走到自己房里,立刻就回来,拿了一个红木盒子,面上有金字,是王后名字头一字的字母,交与公爵,说道:"请你收了作记念。"巴金汗受了,又跪在地下。

  王后道:"你应许我就走的?"公爵道:"我就走,把你的手给我,我就走。"王后伸出手来,闭了眼,一手扶住爱斯狄芬的肩膀。王后心里着实扰乱,快要晕倒了。巴金汗把手在嘴上很命的亲了几下,站起来,说道:"我若是还不死的话,过六个月,我再来见你。我就是搅到天翻地覆,也要把这件事做到了。"说完,费了死力,回转头来,走出去了。到了过道,邦那素的女人还在那里等他,把公爵送出了宫。

第十三回　入狱

　　再说书中有一个人与刚才的事，很有关系的，就是那房东邦那素。他因为当日国事上同爱情上秘密的运动，受了许多委曲。那日把他捉了，就送到巴士狄大监。他进去的时候，看见两旁的兵在那里装火枪，就害怕的了不得。那些人把他拖到地内一条巷堂，巡警见他并不是个阔人，就难为他起来。过了半点钟，把他放松了，告诉他去过堂。两个兵来守住他，领他到一间房。房里只有一张桌子，一把椅子，椅子上坐了一个巡官，在桌子上忙的写东西。两个兵把他带到桌子前边，就出去了。巡官抬头看他。他看见那巡官，样子有点可怕：尖鼻子、黄脸皮、颧骨甚高，两只小眼睛，看人是不会转的，神气极像个狐狸；那个脖子又长，伸出头来，就像个乌龟出壳。他先问邦那素的名字、年岁、事业、住址。邦那素告诉了他：今年五十一岁，某名，某姓，住在福索街十四号。巡官至此，不问了，就训饬他一番，说："你这样的人，不要混在政事上去。"说着，又夸主教的才干权力，说是大臣中有一无二的人，同他反对，是性命交关的。说完了，两只眼只管看邦那素，叫他把自己危险的情形想一想。
　　邦那素果然在那里想：想起拉波特把干女儿嫁把他，他的女人入宫当差，拖累了他，他恨的了不得。邦那素是个极贪极懦极私心的一个人，虽然是疼他老婆不过，这点爱情还抵不过他的天生的下流性质。在那里想了一会如何对答，便说道："上官，我求你知道我的意思,世界上再没有第二个人,比我还领略主教的天生治国的本事。"巡官半信半疑的说道:"是么? 你既然是这个意思,为什么跑到巴士狄监里来呢?"邦那素道:"这个我不能告诉你,我自己也不知道。我晓得是从来没得罪过主教,就是有,也是无心的。"巡官道:"你一定是犯了罪,人家告你犯了大逆,故把你捉来的。"邦那素几乎吓死了,喊道:"犯了大逆? 我不过是个卖栏杆的,我最恨的是耶稣教的人,同西班牙人。为什么告我大逆? 这真是没有的事。"巡官道:"邦那素,你不是有个老婆吗?"答道:"有的,现在没了。"一面答,一面打战;他知道这事体要转湾了。巡官道:"你说没了,你的老婆那里去了?"答道:"被人掳了。"巡官道:"掳了?"邦那素觉得比先前还难受。巡官说道:"被人掳了! 你可知道谁掳去的?"答道:"我有点知道这人。"问道:"那人是谁?"答道:"上官,你要晓得,我并不知道实在,不过疑心罢了。"巡官道:"你疑心谁,就告诉我。"邦那素到了这里,却为难起来,若是推全不晓得,是叫巡官疑他不肯吐实;若是全告诉了,又怕冒险,巡官却不来疑他。当下他就打定主意,把实情说出来,答道:"我疑心是个贵族模样,黑脸的人。我常时到宫门外接我的老婆,我看见这个人跟了我们好几次。"巡官听了,有点不舒服,又问道:"你晓得那人的名字么?"答道:"名字全不晓得,这个人却认得。就是他夹在一千人队里,我也指得出。"巡官听了,皱着眉头,说道:"在一千人队里,你还可以认得么?"邦那素知道说错了,答道:"我说的是……"巡官拦住道:"你说你可以认得他,这就够了。今天不必再问了。我还要告诉一个人,说你认得掳你老婆的人。"邦那素急死了,说道:"我并没说我认得是谁。我说的不这样……"巡官不等他说完,喊那两个兵道:"把犯人领去。"一个问道:"关在那里?"巡官道:"囚牢里。"又问道:"那一个?"巡官着急道:"随便那一个都使得,只要锁得稳固。"邦那素听了,怕得打战,叹口气道:"咳! 我真是倒运,我的老婆不晓得犯了什么大罪,拖累我受这个苦。我看她是什么都招了。女人心里弱,没把握的。关在囚牢,只有一夜工夫,明天不是绞死,就是拿车来裂死。上帝呀！可怜呀！"两个兵不管他在那里叫，一人捉着一只手，把他领走了。

巡官就写了一封信，派人送去。

那天晚上，邦那素一夜没闭眼，坐了一夜；听见一点声音，就跳起来；看见天才亮，自己就害怕快要死；听见有人弄门闩的声音，他又跳起来，以为是要送他到法场。后来看见是昨天的巡官同一个官员走来，他看见了，喜欢的了不得，要抱那两个官。他们说道："从昨天晚上起，你这件事生出枝节来了，你只好从直说了罢。你都供了，主教的气也就平了。"邦那素答道："我什么都肯说，只要是我知道的。请你问罢。"问道："第一件，你的老婆在那里？"答道："我已经告诉你，是被人掳了。"那官说道："不错，但是昨日傍晚五下钟，你想出了法子，让她逃走了。"邦那素喊道："逃了！这个不相干的女人！我同你发誓，她若是逃了，却同我没相干。"问道："那天你为什么跑到达特安的住处，同他商量了许久？"答道："这是有的。我现在晓得不该了。"问道："你去是什么意思？"答道："我去求他帮我找老婆。我那时还想我该找她回来，现在我才晓得是错了，请你恕了我的罪罢。"问道："达特安同你说些什么？"答道："他应许帮我找，后来我才知道被他骗了。"那官说道："你不要骗我罢！达特安同你约好的，故此把那些捉你老婆的巡警，都打跑了，把你老婆弄走了，现在找不着了。"邦那素道："达特安把我的老婆弄走了！你这话怎么讲？"那官道："好在我们把达特安也捉在这里了，你可以同他对质。"邦那素道："我倒要看看这个好朋友的面。"巡官喊道："把达特安弄进来。"有两个兵把阿托士领了进来。巡官问道："达特安，你把昨日你同这个人交手的事说一遍听听。"邦那素喊道："这个并不是达特安。"巡官也喊道："怎么？这个不是达特安？"邦那素道："没一点儿像达特安。"巡官问道："这个人叫什么？"邦那素道："我不晓得，我不认得这个人。"问道："你不晓得？"答道："不晓得。"巡官问道："你从前见过他没有？"邦那素道："见是见过的，却不晓得他名字。"巡官问那火枪手道："你叫什么？"答道："我叫阿托士。"巡官迷糊了,说道:"阿托士是山名,不是人名。"阿托士说道:"这是我的名。"巡官道:"但是你说过,你的名字就是达特安。"阿托士问道:"谁,我说的吗?"巡官道:"是,你说的。"阿托士说道:"不错的,你的兵对我说:'你就是达特安?'我答道:'你以为我是的么?'你的兵说:'一定是的。'我只好不同他们顶。也许是我自己错了也不定。"巡官怒道:"你不要开顽笑,不要藐视国法。"阿托士说道:"我一定不。"巡官道:"你晓得,你就是达特安。"阿托士道:"你一定是要怎么说的。"邦那素道:"巡官,我告诉你罢,不必再问的了。达特安是我的房客,——他虽然还没给过房钱,——因为这事,我是该派认得他的。达特安是个年轻的人,还不到二十岁,这一位是过了三十岁的了;还有一层,达特安是德西沙部下的兵,这一位是特拉维统领手下的火枪手,你看他的号衣,你看他的号衣!"巡官唧咕道:"不错的。"说到这里,忽然门开了,有一个送信的把封信交把巡官。巡官看了信,喊道:"这个不得了的女人!"邦那素忙问道:"你说什么?你说的是谁?不是说我的老婆?"巡官道:"说的是她!你这件事越弄越离奇了。"邦那素急的失了魂的喊道:"我请问你,我现在还在监里,为什么我老婆做的事体,倒可以把我拖累的更重了?"巡官道:"她现在做的事体,就是你们两口子平日弄的诡计。"邦那素道:"我敢发誓,你疑心我的事,是一点根都没有;我老婆做的事,我真是全不知道;她犯的罪,同我无干。我就从此刻起,我休了她,我就咒她。"阿托士说道:"喂!你除非是要紧的很要我在这里,那就罢了;不然的话,请你让我走了罢,我不要同你邦那素打交道。"巡官道:"把这两个犯人都领到囚牢里,要小心看管好了。"阿托士不动神色的说道:"若是达特安同这件事体有相关,我就不懂我为什么要替他关监?"巡官向那兵说道:"听我分付,这件事不准泄漏,你们听见没有?"阿托士耸了肩,一语不发,跟那兵走了。邦那素在那里啼哭叫喊,老虎听见,心也要软了。

  邦那素仍旧关在昨日那个监房,又关了一天,坐在那里哭。到晚上快九点钟,正想睡觉,听见过道有脚步声,俄而兵进来了,另有一个巡官跟着,对邦那素说道:"你跟我来。"邦那素又害怕起来,问道:"这是什么时候?跟你走,你领我到那里去?"巡官道:"上司分付,我领到那里就是那里。"邦那素道:"这是所问非所答。"巡官道:"只好这样答。"邦那素自言自语道:"天呀,天呀!这回可是糟了。"半迷半醒的跟了他们出来。到了大门,看见有马车等候,四个人守着,把邦那素弄进了车,巡官坐在他身边,锁了车门,马车就走了。

邦那素在里头什么也看不见,只看见街边的路,同两旁的房子。幸亏他是本地人,看街上的店铺招牌,他认得是什么地方。走到圣保罗街,他晓得是个国事犯的法场,害怕到几乎晕过去。他想马车一定停在那里。后来赶过去,他才放心。再走一会,到了死犯的坟地,他又害怕一会,后来想起杀了头的犯人,才埋在这里,他自己的头还没丢,又放心些。等等到了议事局,他以为没法子好想了,要在巡官面前,把一切事体先供出来;巡官不理他,他喊起来,喊得可怜见的。巡官怒了,要拿东西塞他的嘴,把他塞死了;巡官怒了他一会,他倒安静了。再走一会,望见那平常犯人的法场,又害怕起来。离那地方还有半里,听见许多人声,那车就停了。他是已经害怕过多少次的了,到了这里,真支不住,微微的喊了一声,晕倒了。

第十四回　蒙城人

　　那法场上的许多人不是来看绞犯人,是来看已经绞死的一个人。马车在这里不过停了一会,又向前走,到了邦桑方街①,在一个矮门前停住了。那门开了,把邦那素带了进去,上楼,在前厅等候。邦那素到了这会子,什么也不晓得,看见听见的都不理会,若是趁这个时候把他杀了,他是不会抗拒的,也不会喊的。他背向墙的坐在椅子上,两手下垂,等了一会,他抬头来看,看见并没眼前的险。坐的椅子极其舒服,墙上是用皮裱的,窗后挂了帘子,用镀金链子钩起来,看看没甚可怕。他本来是坐的,后来站起来了。有一个阔武官拉开了门帘同里间房子的人说话,说完了,跑到邦那素跟前来,问道:"你就是邦那素么?"邦那素半死不活,想说不说的,答道:"是的。"那武官站在一边说道:"你进去。"

　　邦那素向房里一看,却是间大房子,墙上挂了各种兵器,那时虽是八月,房里生着火,闷气得很。中间摆个方桌,桌上摆些书本同信件,还有一大幅拉罗谐尔的地图。有个中等身材,相貌威武的人,站在火前。那个人的眼光射人,脸长而窄,额高而开扬,三柳须,年纪不过三十多岁,头发却有变白的意思;虽没挂剑,却是武官样子,靴上都是尘土,仿佛是远行才到的。看官注意:这个人就是法国历史中最

---

　　① 邦桑方街(Rue des Bons Enfans)。

有名的红衣主教立殊利！寻常人只当他是个老弱无能的人,身子伸不直,说话说不响,终天倒在椅子上,运动他的阴谋诡计,弄得一个欧罗巴洲日夜不安：这些人却是错了。著书的人说他的时候,他却不是这样！这个主教,正是年力富强的时候,他立的战功,已经有了好几次,他的权力,是史书上有一无二的。现在英兵据了拉爱岛,主教正在设法要围拉罗谐尔。乍然间看,看不出他是个主教；不认得他的人,是断猜不出来的。

那个栏杆店的掌柜站在门口,不敢进去。房里那个人看了他一眼,仿佛就要看透他心里的,问道："这就是邦那素么？"武官答道："是的。"主教道："把书信给我,你先出去罢。"那个武官把桌上的信件,交把主教,鞠躬出去了。邦那素认得他在监里的口供问答,都记在那信上。主教在那里看,时时抬头看邦那素,看了有十分钟,细细的上下打量了邦那素一会,主教唧咕道："这个不是反叛的样子。也罢,我看他说什么。"主教大声慢慢的说道："有人告你谋反大逆呢！"邦那素道："爵爷,有人告诉过我这话了；但我肯发誓,我是全不晓得。"主教忍住微笑,说道："你是同你的老婆、施华洛夫人、巴金汗公爵,同谋叛逆。"邦那素道："爵爷,那几个人的名字,我是听见过我的老婆说过。"主教问道："她说什么？"答道："她说主教把巴金汗公爵骗来巴黎,要害那公爵同王后。"主教怒道："她说这话么？"邦那素道："是的,我还劝她不要说这样的话,我还说主教是不……"主教拦住他道："你这呆子,不要说了。"邦那素道："我的老婆也是这样说我。"主教问道："你晓得谁把你老婆掳了？"答道："不晓得。"问道："你疑心是谁？"答道："我原是有疑心的,不过巡官很不愿意我有疑心,我现在没疑心了。"主教道："我听说你的老婆逃走了,你晓得么？"答道："我不晓得。我到了监里,才听见说的,巡官告诉我的,巡官倒很体贴。"主教又忍住微笑,说道："你老婆逃了出来之后,你不晓得她的踪迹么？"答道："不晓得。大约回到罗弗宫去了。"主教道："今早一点钟,她还没回去。"邦那素道："天呀！她到那里去了？"主教道："再等一会,我们就知道了。什么事都瞒不过主教的。"邦那素道:"爵爷,你看主教肯把我老婆在什么地方告诉我么?"主教道:"或者可以,但是你先要告诉主教,你的老婆是怎样同施华洛夫人串通的。"邦那素道:"我却从来没见过施华洛夫人。"主教问道:"你到那里接你的老婆,她可是一直就回家。"邦那素答道:"一直回家的时候很少。她同别的栏杆杂货店有交手生意,我就领她去。"问道:"有交手的店有几家?"答道:"有两家。"问道:"在那里?"答道:"一家在倭基拉街①,一家在拉哈普街②。"问道:"你同女人到那两个店去过么?"答道:"我从没进去,我总在门外等。"问道:"她总是一个人进去,是什么缘故,她告诉过你么?"答道:"她从没说出道理;她叫我等,我就等。"主教道:"我的好邦那素,你真是个肯听话的男人。"邦那素自揣道:"他称呼我邦那素,我是很得法了。"主教问道:"你还认得这几个店么?"答道:"认得。"问道:"你记得门牌的号数么?"答道:"记得。"问道:"什么门牌?"答道:"倭基拉街第二十五号,拉哈普街第七十五号。"主教说道:"很好。"伸手拿个银手钟来摇,那武官进来,主教分付道:"你去找卢时伏来;倘是已经回来了,就叫他马上来。"武官道:"卢时伏伯爵在这里,要来见大人③。"主教忙说道:"请他来。"那武官即刻出去了。邦那素听见武官称呼那人做大人,他才晓得是主教,睁大两只眼,在那里惊异。不到五秒钟,门开了,跑进一个人。邦那素喊道:"就是他!"主教问道:"你说谁?"邦那素道:"这就是掳我老婆的人。"主教又摇手钟,那武官又进来,主教道:"把犯人交亲兵们看管好了。叫他在那里等,听我的信。"邦那素喊道:"不是的,不是的。我弄错了,不是他,另是一个人,不是他这样的。这个人是个好人,我看得出来。"主教喊道:"把这呆子弄出去!"武官就把邦那素领出来。

---

① 倭基拉街(Rue de Vauzirard)。
② 拉哈普街(Rue de la Harpe)。
③ 大人,那时人称主教,也和称国王一样,有个特别称呼,如 Your Honour, Your Eminence 之类。(此处译作"大人",无非以示区别而已。)所以邦那素一听得,就晓得是主教了。

那才进来的人,很不耐烦的把眼跟住邦那素看,等门关了,说道:"有人看见他们了。"主教问道:"谁?"答道:"一男一女。"问道:"王后公爵么?"答道:"是的。"问道:"看见在那里?"答道:"在宫里。"问道:"靠得住吗?"答道:"靠得住之至!"问道:"谁告诉你?"答道:"兰诺夫人①,她是最肯同主教出力的。"主教道:"她为什么不早告诉我?"伯爵道:"那事情是这样的:王后叫琐吉士夫人②同她在一屋睡,一直到第二天,都留她在身边。王后留她,是为的犯了疑,抑或是偶然的,我就不晓得了。"主教道:"我们这次又输了! 看看怎么样想个法子来报仇。"伯爵道:"我是无不尽力的,你可无疑的。"主教问道:"你可晓得他们在什么地方什么时候相会的?"答道:"后半夜半点钟。王后和身边的夫人们,还在——"又问道:"在什么地方?"答道:"在卧室。——"主教叫他往下说。伯爵道:"有个人把她侍女的一块手巾拿进来。"主教道:"后来怎样?"伯爵道:"王后忽然失色,脸色青了。——"主教道:"你说!"伯爵道:"王后立起来,声音打战的,对夫人们说道:'你们在这里等我,我一会子就回来。'开了门,就出去了。"主教问道:"兰诺夫人为什么不立刻来报信?"伯爵答道:"她打算多探些消息再来;况且王后是分付过叫她们等的,她怎好违背她的话。"问道:"王后走开多久?"答道:"三刻钟。"问道:"有人随她去么?"答道:"只有爱斯狄芬夫人。"问道:"没有会完的时候,王后回来过么?"答道:"回来一次,拿了一个上面有名字的盒子,又去了。"问道:"等到末了回房的时候,把盒子拿回来没有?"答道:"没有。"问道:"兰诺夫人可晓得盒子里装的什么东西?"答道:"晓得装的是王上给的金刚钻扣子。"主教问道:"王后回来没有盒子?"伯爵道:"是的。"问道:"兰诺夫人说那盒子是给了巴金汗了么?"答道:"她晓得这是不错的。"问道:"他怎样晓得不错?"答道:"兰诺夫人是王后的尚衣,第二天故意的在

---

① 兰诺夫人(Madame de Lannoy)。
② 琐吉士夫人(Madame de Surgis)。

那里找这个盒子,找不着,故意在那里着急,后来就问王后。"主教问道:"王后怎样说?"伯爵道:"王后脸红了,说是前晚弄坏了一颗,送到首饰店去收拾。"主教道:"那就应该去首饰店里打听。"伯爵道:"已经打听过了。"主教问道:"首饰匠怎么说?"伯爵答道:"首饰匠全不晓得。"主教道:"卢时伏,很好。这件事我们还不算全输,有这个波折更好。"伯爵道:"我是无疑的,主教的本事……"主教接住道:"可以补救他手下办事人的错误。"伯爵道:"这正是我要说的话,大人先替我说了。"主教问道:"你可晓得,现在施华洛夫人同巴金汗在那里?"伯爵道:"不晓得。我手下的人,都不知道。"主教道:"我却知道。"伯爵道:"爵爷知道?"主教道:"我却猜得着。一个住在倭基拉街第二十五号,一个住在拉哈普街第七十五号。"伯爵道:"你要我去捉他们么?"主教道:"太迟了。他们已经走了。"公爵道:"我们可以去打听。"主教道:"很好。你就带十个兵去,把那两处房搜个清楚。"伯爵一面辞了出来道:"大人分付,我就去办。"

伯爵走后,主教想了一会,第三次摇手钟,那武官进来,主教道:"把犯人领进来。"邦那素又进来,主教打个暗号,武官又出去了。主教严词厉色的说道:"你骗了我!"邦那素喊道:"我骗了大人?"主教道:"是,你骗我。你的女人到那两条街上去,不是找买栏杆杂货的。"犯人道:"上帝在上,她到那里做什么?"主教道:"她去会施华洛夫人同巴金汗公爵。"邦那素忽然想起来,说道:"是的,说的不错;我还记得我对老婆说:'你那栏杆杂货店好古怪,既没招牌,又没名字';老婆只对着我笑。"说到这里,跪在主教面前说道:"爵爷,你就是天下人皆敬服你的本事的大主教。"虽然一个不相干的卖栏杆的人恭维,是算不了什么,那主教听了,心里却自快乐的。主教忽然又有了主意,微微笑的伸出手来,说道:"我的朋友,你起来,你真是个好人。"邦那素叫道:"主教同我拉手。这个阔人同我拉手,还叫我是他的朋友。"那主教露出一副慈父的面孔来,——他用得着这副面孔时,他就做得出来,人家不晓得,是无不上当的,——他弄出那副面孔,对邦那素说道:"不错的,你是我的朋友。他们诬告了你,是要赔偿你的。这里有一口袋的钱,内里有一百个毕士度,你拿了去,饶了我的不是。"邦那素以为是开顽笑,几乎不敢拿,说道:"我饶大人么?你要喜欢就把我关了监,把酷刑来收拾我,甚至把我绞了,我敢响一句吗?我怎样的饶大人不是!"主教道:"我的邦那素,我看出来了,你真是个慷慨人,我还是一样的谢你。你把口袋拿了去,也许你不说我十分坏了。"邦那素道:"爵爷,我满意过分了。"主教道:"请罢,我盼望将来还要会面呢。"邦那素道:"大人分付,我常常预备替大人出力。"主教道:"很好,我常时要见见你的,你说的话,很有趣味。"邦那素道:"大人太客气了。"主教摆摆手,邦那素鞠躬至地,恭恭敬敬,慢慢退了出来。到了前厅,主教在房里听见他在那里喊大人长寿,主教长寿。主教不禁微笑,自言道:"好,这个人从今以后,肯替我死的了。"

主教回到桌子,细心的看拉罗谐尔地图,拿管铅笔,画一条线,——就是十八个月后封海口的一道坝。正在那里用神的时候,门开了,卢时伏伯爵进来,主教很着急的问道:"怎么样了?"伯爵答道:"我打听得有一个少年女人,约二十多岁,又有一个男人,年纪约三十五岁至四十岁的光景,在那里住了四五天。女人是昨晚走的,男人是今早走的。"主教望望钟,说道:"我猜的不错,恐怕现在追赶他们,是来不及了。那个夫人现在到了土尔①,伯爵到了布朗②;我们没赶上他,他们是已先到伦敦了。"伯爵道:"大人有什么分付?"主教道:"这件事,一字不许说,让王后在那里妄想这事没人知道,叫她好放心。不要叫王后晓得我们知道她的秘密事件,要叫她以为我们办别的事。你告诉掌印大臣薛吉尔③来见我。"伯爵问道:"那个人怎么打发?"主教问道:"什么人?"伯爵道:"邦那素。"主教道:"我打发得很好。我打

---

① 土尔(Tours),法国的一个城。旧时为 Touraine 省的省会,今为 Indre-et-Loire 省的省会。
② 布朗(Boulogne),地名,法国海口,由此渡海便到了英国。
③ 薛吉尔(Séguir)。

发他去作他自己老婆的侦探。"伯爵佩服的很的告辞了出来。

主教坐下,写了封信,用自己的印封了,摇钟喊人。武官进来第四次,主教说道:"你叫威妥利①来,叫他预备出差。"等了一会,那人装束好,进来,预备出远差。主教道:"威妥利,你立刻动身,赶快的到伦敦,在路上一刻也不许耽搁,这封信你交把密李狄。这一张二百毕士度的票子,你去支来用。你若把事情办得妥,六天打来回,我还赏你二百个毕士度。"那个信差一语不发,拿了信同票子,鞠躬出来。原来主教这封信,说的是:

"密李狄:你遇着宫里头一次的跳舞会,请你留心看,巴金汗公爵一定穿一件衣服,上面有十二个金刚钻扣子。你要靠紧他,割丢两个扣子,割了之后,立刻报信。"

---

① 威妥利(Vitray)。

第十五回　廷辩

再说这件事出来的第二早,阿托士并没回寓;达特安同颇图斯把他不见了的话,告诉了统领。阿拉密早告了五天的假,说是回家办事。特拉维待他部下如子弟一般,只要穿上了火枪营的号衣,他就当亲兄弟看待。他听了这话,立刻就到捕局打听,知道阿托士暂时被禁在孚拉维监里。那阿托士所受的苦,同邦那素受的一样,前回已说过。他们两个人对质过了,阿托士起先怕把达特安的事弄坏了,并没供出什么来,只供自己是阿托士,不是达特安;又供说邦那素夫妇他向来不认得,当天晚上去探达特安,未去之先,是在特拉维统领那里吃饭;若不相信,却有二十个人可以来作证,就把那些人名字说出来,其中就有脱力木公爵。

那两个巡官听了他的话,摸不着头脑。大凡穿袍子的人,同挂剑的人,是相视如仇,那巡官很想借他身上消消气,后来想到特拉维同脱力木两个人的名字,他只好罢休。他们就把阿托士送到主教那里,刚好主教进了宫。那时特拉维见了孚拉维管监的,知道阿托士并不关在那里,也到宫里去了。他是火枪营的统领,常时可以进宫的。

再说路易第十三向来同王后不大对的,主教又常在那里作弄,叫他们不和。主教知道女人的力量大,可以破他的奸计,故想出多少法子来,离间他们夫妇。王上最恨的是王后同那施华洛夫人要好。这两个女人结了党,王上是害怕的了不得,叫他日夜烦心。他从前同西班牙打仗,及现在同英国不睦,或是有时筹算国用,还没有怎样的烦心。他晓得施华洛夫人不但帮着王后在那里安排许多秘密的政策,还在那里帮王后办秘密爱情的事,他心里恼极了。王上听见主教说,施华洛夫人是已经贬逐的人,现在又来了巴黎五天,巡警都捉不着她,大为生气。路易第十三素来是喜怒无定,优柔寡断的,当时人都称他公道贞正,他是要保住这种好名誉的;其实据历史看来,是实在不配。那主教又告诉王上:"施华洛夫人不独到了巴黎,还同王后秘密通信。我正要想破了他们的诡计,去捉那通信的人,又被火枪手把巡警打散了。"王上听了大怒,跑向王后房里来。那主教却没说出巴金汗的名字,刚好特拉维进来了,看见王上主教在那里生气,王上刚要出去。内侍来报特拉维的名,王上按不住怒气,向特拉维道:"我听见你的火枪手办的好事!"特拉维不动神色的答道:"我要告诉陛下,巡警办的好事。"王上道:"你就说。"特拉维心平气和的说道:"有一队巡警,同了巡官,——这班人名誉倒也不坏,只是要同军人反对。这班人跑到人家家里,把王上的火枪手捉了,在街上乱拖,关在孚拉维监里。我同他们要拘票看,他们不肯给我看。他们待名誉最好的军人,待最有胆的军人,待王上特别看待的军人,就是如此。他们捉去的,就是阿托士。"王上听了,迟疑的说道:"阿托士,我记得这名字。"特拉维道:"阿托士就是打伤克荷萨的。"回头问主教道:"克荷萨的伤,痊愈了么?"主教咬牙切齿的答道:"痊愈了,谢谢你。"特拉维又说道:"阿托士去看朋友,那朋友就是王上禁兵营的一名候补兵,德西沙统带的。那朋友不在家,他就拿本书来看,等朋友回来。谁知就有一群巡警同兵,把房子围住了,把门打开了,……"说到这里,主教向王上递眼色,王上拦住答道:"我晓得的,这为的是公事。"特拉维道:"原来如此。大约我的火枪手并未犯法,被人捉住在街上拖过,满街上的人看见,都在那里笑,也是为的公事。这个人不独并没犯法,并且有勇敢的特色;这个人替王上办事,流血也有十数次;这个人是常常都肯替王上拼命的。"王上听了,没了主意,哼道:"这话靠得住吗?"主教道：“特拉维却忘了说,那火枪手一点钟前,把我派去查办要事的四个巡警侦探打跑了。”特拉维说道：“请你拿出凭据来。一点钟之前,阿托士在我那里吃饭,饭后还在我那里,同脱力木公爵、查赖士伯爵谈天。”王上回头问主教。主教说道：“有巡官供单为凭。我的巡官被他打了,有禀帖上来。我就请陛下公断。”特拉维答道：“穿长袍子的人的供单,比得上挂剑的人口说的话么？”王上道：“特拉维,你别生气。”特拉维道：“若是主教疑我部下的人有了不是,他要公公道道的让我开堂审讯。”主教道：“巡警去搜的那房子,还住了一个人,是那火枪手的朋友。”特拉维道：“他说的是达特安。”主教道：“特拉维,我说的是你的门下。”特拉维道：“不错,是我的门下。”主教道：“难道你不疑心他教坏……”特拉维拦住道：“阿托士比达特安的年纪长一倍,那是没有的事。况且那天晚上,达特安也在我那里。”主教道：“看来那天晚上,他们都在你那里。”特拉维十分生气的说道：“你不相信我的话么？”主教道：“我并不疑你的话。他什么时候在你那里？”特拉维道："时候我晓得极准。他进来的时候,我看见是九点半钟,我还以为那钟慢了些。”又问道：“他走是什么时候？”特拉维答道："十点半钟,过闹事的时候一点钟了。”

主教知道特拉维是不说谎的,觉得自己也没了把握,只好说道："不管什么,他们是在福索街把阿托士捉着的。”特拉维道：“难道你禁火枪手,不许他探望朋友么？难道是你不愿意他同德西沙部下的人作朋友么？”主教道：“他们相会的地方,是巡警密查的,我是不许的。”王上道：“特拉维,那所房子里头的人,是形迹可疑的,或者你不知道。”特拉维道：“我实在不知道。那房子里的人,虽是形迹可疑,但是达特安自己有自己的房间,不一定是同他们串通的。我不晓得还有别人比他忠敬王上,佩服主教的。”王上一面看那主教,一面问特拉维道：“他可就是在喀米德所打伤伽塞克的么？”主教脸红了。特拉维道：“是的。他第二天又把波那朱打伤了,陛下记性甚好。”王上道："这件事怎么了结？”主教道："请王上公断。”特拉维道："我说他无罪。

陛下有司法官,请派司法官判结。"王上道:"我们把那案交给司法官,让他们断。"特拉维道:"真是不幸的事;随你品行怎么好,就是替国家出了许多力,也要受巡警的气,受他们的蹧蹋。陆军的人,为巡警的事,常常的受人骚扰,怎么叫他们心里舒服!"特拉维这几句,说得太过火了,他却是故意的要闹到底,把这事即刻弄清楚了。王上喊道:"巡警的事,你晓得什么! 你管你的火枪营,不要来惹我。听了你的话,就像是捉了一个火枪手,国家就要危了;为了一个火枪手,闹出多少事来。我若是要捉一百个火枪手,或是把全营都捉了,我不要听见一句闲话。"特拉维道:"王上一说火枪手有罪,他们就有了罪了;我是预备好了把剑放下来。我晓得主教已经说我的部下不好,就要说我的不是,不如把我收了,同阿托士、达特安关在一处,——不久达特安也是要被捉的了。"王上道:"你这性急的喀士刚人,你别着急。"特拉维声气一点不改的说道:"请陛下把火枪手放了,听候审讯。"主教道:"那是一定要审讯的。"特拉维道:"既然如此,我要请王上让我代诉。"王上晓得这事闹到极点了,说道:"倘若主教没把这事看得怎样关切……"主教知道王上的意思,赶快说道:"如果陛下疑我有私,我就不告这状了。"王上对特拉维道:"你敢向着老国王发誓,说,当闹事的时候,阿托士的确在你府里,并不在场么?"特拉维道:"当着老王,当着陛下,我发这誓。"主教道:"请陛下再三斟酌。如果把阿托士放了出来,我们就不能知道实在情形的了。"特拉维道:"阿托士是什么时候都找得着的! 律师随时都可以问他。主教请放心罢。我可以保他不逃走。"国王道:"我也知道他不逃的。特拉维说的不错,随时都可以找得着他的。"又声音略低,望着主教,叫他不必再争的意,说道:"不管怎么,先把他放了。有人监察着他,也不要紧。"主教微笑的说道:"随王上高兴。赦罪的权,是陛下的。"特拉维道:"赦罪是指犯了罪讲,我的火枪手无罪。我所求的,是公道,不是赦罪。"王上问道:"你不是说他关在孚拉维监里么?"特拉维道:"关在单间的囚牢,同最下等的犯人一样。"王上道:"这却怎样办?"主教答道:"请王上下旨放了他。特拉维说的话,是可以算数的。"特拉维鞠了躬,心里虽然高兴,却还害怕,他知道主教容易迁就,有时比极力反对还险。特拉维接了王上签过字的赦罪旨,正要告辞出来,主教回过脸来,微微笑的向王上说道:"看见火枪营的人同他们的统领如此的和睦,实在是高兴;可见是操纵得法,办事极可望成功的。"特拉维自思道:"主教又在那里想法来害我,这种人不容易胜他;我却不要耽误了,王上的主意是活动的,把人关了监,是极容易的,若既放了出来,又再把他关了,却不甚容易。"特拉维就到了孚拉维监,把阿托士放了出来,按下不提。再说有一日特拉维碰见达特安,说道:"你晓得他们替伽塞克报仇,报的很快;你这次便宜了,他们还要同波那朱报仇,你却要留心。以后不要全靠好运气,便宜的脱逃了。"

再说特拉维猜主教还要想法害他,猜的不错。等特拉维出来,关了门,他就对王上说道:"现在没人了,我们商量怎么办。陛下可晓得巴金汗公爵来了巴黎么?住了五天,今早才走的。"

第十六回　搜书

再说，王上听了主教那句话，脸上一阵红一阵白；主教知道刚才小有失败，这时候却又大胜了。王上喊道："巴金汗在巴黎？他来作什么？"主教道："大约是来同陛下的对头奉耶稣教的人及西班牙人，谋反。"王上喊道："不是的。我晓得了，他来同施华洛夫人、朗威勒夫人①、康狄亲王②等，要害我家庭的名誉。"主教道："陛下怎样会有这种意思。王后是明白人，不会作出这无耻的事的；况且王后极恋爱陛下的。"王上道："女人的心性没定的。王后同我的爱情如何，我是晓得的。"主教道："虽然怎么说，我看准了，巴金汗是为国事而来。"王上道："我也看得准，他不是为这事而来。倘若王后果然犯了罪，我却叫王后发战。"主教道："说起疑心王后，我心里痛的很；不过王后的举动，也着实不对。兰诺夫人今晚告诉我说，前天晚上，王后睡的很迟，在那里写信，常常的哭。"王上喊道："写信把他无疑了！主教，我一定要把王后的信弄来。"主教道："用什么法子取来呢？陛下同我都不好去抢那书信。"王上极不高兴的说道："他们从前怎样

---

① 朗威勒夫人（Madame de Longueville）。
② 康狄亲王（Les Condés），康狄亲王（Louis I. de Bourbon）父子都是奉耶稣教的，反抗当时王室，起过几次兵。

对付邓克尔①的老婆的？先是她的信包被搜，其次是她的房子，最后，连她的身上都搜到了。"主教道："邓克尔不过是个法罗兰②的女光棍，陛下的王后，是奥国的安公主、法国的王后，是天地间最尊最贵的人。"王上道："这并不把她的罪减轻了。她以最尊最贵的人，作出这种事来，她的罪名更大。我早已立定主意，要把这种秘密事体止住了。他用的一个人叫拉波特……"主教接着道："我晓得这是王后的心腹人。"王上道："主教，你也同我的意思一样，说王后在那里瞒着我么？"主教道："王后谋的是王上的权柄，却不是王上的体面。"王上喊道："我告诉你罢，王后在那里两样都谋。我告诉你，王后并不恋爱我，她恋爱别人。我告诉你，王后恋爱那巴金汗。他在巴黎的时候，你为什么不把他捉住？"主教道："捉那公爵，他是查理第一的大臣，却要闹出乱子来的。王上疑心的事，我是不信的；万一是真有其事，岂不丑声播扬了出来么？"王上道："倘若他的行为，同贼一样，他一定……"说至此，停住了，口里要说的话，不敢再说出来。

主教等了一会，王上还不说，主教问道："他一定怎么样？"王上道："没怎么样，不过他在巴黎的时候，你可曾留心的察看着他？"主教道："察看的。"王上问道："他住在那里？"主教答道："拉哈普街七十五号。"问道："这是在那里？你晓得王后同他见面没有？"答道："王后的位分太高了，想来总没让他来见。"王上道："王后同他通信，我一定要那信。"主教道："但是……"王上道："不管怎么样，我是要定的。"主教道："虽然怎么说，我请王上要斟酌……"王上道："难道你也帮他们的忙来反对我么？你也同着英国、西班牙国、施华洛夫人、王后一班人

---

① 邓克尔(d'Ancre)，本名 Concino Concini，是法罗兰(Florence)人，一六〇〇年，Marie de Medici 嫁给显理第四的时候，他跟到法国来，后显理第四去世，Marie de Medici 临朝，邓克尔就大阔起来，授陆军大将，封侯爵，为当时法国第一个权臣。终以权势太盛，招众人之忌，构成罪名，于一六一七年杀于罗弗宫前御沟桥上。邓克尔的妻，亦同时受了"用邪术蛊惑太后"的罪名，被杀。这里所讲，大概是指他们搜查邓克尔老婆的"邪术蛊惑太后"的证据的事。

② 法罗兰(Florence)，意大利的一个城，在古时为 Tuscany 公国的首都。

串通么?"主教答道:"我以为陛下不疑心到我了。"王上道:"主教,你听见我说了,我一定要那些信。"主教道:"只有一个法子。"王上道:"什么法子?"主教道:"我看只好请王上传掌印大臣薛吉尔来,他是王上心腹大臣。叫他办这件事。"王上道:"就叫他来。"主教道:"他现在在我家里,是我叫他来的。我入宫的时候,留下话,叫他等我。"王上道:"叫他立刻来。"主教道:"陛下的谕旨,立刻就照办起来。但是……"王上道:"但是什么?"主教道:"王后也许不奉诏。"王上道:"什么?王后不奉诏?"主教道:"是的。王后若晓得的确是王上的旨意,那就没话说了。"王上道:"要叫王后知道是我的意思。我自己先去告诉她。"主教道:"我是已经尽力想法,免得有反目的事体。"王上道:"主教,我晓得你看待王后的意思,是存不为已甚的心,我觉得太过宽纵了些。将来有一天,我还要同你细谈这件事。"主教道:"我很愿意听王上有什么说的。我是很要尽力,要王上同王后琴瑟和谐的。"王上道:"主教,你的好意,我是相信的。请你先去,叫薛吉尔来,我要到王后那里去了。"

说完,路易第十三开了门,向王后那边去了。看见王后同那些夫人都坐在那里,在座的就是:吉讨夫人[1]、蒙伯桑夫人[2]、萨布力夫人[3]、格密弥夫人[4],那常在身边伺候的西班牙女人爱斯狄芬,另坐在房角上。格密弥夫人在那里读书把王后听,夫人们也在旁静听。其实王后心绪烦乱,一个人在那里沉思,特为请格密弥夫人读书,乱人的耳目。王后为爱情所动,虽然有些快活,实在是凄惨的很。她晓得王上是同她极冷淡的,主教因为从前对待王后有过非望,被王后峻拒了,故此深怀痛恨,时时刻刻想法叫王后下不去。王后的最好朋友,或是最可靠的心腹,已经驱逐完了;替王后尽力的人,都是站不住的:

---

[1] 吉讨夫人(Madame de Guitaut)。
[2] 蒙伯桑夫人(Madame de Montbazon)。
[3] 萨布力夫人(Madame de Sablé)。
[4] 格密弥夫人(Madame de Guéménée)。

施华洛夫人、华尔尼夫人①,已经被逐了,拉波特现在已摇动,不久也是要走的了。王后觉得同她亲近的人,都是没好下场的,想到这里,不禁伤心。忽然房门开了,王上走了进来。那个在那里读书的,忽然不读了,馀人都站起来,房里十分肃静。王上也不理会他们,一直走到王后跟前,说道:"掌印大臣一会就来见你,是我叫他来,有话同你说。"可怜见的那王后,时时刻刻在那里怕王上来责她,或贬逐她出境;听了这话,脸青了,问道:"有什么话,王上可以自己对我说,为什么叫宰相来?"王上不答,转脚出去了,同时统领亲兵的吉讨②报道:"宰相来了。"薛吉尔进来的时候,王上已是走了。宰相走上前来,脸上有点发红,在那里微笑。

看官要晓得,这位宰相,名薛吉尔,性情是和平的,当先是主教的侍者荐把主教的。主教见他人极可靠。当日相传他的故事,却有几件。有一件说是他少年的时候,性子甚野,什么事都敢作,忽然间入庙修行。那庙门算是把他那个人的身体关住了,却关不住他从前习惯的野性,天天想作坏事;他就告诉了庙里当家的,求他想法子。当家的说"你是被魔鬼迷住了",叫他摇庙里的大钟赶鬼。庙里的和尚听见钟响,知道是同门中有人着迷,都来念经救他。他照着法子,摇了大钟好几次,众人真来念经;但是魔鬼迷人,有了立脚地步,却不容易赶他出来;那些和尚越是出力念经,那魔鬼越把那着迷的,抱得更紧。到后来,魔鬼闹得凶了,那个大钟,不分日夜的在那里摇,弄得和尚们一刻也不得空,白天是跑上跑下,夜里不得睡觉,听了钟就要从被里爬出来,跪在地下念经。当时的记载,却没说明是和尚胜了,还是魔鬼胜了,只晓得过了三个月,和尚跑了出来,人家都知道他是被魔鬼缠得最凶的人。和尚作不来,他就去学法律,居然做了司法官,入了主教的党,这就见得这个人的本事了。末后做到宰相,帮着主

---

① 华尔尼夫人(Madame de Venel)。
② 吉讨(M. de Guitaut)。

教,起先反对太后,后来反对王后。因为替主教出了许多力,主教极相信他,故此现在这件事体,就叫他去办。

他进来的时候,王后还是站着,看见他来了,自己坐下,叫那些夫人们也坐下,很带骄蹇的意思,问他道:"你来作什么?"答道:"我是奉王命而来,要搜查王后的信件。"王后道:"搜查我的信件?这事便使不得!"宰相说道:"我是照着王上的旨意行事,王上先来通知过了。"王后道:"请你搜!原来当我是个犯了罪的人。爱斯狄芬,把钥匙拿出来。"那宰相晓得当日王后写的那封信,一定不是藏在抽屉的,他只好作搜查的样子,来搜了一会;他却要搜王后的身,就跑到王后跟前,局促不安的说道:"还有一件极要紧的事,未曾办呢。"王后故作不知的问道:"那一件?"宰相道:"王上晓得日里王后写了一封信,却未曾寄去;但是抽屉里没有,总在别的地方了。"王后怒目的看住他,说道:"难道你要搜我的身么?"宰相道:"我是王上的忠臣,王上的旨意,我也没法,都是要照办的。"王后道:"你说的也是。主教的侦探真能办事,我今天是写了一封信,却没寄去,信在这里。"一面说,一面把手放在胸口。宰相道:"请你交把我。"王后道:"我只能把信亲手交给王上。"宰相道:"王上若是要这信交把他,他自然同你要;我奉命来要这信,自然是该交把我。若是不交……"王后道:"不交,便怎样?"宰相道:"不交把我,我就要动手拿;我奉的旨意,说的清楚明白的。你若不交,我却要搜了。"王后喊道:"真是可怕!"宰相道:"请王后把我的职分弄容易些罢。"王后道:"这是件极丢人的事,你可晓得吗?"宰相道:"这都是王上的旨意,请王后不要怪我。"王后觉得他们太无礼了,太藐视了西班牙同奥大利,喊道:"我宁可死了,一刻也不能受这种羞辱。"宰相深深的鞠躬,走上前去,便要动手。看官记得,作者说过,王后是个极美丽的女人,宰相来作的事体,是极难下手的,若不是路易吃巴金汗的醋,万不会作出这等无礼的事来。当下宰相旧日的毛病发作起来,很要摇那庙里的大钟,不过现在自己不在庙里,只好大着胆子,伸出手来,真个要搜。王后见了,退后一步,脸色都灰了,同死人一样,左手扶住桌子,免得跌倒地下,右手从怀里掏出信来,交把宰相,又气又怒,气的声音也不联贯,喊道:"这就是那封信。拿去罢!你也走罢!不要令我看见生气!"宰相拿了信,鞠躬,走了,门尚未关;王后气得半死,晕倒在夫人们身上。

宰相拿了那封信,并不看看,一直就送给王上。王上接信在手,气得打战,及找那信面的住址时,脸色先白了,看见并没住址,他慢慢拆开了,看见第一个字,知道是写把西班牙国王的,他就赶快的往下读。原来信上并没什么话,不过是想夺去主教权力的法子,叫他兄弟及奥帝,同法国宣战,要求斥逐了主教。看官须知,主教时时要把那两国弄弱了,那两国是恨极了主教的政策。不过信里并无一字说起爱情的事体。王上看了信,高兴的了不得,就问主教走了没有。听说他还在办事房,王上就到那里,说道:"公爵①,到底还是你猜着了,是我错了。那个秘密事体,系国政上的,并不是爱情的事。信上却有许多说你的话。"主教接过信来,慢慢读了,读了一遍,又读了一遍,说道:"陛下现在晓得我的仇人恨我极深了。你若不把我斥退了,两国要来同你打仗。看来若是我作陛下,我只好不去同这两个强邻作对。在我自己,我却很愿意告退了。"王上道:"公爵,你说什么?"主教答道:"我说的是,我因为这些秘密的事,我的身体吃不住了。攻打那拉罗谐尔的事,我有点来不及了;我要请王上派康狄,或是巴桑披,或是别的人去。我是教里的人,还有应办的事,都被这些我不想办的不相干的事体,耽误了。我走开了,陛下的家事也好了,外交也有起色了。"王上道:"公爵,我晓得你的意思。你只管放心,信里说的人,连王后在内,我都要办他们的。"主教道:"若是因为我叫王后受罪,天也不容的。王后总当我是她的仇人,谁晓得王上是知道的,我不独帮王后,还有时帮着王后同王上反对呢。倘若是王后作出害王上体面的事来,我也要请王上惩办的。现在却并没这种事。"王上道:"你并没

---

① 公爵,因为主教曾于一六三一年进位公爵。

错,你向来都是对的;王后却叫我生气。"主教道:"是陛下叫王后生气,也难怪王后,因王上待她,未免太严,……"王上道:"我的仇人,你的仇人,我是要待得严;我也不管她的位分,我也不管冒什么险。"主教道:"我是王后的仇人,陛下不是王后的仇人;王后是极爱陛下的,从来并无过犯,又是极柔顺的。请王上还是以恩情相待才是。"王上道:"王后总要自己先下气,先来求我的饶。"主教道:"应该王上先下气的。王上先疑王后,那是王上错了。"王上道:"要我先下气,我是永远不来的。"主教道:"王上还要斟酌。"王上道:"我怎么作得到。"主教道:"陛下可以想个法子,叫王后高兴。"王上道:"什么呢?"主教道:"开个跳舞会。王后是最喜欢跳舞的,王上若是这样作法,王后必喜欢。"王上道:"我是从来不喜欢这种无谓的事的。"主教道:"因为王上不喜欢这种事,王后是加倍领情;况且王上送王后生日的那金刚钻扣子,王后从没戴过,有了这个机会,就可戴出来了。"王上因见王后犯的并不是那最可恨的罪过,他心里着实高兴,正想要同王后说和,就对主教说道:"慢慢再讲,主教,你用意太宽厚了。"主教道:"严厉的事,是大臣做的,王上就交把他们做;王上是要仁慈为主,多作仁慈的事,将来是必多好效果的。"那时已打十一下钟,主教告辞,临走,还是请王上去同王后打圆场。

再说,王后因为那封信的事体,正在盼望王上来同她闹。到了第二早起,王上来了,却是笑容满面的,王后觉得奇怪。王后想起昨日种种羞辱她的事体,原是要先同王上发作;那些伺候的夫人们,苦苦相劝,只好先不发作,看王上说的什么。王上趁机会,先说了不久要开跳舞会的话。王后因为许久没开过跳舞会,听了这话,高兴的很,气也不生了,竟不出主教所料,就要问是几时。王上说是要同主教商量。

王上果然天天问主教,几时好开跳舞会,主教却天天的推。如是者过了十天,搜信后的第八天,主教接着伦敦的一封信,说道:"我得着了,不过没路费,不能离伦敦,速寄五百个毕士度来。收到此款后,四五日就回到巴黎。"有一天,王上又问主教,几时开跳舞会;主教屈指在那里算日子,心里想道:"她收到了盘费,四五日就可到这里;那钱要四五日才到伦敦,由伦敦起程,又要四五日才到这里,共要十日,我们还要算风色,若是遇着逆风,还有那意外的耽搁,总要十二天。"王上催他道:"你算好了没有?"主教道:"算好了。今日是九月二十日,十月初三日,城里的大绅有大宴会,这天最好。人家也看得那跳舞会并不是特为王后而设的。"又说道:"陛下却不要忘了请王后那日戴起那金刚钻来看看。"

第十七回　主教之手段

　　再说王上听见主教第二次说起金刚钻来，心里就犯了疑，知道其中有点古怪。路易常常的因为主教用了许多侦探，打听到许多宫里事来，比自己还晓得真切，他要在王后嘴里打听，看是什么古怪事，也要主教晓得自己的消息灵通。他就去到王后房里，找出事来，责备那些夫人们。王后不理他，随他说，路易不高兴起来，特为要同王后理论，找出线索来，他就故意的责备王后。王后说道："请陛下告诉我，因为什么事体恼了？我作什么事，犯了什么罪？我就是写信给我的兄弟，你也不能怎样的发气。"王上听王后把信的事体直说出来，却不好回答；主教虽是告诉王上，不要先说起金刚钻来，要等到开跳舞会前一晚再说的，路易因无话回答，就说起金刚钻来，说道："城里议事堂不久就开跳舞会，我要你赏点脸给城里的大绅；你要穿宫妆去，最要紧是要穿戴起我前时送你做生日的金刚钻扣子。"王后听了末后这个话，魂也没了。她自然以为王上都知道了，她也猜着主教是教王上预先不要说起的，——主教的刻毒诡计，王后是知道的。王后听了，脸色也白了，扶着桌子，两眼现出害怕的情形，瞪着看王上，一句话也说不出来。

　　王上见王后难过的情形，心里着实高兴，却不晓得其中的底细，说道："你听见没有？"王后口吃的答道："我听见了。"王上道："跳舞会你是要来的。"王后道："来的。"王上道："要戴金刚钻。"王后道："戴的。"王后的脸色更白了。王上见她这样情景,更觉得意。不管人家难受,这却是路易第十三品行最不好之一端。路易说道:"这是商妥了的,也没别事了。"王后问道:"跳舞会究竟是几时开?"王上立意先不告诉她,说道:"快了,我却不晓得是那一天,我还要问主教。"王后道:"原来跳舞会是主教的主意么?"王上有点不好意思的答道:"是的。你为什么要问?"王后道:"大约金刚钻的话,也是他的主意了。"王上道:"这事是……"王后拦住道:"我说着了,是不是?是他的主意。"王上道:"他的主意也罢,我的主意也罢,有什么要紧。难道是叫你戴金刚钻,是犯了罪么?"王后道:"不是的。"王上道:"你听我的分付便了。"王后道:"听你的分付。"王上得意的了不得,说道:"很好。我相信你。"王后向王上呵腰屈膝,——却不是要行礼,因为王后腿已软了,再支不住了。王上觉得自己把事办的出色,大乐而去。

　　王后自己唧咕道:"我可毁了!毁了!主教侦探出我的事了。王上现在还不晓得,不久却要晓得了。天呀!我可毁了!"说完,两膝跪着垫子,把头放在两臂上,在那里叫苦。看官须知此时王后的情景,着实可怜。巴金汗是已经回到伦敦了,施华洛夫人远在土尔,正是叫天不应,叫地不闻。王后晓得是有人侦探她,她身边的夫人们走了消息,却不知是那一个。拉波特是不能离开的,身边没个可靠的人。想到绝望的时候,大哭起来,忽听得有极柔和极表同情的声音说道:"我可以替王后帮忙么?"王后急回转头来,看是谁说话。原来是邦那素的老婆,站在门里。王上进来的时候,她在那里叠衣裳,躲避不及,什么话都听见了。王后起先看不清楚是谁,喊了一声。那女人看见王后如此凄惨,自己也快丢下泪来,说道:"王后不要害怕,我是肯舍了性命,替王后办事的。我虽是个下贱人,无权无力,我却晓得一个打救的法子。"王后喊道:"你呀,你敢抬头看我么?我怎么样能相信你。四面八方都是害我的人。"邦氏道:"我却要舍命救陛下。"王后看她如此,知道她是的确可靠。邦氏又说道:"陛下说的不错。奸贼是真多。圣母在上,我敢发誓,再没别人还比我忠心为陛下的。王上说的金刚钻扣子,陛下已经给了巴金汗公爵了,是不是？那扣子是装在一个小红木盒内,巴金汗公爵出宫的时候,还拿在手里,是不是的？"王后浑身打战的说道:"是的。"邦氏道:"我们要想法,把金刚钻要回来就是了。"王后道:"那个自然,不过谁去取来？"邦氏道:"总要打发个人去。"王后道:"这样难办的事,我靠谁去办？"邦氏道:"请王后放心把事交给我,我去找人。"王后道:"我要写封信。"邦氏道:"那个自然。王后亲笔写几个字,用了私印,就是了。"王后道:"这几个字,就可以定我的罪,休了我,或是贬逐我。"邦氏道:"仇人得了,自然不妥;我敢保这封信,交到本人。"王后道:"我的性命,我的名誉体面,都在你手上了。"邦氏道:"是的。我都能保护得安稳。"王后道:"你告诉我,你打算怎么办？"邦氏道:"我的男人,是放了出来两三天了,我还没工夫看他;他是个老实人,也不同人好,也不同人坏,我叫他作什么,他就作什么。只要我分付他,他就动身,把信送去,也不问是谁送的,也不知道是为什么事。"

王后听了,拿了邦氏的手,定了睛看她,像是要看到她心里;看她的两眼,倒是诚实可靠的样子,没一毫的奸诈。王后就搂着她说道:"你去办罢,救我的性命同我的名誉。"邦氏道:"我同陛下办的,不过是点小事;我却是打好了主意,叫陛下不中他们的奸计。请陛下就写信罢,不要再耽误了。"王后写了信,用了私印,交把邦氏。王后道:"还有一件要紧事,我们却不要忘了。"邦氏问是什么事。王后道:"送信人的路费。"邦氏红了脸说道:"不错的。我要老实告诉陛下,我的男人……"王后拦住道:"你的男人没钱,是不是？"邦氏道:"他钱是有的,不过他不肯花。但是王后不必烦心,我们尚可以想法子。"王后道:"我也无钱。哦,有了,你等一等。"王后说完,走去拿首饰盒子,拿出一样东西来,说道:"人家都说这个戒指很值钱,是我的兄弟西班牙国王的,现在算是我的了;你拿了去,就可以换钱,叫你男人起程。"邦氏道:"有一点钟,就可安排停当了。"王后低声的同邦氏说道:"你看见信面么？是送给伦敦巴金汗公爵的。"邦氏道:"这封信是要交到公爵手里的。"王后道:"你真是个有胆子的女人,我怎样谢你才是。"邦氏拿王后的手,亲了一会,把信收在怀里,走了出来。

不到十分钟,就到了家。邦氏这几天真是没见过她男人,她却不晓得她的男人的心肠全变了。况且卢时伏伯爵来找过他几次,很拉拢他,又告诉他,说他的女人被掳,是政界上没法子的事,不要紧的。他以为伯爵是他的最好朋友,心肠全变坏了,同从前是两个人。

邦氏到得家来,看见只有她男人一个人在那里收拾房子——女仆是早跑了;家货是破了许多;橱里抽屉里的东西,是丢的干净。邦那素被放回来,就送信给他的女人,叫她赶紧回家;等了五天,平常时候,邦那素是要着急的,现在是情形不同了,有伯爵来望他,有时他自己还要去见主教,心里忙的很,也就忘记了老婆许久还没回来。伯爵常称叫他好朋友;他以为主教很看得起他,他不久是要阔的了。邦氏那些天,心里却也不闲,很在那里记挂那个有胆子的少年。见他同自己那番殷勤,心里却丢不下。她是十八岁嫁把邦那素的,见的都是邦那素的朋友,都不能动她的心。那时城里人看见上等人是了不得的,达特安是个上等人。女人最称赞的是火枪手,其次就是禁兵了,况且达特安年纪又轻,面貌又好看,又有胆子,又吐过爱情。邦氏今年不过二十三岁,见上这个人,自然是要动心的。

再说邦氏回到家来,邦那素伸手来搂她,搂了一会,邦氏说道:"我有话要告诉你。"邦那素道:"什么事?"邦氏道:"很要紧的事。"邦那素道:"是么?我还有要紧的话问你。我要问你,当日你是怎么样掳去的?"邦氏道:"现在且别提这事。"邦那素道:"也好,你要说什么,要说我在监里的情形么?"邦氏道:"出事的那一天,我都晓得了。我知道你并不犯什么罪,又没同人串通,作什么坏事,我心里就不着急了。"邦那素见他女人一点不替他着急,有点不高兴,说道:"你倒看得事体不要紧。这是你并不知道我关在巴士狄监里一天一夜呢。"邦氏道:"一天一夜,过得快的很。今天我为一件事来看你,你请听听。"邦那素道:"原来你并不是因为久别了来看我的。"邦氏道:"为的久别,我是要来看你；为的事体，我也要来看你。"邦那素道："什么事？"邦氏道："是件极要紧的事，我们将来的富贵，就靠这件事了。"邦那素道："自从同你分手之后，我们的运气很有进步了；等不到几时，我们的邻居，就要妒忌我们了！"邦氏道："是的，——如果我叫你作什么，你就作么？"邦那素道："叫我？"邦氏道："叫你。现在有一件极要紧的事，极好的事，叫你作，还有极大的酬劳。"——邦氏是晓得的，只有钱财能动她男人的心，她却不晓得不但一个卖栏杆杂货的人，随你什么人，同主教说了十分钟的话，那个人就要变了的。

邦那素道："那件事可以落多少钱？"邦氏道："大约有一千毕士度。"邦那素道："哼！要办什么事？"邦氏道："你立刻就要动身走。我把一封信给你，你送给一个人，那封信却不要给别人看见。"邦那素问道："要我送到那里？"邦氏道："送到伦敦。"邦那素道："我去伦敦？你别耍顽笑了。我去伦敦作什么？"邦氏道："自然不是你的事，是别人的事。"邦那素道："别人是谁？我老实告诉你，我再也不去在黑暗地里办事了。我要晓得我替谁办事，为什么要跑远路？"邦氏道："你替一个位分极高的人办事，送信把一个位分极高的人。我告诉你，那个酬劳大的很呢！是你梦想不到的。"邦那素道："又是秘密诡计，总是秘密诡计。我可再不干了。主教已经分付我，叫我留神了。"邦氏喊道："主教！你见着主教么？"邦那素得意的很的答道："主教请我去的。"邦氏道："你去了么？你为什么作这不该的事？"邦那素道："那却由不得我作主，是两个兵把我押着去的，那个时候，我因为素来没见过，却也不甚愿意见他。……"邦氏问道："他待你好不好？还是吓你？"邦那素道："他同我拉手，叫我是他的朋友。你听见么？我现在是大主教的朋友了！"邦氏啐道："大主教！"邦那素道："难道你不相信他的阔处么？"邦氏道："嗳，不是的。我并不是不相信，不过这种人的说话，是总靠不住的。你若果是相信，就是个疯子了。你可知道，还有别人比他更阔，势力比他更大。我们要依靠，还是依靠这种人，不要依靠主教。"邦那素道："别的人我不管，我就是依靠他。"邦氏道：

"呀,你替主教出力么?"邦那素道:"我是替主教办事的人。我不要你串通别人,谋害国家的治安;我不许你帮同王后,去办那秘密的诡事。王后是西班牙人,存了西班牙人的心,好在有主教的两个眼睛在那里时时刻刻的查看,随你有什么诡计,他都有法子破的。"——这几句话原来都是卢时伏伯爵说的,他听了,就拾了来,告诉他的女人。

邦氏原要叫他的男人帮忙,故此才应许了王后,替她冒险出死力;听了丈夫这番话,着急起来,不独她自己有危险,连王后的事,也就无人出力了。后来想了一想,知道丈夫是个懦弱的人,性情又是极贪的,又拿话劝他道:"原来你是个主教党。他们辱待王后,又欺负你的老婆,你还是要帮他们么?"邦那素道:"先公而后私,我帮的是保护国家治安的一党。"——这两句话,又是卢时伏伯爵说的,他得了空,就要说出来。邦氏耸耸肩说道:"你晓得什么国家大事?你只好老老实实的做个安分百姓,作点发财的事,就完了。"邦那素拿手拍拍一个大圆肥满的口袋,说道:"我的心肝,你晓得这里头是什么东西?"邦氏问道:"那些钱是那里来的?"邦那素道:"你猜猜看?"邦氏道:"主教的么?"邦那素道:"是他给的。还有我的好朋友卢时伏伯爵给的。"邦氏道:"卢时伏伯爵,掳我的就是他!"邦那素道:"尽许是他。"邦氏道:"你要他的钱么?"邦那素道:"你刚才告诉我,他掳你去,为的是国事。"邦氏道:"但是他们把我掳了,要我供出王后的私事来,坏王后的名誉,或者害王后的性命,也未可知。"邦那素道:"王后是个西班牙人,是个坏人;主教作的事,未有错。"邦氏道:"呀,我只晓得你为人懦弱,贪财无胆,我今天才晓得你是良心丧尽的了。"邦那素从没见过他女人这样生气,倒有点害怕,问道:"你说什么?"邦氏见自己说的话,有点动了他,答道:"我说你是个下流东西!你还要讲国事,还要讲主教办的国事,你想想看,可配?你看罢,你要把你自己的身体灵魂,都卖给魔鬼了。"邦那素道:"不是,是卖给主教。"邦氏道:"一样的,主教就是魔鬼。"邦那素道:"低些,恐怕有人听见。"邦氏道:"不错,若是有人晓得你这样无耻,我脸上真难为情。"邦那素道:"你老实告诉我,你要我作什么？"邦氏道："我已经告诉你了。我现在叫你办的事，你马上就要起程；如果你肯干，我什么事都饶了你，什么事都不提。"邦那素虽然是个懦夫，是个财迷，他却很疼他的老婆，听了这话，在那里游豫。邦氏道："赶快罢，拿定主意罢！"邦那素道："我的宝贝。你也要想想，你叫我作的什么事。伦敦离巴黎很远的，路上是很险的。"邦氏道："那也算不了什么。只要你留心，避了险，就是了。"邦那素道："算了罢。我是拿定主意，随你有什么好处，我都不去的了。我不愿意那些秘密诡事，我看见过巴士狄监牢里面一次了，我可不要再看见了。想起来，心也寒，肉也麻了。他们当先还要拿苦刑叫我受。你晓得苦刑么？夹棍是要夹到腿都要裂的，你晓得么？夹棍之外，还有别的花样。我是不去的了。你为什么自己不去？我是让你骗了。我当先以为你是个女人，谁知你见直的是个男人，是个肯拼命的男人。"邦氏道："你呢？你却是个女人，是个极没出息，极无用，极呆气的女人！你害怕么？你如果马上不去，我要请王后把你捉了，送你到巴士狄监里去，横竖你是喜欢的。"邦那素听见了，盘算了一会。他却实是害怕那主教，马上盘算好了，说道："你只管捉我，我会求主教救我。"

邦氏到这时候，才晓得自己把话说多了。看看他丈夫的脸，却是一脸的没出息，一脸的疲玩，就自己后悔已经把许多话告诉了他。邦氏道："细细的想想，还是你的主意不错。讲到国事，自然是男人比女人懂得多些。你是常同主教来往的，又比别的男人懂得更多，不过我以为我最爱的丈夫，我素来依靠的，却如此的待我，不爱我，我说的话，总不肯听。"邦那素得意极了，说道："你说的话，太过难办了。我恐怕你没想透。"邦氏道："就是怎样罢。我们丢开那主意，再不要提了。"邦那素忽然想起卢时伏曾经告诉他，叫他打听他老婆的秘密事，可惜记得迟了些，他问道："你叫我到伦敦，到底是办什么事？"邦氏觉得她丈夫问的奇怪，答道："我们别提罢。不过叫你替王后买东西，你可以落几个经手钱。"邦那素见他女人不肯告诉他，他更要打听了。他就立定主意，先透个信给卢时伏，说是王后要打发个人去伦敦。他就向老婆说道:"你别怪,我要出去一会。我是不晓得你今天回来,我先同朋友约下了。你且等几分钟,我的事体完了,我就回来,领你到宫里去。"邦氏道:"谢谢你,用不着了,我自己可以去,不必你费事了。"邦那素道:"我的宝贝,随你便罢。你几时再回来?"邦氏道:"下一个礼拜,我就没事了,我就可以回家收拾房子。这房子乱的不像样了。"邦那素道:"很好。我到了下礼拜,就望你回来。你不是同我生气么?"邦氏道:"不是的。我并没同你生气。请了,再见罢。"邦那素拉住老婆的手,亲了一嘴,就跑了。

  邦那素出了门,邦氏关了门,独自一个人在那里说道:"这个呆子,没出息到极处了。他跑去作了主教的傀儡,我却应许了王后,叫他帮忙。咳唷!王后一定也疑我也是个主教的侦探了,呀!邦那素,邦那素,我本来就不甚稀罕你,现在我见直的是恨你了!我说在先,你这个反叛,是没好结局的。"说到这里,忽然听见有人敲楼板,过了一会,有人说道:"我的邦奶奶,请你把小门开了,我下来。"

第十八回　懦夫出首

邦氏开了小门，达特安跑了进来，说道："你别怪我说，你的丈夫，真不是个东西。"邦氏着了急，问道："我们说的话，你听见了么？"达特安答道："个个字都听见。"邦氏问道："这是怎么讲？"答道："我想出一个法子，有人在楼下说话，我在楼上都可以听得见。你从前同主教侦探说的话，我都听见了。"邦氏道："你听见我们两口子的话，你看怎么样？"答道："我看出好几层的道理：第一层，你的男人是个没出息的东西；第二层，你自己不得了，我却喜欢的了不得，因为我有了帮你忙的机会，蹈火探汤，我都是愿意的；第三层，是王后要找个有胆子、有见识，靠得住的人，去伦敦。你要的是有那三样好处的人，才办得了这件事，我是有了两样的了，我在这里听候你的分付。"邦氏先不答，心里却高兴的很，知道那件事可以成了，有了望了，问道："若是我把这件事交给你办，你有什么凭据，叫我相信你。"答道："就是我的爱情，就是凭据了。你只要说句话，分付下来，只要告诉我说，是你要我办。"邦氏沉吟道："你不过是个小孩子，我敢把这极危险的秘密事，靠你去办么？"达特安道："你要我找个人作保么？"邦氏道："那么我可以放心。"达特安问道："你认得阿托士么？"邦氏答道："不认得。"问道："你认得颇图斯么？"答道："不认得。"问道："认得阿拉密么？"答道："也不认得，——这些人都是谁？"达特安道："他们都是御前火枪营的人。你认得他们的统领特拉维么？"邦氏道："我不认得，我却听见王后常说他是个忠勇不过的好汉子。"达特安道:"你总不怕他把秘密事件告诉了主教?"邦氏道:"不怕。"达特安道:"请你去问问特统领,把秘密事体告诉了他。问问他,我可靠得住。"邦氏道:"这秘密事体,我不好告诉他。"达特安道:"你为什么还想告诉你的丈夫呢?"邦氏道:"也不过当他是个装信的物件。就如我们把信放在树里头的窟窿,或是把信挂在鸽子翅膀,或是挂在狗的颈脖子。"达特安道:"你虽是晓得我恋爱你的很,你还不相信我?"邦氏道:"那是你说的。"达特安道:"我又是个有信实的人。"邦氏道:"这个我相信你的。"达特安道:"我也有胆。"邦氏道:"这个我也相信的。"达特安道:"很好,你为什么不叫我作给你看?"邦氏迟疑不决,两眼只管看他,见他眼上带着很踊跃的意思,说话的声音,也能叫人相信,就不由得不相信他。况且她自己所处的地位,又十分为难,除却他,还有谁可靠。这件事太相信人,固然是不妥,太不相信人,也是不好。邦氏却又觉得这个少年可爱,想了一想,只好把全事都告诉了他,说道:"你听着,我都告诉了你。上帝在上,我先发个誓,如果你害我,我自己就寻死,我的血淋到你的头。"达特安道:"我也发誓,如果我去送办这件事,被人捉住了,我宁死也不吐出一句秘密事体来。"邦氏就把这件事,从头至尾告诉了他,——有些他那晚在桥边已经知道的了。因为他们两个人,同知道这件秘密的事,两个人的爱情从此就固结住了。

达特安见她又恋爱自己,又相信自己,欢喜的了不得,自己便觉得加了多少力量,什么事体都敢去办了,说道:"我立刻动身。"邦氏道:"你还要告假呢。"达特安道:"可不是。我的康士旦①,我却忘了,你说的不错,还要去告假。"邦氏沉吟道:"这却添了为难,又耽误了时候。"达特安想了一想,答道:"你放心罢。这个为难,我有法子想的。"邦氏道:"你用什么法子?"达特安道:"我今晚就去见统领,托他同我告假。"邦氏道:"还有一件事。"达特安问道:"什么事?"邦氏道:"恐怕

---

① 康士旦(Constance),这就是邦那素老婆的闺名。

你没有钱。"达特安笑道："不要说恐怕了,见直的是没有。"邦氏当下开了橱,拿出那包钱来,就是半点钟前她的丈夫拿手拍拍的那一包;邦氏说道："你就把这包钱拿了去。"达特安在楼上的时候,揭开楼板,都听见他夫妇说的话,笑问邦氏道："这是主教给你丈夫的钱?"邦氏道："是的。你看看,这个包儿还重呢。"达特安道："倘若我们真能够把主教的钱,来救了王后,那可真好顽了。"邦氏道："你是个有胆的少年,将来王后一定的重赏你。"达特安道："你已经许我恋爱你,这就是我的重赏了。"邦氏忽然惊了,止住达特安道："别响!"达特安问道："什么事?"邦氏道："我听见有人在街上说话。"达特安道："那个声音好像……"邦氏道："是我男人的声音。"达特安跑去,先把门关了,说道："等我先走了,你再开门。"邦氏道："我也要走。不然,那一口袋钱丢了,怎么讲。"达特安道："不错。我们两个人都要走。"邦氏道："那个办不了。他一定看见我们走。"达特安道："你到我房里去。"邦氏哭道："我害怕的很。"达特安看见她害怕,赶紧的安慰她,说道："你到我房里,就同在教堂里头一样的安稳。"邦氏沉吟道："我们就去罢,我相信你。"

达特安轻轻的把门开了,走到过道,上了楼,进了房子,达特安先把门用东西拦了,两个人从窗缝往外看,看见邦那素同一个披了罩袍的人说话。达特安不看便罢,一看见那个人,他就拔出剑来,要出去,喊道："那就是蒙城那个人!"邦氏喊道："你作什么?你要把我们两个人都毁了!"达特安道："我是发过誓的,要杀这个人。"邦氏道："你现在是已经发过誓,替王后办事。王后的事要紧,我不许你冒险。"达特安道："我替你出力,你就不管我去冒什么险了么?"邦氏道："替我办事,我要你小心。我们且听他们说,他们在那里说我呢。"达特安跑到窗口听。原来邦那素已开了门,看见房里无人,又跑出去,同那披罩袍的人说道："我的女人走了,想在宫里了。"那人问道："你的女人,不晓得你为什么事出来么?"邦那素道："她不晓得。她浅的很,想不到。"那人问道："那个当禁兵的,不在家么?"邦那素道："想是不在家。

窗子关了,房里也没灯。"那人道:"我们先要看清楚。"邦那素道:"怎么看法?"那人道:"敲敲他的门。"邦那素道:"我先问问他的跟人。"那人道:"你就去问罢。"邦那素又进来,上了楼,敲达特安的门,没人应,原来他的跟人去跟颇图斯赴宴会。达特安听见敲门,只是不作声。房里两个人,十分着急,听见门外说道:"里头没有人。"那人答道:"不管罢,我们到你的房里去,比站在大门外好。"邦氏唧咕道:"这却叫人着急。他们两个说话,我们一字都听不见了。"达特安道:"不要紧。我们听得更清楚。"说完了,把楼板起出三四块来,铺一块地毯,两个人跪在那里听。

那人问道:"你知道楼上真是没有人么?"邦那素答道:"真是没人。"问道:"你相信你的女人……"答道:"她回宫了。"问道:"她只对你说,没向别人说么?"答道:"她没看见别人。"那人说道:"这一层很要紧的,你晓得么?"邦那素道:"看来我告诉你的话,是很要紧的。"那人道:"要紧的很。"邦那素道:"主教晓得,总很喜欢我了?"那人道:"那是一定的。我要问你,她同你说话的时候,说出什么人的名字来没有?"答道:"没有。"问道:"说到施华洛夫人、巴金汗公爵、华尔尼夫人没有?"答道:"没有,她只说要我去伦敦,替一个阔人办事。"邦氏在楼上听见了,就骂他的男人是反叛。达特安拿住邦氏的手,叫她别响,邦氏的手,并没缩回去。又听见那人道:"这不要紧。但是你太呆了,你为什么不应许了她?那封信就到你手上了。他们的诡计,也破了,你也算出了力,保存了国家了。"邦那素道:"我保存国家?"那人道:"主教就可以封你一个爵了。"邦那素问道:"主教告诉过你么?"那人道:"是的。我知道主教要出其不意的封你一个爵。"邦那素道:"很好。不要忙,还有时候呢。你可晓得,我老婆很爱我,当我是一位尊神呢。"邦氏听了,说道:"这个呆子!"达特安把邦氏的手更抓紧些,叫她别响。那人道:"还有什么时候?"邦那素道:"我到宫里去找她,对她说,我想过了,还是去的好。她自然就把信交给我,我就把信送给主教。"那人道:"你马上就去,我再回到这里来听信。"说完,那人走了。

　　邦氏听了,着实生气,骂她的男人。达特安把她的手抓的很紧,叫她别作声。忽然听见大喊,喊的可怕,原来邦那素看见装钱口袋丢了,大声在那里喊道:"有贼,有贼!"邦氏道:"他要把邻居都惊吵出来了!"谁知那条福索街常时有人吵闹的,况且邦那素的房子,近来出过事,邻舍都不理会,也没人来管。他就跑到街上喊,一直喊到别条街上去了。邦氏说道:"你该动身了。凡事要大胆,却也要小心。你总要记得,第一件是替王后出力。"达特安道:"替王后出力,替你出力。我的宝贝康士旦,你请放心,我总要替王后作脸,替你作脸,也不枉你恋爱我一场。"邦氏听了,不响,脸却飞红了。等一会子,达特安披上罩袍,挂了剑,出门去了。邦氏看着他去,依依不舍的,等到看不见了,她自己跪在地上,合了手,祷告上帝,保护王后及自己。

第十九回　送信

达特安一刻不敢耽搁,他知道那个人是主教的侦探,他一直就到统领府来。因为有这件要紧事交把他办,他觉得甚高兴,不独从此可望富贵,并且同他心爱的女人,可以日见亲近起来。到得府来,刚好统领有客,他就走到统领的书房等,烦人去通知统领。不到五分钟,统领进来,一看就知是他有非常要紧的公事。达特安在那里盘算,不知是把事体告诉了统领好,抑或只托得代告假。想到统领待他是极坦白的,素来又是忠心于王后,最恨的是主教,他就打好主意,把这件事详细的告诉统领。

特拉维先开口道:"你来同我有话说?"达特安道:"是的。不晓有什么不便没有,事体却是极要紧的。"统领道:"是件什么事?"达特安低声答道:"这件事,与王后声名相关,或者同王后的性命相关,也未可知。"统领四围一看,见没有别人,问道:"你说什么?"达特安道:"我碰巧打听出一件秘密事件。"统领道:"你却不可泄漏了。"

达特安道:"我一定要告诉你。我应许了替王后办的事体,惟有统领可以帮忙。"统领道:"这件事同你自己有相干么?"达特安道:"没有。只同王后有相干。"统领问道:"王后有叫你告诉我没有?"答道:"没有。王后不许我告诉别人。"统领道:"你为什么又要告诉我?"达特安道:"因为没你的帮忙,我这件事办不成;我又怕倘若不把情形告诉你,你是不肯准我所求的事体。"统领道:"你不要把秘密事体告诉我,你只要说你求的什么事。"达特安道:"我求你同德西沙统领说,给我十四日假。"统领道:"几时起假?"达特安道:"从今晚起。"统领问道:"你要离开巴黎么?"答道:"是的。"问道:"你可以告诉我,你到什么地方去么?"答道:"伦敦。"问道:"有人拦阻你么?"答道:"主教肯花许多钱拦阻我。"问道:"你一个人去么?"答道:"独自一个人。"统领道:"你顶多走到邦狄,就不能去了,我是晓得的。"达特安问道:"统领何以见得?"统领道:"因为路上有人行刺你。"达特安道:"我也只好拼命了。"统领道:"就是拼了命,你的事体却没办成。"达特安道:"这话不错。"统领道:"办这种事,有四个人,比一个人好。"达特安道:"统领说得是。你晓得阿托士他们三个人,究竟能够帮我多少忙,还是全靠统领?"统领道:"我不要晓得的秘密事,难道你都告诉他们么?"达特安道:"自然是不告诉他们。我们曾经发过誓,遇着为难的事,彼此都要相信不疑。若是统领告诉他们,说统领相信我,他们就没得说了。"统领道:"我可以给他们每人十四天的假。阿托士伤未痊愈,就可以到福吉士①地方养伤,那两个陪他去。我就给他们两个人的假,把假单给他们。"达特安道:"谢谢统领,我感激不尽。"统领道:"你就去找他们,叫他们预备。你自己也要写封信告假。现在你的脚后跟,就许有人侦探你。你有一封信,就可以解说清楚你来见我的缘故。我看你来见我,已有人报告把主教知道了。"达特安写了告假的信,交把统领;统领告诉他,明早两下钟,那两个人就有准假的单子了。达特安道:"请把我的准假单,送把阿托士。我想着,我不必回寓了。"统领道:"很好。请罢,望你一去成功。"达特安走了几步,统领喊他回来问道:"你有钱么?"达特安把口袋拿出来把统领看。统领问道:"够不够?"达特安道:"有三百个毕士度。"统领道:"走到天边都够了。请罢。"统领伸出手来,达特安很感激的抓了。

达特安先找阿拉密,——这几天很少见面,见面的时候,总觉得

---

① 福吉士(Forges)。

阿拉密愁眉不展的。这次见他坐在那里发愁,他就问了几句,要打听他发愁的缘故。阿拉密说是这几日忙的很,在那里用功,要同圣阿格士丁①第十八章作注解,用拉丁文注,一个礼拜就要注完,很有些累坠。那两个人正在那里谈天,忽然特拉维送了一封信来。阿拉密问是什么,送信的道:"是告假的准单。"阿拉密道:"我并未告假。"达特安道:"别管他收了就是了。"掏出半个毕士度,赏送信的人,说道:"你回去告诉统领,阿拉密很多谢。"送信的人,鞠躬走了。阿拉密问道:"这算什么会事?"达特安道:"你要陪我出十五天的差。"阿拉密道:"我马上叫起来,不能走,又没人告诉我……"达特安拦住,代他接下去说道:"……那个女人,不晓得怎样。"阿拉密问道:"你说的是谁?"达特安道:"说的是在你这里看见的女人,有一块绣花手巾的。"阿拉密的脸,变了死灰色,问道:"谁告诉你这里有过女人?"达特安道:"我亲眼看见的。"阿拉密问道:"你晓得是谁?"达特安道:"我倒晓得一点。"阿拉密道:"你既然晓得这些了,你或者也晓得她到那里去了。"达特安道:"她大约是回土尔去了。"阿拉密道:"到土尔去了? 也许是的。我看你是认得她。你可能够告诉我,她为什么回土尔去,也没给我个信。"达特安道:"她怕人家捉她。"阿拉密道:"为什么总没信把我。"达特安道:"她怕拖累你。"阿拉密道:"你叫我放心了。我以为她骗我,我很喜欢再见她一次。我却从没敢相信她因为我自来冒险,我却又不知道她因为什么事到巴黎?"达特安道:"我们今日就要起身往伦敦,也就为的是那个缘故。"阿拉密问道:"什么缘故?"达特安道:"有一天,你总要知道的,现在我只好学那教里朋友的侄女儿的样子。"阿拉密微笑,他晓得达特安说的什么事。阿拉密道:"很好,你既然知道她离了巴黎,就没有什么事拘留我在这里。我就陪你走。你有个什么办法?"达特安道:"我们先要见阿托士。你赶紧收拾,我们已经耽误了许多时候了。你却别忘了带巴星去。"阿拉密道:"他也跟

---

① 圣阿格士丁,参看第五回第四条注。

去么?"达特安道:"我想叫他去。先别管,叫他先跟我们到阿托士的寓所。"阿拉密叫巴星跟去,自己拿了罩袍,一把剑,三把手枪,开了几个抽屉,看看有钱没有,找来找去,找不出一个钱。他就跟着达特安出去,心里在那里想,怎么他房里有个少年女人,达特安会知道的,一面走上前,把手放在达特安肩膀上,说道:"你没把看见女人的事告诉别人么?"达特安道:"没告诉一个人。"问道:"连颇图斯、阿托士都没告诉么?"达特安道:"一字都没说。"阿拉密道:"这就很好。"

两个人向前走,一会走到阿托士的住处,看见他一手拿着准假单子,一手拿着特拉维的信,在那里发糊涂,见了他们,说道:"这是怎么一会事?"一面读那信道:"阿托士足下:你的身体,须要静养十四天,我劝你到福吉士去,那里的水好。不然,往别处合宜的地方也好。望你早日痊愈。"达特安道:"你要同我一路走。"阿托士问道:"到福吉士么?"达特安道:"福吉士也好,别的地方也好。"问道:"替王上办事么?"答道:"王上的也罢,王后的也罢,反正我们当的是两个人的差。"说到这里,颇图斯跑进来了,说道:"你们听见没有,当军人的并没告假,就准了假了。"达特安道:"有的。许是我的朋友替他告了假。"颇图斯道:"是了。又有了新把戏了。"阿拉密道:"是的。我们就要动身。"颇图斯道:"到那里?"阿托士道:"我却不晓得,你问达特安。"达特安道:"往伦敦。"颇图斯道:"到伦敦作什么?"达特安道:"这个我可不能告诉你。其实没有什么,你相信我就是了。"颇图斯道:"去伦敦是要钱的。我却一文也没有。"阿拉密道:"我也没有。"阿托士道:"我也没有。"达特安道:"我却有钱。"就把那口袋摔在桌上,说道:"袋里有三百个毕士度,四个人分,一个人得七十五,去伦敦来回是有余的了。况且我们不是个个都到得伦敦。"阿托士道:"何以见得?"达特安道:"我们几个里头,许有被人在路上截住的。"颇图斯道:"我们有仗打么?"达特安道:"我先告诉你,我们打的很险的仗。"颇图斯道:"既然是性命交关的事体,我却要晓得是会什么事。"阿托士道:"你就晓得了,也得不着什么便宜。"阿拉密道:"我却同颇图斯表同情。"达特安道："譬如王上叫我们去打仗，他告诉我们什么缘故么？他只要分付，叫我们去喀士刚尼，或是去比国打仗，我们只好去打。你难道还要问缘故么？"阿托士道："达特安说得不错。准假的单子，是有了，是统领那里来的；钱也有了，是三百个毕士度，却不晓得是那里来的；我们去送了命，就是了，还问什么。达特安，不论什么地方，我都跟你去。"颇图斯道："我也去。"阿拉密道："我也去。我要离开巴黎，找点热闹事体做做。"达特安道："热闹事体多咧。"阿托士问道："几时动身？"达特安道："马上就走，一刻都不能耽搁了。"说完，就叫他们的跟人快快预备。跟人们听了，就去马房备马。

颇图斯道："我们也要先安排个办法，先到那里？"达特安道："我们从加来走，这是往伦敦的直路。"颇图斯道："很好，我有一个办法。"阿托士道："你打算怎样？"颇图斯道："你可晓得，四个人带了跟人走，人家看见，容易起疑心。我们分路走，达特安应该把各人应办的事，先说好了。我先到布朗，两点钟后，阿托士起身往阿密安，阿拉密另走一条路，达特安喜欢怎么走，就怎么走，却要扮作跟人，叫他的跟人，扮作主人。"阿托士说道："我们不要告诉跟人，我们往那里去。作主人的，偶然会泄漏机密，跟人是最喜欢卖机密的。"达特安道："颇图斯的法子，有点行不通。因为我没有一定的事体分派各人做，我自己也不过是带了一封信，我又不能把这封信抄作三封，我们是只好同走的了。我把信收在这个口袋里，如果人家打死我，你们总要一个人替我送信到伦敦。若是那个人又死了，另外一个去送信，只要把信送到了，这事就算办成了。"阿托士喝采道："好极了，我很赞成。况且我们作事，也要不离谱。我是为的身体，要去洗澡，你们是陪我去的。我现在不去福吉士，我改了主意，去洗海水澡。若是路上有人拦阻我们，我们就把统领的信，同准假单子，给他们看；若是有人攻打我们，我们就同他打；有人来问我们，我们就说是去洗海水澡的。若是有人来拦，我们倘是一个人，那却抵敌不住，我们人多了，就不要紧，跟人们也要带兵器，随他怎么样，只要有一个人逃得去送信，就完了。"阿拉密喝采道:"阿托士,你讲的话,都是有理的,我赞成的。颇图斯,你怎么样?"颇图斯道:"只要达特安说好,我就照办。他是送信的人,他算是首领,他定规了,我们只好照办。"达特安道:"我定规照阿托士的办法,半点钟就动身。"众人齐说道:"都定规了!"各人拿了七十五个毕士度,去预备上路。

第二十回　抢照杀人

再说早上四点钟,四个人出了城,那时天色黑暗,恐有人暗算,都不敢响,等到天大亮了,都高兴起来。他们都骑了黑马,军人的装束,跟人也都带了兵器,一路上走,十分威武。

八点钟,到一客店,吃早饭。入到店房,看见先有一个人在那里吃饭,说是从别一条路来的。彼此见面交谈,敬起酒来。后来跟人来说,马已备好,他们都站起来,正要出店房,那个先到的人,要同颇图斯吃杯酒,恭祝主教长寿。颇图斯说要连着同王上祝寿。那人就说,他只晓得主教。颇图斯说他醉了,那个人就拔出剑来。阿托士说道:"你上当了,但是不要紧。后悔来不及了,我们不能等你了,你把那人杀了,就跟我们走罢。"三个人上了马,剩下颇图斯同那个人打架。

三个人跑了半里多路,阿托士说道:"已经少了一个了!"阿拉密问道:"那个人为什么挑颇图斯呢?"达特安道:"为的是颇图斯说话最响,那个人当他是我们的首领。"阿托士道:"达特安真是机灵。"这群人走了两点钟,到了一处,他们停住了,叫马歇息,一面等颇图斯。等了不来,他们又往前进,又走了几里,到了一个地方,名叫布威①。那大路两旁有高堤,看见有九个十个人,像在那里修路。阿拉密看见他们拿泥在那里填路上的窟窿,把那条路弄得更坏,就同他们说。他们

---

① 布威(Beauvais),法国 Oise 省的省城。

就骂起来,阿托士急了,拍马上前,推倒一个人,那些人跑到沟边,把藏在那里的枪取出来。这时,三个火枪手知道上了当。阿拉密肩膀上中了一枪,跟人摩吉堂屁股上中了一枪,跌下马来,却不是为的伤重,为的是看不见中了那里,以为是伤重了。达特安喊道:"这是伏兵,不要冒险,我们跑罢。"阿拉密虽受重伤,抓紧马鬃,就往前跑;摩吉堂的马,也跟着跑,却把骑他的人丢在地下。阿托士说道:"这匹马倒有用。"达特安道:"我宁可要件帽子。我的帽子被枪子打丢了,幸而信不在那里。"阿拉密道:"我恐怕颇图斯来了,他们要杀他。"阿托士道:"若是颇图斯没受伤,这时候也该到了。我恐怕那个吃醉的人,打起架来是不醉的。"

他们又跑了两点钟,马也乏了,不能再多跑了。到了加拉威①地方,阿拉密是受了重伤的,不能走了,时时的要晕倒。后来到了一个小店房,叫他的跟人巴星伺候他,那两个走了,要赶到阿密安。阿托士说道:"不算跟人,只剩两个人了。我先发誓,不同人打架了,我把剑收了,把嘴关了,等到了加来再讲。"达特安道:"你别发誓了,赶紧跑罢!"两个人拍马上前,走到了半夜,就到了阿密安地方,在一间金莲店房下马。店主人十分恭敬,一手拿着蜡烛,一手拿着睡帽,出来迎接,让他们到两间上等的客房。那两间房,却不连在一处的,他们不愿意。店主说:"没有再好的客房了。"他们就要在饭厅睡。店主人还说使不得,他两个一定要睡在那里,也就随了他们。正要收拾睡觉,关了门,忽听见有人敲门,就问是谁,认得是他们自己的跟人,就开了门,让他们进来。巴兰舒说道:"吉利模看马,我睡在门口,就没人能进来了。"达特安道:"你睡什么东西?"巴兰舒指着一捆草道:"我就睡在这个上头。"达特安道:"这倒不错。我看这个店主人,不是个好东西,太过恭敬了。"阿托士道:"我也不喜欢他。"巴兰舒果然睡在门口,吉利模跑到马房,还说明天早起五点钟,把四匹马都预备好了。

---

① 加拉威(Crévecoeur),法国 Oise 省内的一个村。

晚上倒也安静,到了两点钟,忽然有人要开门,巴兰舒登时就起来,问是谁;那个人说是找错了,就走开。到了四点钟,忽然马房大吵起来,原来是吉利模去喊醒看马房的人,那人不高兴,打吉利模。达特安叫他们把窗开了,看见那跟人倒在地下,不省人事,头上受了重伤。巴兰舒就去备马,谁知马都不能用了。摩吉堂的马没走什么路,原还可以用的,谁知晚上马医来替店房的马放血,错把摩吉堂的马放了血。阿托士同达特安只好在那里等。巴兰舒跑去,要重新买三匹马,看见门前有两匹马,倒也合用,鞍垫都是齐备的,就打听卖不卖。有人告诉他,说是店里客人的,昨晚到的,现在算帐,快要走了。达特安同巴兰舒站在店门,阿托士去算房钱,店主人在后房。阿托士拿了钱进去还帐,店主人独自坐在柜台边,有一个抽屉半开着。他把阿托士的钱接了来,反过来看看,说是假的,要把阿托士及他的同伴捉住,要当铸假钱的办。阿托士大怒,走上前道:"你这个坏种,我要把你的耳朵割下来!"忽然间就有四个人,带了兵器,跑进来围住他。阿托士大声喊道:"我被他们捉住了!达特安,你赶快先走,不要等我。"说完,连放了两枪。达特安同巴兰舒就骑了门前两匹马,跑了。达特安问巴兰舒道:"你看阿托士怎么样了?"巴兰舒道:"我看见他拿枪打倒两个人,一手把剑敌住那几个。"达特安道:"阿托士真可以!我们把他丢在那里,实在不对,不过也是没法。我们或者也要碰着这样的事,也管不得了,只好向前走。巴兰舒,你今天办的很好。"巴兰舒道:"我老实告诉主人,我们披喀狄地方的人,只要有了机会,就现出胆子来。况且我现在到了自己家乡,心里觉得更有把握了。"

两个人又向前跑,跑到一个地方,下了马,站在马旁边,在那里饮食;又跳上马,往前跑,离加来城不到几十步,达特安的马乏了,倒在地下,巴兰舒的马,多一步也不能走了,他们就离了马,向码头走。到了那里,巴兰舒就叫他的主人看,那一边有一主一仆,站在那里。他们走近去看,看见那个人神色不定,靴子上都是土,像是跑远路的,在那里问:"马上有船开往英国没有?"听见有一个快要开船的船主答道:"原是容易的很。不过今早奉了主教的示谕,凡是没有主教特别护照,不能过海。"那人说道:"我有护照。"就从袋里掏了出来。船主道:"请你拿去,叫镇守海口官签了字,我就渡你过海。"那人问道:"镇守官住在那里?"答道:"在他的别墅。"问道:"别墅在那里?"答道:"离此里把路。这里可以看得见,山下有间房顶铺石板的就是。"那人谢了他,带了跟人,就向那房子走。

达特安带着自己的跟人,离开几十步,随后跟了去。等出了城,刚好快到一个树林,达特安就快跑,赶上去,说道:"你忙的很?"那人答道:"我是实在忙。"达特安道:"我也是忙。我还有一点事,要借光。"那人问道:"什么事?"达特安道:"我要先走。"那人道:"这却万万不成。我四十四点钟跑了六百里,还要明天日中赶到伦敦。"达特安道:"我是四十点钟跑了六百里,还要明早十点钟赶到伦敦。"那人道:"那可没法,我先到先走。"达特安道:"这怎么好,我虽是后到的,我却要先走。"那人问道:"你办的是王差么?"达特安道。"不是。我办我自己的事。"那人道:"看来,你是有意同我争闹么?"达特安道:"你乱说的什么?"那人道:"我不晓得你要什么?"达特安道:"你要晓得么?"那人道:"我要晓得。"达特安道:"我要你身上的护照,我自己却没有。我一定要一张。"那人道:"我看你是同我开顽笑?"达特安道:"并不是的。"那人道:"你让我走。"达特安道:"你不能走。"那人道:"你这个小伙子,我晓得了,你要我把你的脑子打出来。"就喊他的跟人道:"陆宾[①],拿我的小枪来。"达特安也喊道:"你先弄住他的跟人,我去对付主人。"巴兰舒是好打架的,听了这话,早把那个人的跟人打倒在地,不让他起来。主人看见,拔出剑来攻达特安。不到三秒钟光景,那个人中了三剑,达特安喊道:"一剑替阿托士,一剑替颇图斯,一剑替阿拉密。"那个人倒在地下,达特安以为他死了,弯着身子去搜那张护照,谁知那个人手里还拿着剑,向达特安胸口刺来,喊道:"这一剑给

---

① 陆宾(Lubin)。

你!"达特安急了,又刺他一剑,把他钉在地上,喊道:"再给你一剑,这是末了一剑!"那个人登时晕过去。达特安把护照搜了出来,看见照上的名字,是狄倭达伯爵①。达特安看他的仇人,相貌魁梧,年纪不过二十五六岁,因为自己替别人办事,无缘无故的把他伤了,或者伤重致死,也未可知,心里着实难受,叹了一口气。他的跟人还在那里喊,巴兰舒叉着他的咽喉,不叫他喊,对达特安道:"这是个那曼人,有名的倔强的。我把他叉住了,他不喊,一放手,他又喊了。"达特安拿条手巾,把他的嘴塞了。巴兰舒道:"我们须把他捆在树上。"他们把他捆牢了,把狄倭达拖到他跟人身边。天色将晚,树林把那两个人遮住,过路的人就看不见。

达特安说道:"我们去见那镇守官。"巴兰舒道:"你已受伤了。"达特安道:"这算不了什么,先办公事,办完了再看伤。"两个人就向镇守官家里跑,报了狄倭达伯爵的名,见那镇守官。镇守官说道:"你有主教的护照没有?"达特安拿了出来,说道:"这就是主教的护照。"镇守官道:"不错的。"达特安道:"主教倒还相信我。"镇守官道:"我知道主教是要截留一个人,不许他过海。"达特安道:"是的。那个人叫做达特安,从巴黎动身,带着三个朋友。"镇守官道:"你认得那个人么?"达特安问是谁。镇守官道:"就是那个达特安。"达特安道:"认得之至。"镇守官问道:"你可以把那人的面貌告诉我么?"达特安就把狄倭达伯爵的面貌,细说一番。又问道:"有人同他一路走么?"答道:"他带一个跟人,叫做陆宾。"镇守官道:"我们要留心他。我们若是捉着了,是要派兵送他回去巴黎。"达特安道:"你能够办得到,主教一定是喜欢的。"镇守官道:"你回来的时候,见主教么?"达特安道:"一定要见的。"镇守官道:"托你替我致意。"达特安道:"那个自然。"镇守官高高兴兴的签了字,交把达特安,还说了许多恭维的话。达特安鞠躬出来,赶紧就走。另外走了一条路,进了城,走到码头,船主在那里候

---

① 狄倭达伯爵(Comte de Wardes)。

着,见了达特安问道:"怎么样了?"达特安道:"你来看看,护照是签了字了。"船主道:"那一位客人呢?"达特安道:"他今天不走。这是船钱,你收了罢。"船主道:"我们立刻开船?"达特安道:"自然,不必等了。"说完,同跟人跳上小船,不到五分钟,就上了大船,正是时候。等不到一会子,听见炮响,就是锁海口的炮,放了之后,船只是不许出口的了。达特安这时候才看看他的伤,幸而不重,不过伤了肋骨,汗衫子黏了伤口,血是早止住了。他却是乏极了,在船面铺块褥子,就熟睡了。明天一早,看看,尚离英国口岸数十里,因为晚上没风,船走的慢。到十点钟,船到杜华①,下了椗。

再过半点钟,达特安登了岸,高兴的很,喊道:"我可到了!"主仆两个,雇了马,同向导的人,走了四点钟,到了伦敦。达特安从来没到过伦敦,又不会说英国话,他把巴金汗的名字,写在纸上,去问人,找着公爵府。原来公爵不在府里,去了温雪②,陪英王打猎。他找着公爵的家人,那人会说法国话。他就告诉他,有一件性命交关的事体,要见他主人。那个家人叫做白得理③,听他这一番话,备了两匹马,叫他主仆骑了,自己就领了他们去。巴兰舒疲乏了,动不得,不能同去。达特安跟白得理到了温雪,听说巴金汗同英王在七英里外打猎,只好赶到那里去。白得理听见他主人的声音,他就问达特安道:"我见着主人,怎么禀报?"达特安道:"你就说,在新桥④要同他打架的人,要见他。"白得理道:"这是句很古怪的话!"达特安道:"不要紧,这就可以的了。"白得理骑马跑了,把话告诉他的主人。那公爵记得新桥那件事,知道法国有事,同他有关系的,就问送信人在那里,后来看见达特安,他就跑过来,白得理远远的落在后头。巴金汗的神气很着急,走近了,就问达特安道:"王后没事么?"达特安道:"我盼望王后没事,但

---

① 杜华(Dover),在伦敦东南东方的一个海口。

② 温雪(Windsor),英国的一个镇,离伦敦十余英里,是古时英王的猎场。现在,那处有许多宫,都是显理第二、显理第三、爱德华第三等朝的建筑。

③ 白得理(Patrick)。

④ 新桥(Pont Neuf)。

是王后有些危险,非公爵不能救她。"巴金汗喊道:"我,什么事?我只要办得到,我什么力都肯出。你赶紧说!"达特安道:"都说在这封信上了。"公爵道:"谁的信?"达特安道:"王后的。"巴金汗喊道:"王后的信?"说的时候,脸都青了,达特安也不免惊怕起来。公爵见信穿了一个洞,就指着问道:"为什么这封信破到这个样?"达特安道:"我却没留心!想是狄倭达伯爵刺我的时候弄的。"巴金汗一面拆信,一面说道:"你受了伤了?"达特安道:"不要紧的。不过擦了一下。"公爵读了信,喊道:"老天呀!真是不幸的事!白得理,你在这里等。不是的,你去对王上说,我要告假,有极要紧的事,马上要回去伦敦。"就拉住达特安,一同跑回去伦敦。

第二十一回　金刚钻

　　再说巴金汗同达特安一路跑，一路盘问情形，他看了王后的信，同听了达特安答的话，他晓得王后所处的情形，是十分危险。他最惊奇的，是主教必定要拦达特安，否则捉住他，不让他到伦敦，何以居然能到。达特安就把一路上的情形，同狄倭达相打的话，说了一遍。公爵听了，睁眼看达特安，看他不过是个小孩子，居然有这样的胆子，有这样的谨慎，把事办成。他们两个人赶快的跑，不到几时，就到了城外，进城。达特安以为他是要慢慢走的了，谁知公爵还是如飞的跑，不管碰人不碰人。跑到一处，碰了人，公爵也不管，连头也不回。达特安在后头跑，听见后边的人，仿佛是在那里骂。

　　到了府，直跑到院子，跳下马，达特安也下马。公爵从正门进去，跑的很快，达特安几乎赶不上。穿过几间大房，铺陈得十分华丽，法国顶阔的世爵，也赶他不上，后来到了一间卧室，铺陈更华丽了，墙上挂了帷帐。公爵牵开了，拿把金钥匙，开了一道小门。达特安立在公爵身后，不肯上前。公爵开了门，正要进去，回头同达特安说道："你跟我进来。你回国之后，若见着王后，你要把今天所见的事，告诉她。"达特安跟了进去，公爵把门关了。原来这间房安排的同小教堂一样，四围挂的都是波斯国所出绣金绸帐，点着许多蜡烛。有一个像神座似的台子，上面摆一副全身的安公主真像，上面盖着蓝天鹅绒的罩帐，描画如生，像是要说话的。达特安见了，惊奇的很，不禁喊了一声。真像之下，神座面上，摆着那个装金刚钻的盒子。巴金汗走上去，跪在神座前，同教士跪在十字架前一样，把盒子开了，把金刚钻拿在手上，说道："这件宝物，我是曾经发过誓，要同我陪葬的，但是王后给我的东西，王后仍可以取回。她既这样分付，我是要听的。"公爵把金刚钻拿到嘴边，要亲一亲，忽然大喊一声。

达特安忙问道："怎么样了？"巴金汗脸已青了，喊道："我们上了当了！丢了两颗金刚钻，只剩十颗了！"达特安问道："是丢了的，还是被人偷了的？"公爵道："是偷了的！我晓得这是主教的手段。你看看，剪子痕迹还在呢。"达特安道："爵爷疑心是谁剪的？那剪了去的人，总没卖去，还可以找得回来的。"公爵道："且慢。我是一个礼拜前，王上在温雪宫开宴会的时候，我独是这一次戴过这金刚钻。我从前同威脱伯爵夫人闹翻了的，那天晚上，同我又好了。她同我重新要好，是假的，她是醋性大不过的女人，要借机会报仇。自从那天晚上之后，我却从没看见她了。她是替主教作侦探，我是晓得的。"达特安道："看来他是处处有侦探的。"巴金汗咬牙切齿的答道："他是个肉身魔鬼！你说跳舞会几时开？"达特安道："下礼拜一。"公爵道："下礼拜一，还有五天。不要紧，还办得了。"就开了小门，喊家人道："白得理，你来。"白得理来了，公爵分付道："你去请首饰匠来，请书记来。"书记住在府里，先到，看见公爵在卧室写信；公爵说道："伽克顺①，你把这个条子，交把宰相，请他立刻颁行下来。"伽克顺问道："倘若宰相要问爵爷为什么要这样办法，我怎样答他？"公爵答道："你就说是我高兴要这样办，别人管不了我。"伽克顺问道："倘若王上问起来，为什么是船都不许出口，难道宰相也用爵爷那一番话回答么？"公爵道："就是那样答。还可以请宰相同王上说，我已经决定要同法国开仗，不许船只出口，就算是宣战。"那书记鞠躬而出。公爵回头来对达特安说道："我们不怕了！若是那两颗金刚钻还没到法国，总要等你回国之后，

———————
① 伽克顺（Jackson）。

才能到的了。"达特安问道:"爵爷是什么意思?"公爵道:"我把国里海口的船,都扣留住了。没有专照,是不能出口的。"达特安看见公爵用到这种大力量来假公济私,觉得诧异的很。公爵看出他意思来,微笑说道:"只要安公主说句话,我是卖国,卖王上,卖天卖地,都来的!王后叫我别帮拉罗谐的耶稣教人,我就不帮。我从先原应许他们,帮他们的,这不是失了信吗?但是失信我也不管,只要偿得了王后的心愿。我却不是白作的,你看那副真像,就是王后给我的,就是我听她的话的好处。"看官要晓得,国家的大事,同个人所作的事,往往都受了这种不相干的小事运动。达特安心里也是这样想。

那首饰匠已经进来了,这是个爱尔兰人,本事极好的。他说公爵给他的生意,一年有四万镑。公爵把首饰匠领到小教堂里头,说道:"奥拉利①,你看这金刚钻值多少钱?"首饰匠细细看了一番,答道:"每颗值一千五百毕士度。"公爵问道:"这样的金刚钻扣子,几天可以作两个?我这里只得十颗,我还要两颗。"奥拉利答道:"大约一礼拜。"公爵道:"我给你三千毕士度作两颗,后天交来。"奥拉利答道:"后天一准交来。"公爵道:"你听着,这件事要作的秘密,不许人知道,我看你只好到府里来作。"奥拉利道:"这恐怕办不到。除了我之外,别人作的,恐怕同那十颗不像。"公爵笑道:"奥拉利,你是我的犯人了,你现在想走,也走不了。你只好想法子,把你的匠人器具弄进来的了。"奥拉利没法,只好答应了,问道:"可许我同我的女人通信?"公爵道:"可以之至!我不要把你关在这里,叫你烦闷。你把这一千毕士度收了,算是定价之外,赔补你几天的不便。"达特安听了,心里想道:"这就是个大臣!把钱拿去千千万万的花,却把人当作傀儡。"首饰匠当下就写了信,把一千毕士度的票子,装在里头,封了,叫他的女人把最有本事的匠人,那顶大颗的金刚钻,同一切器具,送到公爵府里来。公爵安置奥拉利在另外一间房子里,门口派兵把守,只许白得理一个

---

① 奥拉利(O'Reilly)。

人进出,奥拉利同他的匠人,是不许出门的。安排好了,公爵对达特安说道:"我的小朋友,你要什么?"达特安答道:"我现在什么都不要,只要一铺床。"巴金汗就把贴连自己卧室的一间卧房,让把他,常常好同他谈谈王后。

再说这些事体过了不到半点钟,伦敦城就贴起示谕,说凡是开往法国的船,都不许出口,就是邮船,也不能开,人家都以为是要同法国开仗。过了两天,那两颗金刚钻扣子,弄好了,果然制得不错,同原来的都辨不出来,就是极在行的人,也看不出。公爵就喊达特安说道:"你来取的金刚钻扣子,已预备好了。你是看见的,我因为要叫王后满意,我是什么人力都尽到了。"达特安道:"爵爷放心,我一定要告诉王后的。这金刚钻不装在盒子了么?"公爵道:"有了盒子,反是累坠,况且只剩了一个盒子了,我看得宝贵的很。你就告诉王后,说盒子我留下了。"达特安道:"我照样告诉王后。"公爵道:"我应该怎样酬谢你呢?"达特安局促不安,脸红起来。他知道公爵要送他一分厚礼,但是因为这件事,去受英国的金钱,他觉得难受,便说道:"我先要把我所处的地位先说了,不然恐怕爵爷要误会。我是德西沙所统带的禁兵营一名兵,办的是法国王上王后的事。德西沙同特拉维是亲戚,都是忠心为王上王后的。我若不是替一个女人出力,我这件事也不能这样出力的办。我为那个女人,就同爵爷为王后一样。"公爵听了,微笑道:"我晓得那个女人是谁。就是那……"达特安道:"我却没说出那个女人的名字来。"公爵道:"然则我还要感激那一个女人。"达特安道:"是的,我原是为她出力。现在英法两国,总算是宣战了。我看英国人就是我的仇敌,我宁可同他在战场上相见,不愿在温雪宫或罗弗宫相见。不过我就是拼了命,也要把这件事体办妥了。"公爵道:"我们有句俗话,说是骄傲赛过苏格兰人。"达特安道:"我们也有一句俗话,说的是,骄傲赛过喀士刚人。喀士刚人就是法国的苏格兰人。"说完了,鞠躬就要走。公爵止住他道:"你这样就要走么?你怎样回得了法国?"达特安道:"我却没想起。"公爵道:"你们法国人真肯冒险。"

达特安道:"我忽然忘了英国是个岛,爵爷就是岛王。"公爵道:"你到伦敦码头去,问一只船,船名桑德。你把这一封信交把船主,他就把你渡到法国一个小海口,就没人来理会你。那海口只有渔船到的。"达特安道:"那海口叫什么名字?"公爵道:"叫华洛里①。你到了,就一直到一家客店,那客店却没名字,也没招牌,只有水手来往。那个村里,只有一个客店,你弄不错的。"达特安道:"到了那里怎样?"公爵道:"你叫店主来告诉他一句话,说是:向前走。"达特安道:"这句话怎样讲?"公爵道:"这是个暗号。你说了,他就同你备马,告诉你路径。路上还有四处换马的地方,你只要把歇的地方告诉了,他们就送马来。那些马你是看见过的,那天我们从温雪回来,骑的就是那种马,你看见了,还在那里称赞。这些马都是预备临阵的。你虽是骄傲,我请你收用一匹;你的朋友,每人一匹;你还可以用这几匹马,替法国打仗。"达特安道:"我就受了这分厚礼,拿来好好的用。"公爵道:"我们将来在战场见面罢!当下我们先拉拉手,还是好朋友。"达特安道:"我很盼望在战场同你相见,当你是个仇敌。"公爵道:"不久我们就可以在战场相见了。"达特安道:"我很相信你的话。"说毕,鞠躬而别,就向码头走,找着那条船,交了信。船主见是镇守官签了字的,就预备开船。码头上有四五十号船,都是想要出口的。

达特安的船开出口的时候,打一条船边走过,仿佛看见那条船上有个极美貌的女人,好像是他在蒙城看见的那个美人叫做密李狄。那时水流急,只看了一眼。明早九点钟,船到法国华洛里海口,登岸找着那个客店,店里却有许多水手,在那里谈英法两国要开仗的话。达特安找着店主,把暗号说了,店主即刻使手势叫他跟着走。走到马房里,看见马已备好,问他还要什么,达特安就问他路程。店主告诉他道:"你先到某处,由某处到某处,那里有个某客店,你把暗号告诉

---

① 华洛里(St. VaIery),这是法国的沿英吉利海峡的一个小地方,离 Diappe 十七英里。

他,他就同你另备快马。"达特安问他要花多少钱。店主说是"钱是早付过的了,你要快走,就可以走"。达特安骑上马跑了。跑了四点钟,就到那客店,果然说了暗号,马是备好了,皮包里还装了小手枪。店主问道:"你到巴黎住在那里?"达特安道:"住在德西沙的禁军营。"他就问路径。店主答道:"你要走某路,不过要从右手的路走。走到某村,有个某店,在那里换马。"达特安问他是否还用那暗号,店主说是的。他上马又跑了,到了那客店,马也是早预备好了,把住址告诉了店主,店主把路径告诉他。后来又换了一趟马,九点钟到了特拉维府;——算是十二点钟,跑了六百里。特拉维见了他,同他拉手,觉得比平常亲热些,就告诉他说,德西沙今日值班,叫他去宫里见他的统领。

第二十二回　跳舞会

再说第二天通巴黎城里,谈的都是跳舞会。先一个礼拜,已经在那里预备了。那天早上十点钟,禁军营的掌旗官拉各士①,带了弓箭手,同两名巡警侦探,把议事厅各房间的钥匙,取了下来,把出入的门口把守住了。十一点钟,杜哈力②营官带了五十名弓箭手来把守。下午三点钟,又来了两队禁兵。六点钟,客人陆续来。九点钟,议事长的夫人到了——女客中王后是第一座,她居第二座。十点钟,王上吃晚饭,半夜始从宫里出来,到议事厅,议事员出来迎接,议长进颂词,王上答词,说因为同主教有事商量,来迟了些。跟随王上的,有王兄及各世爵。王上脸上略带愁容,像是心里有事的。先前早已预备好各人有各人的房子,房里摆了各色新奇衣服同面具。王上分付侍从,主教到了,先通知他。半点钟,王后到了,各人迎接进来。王后也略带愁容,还有疲倦之色。王后进来的时候,帷帐后有一个人出来,原来就是主教,脸色略青,作西班牙壮士打扮,看见王后,他神气却高兴起来,因王后并没带金刚钻扣子。

王后同厅里的夫人们周旋,忽然看见王上同主教出来,主教在王上耳边说话,王上听了,脸色变青。王上跑到王后跟前问道:"为什么

---

① 拉各士(Sieur de la Coste)。
② 杜哈力(Duhallier)。

不带金刚钻扣子？我很喜欢你带起来。"王后听了，四围的看，脸上着实可怜，看见主教在背后，脸上洋洋得意；王后声音发战的答道："因为今晚人多，恐怕失了。"王上道："我送你金刚钻，原是要你带，你不该不带！"王上说到这里，在那里生气的发抖。众人看见，都不知为什么事。王后说道："你要我带，我可以叫人到宫里取来，带上就是了。"王上道："赶紧去取。再等一点钟，就要开场跳舞了。"王后点了点头，同伺候的夫人们回到自己房间，王上也回到自己的房间。众人看见，心里都不舒服，知道王上同王后有些不对，却离得远，不听得他两个人说些什么。乐器奏起来，也没人去听。

　　过了一会，王上装扮好了，先出来，穿的是打猎的模样，装得极其华丽。王兄及侍从的世爵，也照这样装扮。主教走到王上跟前来，送王上一个盒子，里头有两颗金刚钻。王上问道："这是怎么讲？"主教答道："王上送王后的金刚钻，我看是不在王后那里。如果王后还有，请王上数数，恐怕只得十颗。就请王上问问，那两颗那里去了。"王上听了，望着主教，正想往下问，忽然厅上的人在那里低声说出好些称赞的话来。原来王后出来了，装扮个女猎户的模样，头上戴的帽子插着蓝色鸟羽，珠灰色猎袍，银线镶边的蓝缎猎裙，左肩上挂了蓝色带子，上面带了闪光的金刚钻扣子。王上一眼看见那金刚钻，着实欢喜，主教却发起愁来。那时王后尚离得远，王上主教都数不出有几颗金刚钻。王后到了大厅，音乐一齐奏起来，王上把手让与议长夫人，王兄把手让与王后，各人配对好了，跳舞起来。王上就在王后对过跳，跳得近了，把眼不住的数那金刚钻；主教的脸上是大失所望的样子。跳了一下钟，歇了，各人拍手喝采，男人把女客引归了座位。王上就跑到王后跟前，说道："你带上金刚钻，我喜欢的很，但是恐怕是你已经丢了两颗，在我这里了。"说完，就把主教刚才给他的那两颗金刚钻，送把王后。王后诧异的很的问道："这是怎讲？你还送我两颗么？凑起来，是十四颗了。"王上也觉得诧异，细细的数了一数，果然是十二颗。王上使眼色，叫主教来，严词厉色的问道："这是怎讲？"主教道:"我原想送王后两颗金刚钻,我想只有这个法子,王后才肯赏收。"王后微笑,作出看破奸计的样子来,说道:"我谢谢你。恐怕你这两颗金刚钻,花的钱,也有王上那十二颗的一样多呢!"说完,大大方方的点点头,就回到自己房里卸装。

再说达特安当着议事厅正热闹的时候,站在一个门口,在那里看。刚才那金刚钻的事,他也看见,不过别人看见了,是莫名其妙的,惟有他却晓得。看见王后回房,他也正要走,忽然有个少年女人,拍他的肩膀,叫他跟着走。那个女人戴着面具,达特安一看,就认得她是邦那素的女人。达特安到巴黎的时候,同这个女人,不过说了几句话。当下他跟着女人走,走到过道,看见没人,达特安伸手来搂她,她跑开了;达特安要同她说话,邦那素的女人又止住他。走了一会,到一过门,邦氏开了门,让他进去。房里甚黑,邦氏叫他等,半开了一扇门,射进些灯光进来。邦氏把他一个人放在那里,自己走了。

达特安听见有两三个女人说话的声音,又闻见一阵阵的香,他就晓得离王后的房间不远,安心在那里等。那些夫人们看见王后向来都是愁眉不展的,今晚看见王后十分高兴,也觉得诧异。王后说是今晚跳舞,她觉得高兴。达特安虽然未见过王后,因为她说话带外国腔,说话的样子与别人不同,故此在隔房也辨得出来。还有几次,看见王后的影子挡住灯光,忽然看见一只极美丽的手,从门外伸进来。达特安就跪在地下,恭恭敬敬的捧起来,亲了一下,那手立刻就缩进去了①。达特安自己手上,觉得有一样东西,一看是个戒指。那门就关了。达特安一个人在黑暗之中,把戒指戴在指上,等邦氏来。他既得了王后的酬报,当下专等邦氏的酬报。虽然王上王后的跳舞算是完了,那天晚上别的热闹,却还未有完,三点钟才吃消夜,等等,王后房里人声渐渐少了,过了一会,全没人声了,再过一会,门开了,邦氏跳进来。达特安喊道:"你来了!"邦氏把手塞住达特安的口,说道:

---

① 臣子见王后,亲王后的手,是表示敬意;王后把手给臣子亲,是很大的恩典。

"别响！慢慢的，轻轻的，从旧路回去罢。"达特安问道："我几时可以见你，在什么地方见你？"邦氏道："家里留下封信，你看见就知道了，你走罢，请了。"说完，开了门，领达特安到了过道，达特安一点也不唧咕，乖乖的听她的分付就走了。看官要晓得，这就是达特安深入温柔乡了。

第二十三回　第一次幽期密约

再说达特安当下就跑回家，大门没关，跑到楼上敲房门，巴兰舒开了门，——原来巴兰舒随到伦敦之后，达特安先打发他回来巴黎了。达特安进了门，就赶紧问道："有人送信来没有？"巴兰舒道："没人送信来，却有一封信，是自己来的。"达特安说道："你这呆子，这话怎么讲？"巴兰舒道："我刚才出去一会，回来看见你卧室桌上，有封信。钥匙在我身上，不晓得那封信怎样来的。"达特安道："信在那里？"巴兰舒道："信还在那里。这样自己跑来的信，真是古怪。若是窗门没关，还说得过去，但是窗门是关了的。请你小心点，恐怕这里头有些妖术。"达特安不去理他，跑到卧室，把信拿来看，是邦氏的：他拆开一看，那信说道："我们谢谢你替我们办的事。今晚十点钟，请到圣克洛①宫来，在德西沙房子旁边亭子前头等。"达特安读毕，十分高兴，这算是他所得的第一封情书。巴兰舒问道："是不是的，这封信没甚好事？"达特安道："不是的。这封信说的顶好的事。这里有一个柯朗，你拿去吃酒罢。"巴兰舒道："谢谢。不过关了门，信会进来的，一定是从……"达特安道："从天上丢下来的。"巴兰舒道："你很喜欢这封信么？"达特安道："巴兰舒，我是天地间顶快活的人。"巴兰舒道：

---

① 圣克洛(St. Cloud)，法国巴黎西郊外的一个镇，也就是著名的"圣克洛离宫"的所在地；这个离宫本属于奥林斯公爵，——在那时候，奥林斯公爵，通常是封给王弟的，一八七〇年巴黎之围，此宫烧毁。

149

"我可以去睡觉了么?"达特安道:"你尽管去。"巴兰舒道:"愿上天降你的福,那封信却有些古怪。"一面摇头,一面唧咕的走了,心上还在那里疑惑。

达特安一个人在那里读信,读完又读,读了好几遍,还拿到嘴上亲了几遍。后来上床睡觉,作了一夜好梦。明早七点钟就起来,喊巴兰舒,喊了两趟,他才敢进来,像是不放心的。达特安说道:"我今天要出门一天,晚上七点钟回来,你要备好两匹马。"巴兰舒说道:"我晓得了,又是去受枪子。"达特安道:"别忘了带火枪同小手枪。"巴兰舒道:"可见我说得不错。这都是那封信弄出来的。"达特安道:"不要烦心。这趟却是去顽的。"巴兰舒道:"就同前几天的一样,在刀林弹雨中过日子。"达特安道:"你不愿意,就不必来,我一个人可以去。我宁可一个人去,不愿意胆怯的人陪我。"巴兰舒道:"你是晓得的。为什么说我胆怯?"达特安道:"我恐怕出过那趟差之后,你胆子怯了。"巴兰舒道:"到了机会,你就看见了。我的胆子,还剩一点,不过不要太蹧蹋很了,后来还用得着呢。"达特安道:"今天晚上,你还有点胆子么?"巴兰舒道:"总该还有。"达特安道:"很好,我指望你了。"巴兰舒道:"到了时候,我就预备好了,我却不晓得马房里不止一匹马。"达特安道:"现在不过是一匹,今晚就有四匹了。"巴兰舒道:"哦,我晓得了。我们去伦敦,就为的是弄马来。"达特安道:"可不是。"说毕,出门去了。

走到门口,碰见邦那素。达特安原想不招呼的,但是这房东恭敬的很,只好站住了,说几句话。况且晚上去会他的老婆,只好同她的男人客气点。邦那素以为达特安全不晓得他同蒙城人说的话,他就把这事告诉了达特安,又把巴士狄监里情形说了一遍。达特安很耐烦的在那里听,听完了,问道:"你可晓得是谁把你的老婆掳去的?"邦那素道:"他们谁都不肯说。就是我的老婆,也在那里赌咒,说连她自己也不知道。你这几天那里去了?好几天没看见你,同你那几个朋友。"达特安道:"我同几个朋友,出了一趟差,才回来。"问道:"你离开巴黎么?"答道:"离开不远,不过四百里。我陪阿托士到福吉士,我就走开了。"邦那素说道:"你不得不回来了。我晓得了,你们年轻的人,是舍不得同你们恋爱的女人离开久了的。有人在这里等你,是不是?"达特安笑道:"瞒不了你的。确是有人很不耐烦的等我。"邦那素有点犯疑的样子,达特安却不觉得。邦那素又带姗笑他的样子,说道:"你是要去讨点好处了?"达特安也不理会,笑答道:"我盼望应了你这句话。"邦那素道:"我问一问,要晓得今天晚上你回来的晚不晚?"达特安道:"你问作什么,难道你候我的门么?"邦那素道:"不是的。我因为被人捉过,房子被人抢过,晚上听见门开,我是十分害怕。我不是个打架的人,我是没法。"达特安道:"半夜两三点钟我回来,你却别怕,也许我今晚不回来了。"邦那素听了,脸都青了。达特安看见,问他什么缘故。邦那素道:"没什么。我自从遭了难之后,常常的发晕发抖。不要紧的。你去享你的福罢。"达特安道:"我很享福。"邦那素道:"你别着急,时候还早咧。"达特安道:"不错的。你也是去享福么？或者今天邦奶奶回来看你。"邦那素道:"她今天不得空,在宫里当差。"达特安道:"我替你难过。我自己享福,也要别人享福。看起来,是做不到的了。"他说了这句笑话,以为只有他知道,乐的了不得,走了。邦那素恨的他要死,说道:"你笑你的罢!"达特安走远了,没听见这句话,因为他乐的了不得,就是听见了,也不相干。

达特安一直向统领府来,要告诉统领好些话,看见统领在那里很高兴,因为在跳舞会的时候,王上王后都同他很好,主教那天晚上却甚不高兴,一点钟就回去了,王上同王后是六点钟才散的。特拉维先看看四处无人,低低的问达特安道:"你今天可好好把你路上的事,细细说把我听。我看起来,王上同王后的高兴,主教的生气,都是因为你出差办得好。你却要小心,因为你所处的是极危险的地位。"达特安道:"王上王后既然都喜欢我,我还怕什么?"特拉维道:"虽是这么说,你眼前还有许多危险。我晓得那主教,人家破坏了他的事,他是永远怀恨的。我是晓得的,有一个少年喀士刚人破坏他的事好几次了。"达特安道:"难道人家作的事,他都知道么?难道他知道我到了伦敦么?"特拉维道:"到伦敦!你到伦敦了么?你手上闪光的金刚钻,就是伦敦带来的么?你收受仇敌的礼物,却要小心。有一句拉丁话说的好,我想想看,……"达特安是不懂拉丁文的,接着说道:"许是有这么一句话。"特拉维道:"我晓得是有的。呀,我想起来了,说的是:受了仇敌的礼,是要留心的。"达特安道:"这个金刚钻,不是仇敌送的,是王后赐的。"特拉维惊讶问道:"王后赐的?御赐的东西,顶少也值一千个毕士度。王后叫谁送你的?"达特安道:"王后亲手送我的。"特拉维问道:"在什么时候,在什么地方送的?"答道:"在王后装扮的房间隔壁送我的。"问道:"怎么送法?"答道:"王后伸手给我亲,就把戒指放在我手里。"问道:"你亲了王后的手么?"答道:"王后许我亲的。"问道:"有人看见没有?"答道:"没人看见。"就把当时的情景,细述一番。统领听了,喊道:"这些女人,未免太好新奇,太好脱俗了!你只看见那只手?你若是再遇着她,你认不得她,她也认不得你?"达特安答道:"认不得。除非看见这个戒指。"特拉维道:"你听着,我有句话相劝。"达特安答道:"我很愿意领教。"统领道:"你赶紧跑去顶近的一个首饰店,把这个戒指,卖个好价钱。就是遇着个犹太人,他顶少也要给你八百个毕士度。钱是没人认得的,那个戒指,却是有人认得的,就可以把你毁了。"达特安喊道:"怎么?把戒指卖了?王后赐的东西,我永远不卖的。"统领道:"你是个呆子。你若是不肯卖,你也应该把金刚钻向里戴,不要叫人看见留神。人家都晓得的,一个喀士刚的穷人,那里会有这样好东西。人家看见了,犯疑心,是要打听的。"达特安问道:"统领看我真有危险么?"统领道:"譬如有个人睡在一个地雷上,地雷的药线,是已经点着的了,你比那个人所处的还要险。"达特安道:"真是个恶鬼!这却怎么好!"统领道:"你时刻都要小心。主教记性是好的,手段是有的,将来有一天,你是要晓得的。"达特安道:"他把我怎么样呢?"统领道:"那可难说。他收拾人的法子多咧！什么法子都有。譬如说，他可以把你捉了。"达特安道："王上的禁军，也可以捉的么？"统领道："为什么不捉。我在宫里三十年了，我从阅历上说的话，你可以相信的。你不要自己高兴，说你的地步安稳，你要步步的留心，防仇人来害你。设使有人寻你争斗，那怕他不过是个十岁小孩子，你也要让他。不论晚上日里，有人攻打你，你只好躲开了。你若是遇桥，你要把桥板试试，看那块板承得住承不住你；若是在盖房子的地方走过，你就要留心，不叫砖打破了头；若是晚上回家太迟了，你要叫随从的人带兵器；若是从人靠得住的，你还要叫他紧靠你身边走。总而言之，是人都要防，无论是你的朋友，你的兄弟，你的女相好，都是要防的。女相好尤其要紧。"

达特安听了末后这句话，脸红了，问道："女相好？为什么女相好要加倍的防呢？"统领道："因为主教是最喜欢用女人作侦探的。女人有很靠不住的，只要得十个毕士度，就把男相好卖了。教书上说的狄立拉①，就是个榜样。"达特安听了，就想起当天晚上他去同邦氏约会的事来，不过他却相信邦氏，从不疑心她作侦探。特拉维问道："你那三个朋友，怎么样了？"达特安道："我正要问统领，有什么消息。我只知道把他们三个人留在三处地方：一个在某处同人比剑；一个在某处受了伤，枪子伤了肩膀；一个被人诬赖使假钱，捉住了。"特拉维问道："你却怎样跑得脱的？"答道："真是徼倖。我胸口受了狄倭达伯爵一剑，我后来把他伤得半死的，丢在加来路上。"特拉维道："什么，狄倭达？他是主教的侦探，是罗时伏的亲戚！我告诉你一个法子罢。"达特安道："什么法子？"特拉维道："当下主教还在巴黎城里找你，你就静悄悄的跑到披喀狄路上，打听那三个朋友的消息。你也该照管照管他们。"达特安道："我明天就去找。"特拉维问道："明天？为什么

---

① 狄立拉(Delilah)，据旧约，狄立拉(按通行本官话旧约作大利拉)是以色列士师参孙(Samson)的情妇。当时非利士辖制以色列人，参孙得耶和华圣灵的感动，有大力，常与非利士相扰，非利士人极恨参孙，因重赂狄立拉，使以言餂参孙，侦得参孙所以有大力之秘密，以便设法破之。狄立拉三次设计侦参孙之秘密，皆失败，至第四次，始成功，参孙遂为非利士人所执，剜其双目而囚之。

今晚不去？"答道："我今晚有很要紧的约会。"特拉维说道："呀，我晓得了，有了爱情的事了。我再告诉你，你要小心呀！男人的事，都是被女人破坏的。天地常存，永远是如此的了。你听我劝，今晚就走罢。"达特安道："万做不到。"特拉维问道："你已经应许了今晚同人相会么？"答道："是的。"特拉维道："那是没法。倘若明早你还没死，你一早就要动身，探听那三个人的消息。"达特安道："我一定去。"统领问道："你有钱么？"答道："我还有五十个毕士度，总够的了。"问道："你的朋友呢？"答道："也总还有。我们临走的时候，每人身上有七十五个毕士度。"统领道："你动身之前，还来见我么？"达特安道："除非遇着意外的事。不然，我是不来的了。"特拉维道："很好，请罢。望你遇着好运气。"

达特安谢了统领，鞠躬辞别出来，跑到三个朋友的寓所打听，都没回来；又跑到禁军营马房，看见来了三匹马。巴兰舒看见那三匹马，不禁诧异，正在那里刷马，看见主人来了，说道："呀，主人来了。我有话要告诉。"达特安道："什么事？"巴兰舒道："我说的是房东邦那素。你相信这个人么？"达特安道："我不相信他的。"巴兰舒道："那就好了。"达特安问道："你为什么要问？"答道："主人同他说话的时候，我留心看他的脸，我看见他脸上很不好看。"达特安说道："胡说！"巴兰舒道："主人大约是不大留心，因为你全副精神都在那封信上，我是很留心看的。那封信来的太古怪，我总放心不下。"达特安问道："据你看来，是怎么样？"答道："据我看来，店主人是个反叛，是个光棍。我还看见他等你走了，他拿了帽子，关了门，就反向着你走的一条路走了。"达特安哼道："这却有点古怪。也不要紧，我将来总要他解说清楚了，我才付房钱。"巴兰舒道："主人不要把这件事看轻了，我看是要紧的。"达特安道："据你的意思，要我怎么样？"巴兰舒道："何妨今天晚上不去。"达特安道："巴兰舒，那是不能的。我不管邦那素不邦那素，人家已经有信来约，我是不爽约的。"巴兰舒道："主人一定要去？"达特安道："一定要去。你却不要忘了六点钟在这里等我，我来找你。"巴兰舒看见主人不听他的话,他叹了一口气,去弄马。

　　达特安想了一想,就不回寓,去同一个教里的朋友吃饭,——看官记得,这就是达特安几个人没得钱花的时候去扰过他的。

第二十四回　大失所望

再说当天晚上九点钟,达特安回到禁军营马房,他的跟人早已把马备好,在那里等,那时四匹马都已到齐。达特安带了剑,把两把小枪装在马上的皮包,主仆两人,上马就走。在城里的时候,巴兰舒的马在后头,离他的主人颇远;出了城,到了空旷地方,他就紧跟着后头;及到了大树林,他同主人并马而行。巴兰舒看见树枝摇动,心里就有点疑惧。达特安看见了,问道:"你怎么样了?"巴兰舒道:"没什么。我到了树林里头,就像到了教堂一样。"达特安问道:"这是什么缘故?"答道:"我说话不敢响。"问道:"为什么?害怕什么?"答道:"怕有人听见。"问道:"怕人听见?我们说的不相干的话,听见也不要紧。"巴兰舒说道:"咳,邦那素的眼神不对,难看的很,我看他存了坏主意。"达特安道:"你为什么总撇不开邦那素?"巴兰舒道:"我是撇不开。"达特安道:"你是个胆怯懦夫。"巴兰舒道:"胆怯懦弱,是一件事;小心谨慎,又是一件事。小心谨慎,是个美德。"达特安道:"我晓得了,你是有美德的。"巴兰舒道:"你看看那里月影里头,不是把火枪么?我们先不要让人看见。"达特安想起统领告诉他的话,说道:"这个人不久要把我变作个懦夫了。"说完,拍马快走起来。巴兰舒紧赶着,过了一会,问道:"我们终夜都是这样跑么?"达特安道:"不是的。你是到了的了。"巴兰舒道:"你呢?"达特安道:"我还要往前走。"巴兰舒道:"我一个人留在这里么?"达特安道:"怎么样?你害怕么?"巴兰舒道:"不怕。不过今天晚上冷,受了冷,是要闹风湿病的。受了风湿病,是不好跟随着跑来跑去的主人。"达特安道:"你若是怕冷,不如到那边的酒店去。明早六点钟来找我。"巴兰舒道:"你早上给我的一个柯朗,我已经花完了。我要御御寒,没得钱了。"达特安给了他半个毕士度,说道:"明早六点钟来找我。"说完,下了马,把马缰交把巴兰舒,独自一个人跑入黑影里去了。巴兰舒等到看不见主人,他就说道:"我冷的很。"看见那边有一个像乡下的酒店,他就跑去敲门。

再说达特安寻着树林里的小路走,走到圣克洛,转到离宫旁一条小路,不久,就到了约会的地方。原来小路旁边是一道高墙,墙角上有个亭子。路那边是篱笆,篱笆外头是个花园,花园里头有个小屋。因为没约好暗号,他只好在那里等。夜深人静,达特安靠着篱笆,两眼向黑影里看,还看得见花园同那间小屋,远远看见城里几点灯光。他想起相会的快活,就忘了眼前的寂寞。等了一会,听见打十点钟,他两只眼只管看那亭子。亭子的窗子都关了,只剩楼下一扇没关,透出灯光,照着外边的树。达特安心里想,邦氏将来就在那里候他,两只眼往里看。等等,又听见打半点钟,达特安打了一个冷战,忽然想起,恐怕是约的时刻不对。他跑到窗外再看看信,信里说的清清楚楚,是十点钟。他跑回原地方等,等的有点不耐烦了。钟打十一下,达特安着急了,恐怕邦氏遭了什么祸。他急的了不得,只好试试普通暗号,拍了三下手,一点动静也没有。忽然想起邦氏也许因为等的不耐烦,睡着了,他就想爬墙看看,却找不着承脚的东西。忽然想到爬树,他就爬上去。

不看房里便罢,一看里面,却不由得不害怕起来。原来有一扇窗子,是已经打坏了,房门也打坏了。桌子上原摆了许多好吃的东西,也打翻了,酒瓶酒杯,打的粉碎,吃的东西,摔得满地,一看就知道是闹事不久的。达特安以为还看见扯碎的衣服,桌布还有血迹。他心里一上一下,爬下树来,要去打听。下得树来,重新细看,才看见许多马蹄痕迹,还有车轮印。马车是来到亭边,就没向前去,后来仍回巴黎的。再看一会,找着一个女人的手套,沾了泥,撕破了的,却还认得是新手套,香气还没散。

  他越看越着急,急的一头汗,呼吸也快起来。他心里只管不愿意说是邦氏遇了祸,心里只管在那里怕。他立刻就跑到大路上,赶到摆渡口,摆渡人就告诉他说:晚上七点钟,渡过一个女人,罩着黑袍,像是怕人认得她的。那个女人年纪尚轻,长得俊俏。那时巴黎城内外,这样的女人还多,不见得就是邦氏,惟有达特安听了,以为是邦氏无疑了。他知道是出了乱子,赶紧跑回离宫来,再踏勘。那时路上还是没人。忽然想到园里的小屋子,许有人住在那里,可以问他打听消息。园门是关了的,他跳了篱笆过去,狗叫起来,他也不管,就去敲门。敲了好一会,屋里一点响声也没有。他急了,加大力的敲。听见屋里有悄悄的脚步声,他就哀求开门,并说明并无相害的意思。后来慢慢的开了一扇枯朽的窗门,一开,立刻又关了。达特安已经看见一个老者的脸,他就喊道:"老丈在上,请你听我说。我在这里很苦恼,你告诉我,今晚上你可听见或是看见什么异样的事没有?"那窗又慢慢开了,那个老人的脸,又张出来,害怕到脸色同死灰一样。达特安把事告诉他,——却没说出名字,把如何约会,如何在树上看见亭子里的情形,说了一遍。那老者在那里摇头。达特安问道:"你晓得的?请你告诉我。"答道:"你别问了,我就告诉你,也弄不出好事来。"达特安拿出一个金钱来,摔给老者,说道:"你总晓得一点,你就把你所晓得的,告诉我。我万不叫你被拖累的。"那老人见他苦恼的可怜,就告诉他道:"快到九点钟的时候,我听见路上有声响,我以为奇怪,就有人到我门口,想进来。我是个穷人,不怕人抢东西,我就开了门。我看见不远站着三个人,树底下有一辆马车,有几匹马,在那里等着,还有三匹有鞍子的马,就是那三个人的,他们穿的是骑马衣服。我就说道:'你们要我做什么?'有一个人,仿佛是为首的,就问我要梯子。我就说有一把梯,是我摘果子用的。那个人给我一个柯朗,说道:'借把我们用。你要记得,今晚上你听见的,看见的事,一字也不要同人说。

你说了,要你的命。'那个人说完了,给了我钱,把梯子搬走了。他们走开,我回到屋里,关了门,重新悄悄的从后门出来,走到篱笆旁边,躲在树后。他们说什么作什么,我都听得见,看得见。那辆马车慢慢的,不响,到了亭子前头。有一个黑脸人,身子很胖,年纪略大的,走出来,爬上梯子,向窗子里张,赶紧爬下来,说道:'是那个女人!'那个为首的取出钥匙来,开了亭子门,进去,就关了门。那几个就爬上梯子,小胖子把门。车夫管着车,马夫管着马。忽然听见叫喊起来,有个女人向窗口一张,像是想跳下来的,看见有人从梯子上来,女人缩进去。两个人也就从窗口爬进。到了这时候,我就看不见了,只听见桌子椅子跌倒的声音,女人喊救的声音。不到一会,女人的声音被人塞住了,两个人把女人抬起了,从楼窗下梯子来,放在马车里,小胖子跟进马车。为首的关了窗,——是末了一个下来的,看见女人在车里,同伴的上了马,他也上马,使了手势,马车就走,走的很快,三个骑马的跟着车,以后我就没听见什么,没看见什么了。"达特安听了,知道他刚才害怕的事,是作成了,失了魂的在那里说不出话来。老人道:"还有一件事,你可以放心。那女人却没死,还可以救回来的。"达特安问道:"你可晓得这班人是谁?"答道:"我一点也不晓得。"问道:"为首的你认得么?"答道:"不敢说一定认得。"问道:"他同你说过话,他的模样,你还可以说得出来么?"老人问道:"你要我说他的模样么?"达特安答道:"那个自然。他是个什么样人?"老人道:"那为首的,身材很高,很强壮的,黑胡子,黑眼睛,是个阔人的样子。"达特安道:"是那个人,蒙城遇见的人,这个魔鬼,总要跟着我,害我的性命。那一个是什么样呢?"老人问道:"你说那一个?"达特安道:"那小胖子呢?"老人道:"呀,那个不过是个平常人,没挂剑,那些人都不大理他的。"达特安道:"许是个马夫。可怜的女子,他们要怎么样她。"老人说道:"你说过的不害我?"达特安道:"你不要害怕。我不会失信的。"

说完了,达特安又向渡口来,心里又苦恼,又痛恨。他想邦氏许还有别的相好,因为吃醋,把她抢了,心里着实难受,盼望那三个朋友来帮忙,他们又没回来。那时已是过了夜半,只好先去找巴兰舒。找了几处,都找不着,正要再找,忽然想起恐怕走来走去,犯了人家的疑,好在是约在早上六点钟见面的,他想到了时候,他的跟人是自己会来的。他又想到在附近的地方,或者可以打听出些消息来,他就走到一个小酒店,要了一瓶酒,坐在一角上,等天亮。那酒店里有几个粗人,说的都是不相干的话,一点消息也听不了,只好坐在那里睡一觉。他是才二十岁的人,是容易睡着的。早上快六点钟,他醒了,晚上却没睡好,整整衣服,摸摸口袋,他就走去找巴兰舒,不一会就找着了。

第二十五回　摩吉堂猎酒

再说达特安找着他的跟人，先不回寓，一直去见特统领，就把听来的情节，都告诉了统领。他晓得统领或者可以同他想法，况且统领是差不多天天能见王后的，或者可以打听点消息。特统领听了这番话，知道这里还有别的事，不但是为的爱情一件，他就说道："这是主教的摆布无疑了。"达特安道："这却有什么办法？"统领道："没办法。你只好赶紧离巴黎，我去把邦氏的事告诉王后，王后是一点都不知道的。王后也就可以打听。等到你回来，我或者有点消息给你。"达特安知道统领说的话是算得数的，听了这话，就告辞出来，立刻回到福索街，预备出行。快到寓所的时候，他远远看见邦那素穿了早上的衣服，立在门口，就想起巴兰舒劝他的话，就加倍的留心看他脸色，晓得他有怀恨的意思，他笑的时候，也藏着一肚的恶意。

达特安见了他，就无心去同他交谈；谁知邦那素见了，先招呼起来，说道："小兄弟，近来应酬多的很呀！大早七点钟，人家才起来，你才回家。"达特安答道："那个自然。人家那里能够个个都学得到你这个道学的样子，况且有了美貌少年的老婆，他自然在家里取乐。我说的对不对？"邦那素脸青了，勉强的笑了，说道："哈哈，你是浑身的风流快活。你昨天晚上，到底在那里，——路上很有些泥。"达特安听了，看看自己的靴子，果然有许多泥，看看店主的鞋，也有许多泥。忽然想起来，老人所说的那个先爬上梯子从窗子张进房里的那个小胖子,许就是邦那素,许就是他同人串通了,把自己的老婆叫人掳去的。想到这里,就想把他的咽喉叉住了,当下弄死他,自己却按住了火气。邦那素看见他脸上变了色,就想退后,因为门挡住了,退不了。达特安说道:"你也不要笑我的靴子有泥,你的鞋袜也沾了泥。你也好像昨天晚上,在外边过的夜;你这样年纪的人,家里有的是美貌老婆,还作这种事,你不惭愧么?"邦那素答道:"不是的。我到某处雇个佣人,路上泥多,我来不及换鞋。"邦那素说的地方,却是同圣克路反对的。达特安听到这里,知道他所疑的是确实了,心里倒宽了些。他心里想,如果邦那素知道老婆在什么地方,他可以想法子从他口里打听出来,就是用强硬手段也要叫他说出来;最要紧的,是先打听看他晓得不晓得,就说道:"对你不起。我渴得很,要到你房里喝口水,使得么?"不等邦那素回话,他就跑到屋里来。进去邦那素的房子一看,就晓得邦那素的床是晚上没人睡过,他也是才回来的,也许他跟着那班人,到了收藏他老婆的地方。

达特安喝完了水,说道:"够了,谢谢你。我要到我自己房里去,叫巴兰舒刷靴子。刷完了,叫他同你刷。"说完,跑到楼上,看见巴兰舒在那里很着急。他一见了主人,就说道:"见直的是不得了!我以为你不回来了。"达特安问道:"又有了什么事了?"答道:"你万猜不着,你不在这里的时候,来的是谁。"问道:"几时?"答道:"不过半点钟前。"问道:"谁来了?赶紧说!"答道:"克和阿①。"问道:"就是主教亲兵营的统带么?"答道:"是的。"问道:"你看他是来捉我的么?"答道:"一点也不稀奇,他的脸上却是很好的。"问道:"他脸上很好么?"答道:"他太客气了些。"达特安道:"是么?"巴兰舒道:"他说是奉主教命来的,候候你,还要请你跟他到罗阿宫②。"达特安问道:"你怎么答

---

① 克和阿(de Cavois)。
② 罗阿宫(Palais-Royal),原注:在立殊理未将此宫送给王上以前,此宫叫做"红衣主教宫"。(按:此宫乃立殊理于一六二九年到三六年所筑,后赠给路易十三。一七九三年,第一次共和政府成立,将此宫没收为公有;王室复辟后,奥林斯公爵购回,但在一八四八年革命时,又没收为公产;一八七一年,巴黎共产国起事,此宫被焚,但后又原址修筑。现在此宫一部分辟为法兰西剧场了。)

的?"巴兰舒道:"我说'办不了。你看,我的主人不在家。'"达特安问道:"他说什么?"巴兰舒道:"他说请你今天去看他,随即低声说道:'你告诉你的主人说,主教很看得起他,见面之后,一定有好处。'"达特安道:"看来主教的手段,还不算十分高。"巴兰舒道:"我也看出点。我就说,我的主人回来,一定是懊悔的。他就问我,你的主人那里去了,我就说是去了某处。他又问几时去的,我说是昨晚去的。"达特安说道:"巴兰舒,你很伶俐。"巴兰舒道:"如果主人真要见他,自然会说是我回错了,我去担责任。"达特安道:"巴兰舒,不要紧,没有人说你说谎。我们一刻钟,又要走了。"巴兰舒道:"这是最好的法子。我们到那里去呢?"达特安道:"我们去的地方,刚好同你说的是反对。我看你也想打听打听吉利模、巴星、摩吉堂三个人了。"巴兰舒道:"不错的。你几时走,我就走,乡下空气,比巴黎的空气好些。"达特安道:"把东西收拾好了,就走罢。我把两只手放在口袋里,在外头闲逛,就无人疑心了。你在禁军营等我。我细细一想,我们这个房东,真不是个好东西。"巴兰舒道:"我一向是这样想。我晓得你也是要看得出的。你要找坏种,就叫我,我会看他们的脸。"

达特安先走了,到那三个朋友的寓所讨消息,讨不出什么,只看见有一封信,等阿拉密。信面的住址,写得很秀,信封还有点香。达特安把信拿了,就一直到了禁军营,自己备好马,巴兰舒也来了。达特安道:"把那三匹马备好了,一齐走。"巴兰舒问道:"一个人两匹马跑得快些么?"达特安道:"呆子,不会的!不过若是找着他们,他们也要骑马回来的。"巴兰舒道:"我盼望找着他们。"达特安上了马,说道:"但愿我得着他们。"

主仆两人,却是分路走,到了某处,才会齐。一路无事,到了长德里①。在前次出差歇过的客店,下了马,店主人跑出来迎。达特安想了一想,已经走了一百多里,不如先歇一歇,慢慢再说找人的话。他

---

① 长德里(Chantilly),在巴黎城外北东北方二十六英里的一个小镇,属 Oise 省。

叫人看好了马,跑进饭厅,要了一瓶顶好的酒,点了几样好菜,吃早饭。店主人看他是个阔人,就要自己伺候。达特安又要了一个酒杯,叫店主人自己倒酒吃,说道:"让我先吃一钟,恭祝你生意兴旺。我不喜欢一个人吃,你陪我吃一钟罢。"店主人道:"你十分赏脸,我谢谢你。"达特安道:"不要客气。我望你的客店生意好,同你自己盼望的一样。我常在这条路上走的,总望你们生意好。你们生意好了,我们走路的人,也沾点便宜。"店主人道:"从前我好像见过你。"达特安道:"许是有的。我常在这条路走,不过不一定总住一爿客店。我前次住这里的时候,我的一个朋友,是个火枪营里的,同一个人,因为一点小事比剑。"店主道:"有的。我还记得,爵爷的这位朋友,叫颇图斯。"达特安道:"不错的。他没吃什么亏?"店主道:"他后来不能走了。"达特安道:"我知道。他说随后就来,后来我们却没看见他。"店主道:"他还住在这里。"达特安问道:"怎么讲,还住在这里么?"答道:"住在这里,我们很替他着急。"问道:"为什么事?"答道:"为的是房饭钱。"达特安道:"那个不要紧,他要还你的。"店主道:"我听你这句话,我就放心了。我们为他花了钱不少。今早外科医生还说,如果颇图斯不给他医费,他是要同我们要的,因为是我们请他来看的。"达特安问道:"颇图斯受了伤么?"答道:"我实在不能说。"问道:"你该晓得呀!为什么不能说?"答道:"不错的。我就是晓得,有的也不便说,况且人家已经有话在先,如果我的嘴疏了,他要割我的耳朵。"达特安道:"我可以去看看颇图斯么?"店主道:"可以。你到楼上去,敲第一号的房门,你就见着他。不过你先要报你的名。"达特安道:"这是为什么呢?"答道:"不然,你是要受伤的。"问道:"为什么就要受伤呢?"答道:"颇图斯倘若不晓得,以为你是店里的人,他生了气,就要来刺你的,不然必拿手枪来打你。"问道:"你作了什么,叫人这样生气?"答道:"我们并没作什么,不过问他要钱。"达特安道:"我晓得了。颇图斯没钱的时候,是最恨人来要钱的,现在应该不这么样了。"店主道:"我们原是这样想。我们店里的章程是严的,一个礼拜一清帐,我们照例开单送去,我们一开口要帐,他就叫我们滚。昨天晚上,他还同人赌钱。"达特安道:"同谁赌?"店主道:"我不大晓得是谁。有一位客人住在这里,同他赌。"达特安道:"颇图斯输光了?"店主道:"是的。连马都输了。我看见那位客人,今早走,骑了颇图斯的马走的。我们就问他,他叫我们不要管。我们就告诉颇图斯,颇图斯说,君子说话是靠得住的,那位客人,既然说那匹马是他的,就是他的了。"店主人又说道:"我见同他算帐算不清,我就请他搬到别的地方去。他说这个店好,不肯搬。我听这句恭维话,不好怎的,只好同他商量,请他搬到第三层楼小房间住,——他现在住的是店里顶好的房子。他又不肯搬,他说有一位女相好,是宫里的阔人,不久就要来同他住,现在住的这间房子,还不算好。我也不去同他争,只要他搬到小房子里去。他就急了,把小枪拿出来,放在桌上,说,不管是谁来叫他搬,他就要放枪打他。从此以后,就没人敢近他,只有他的跟人进去。"达特安道:"原来摩吉堂还在这里么?"店主道:"是的。你走了五天之后,他回来了,弄得很窘的样子,大约是路上遇了什么了。谁知他的跟人更不讲理,他要什么东西,响也不响,要什么就拿什么。"达特安道:"这个跟人,原是很恋主的。"店主道:"也许是的。不过我的店里,若多遇着几个这样恋主的跟人,我们的店可要关了。"达特安道:"不要紧。他总要还帐的。"店主听了,在那里摇头的哼。

达特安道:"他是一个阔女人的相好,总不叫他因为这一点小事为难。"店主道:"我晓得这位阔女人是谁。"达特安道:"你晓得么?"店主道:"我晓得。"达特安问道:"你怎样晓得的?"店主道:"你却不要说是我说的。"达特安道:"你只管说。"店主道:"我们是要小心的。"达特安道:"你说。"店主道:"有一天,颇图斯叫我们寄信,给他的公爵夫人,——那时他的跟人,还没回来。"达特安道:"怎么样呢?"店主道:"我为的是稳当点,就派了伙计,到巴黎亲自送去。"达特安道:"送去怎么样?"店主道:"你晓得这位公爵夫人是谁?"达特安道:"颇图斯同我说过,我却忘了。"店主道:"你晓得这位假公爵夫人是谁?"达特安道:"我已告诉你了,我不晓得。"店主道:"原来是一个状师的老婆,叫作柯吉那①,今年顶少,也有五十岁了。我早已就纳闷,为什么一个公爵夫人,会住在那种街巷的。"达特安问道:"你怎样晓得这样清楚的?"店主道:"送信人回来说,那个女人读了信。大生其气,说颇图斯没良心,总是为的别个女人,去同人打架,受了伤。"达特安道:"颇图斯真受了伤么?"店主道:"可了不得,我不该说的。"达特安道:"他真受了伤,无疑了。"店主道:"是的。不过他分付过我,叫我不要说。"达特安道:"这又是为什么呢?"店主道:"颇图斯好吹,他说一会工夫,就要把敌人打倒了,谁知他反被敌人打倒。他不愿意人家晓得,只要那位公爵夫人晓得,要那个女人可怜他的意思。"达特安道:"他睡着不下来,总是伤重了。"店主道:"他受了很凶的一剑。幸而你的朋友身体结实,不然,是不得了的。"达特安问道:"你在场的么?"店主道:"我跟去看他们打的,他们却没看见我。"达特安问道:"是怎么一个情形?"店主道:"打的不久。交手不到几下,那个人把颇图斯刺了,入肉三寸,就倒了地。那人就问他的名字,听见他不是达特安,就扶他起来,送到店里,一语不响,上马走了。"达特安问道:"原来那个人是要同达特安打?"店主道:"是的。"达特安问道:"他那里去了?"答道:"不晓得。从前没见过他,后来也没见过他。"达特安道:"我都晓得了。你说颇图斯住在楼上第一号?"店主道:"是我们店里顶好的房子。"达特安道:"你别着急,颇图斯是要拿柯吉那公爵夫人的钱还你呢。"店主道:"我也不问她是不是公爵夫人,只要她肯供给钱;但是她说在先,一个钱也不给,为的是她替还的债太多了,颇图斯又没长性。"达特安道:"你把这话告诉了颇图斯么?"店主道:"我们不敢说。说了,他就知道我们是派专差送去的。"达特安道:"他还在那里盼望送钱来么?"店主道:"他昨天还写了一封信,是他的跟人拿去寄的。"达特安道:"你说的是这位公爵夫人又老又丑?"店主道:"顶少也有五十岁

---

① 柯吉那(Coquenard)。

了。送信人说，一无可取。"达特安道："你请放心。不久那位夫人是要后悔的。看来颇图斯欠的钱不见多。"店主道："不少了。不算医费，已经有了二十个毕士度了。他很不客气，只要吃好的，看来是吃惯了的。"达特安道："即使他的女相好不理他，还有朋友帮忙呢。你只管让他吃罢，钱是可以放心的。"店主道："你应许了，不提那个假公爵夫人的话，也不提受伤的话？"达特安道："那个自然。"店主道："他晓得了，是要吃了我的。"达特安道："你别害怕，他没有这样凶恶的。"说完，就往楼上跑，看见第一号的房子，就敲开门，进去，看见颇图斯睡在床上，同摩吉堂赌钱，火上烤着两只竹鸡，锅子里喷出一阵阵的香味，旁边一张小桌，桌上同一个抽屉柜上，摆了许多空瓶。

颇图斯看见达特安，很高兴的在那里喊；摩吉堂站起来，让坐，去弄煮的东西。颇图斯说道："好朋友，你来了，好极了，可惜我不能起来欢迎你。你晓得我的事么？"达特安道："不晓得。"颇图斯很不放心地问道："店主没告诉你么？"答道："我问你在这里没有，我就上来了。"颇图斯放了心。达特安道："你怎么样了？"颇图斯道："我细细告诉你。我拿剑刺我的仇敌，伤了他三处，我想再一剑就结果了他，谁知石头滑，我滑倒了，伤了膝盖头。"达特安道："运气真不好。"颇图斯道："可不是，不然，我一定把他刺死了。"达特安道："他怎么样？"颇图斯道："我也不晓得。大约他也够了，就走了。你这些日子作什么？"达特安问非所答的说道："你伤了膝盖头，不能起床，我看见了，难受的很。"颇图斯道："不要紧的，一两天就好了。"达特安道："为什么不叫人送你到巴黎？住在这里，闷的很。"颇图斯道："我也晓得。我有一句话，要告诉你。"达特安道："请说。"颇图斯道："我因为闷很了，就同一位过往的客人掷骰子，解闷。运气不好，我口袋里七十五个毕士度，到了他口袋里，我那匹马，也让他赢了。你自己怎么样？"达特安道："你还要什么呢？你不能盼望样样事都有好运气。你晓得那句俗语么？赌钱的运气不好，爱情的运气就会好；你爱情的运气好了，自然赌钱是要输的。那有什么要紧，你的那位公爵夫人，自然是要帮你的忙的。"颇图斯道:"我赌钱的运气,是岂有此理的坏。我写过信问她要五十个路易,我为的是受了伤用的。"达特安道:"怎么样呢?"颇图斯道:"她总也不覆我的信,我恐怕她是到了乡下了。"达特安道:"你从没接着她的信么?"颇图斯道:"没有。我又写了一封加紧的信。让我听听你的新闻?我为你,很在这里着急。"达特安指着煮的东西同那些空瓶,说道:"店主人似乎待你还好?"颇图斯道:"也还罢了。但是前个两三天,那个不识好歹的东西来要钱,我把那个人连他的帐单,都哄出去了。我现在算是在这里被围,还算没有被他们攻倒。但是我预备好了的,时时刻刻防他们来攻。"达特安指着空瓶说道:"你攻打敌人的本事,却还不错。"颇图斯道:"我因受伤了,不能起床,都是摩吉堂出去掳掠来的。"转头对他的跟人说道:"摩吉堂,有了接济,你就该……"达特安接着道:"摩吉堂,我要问你。"摩吉堂道:"什么?"达特安道:"我要你把秘诀传授把巴兰舒。因为将来有一天,我也许被围,也要巴兰舒办点接济。"

摩吉堂答道:"嗳,容易的很,只要留心的看,就是了。我是乡下生长的,我的父亲,得空的时候,偷野味过日子。"达特安问道:"没得空的时候,作什么呢?"摩吉堂道:"他作的事,倒也能混几个钱。"达特安问道:"是什么行业?"摩吉堂道:"当那耶稣教同天主教争斗得最热闹的时候,耶稣教人要杀天主教人,天主教人要杀耶稣教人,嘴里都说的是为宗教出力。我的父亲,却奉了一种杂教,有时归的是耶稣教,有时归的是天主教。他常常背了一杆枪,在大路上篱笆背后走,若是碰着天主教的人来,他就要帮了耶稣教的忙;等那个人快到跟前,他就把枪指住他,不许他走,在那里交谈,到临了那个人总要把钱包双手奉送,才得了命。若是碰见耶稣教的人,他马上就变了一个顶热心奉天主教的人。我自己奉的是天主教。我的父亲,是守定宗旨的。我们弟兄两个,我的父亲叫我奉天主教,叫我的兄弟奉耶稣教。"达特安道:"你的父亲后来怎样?"摩吉堂道:"不幸的很!有一天,在一条窄路上,碰见一个奉天主教的,一个奉耶稣教的,那两个人都认得他。他们两个人，就把他吊在树上。他们就跑到村里来，我们兄弟两个，刚在那里吃酒，他们两个人，在那里夸他们办的事。"达特安道："你们听见了，怎么样？"摩吉堂道："我们就让他们说，等他们离了酒店，分路走了，我们两个人就分路去截他们。我截的是奉耶稣教的，我的兄弟截的是奉天主教的，不到两点钟，我们把他们两个人结果了。想到我的父亲叫我们兄弟两个分开奉两种教，法子真是不错。"达特安道："据你说来，你的父亲很有见识。你刚才说，他闲的时候，偷野味？"摩吉堂道："我是跟父亲学的本事。我看见店主人待我们不好，拿粗人吃的东西把我们吃，同我们吃惯的口味不对，我就显显我的本事。我就到亲王的大园子逛逛，开了几个捉野味的阱，走到湖边，放几条线。我们现在鱼也有了，鳝也有了，竹鸡野兔也都有了。这种东西，又轻松，又适口，病人吃了，才能滋补。"达特安道："你的酒怎样弄来的？是店主供给的么？"摩吉堂道："不很是的。"达特安道："这是怎么讲？"摩吉堂道："供给呢，是他供给的，他却不知道。"达特安道："这个谜，我猜不着。请你解说解说。"

摩吉堂道："我从前在各处混的时候，碰着一个西班牙人，这个人走了许多地方，连新大陆都去过。"达特安问道："新大陆同那桌子上的酒瓶，有什么相干？"摩吉堂道："你不要忙，等等你就知道了。"达特安道："请你说。"摩吉堂道："这个西班牙人，有个跟人，跟他到过墨西哥。这个跟人，是我的同乡，我们又有同好，我们很要好，我们喜欢打猎。他就告诉我在墨西哥打猎的事体，说的是他们在墨西哥，用条粗索子，打个活结，去打老虎，打野牛。我就不信离二三十步，怎么会套得准，他就作把我看，离三十步远，摆个酒瓶，把索子一摔，果然把酒瓶套牢了。我就常常的练习练习，我现在摔索子的本事，也比得上墨西哥人。你现在晓得我说这段故事的意思了。主人有个酒库，藏的好酒却不少，那把酒库的钥匙，从不肯交把别人。那酒库却有一个天窗透气，我就从天窗摔索子。我还晓得，顶好的酒，藏在什么地方，我就向那里摔。哈！你现在晓得新大陆同桌上的酒瓶有相干了！你请尝尝看,我们的酒好不好?"达特安道:"谢谢了,我才吃了早饭。"颇图斯道:"摩吉堂,不要管,你去摆饭;我们一面吃早饭,一面听听达特安这十天里头的事。"果然当他们在那里放量吃饭的时候,达特安把伦敦路上碰着的事,都说了一遍。到了伦敦后来的事,一字都没说,只说带了几匹马回来,送他的那一匹在楼下马房。

说到这里,巴兰舒进来说道:"马已备好了。如果这个时候走,晚上还赶得上到加利门①地方。"达特安就先告辞,约一个礼拜后回到长德里,同他一路回去。颇图斯说:"膝盖头还要过几天才能好,并且还要等公爵夫人的回信。"达特安还了帐,留了一匹马给颇图斯,同跟人走了。

---

① 加利门(Clermont),在巴黎之北四十一英里,属 Oise 省。

第二十六回　阿拉密谈经

再说达特安恐怕颇图斯见怪，伤了交情，故此他受伤同伯爵夫人的话，一句没提；不过晓得他有这一段故事，倒可以利用利用他。再说达特安一路上愁眉不展，心里害怕着邦氏中了主教的计，还有主教的亲兵统带来找他，不晓得为什么事，可惜又没见着，不然，还可以打听点出来。心里有事的人，不管外边的，故此一路上的风景，他也没在意。走了只七十里，到了克拉威地方，进了从前把阿拉密留下的客店。女店主出来迎接，达特安不同前番的绕了许多湾子来打听，一直就问道："好奶奶，你可晓得我前十四日留在这里的一位朋友么？"女店主问道："是不是问个美貌少年，年纪约二十四岁的？"达特安道："是的。他肩膀上还受点伤。"女店主道："是的。他还住在这里。"达特安听了，跳下马，把马缰交把巴兰舒，问道："他住在那里？我很想见他。"女店主道："你别怪。我不晓得他这个时候，见客不见。"达特安道："为什么不能见？难道他有女客么？"女店主道："不是的。可怜见的孩子，并没女客。"达特安问道："谁在那里？"女店主道："某处的教士，同阿密安耶稣军①的长老。"达特安道："了不得了，他病得这样

---

① 耶稣军(Jesuits)，或称耶稣会(Society of Jesus)，乃十六世纪时 Ignatius Loyola 所创，一五四〇年经教王明令立案。这耶稣军的目的专在拥护旧教，反对新教。他们的会员要立誓：安贫，洁身，服从教律，矢忠于教王。当时新旧教之争初起，教王保罗第三与周利士第三看见耶稣军大可为抵御新教的武器，就把许多特权给与耶稣军中人。凡隶籍耶稣军的人，不受王法所拘束，不纳税，并且做错了事，一定被赦。耶稣军的首领或大（转下页）

重么?"女店主道:"不是的,他受伤之后,就立定主意,要当教士。"达特安道:"是了,我记得他说过,不过是暂时当火枪手的。"女店主道:"你还要见他么?"达特安道:"要见之至。"女店主道:"在院子里的楼梯上去,他在第二层楼,第五号。"

达特安走上了楼梯,那第五号却是很幽密的,同他在巴黎住的房子一样。巴星在过道把守,不许闲人乱闯。巴星早已想伺候教里的人,天天盼望主人作教士,若不是他的主人常常安慰他,他是早走的了。阿拉密因为受了伤,又为被他的女相好弃他跑了,心里很难受,他就拿定主意,要改了行业。巴星见了达特安,就嫌他来的不是时候,但是女店主已经让他来了,也是没法,只好告诉达特安说,他的主人同两个教里的人,商量要事,不便惊吵;又说事体重大,一天恐怕还商量不了。达特安那里去管他,一只手把巴星推开了,一只手推开门。一进门,看见房里,却真是有趣。原来阿拉密穿了一件黑长袍子,坐在桌旁,头戴一顶教士戴的圆帽子,右手坐着的是耶稣军的长老,左手坐的是一位小教士;桌子上都是些纸张,同大本头的书;窗帘都下了,房里很黑暗,盔帽、手枪、长剑等物,都收起来。一开了门,阿拉密就认得他,却还是很用功的,好像不甚理会。阿拉密先说道:"达特安,你好呀,我看见你,很欢喜。"达特安道:"我也极喜欢见你,不过我几乎不知道是同我的旧火伴说话不是。"阿拉密道:"自然是的。你为什么还疑心?"达特安道:"我起初还以为走错了,走到教士们的房子;我见了这两位,我以为是你病重了。"那两个教士听见了,很不高兴。达特安不去理他,又说道:"阿拉密,我惊吵了。你在这两位面前忏悔么?"阿拉密脸红了,答道:"并不惊吵,我看见你安然无恙,我很高兴。"达特安心里想道:"哈,我就要把他念头回转过来。"

(接上页)将,对于部下有绝对的指挥权。第一任大将就是创始人 Loyola,第二任是 Layner,靠了这两个人的努力,耶稣军的势力就造成了。

耶稣军的目的不但是反对新教徒,并且要重建教王的权力。他们不但在欧洲活动,并且向外发展。一五四一年,他们在葡属西印度地方组织分会,后来又到南美,在巴西等地,得了成功。他们在欧洲,大都作上流社会人家的教师。

阿拉密指着达特安同那两个教士说道："我的这位朋友，才打极危险的地方逃了出来。"两个教士同时点头说道："要求上帝的慈悲。"阿拉密也点头道："我也在这里祈祷。"又说道："你来得正好，帮我们讨论。这两位在这里，同在讨论宗教里的问题。我要领教你的意思。"达特安听了，有点不安，答道："这种问题，军人的话是不能算数的。你还是听这两个的指教罢。"两个教士点头，很以他这句话为然。阿拉密道："你的话，是很有价值的。"长老道："我那篇论，应该抱住古人的家法，要发挥明白，以示学者，这就是我们的问题。"达特安惊讶道："你在这里作论么？"那个耶稣军的人答道："要作教士的，一定要作篇论。"达特安更惊异道："你要作教士么？"阿拉密说道："长老说，我那篇论，要守古人家法，我是要发挥我的意思。题目是有了。——"阿拉密说出一句拉丁文的题目来。达特安是不懂得，阿拉密就解说道："题目说的是：代天赐福，是要两手并用的。"那耶稣军长老说道："这是个很好的题目。"那个小教士也是不甚懂得拉丁文的，只好去附和那个长老，说道："题目很出色。"达特安却不去附和。阿拉密说道："好是很好，不过问题太难了。非在经典上，及古时经论家，很用点功，是做不出来的。我当了这些日子的兵，常常的要值班，我那里有工夫去用功呢。如果我能够自己找个好着手点的问题，就好些。"这一番话，达特安同小教士听了，都不耐烦；长老听了，说了一句话，用了一个拉丁字；小教士也说了一句，凑了几个拉丁字。阿拉密看见达特安打呵欠，几乎嘴都合不拢，就说道："长老，我们还是讲法国话罢。达特安听了，还可以懂。"达特安道："我路走多了，我也倦了，不大能懂拉丁文。"长老听了，颇不高兴；小教士听了，却很感激达特安。长老说道："我们看看，讨论出什么道理来。你可晓得，当日摩西是用两只手的，福音书上说的，也是两只手，不是一只手。"说到这里，小教士摆了两只手，作个注解。长老接住说道："比得①说的，却是用手指。这两说，就有点不同了。"阿拉密答道："不同的地方，我很看得

---

① 比得（Saint Peter），耶稣大门徒之一，本为渔夫，名 Simon，父亲叫 Jona。

出,不过这个道理,太深奥了。"长老说道:"比得用手指,教王也用手指,你们晓得用几只手指呢?是用三只手指:一只代圣父,一只代圣子,一只代圣灵。其馀的小教士是用刷子洒,那个刷子,是代无限若干大小仙女的手指。就是这个道理。有了这个题目,我可以写出两大本书来。"长老说的极高兴,把手在桌上的大本头的书一拍,桌子几乎断了。达特安发起抖来。阿拉密道:"这个题目,真是不错,我恐怕是太难了。我自己拣的题目,达特安,我说把你听听。我的问题是:事上帝是要带点追悔的意思。"长老说道:"这个问题,有点离经畔道。你要小心,不然,你是不得了的。"小教士摇摇头说道:"你不得了的。"长老道:"你是要讲到主意自由了,这是很可怕的。况且你怎样能证实:我们一面服事上帝,一面还要去追悔这个世界?上帝是上帝,世界是魔鬼,你为什么要追悔魔鬼?"阿拉密正要说,又被长老拦住了。达特安听了头痛,以为是到了疯子院,只好不响,他们说的话,他有大半不懂。阿拉密有点不耐烦,说道:"我并没说追悔魔鬼的话。"长老伸出两只手向天,小教士也学他。阿拉密道:"我们不喜欢的东西,还拿来供上帝么?"达特安道:"你说的不错。"长老同小教士听了,跳起来。阿拉密说道:"我的意思是:我们这个世界,是很有可以留恋的事,我也弃了不要,这就是牺牲了自己。经上说过的,要牺牲自己,以事上帝。"长老道:"有的。"阿拉密道:"我去年曾经用这个意思,作了一首诗,也还有人称赞。"长老听了,露出很看不起的意思,小教士也学他的样子。达特安道:"念给我们听。"阿拉密念了一遍①,达特安同小教

---

① 译文里把这首诗删略了,我们现在把原文录在下面并译其大意:
　　"Vous qui pleurez un Passé plein de charmes,
　　　Et qui trainez des jours infortunés,
　　Tous vos malheurs se verront terminés,
　　　Vous qui pleurez!"
　　你们这些,当你们过着多烦恼的生活,
　　　为过去的欢乐而哭泣的人们呀,
　　倘使你们拿着这些眼泪向上帝去哭,
　　　那末你们的痛苦都可消除了,
　　　你们这些哭泣的人们!

士听了，都很喜欢，惟有长老在那里摇头，长老说道："你的诗，或者夫人们听见了喜欢。"阿拉密道："但望可以叫她们喜欢。"长老道："你一定执住那个问题么？"阿拉密道："我不换的了。我作完了，明天送你看。"小教士道："慢慢的作。"长老道："种子是播了的，就恐怕有些到了石田上，有些到了路边上，有些被雀子吃了。"说完，又说了一句拉丁语，达特安听得实在不耐烦。小教士道："明天见罢。"长老道："明天见。你这个人，倒可以望将来替宗教大发光明，但望你不要太过了，变了一团大火。"说完了，两个人走了。巴星听得久了，领了他们出去，阿拉密也送出去。

阿拉密回到房间，因为谈经谈久了，略歇一歇，说道："我又回到我起初的老主意了。"达特安道："是的。"阿拉密道："我主意打了好久了，你总听见我说过了。"达特安道："我一向以为你是说笑话的。"阿拉密道："这个怎么好当作笑话呢？"达特安道："人家还拿死当笑话咧！"阿拉密道："他们错了。死就是个门，上天堂，下地狱，都是从这个门走。"达特安道："阿拉密，我经也听够了，拉丁文我是外行。我要告诉你，自今早十点钟到如今，我没吃东西，我饿得要死了。"阿拉密道："马上就开饭。不过今天是礼拜五，不许吃肉，只能让你吃点素菜；不过为你起见，我可以让你吃鸡蛋，这也是犯例的，你晓得，鸡蛋可以出小鸡的。"达特安道："这种菜，我原不稀罕，只好依了你罢。"阿拉密道："你肯牺牲这点，我很感激。不过你的身体虽然得不着什么好处，你的灵魂却占点便宜。"达特安道："你打定主意当教士了么？你的同伴特统领听见了，要说你是个逃伍的。"阿拉密道："我不是第一趟当教士，我算是重当教士。我从前是出了教堂，去当军人的。"达特安道："我却不知道。"阿拉密道："你不晓得我为什么从教堂出来么？"达特安答道："不晓得。"阿拉密道："我告诉你。我九岁的时候，就进教堂读书；到了近二十岁的时候，我将要升小教士了。有一天晚上，我去看朋友。年纪轻的人，是没什么把握的。我白天到了朋友家，我读书把女主人听，有一个武官看见了，很忌我；当天晚上，我作了一首诗,读把那位女人听,她扶着我的肩膀。武官进来,看见了,先不说话;等我出了门,他跟着我,说道:'小教士先生,你愿意挨打么?'我答道:'从来没人打过我,我却不能答。'那武官说道:'你听着,如果你再进这家门,我就要打你。'我听了,很害怕,两条腿直发抖,一句也答不出。那武官大笑,跑回那家去了。我就回到教堂。我是个君子,觉得受他这番羞辱,实在难过,一句也不敢响,我就先同长老说,今年不能行受职的礼,请改迟一年。我就跑到巴黎,跟好手学比剑,每天学一趟,学了一年。到了受辱的那一天,我脱了长袍子,装起壮士的模样,赴一个朋友家的跳舞会,我知道那武官一定在那里的。他果然在那里,很巴结的对着一位女客唱曲。唱到第二段,我就去打叉,说道:'先生,你还是不许我到某街上某家么?我若是进去,你还打我不打?'武官听了,很诧异的答道:'我不认得你。'我就说道:'我就是那个小教士,读某书给人听,还作了一首诗的。'武官答道:'我记得了,你要什么?'我说道:'我请你出去走一走。'武官道:'明早罢。'我说道:'不能等,要现在走。'武官道:'你一定要么?'我答道:'我一定要。'武官道:'来,我们走,夫人们不要等我,只要几分钟,把这个人杀了,我回来再唱。'我们两个出去,领他到了去年他羞辱我的地方。那天晚上,月亮极好,我们就动手。我第一剑,就把他刺死了。……"达特安啊唷了一声。阿拉密接着道:"我知道人家一定晓得是我把武官刺死的,我只好不去行受职的礼。后来阿托士、颇图斯就劝我投到特统领营里当军人。幸而我的先父是在某处打仗阵亡的,王上是认得的,我就补了一名火枪手。你就知道我为什么要回教堂去。"

达特安听了说道:"你为什么不先不后,一定要这个时候回教堂呢?近来遇了什么事,叫你想这种没趣的主意?"阿拉密道:"我因为受了伤,其中仿佛有点天意。"达特安道:"伤已快好了,难道你心里还想着这一点的伤么?"阿拉密脸红了,问道:"你说是什么呢?"达特安道:"据我看来,是你的心伤叫你难受。"阿拉密作出很不相干的样子来,说道:"你猜错了。我要恋爱作什么?那都是身外浮云。你以为我真是因为恋爱不遂么？我恋爱谁？爱的是生意人的老婆，还是女仆？"达特安道："你不要怪我说。我以为你恋爱的人，身分要高许多。"阿拉密道："身分高？我是个什么人，有这种奢望！一个火枪手，无名无位的。"达特安很不相信的说道："阿拉密，阿拉密。"阿拉密很愁闷的答道："我也不过是尘土，尘土复归尘土；人生在世，不过都是愁苦人；同人相系的结子，是极容易散的。我们心里的愁苦，不必告诉人；人家都为的打听新闻，才来探你的心事。"达特安也叹一口气道："你这句是有阅历的话，我也是这样说。"阿拉密道："是么？"达特安道："我有一个极恋爱的女人，才被人用强硬手段抢去了。我不晓得她现在怎样了，也不晓得她在那里，她也许关了监，也许是已经死了。"阿拉密道："不管怎的，你的那个女人，并没有把你丢开了，不过是人家不许她同你通信。至于我这件事……"达特安问道："你的事，怎么样了？"阿拉密道："并没什么。"达特安道："你是立定主意，要离开世界的了。"阿拉密道："是的。今天你是我的朋友，明天就是个路人了。我当你是没有这个人，世界算不得什么，不过算是座大坟罢了。"达特安道："你说的话，扯淡的很。"阿拉密道："不是，怎的？"达特安微笑不响。阿拉密说道："我现在还在世界上，我还要同你谈谈你的事，并几个同伴的事。"达特安道："我也想谈谈，不过你什么都不来。同你谈爱情的事，你摇头，你说朋友不过是个影子，世界不过是座大坟。"阿拉密叹气道："我说的都是实情。你将来就知道了。"达特安道："我们再也不提那些话。说到这封信，恐怕又是令你失望，倒不如烧了罢！"阿拉密着急的很，问道："什么信？"达特安道："你出门之后到的。我同你送来。"阿拉密道："不晓得是谁的信？"达特安道："许是生意人的老婆，不然，就是施华洛夫人的女仆，她许是已经同她的女主人到了土尔地方，想起来要拿香笺写封信把你，用公爵夫人的私印封了，以为阔的了不得。"阿拉密道："你说的什么？"达特安要同他开顽笑，故意的作出找不着那封信的样子来，说道："恐怕这封信我丢了。其实也不要紧，世界不过是座大坟，男人女人也不过是些影子,爱情也是件虚浮的事。"阿拉密喊道:"你别叫我等了,赶快拿出来罢!"达特安掏了口袋,说道:"在这里!"就把信拿出来。阿拉密跳上前,抢了信,拆开就读,脸上高兴的很。达特安道:"这个伺候夫人的女仆,写的信还不错。"阿拉密道:"我谢谢你送这封信。那个女人,是回土尔去了,她还是恋爱我。我高兴的很。"

　　这两个人,就高兴的同疯子一样,围着那本大经论跳,地下满地都是些散张经论经解,也不管,只在上头跳。巴星刚好把素菜鸡蛋拿进来,阿拉密把教士帽摔了喊道:"呆子!谁吃这种东西!还不赶快去拿一只烧兔子、烧公鸡、四瓶顶好的酒来?"巴星看他主人变脸变得太快,莫名其妙的把鸡蛋丢在素菜里,素菜丢在地下。达特安还拿刚才教士说的拉丁文来取笑,阿拉密说道:"别说了,我们吃吃酒,谈谈旧事罢。"

第二十七回　阿托士之妻

再说,达特安吃饱了,很高兴的说道:"我们要去找阿托士了。"阿拉密道:"他是个比剑的好手,又镇定,不会吃什么亏的。"达特安道:"阿托士本事、胆子都有,就恐怕敌人多了,我想赶快的去看他。"阿拉密道:"我也想同你一路去,不过恐怕还不大能骑马。"达特安道:"你病很了,头脑恐怕有点不清。"阿拉密问道:"你几时去?"达特安道:"明天一早。你今晚睡个好觉,明天也许能同我一路走。"阿拉密道:"能同去更好。我看你也要歇歇,再赶去。"两个人都去睡了。

明天早上,达特安走到阿拉密房里,见他倚着窗子,往外望。达特安问他看什么。阿拉密道:"那个马夫牵着的那三匹马,着实好看。骑上这种马,是极快活的。"达特安道:"你也可以享受。一匹是你的。"阿拉密道:"那一匹?"达特安道:"随你拣。"阿拉密道:"鞍垫呢?"达特安道:"也是你的。"阿拉密道:"你别开顽笑了!"达特安道:"你不说拉丁,我也不开顽笑。"阿拉密道:"那些华丽鞍垫缰勒,都是的么?"达特安道:"是的。那一匹是我的,那一匹是阿托士的。"阿拉密道:"这几匹马,好极了。"达特安道:"我看你喜欢,我很高兴。"阿拉密道:"除了王上,没人能够送你这一分的厚礼。"达特安道:"却不是主教送的。你也不必问是谁送的,你只管收了一匹就是了。"阿拉密道:"我就要那一匹。我就是中了二十枪伤,这匹马也可以治好了。你看马镫有多好看!巴星快来。"巴星来了,却是垂头丧气的样子。阿拉密道："把我的剑擦亮了，把我的帽子罩袍刷刷，把小枪装好了。"达特安道："马上有的是小枪，不必去装了。"巴星在那里叹气。达特安道："不必难过。不论作那一行，也可以上天堂的。"巴星几乎要哭的答道："我的主人，经论教务，很熟的了，不难做到主教。"达特安道："你想想看，作教士有什么好。作了教士，也还是免不了要打仗的，你看第二次打仗，主教还要去带兵。某主教他是要去的。你不信，去问问，他的跟人常常的要同主人裹伤呢。"巴星叹气道："我晓得了，现在是天翻地覆的世界。"一面说，一面主仆两个人，走到院子。阿拉密道："巴星，同我拿住镫子。"他一摔，就上了马，谁知那马一跳，阿拉密脸青了，晕起来。达特安扶他下来，送到房里，说道："你别去罢！好好的自己照应着，我一个人去找阿托士罢。"阿拉密道："我看你是个铁铸的！"达特安道："不是的，我不过运气好。我走了，你怎么样消遣呢？不要再谈经罢。"阿拉密微笑答道："我作诗。"达特安道："作诗送施华洛夫人的女仆罢。我看你倒不如教巴星作诗，也可以安慰他。你可以天天骑骑马，慢慢把身子养回来。"阿拉密道："你不要挂念。等到你回来，我就可以同你一路走。"于是两个人分手，达特安就向阿密安地方去，交代女店主同巴星照应病人。达特安记得那一日阿托士所处的情形，十分危险，不晓得他这几天什么样，又不晓得他在那里。

再说，那四个英雄头里，算阿托士的年纪最长。他的性情、嗜好、举动，同达特安全不同，但是几个人之间，达特安最敬重的，就是阿托士。阿托士的面貌，极其名贵，本领最好，性情最安静，胆子却是极大。讲到模样，同对待人的样子，有时比特拉维还好。身材不长不短，却极强壮，比起力气来，颇图斯还比不过他；脸上英光四射，一个笔直的鼻子；两只手极其细嫩，阿拉密最喜欢收拾自己的手，见了阿托士那只手，还是羡慕的。阿托士说起话来，声音是最好听，平常不大说话，闻见却是极广的；他的样子摆出来，人家一见，就知道他是在最上等的社会走惯了的。遇着大宴会，阿托士知道安设座位的先后；讲到家世，及圈里的贵族，是无不源源本本的说得出来；说到臂鹰打围，他是无一事不在行，路易第十三听了，也要诧异的；至于骑马比剑，更不必说了，他是极在行的。那时候的上等人，不大肯讲究学问，阿托士却不然，阿拉密好弄拉丁文，有时错了，阿托士同他改正；那时候的军人，不大考究宗教伦理，做人都是极放荡的，阿托士却极正派，不肯乱行一步的。总而言之，在那时候的人，他算得个是特别的，不幸他受过不如意的事，未免常带忧愁。那时，他的眼神也差了，话也不大说了，只好拿酒去解忧，有时同他的同伴在一起，也不肯说句话。达特安从来没打听出来阿托士伤心的缘故，从来没看见有人寄信把他。他所去的地方，朋友都晓得的。

再说达特安一路走，一路说道："阿托士许是死了，也未可知。如果是死了，就是我对他不住：原是我拉他来的，他也不晓得为的什么，也得不着好处。"巴兰舒道："不但这样，我们有了性命，还是亏得他！你还记得他说，你们走你们的罢，我是被他们捉住了。那时候，我看见他拿着剑，在那里打，就像是有二三十个人打架。"达特安想起那天的情形，更着急起来，主仆两人，赶快的跑。那天早上十一点钟，就看见阿密安地方，十一点半，就到了客店。达特安要收拾那店主，他就一直跑到院子，把帽戴低了些，一手拿马鞭，一手抓住剑柄，见了店主人，就问道："你还认得我么？"店主人答道："我不认得。"达特安问道："你当真不认得么？"答道："爵爷，不认得。"达特安道："我说两句话，你就认得了：两个礼拜前，你诬赖一位客人用假钱，这位客人在那里？"店主人脸都青了，答道："再也不要提起了。我为那件事，吃了大亏了。"达特安道："那位客人在那里？"店主道："你听我说，饶了我罢。请进来，先坐坐。"达特安坐下了，在那里很生气；巴兰舒站在后头，脸上很凶。店主人在那里发抖，说道："你就是那天先走的客人？"达特安道："是的。你就讲实话。倘有半个字不对，我是不饶你的！"店主道："你别着急。让我慢慢讲。"说说道："原先有人送信把我，说有一个惯使假钱的人，不日就要到，假扮作火枪手的模样，——那些人主仆的面貌，同马的样子，都说得很清楚的。地方官还派了六个人,帮我忙,我自然就预备着,捉这班使假钱的人,……"达特安问道:"你们捉着的那个人,在那里?"店主人道:"让我说。那天你先跑了,我更疑心了;你的朋友打得很好,他的跟人,不幸同马房的人闹起来,那马房的人,原来都是一班侦探,……"达特安道:"可恨极了!原来你们都是一班侦探。我要把你们杀光了,一个也不留。"店主道:"我可以证实了我们不是串通的。你的朋友拿手枪打倒两个,拿剑打倒一个,把我也打倒了。……"达特安道:"你几时才说完?我问你我的朋友怎么样了?"店主道:"他一面打,一面退,退到地下酒库的楼梯口,他抢了钥匙,跑了进去,把门锁了,我们就让他在里头。"达特安道:"你的意思,并不要杀他,只把他关起来就算了。"店主道:"好一个被禁的人!是他先杀了一个人,又重伤了两个人,自己关在那里。我跑去告诉地方官,地方官说,他全不晓得;还说,如果我说出他的名字来,他要把我吊死了。看起来,我是关错了人;那个真的,却跑了。"达特安道:"阿托士现在那里?你还没告诉我。"店主道:"我因为着急的很,要把事体弄清楚了,我就跑到酒库,放他出来。谁知酒库里头藏的不是个人,见直的是个魔鬼!我要请他出来,他说不相信我的话,怕上我的当,说要同我立合同。我就说,原是我的不是,不应该误得罪了火枪手。他就说,第一款,是要他的跟人带了兵器进去,我答应了。他的跟人叫做吉利模,虽然受了伤,也进了酒库,进去之后,马上又把门关了,哄我们走。"达特安问道:"现在阿托士在那里?"答道:"还在地下酒库。"达特安喊道:"你这个光棍!你把他关在酒库这些天么?"店主道:"天呀!他在酒库里,不能怪我,是他自己愿意关在那里的。你如果能够劝他出来,我就感激你一辈子。"达特安道:"我到酒库里,找得着他么?"店主道:"找得着。他自己要关在那里,不肯出来。每天我们用把叉子,叉些面包,从小窗口送把他们两个人吃;他们要肉,我们就送肉,——他们还不止吃面包吃肉咧。有一天,我同着两个伙计,要进去,他就大生其气,主仆两个就装起枪来。我就问他作什么,他就说,如果我们一踏脚进去,他就要开枪。我就跑去告诉地方官,地方官不管,还说是我不应该得罪有体面的人。"达特安也禁不住笑了,问道:"你怎么样呢?"店主道:"从此以后,我们窘到不得了。我们的货色,都在酒库里,里头藏的是瓶头的酒,桶头的酒,还有皮酒、香酒、菜蔬、咸肉、香肠。我们不能下去取东西,就不能供应客人。生意一天坏一天。你的朋友,若是再住一个礼拜,我只好关店门了。"达特安道:"这都是你的错。收拾得你好!你不该把体面人当作使假钱的。"店主道:"你说得不错。你听听,他又吵闹起来了。"达特安道:"又是你们去吵他了。"店主道:"不得不吵他的。刚才来了两个英国人。……"达特安道:"怎么样呢?"店主道:"英国人好吃好酒,你是晓得的;我的老婆,去同你的朋友求情,要进去取好酒,他不让进去。你听他吵得多凶!"达特安一听,果然吵得利害,店主在那里发抖,达特安拉了他,就向库门口来。巴兰舒装好枪,跟着来。

两个英国人也在那里吵,说是走了远路,要吃喝的。有一个打法国话说道:"真是虐政!为什么让一个人霸占住了,叫我们捱饿?我们去攻门罢!他若是同我们打,我们就杀了他。"达特安拿出手枪来,说道:"慢点。我们不要讲杀。"阿托士在门里喊道:"让他们来,我们收拾他。"那两个英国人虽然有胆,不晓得酒库里到底是个什么人在那里,迟疑不决。有一个淘气些的,跑下几级梯子,用力踢门。达特安把手枪弄好,同巴兰舒说道:"你对付楼下那个人,我对付楼上的。"回头对英国人说道:"你要打么? 我们预备好了。"阿托士喊道:"达特安,是你么?"达特安也喊道:"不错的,是我。"阿托士道:"好极了,我们一会就把这些强盗收拾了!"那两个人已经拔剑在手,见地势不便,又不肯罢手。那一个又把库门一踢,裂了一条大缝。阿托士喊道:"达特安,你站开,我放枪了。"达特安原是个有分寸的人,说道:"你们两位且等一等。阿托士,你也且不动手。你们无故的去丢性命作什么? 我同我的跟人,送你三枪,酒库里头还要送你几枪,况且我们还有剑。我现在看,不必流血,就可以把这事了结,你等一会,就有酒吃。"阿托士在里头说道:"还不晓得有酒剩没有。"店主听了,又发抖,说道："什么,没得酒剩了?"达特安道："总还剩许多,两个人不能把库里的酒吃光了。先生们请先收了剑。"两个英国人答道："你把枪收了,我们也把剑收了。"达特安道："那个自然。"一面说,一面收了枪,叫巴兰舒也收了枪,英国人也收了剑。达特安把阿托士的事,说了一遍。两个英国人听了,也说店主的不是。达特安说道："请你们在饭厅等一会,酒就来了。"英国人到饭厅去了,达特安说道："没有别人了,请你开门罢。"阿托士搬开了许多东西,开了破门,达特安跳上前,抓他的手扶他上楼,阿托士走不了,达特安惊讶,问道："你受伤了么?"阿托士道："不是的。我吃醉了,我是最会趁机会的。好店主,我至少喝了一百五十瓶酒。"店主叫道："跟人若是只喝了七十五瓶,我的生意是毁了。"阿托士道："吉利模是懂规矩的,不敢同主人比,他吃的是桶里的酒,吃了忘记塞桶,酒还在那里流咧。"达特安听了大笑,店主在那里着急。吉利模走出来,抗住火枪,吃得烂醉,通身沾了一种东西,店主认得是橄榄油。三个人一齐到了另一间房子。

　　店主夫妇两人,到酒库一看,看见满地空桶,一洼一洼的,又是水,又是酒,浮了许多板片,还有许多火腿骨,一角上堆了许多空酒瓶;一个大桶,没塞子,酒在那里流,几乎流干了;五十串大香肠,也快吃光了。夫妇两个看见这种情形,在那里哭,在那里喊;达特安听了,也有点难受,阿托士一点也不动。谁知店主哭了之后,生气起来,拿了火钳,跑进房来,阿托士看见了,喊道："快拿酒来!"店主道："你吃的酒值一百个毕士度有多,我是毁了!"阿托士道："没有的话! 我们吃的,还不够解渴。"店主道："你吃也罢了,还打碎了许多瓶。"阿托士道："这是你的错,是你把我推在一堆瓶子上的。"店主道："油也蹧蹋了。"阿托士道："你打伤吉利模,我们拿油同他敷。"店主道："香肠也吃完了。"阿托士道："老鼠吃的。酒库里多得很。"店主道："你要赔的!"阿托士道："你这个老东西!"想站起来,又坐下了,达特安拿了马鞭子,店主退后了。达特安道："我要教训你:往后待天上送来的客人,你要同他客气些。"店主道："魔鬼送来的客人!"达特安道："你还要同我们辩。我们四个人,就要一同再到酒库里去住,看看蹧蹋了多少!"店主道:"原是我的不是,我也认了;请你们饶了我罢。你们是上等君子,我不过是个穷店主,我求饶罢。"阿托士道:"得了得了,你再怎么说,我的心要碎了,我的眼泪也要同你桶里的酒一样流了。我们并不是魔鬼,我们慢慢的商量罢。"店主慢慢的走到跟前。阿托士道:"你记得那天我要还帐,我的钱包摆在桌上。"店主道:"是的。"阿托士道:"里头有六十个毕士度,那里去了?"店主道:"在县衙门里,他们说是假的。"阿托士道:"不是假的。你要了回来,就把了你。"店主道:"你是晓得的,到了官的东西,是要不回来的,除非钱是假的,或者还许要得回来。"阿托士道:"我可不管。你想法子要回来。"达特安道:"来,我们谈别的事体罢。阿托士的马在那里?"店主道:"在马房。"达特安问道:"你看那匹马,值多少钱?"店主道:"不过五十个毕士度。"达特安道:"顶少也值八十,你拿了去,就算清了帐罢。"阿托士道:"你把我的马卖了,我骑什么?难道骑在吉利模背上么?"达特安道:"我带了一匹马来给你。"阿托士道:"另外一匹么?"店主道:"是的。那匹马,好的很。"阿托士道:"你就把我那匹,拿了去,再送点酒来。"店主脾气变好了些,问道:"你喜欢什么酒?"阿托士道:"酒库顶里头的,现在大约还剩两打酒,那几瓶当我跌倒的时候都坏了。拿六瓶来。"店主自己说道:"这个人,饮酒同鱼一样的,若是他再住两礼拜,酒帐算清,我还可以赚回几文来。"达特安喊道:"还拿四瓶给英国人。"阿托士道:"他们去拿酒去了,你告诉我,我们的同伴,怎么样了?"达特安把颇图斯伤了膝盖头,阿拉密同两个教士谈经的话,说了一遍。

　　店主送酒来了,还弄了一条火腿来。阿托士倒满酒,说道:"我们喝一钟,恭祝他们两个!但是你为什么,总不高兴?"达特安道:"怪不得。我的运气算顶不好。"阿托士道:"你怎么运气不好,你说给我听。"达特安道:"等等说。"阿托士道:"为什么等,你以为我醉了么?我吃了一两瓶,心里最是清醒的。请你说罢。"达特安把邦氏的事,说了一遍。说完了,阿托士道:"不好,不好。"达特安道:"你只管说不好,你常常都说这句话,但是我自然不能望你同我表同情,你是从来没恋爱过的。"阿托士听了,眼睛冒火。一会,又没事了,同平常一样,说道:"不错的,我从来没恋爱过。"达特安道:"看来你的心,是硬的;我们的心,是软的。你就不该说我们。"阿托士道:"软心,硬心,我看恋爱的事体,就同买彩票一样。中了的,就是赢得个死字;你输了,倒是你的运气。我劝你还是输的好。"达特安道:"你不晓得,那个女人,好像是很恋爱我。"阿托士冷笑道:"很像么?"达特安道:"她很恋爱我。"阿托士道:"天下的男子,都是同你一样的想,以为女人恋爱他,其实都是受了骗了。"达特安道:"就是你一个没上当,你是从来未有过女相好的。"阿托士停了一会,答道:"是的,我从来未有。我们吃酒罢。"达特安说道:"你是个哲学家,可以教教我。我很要人教教,安慰安慰。"阿托士道:"为什么要人安慰?"达特安道:"因为我倒运。"阿托士道:"你的倒运,算得了什么? 我若是告诉你一件恋爱的故事,你听了,又不知还要说什么呢!"达特安道:"是你的事体么?"阿托士道:"是我的也罢,是朋友的也罢,都不要紧的。"达特安道:"我很想听,你说罢。"阿托士道:"吃酒罢。我吃酒的时候,说得好点。"达特安道:"你一面吃,一面讲罢。"阿托士道:"这个法子,倒不错。"吃了一钟,又倒满了。达特安道:"我留心在这里听。"

　　阿托士直一直身子,提一提精神,达特安看见他的脸也青了,阿托士是有点醉了。若是别人,是要酣睡的,他却坐直了同说梦话一样。阿托士问道:"你真要听么?"达特安道:"真要听。"阿托士说道:"这件故事,是这样的,——这是我的朋友的故事,不是我的,你不要弄错了。我这个朋友,是个巴利①省的伯爵,在国内数一数二的,很有名望。他二十五岁的时候,恋爱一个十六岁的长得极体面的姑娘。那位姑娘,年纪虽轻,却是十分聪明,她同兄弟住在村里,兄弟是个小教士。什么时候搬到村里住,却无人晓得,外面看来,却是个安分人

---

① 巴利,见第七回第七条注。

家。那个时候,我的朋友,势力极大,硬把她抢来,也是无人敢说一句话的,不过我的朋友是个君子,就把那姑娘娶了来。这个人真是个大呆子!"达特安问道:"你既然说他恋爱那位姑娘,你为什么说他是个大呆子?"阿托士道:"你听着:他娶了那位姑娘,就作了他家里的女主。论起那姑娘的才貌,却还配得起。"阿托士声音微了,说得很快的说道:"有一天,他夫妇两个去打猎,女人跌下马来,晕过去了。那伯爵就去救她,拿出刀子来,把衣领割开了,叫她好呼吸。割开衣领,就露出肩膀来,达特安,你猜猜看,她肩膀上有什么?"达特安道:"我怎么猜得着。"阿托士喝干了一钟,说道:"肩膀上刺一朵花!"达特安道:"刺了一朵花!有这样事体么?"阿托士道:"我说的是实话。这个女子,原来是个女贼。"达特安问道:"这位伯爵,怎么样呢?"阿托士道:"伯爵原是当地极有势力的人,可以办刑名的案子,就把她的衣裳撕了,捆起来,吊死了。"达特安道:"这岂不是犯了杀人的罪名么?"阿托士脸上变了黄色,答道:"可不是。赶着又说道:"达特安,我渴了,请你把酒拿来。"他倒了酒,一饮而尽,把头藏在两手上。

　　达特安见了,惊惧的说不出话来。阿托士抬起头来,就说这位伯爵,就是他自己,又说道:"从此我的恋爱美人的病,就治好了。但愿你的病,也可以治好了。"达特安道:"她死了么?"阿托士停了一会,答道:"大约是死了。达特安,酒吃完了,吃点火腿罢。"达特安低声问道:"那女人的兄弟呢?"阿托士道:"她兄弟么?"达特安道:"那个小教士。"阿托士道:"我原要找他,也把他吊的,他却先跑得无影无踪了。"达特安问道:"你到底查考他是个什么东西?"阿托士道:"我看他是那女人的相好,串通来做的。原也是个上等人,假装作小教士。我盼望他在这时候也吊死了。"达特安听了,脸也呆了。阿托士切了一块火腿,送到达特安的盘子上,说道:"吃块火腿罢,好得很。可惜酒库里没得火腿,不然,我还可以多吃五十瓶酒。"达特安听了阿托士那番话,把头藏在两手,一点也动不得。阿托士看他这样子,就说道:"这些年轻的人,一点酒也不能吃了。"

第二十八回　赌马

再说达特安听了阿托士所说的故事,一夜不得好生安眠,明早起来,一个字也没忘记,再要去详详细细的盘问。阿托士一句也不说了,只同达特安拉拉手,说道:"我昨天晚上,一定吃得很醉。我的舌头发热发肿,脉动也不照常,我一定说了许多不相干的话。"达特安道:"你没说什么非常的话。"阿托士两眼瞪着达特安道:"我记得了,我告诉了你一段极凄惨的故事。"达特安道:"看起来,还是我比你醉,我一句也记不得了。"阿托士放了心,说道:"各人吃醉酒,有各人的样子。我吃了酒,倒动起忧愁。若是醉了,就好说叫人害怕的故事,就是这样不好。不然,遇着谁,我都敢同他对吃。"达特安道:"是了,我仿佛还记得吊人的事。"阿托士脸青了,说道:"是了,我最好作吊人的恶梦。"达特安道:"不错不错,我记得仿佛还有个女人。"阿托士脸无人色的说道:"是的。我最喜欢说这一段故事,说的是一个美貌女子。我说这段故事的时候,总是吃醉了。"达特安道:"是的。那个美貌女人,身长,面白,眼蓝。"阿托士道:"是的。她被吊了。"达特安很留神的对着他说道:"那个女人的丈夫,是个贵族,是你的朋友。"阿托士道:"你看,一个人吃醉了,就乱说,拖累了自己,可见这种是顶不好的脾气。我往后只好加倍的小心了。"达特安不答。

阿托士改说别的话,说道:"我还得谢谢你送我的马。"达特安道:"你喜欢么?"阿托士道:"很喜欢,不过恐怕那马不能多跑路。"达特安道:"我不晓得你为什么要这样说？我不到一点半钟,差不多跑了一百里。那匹马一点也不见苦。"阿托士道:"我可追悔了。"达特安问道:"你怎么样了？"阿托士道:"我卖了！"达特安道:"为什么？"阿托士道:"我今早六点钟起来,你还在那里酣睡；我昨晚虽醉糊涂了,我却一早起来,跑下楼。我跑到客厅,就听见那一个英国人同一个卖马的讲价钱,要买马。我跑近了,听见他肯出一百毕士度,我就说道：'我有马卖！'英国人道：'是匹很好的马,我昨天看见了。'我就问道：'你看那马值一百毕士度么？'英国人道：'值的,你肯卖么？'我说道：'不卖,我同你赌罢。'我们就赌起来,我输了,后来我把鞍垫赢回来。"达特安听了,很不高兴。阿托士道:"你很不高兴？"达特安道:"我是不高兴。那匹马到了战场,可替我们立功,况且又是人送的,你大错了。"阿托士答道:"你设身处地,也是这样。我不喜欢英国马,马是会死的。"达特安禁不住大笑起来。阿托士道:"我不晓得你看这些牲口,看得这样重,我还有别的话告诉你。"达特安问是什么。阿托士道:"我把我的马输了之后,很想拿你的马去赌。"达特安道:"总盼你没赌。"阿托士道:"赌了！"达特安很着急的问道:"怎么样呢？"阿托士道:"又输了。"达特安道:"输了我的马？"阿托士道:"是的,你的马。"达特安道:"阿托士,你疯了。"阿托士道:"我昨天告诉你那段故事的时候,你该说这句话。我今天不过输了两匹马就是了。"达特安道:"真疯了！"阿托士道:"等等,你还没听完。我若不是糊涂了,我算个头等赌手；我醉了,也是一样的糊涂。"达特安道:"你现在输光了,不能再赌了。"阿托士道:"还有。我昨天还看见你手指上的一个戒指。"达特安看看戒指,说道:"我的金刚钻。"阿托士道:"我从前顽过金刚钻,还算识货。你这一颗金刚钻,顶少值一千毕士度。"达特安道:"你没提起我这颗金刚钻？"阿托士道:"我说起的。因为只剩了一金刚钻了,我以为或者还可以把那两匹马赢回来,或再赢几个钱,路上用用,也好。"达特安道:"你疯了！"阿托士道:"我把那金刚钻的话,也告诉了我的赌友。"达特安道:"你说罢。"阿托士道:"我算把金刚钻分作十分,每分值一百毕士度。"达特安怒发直竖的说道:"你见直是同我开顽笑了!"阿托士道:"我并不开顽笑。我有十天没见过人面,天天同酒瓶作朋友,我有点变坏了。"达特安气极了,说道:"你总不该拿我的金刚钻去赌!"阿托士道:"你还没听完了。赌了十遍,都输了,共总赌了十三遍,全输光了。十三这个数目,同我很不对。"达特安拍桌子跳起来,喊道:"你见了鬼了!"阿托士道:"耐烦些,我还有一个机会。那个英国人很有点心思,我看他今早同我的跟人说话,吉利模走来告诉我说,英国人要他改跟了他。我就把吉利模拿来赌,也分作十分。"达特安听了,禁不住大笑起来,说道:"怎么样呢?"阿托士道:"整个吉利模,原不值半个毕士度,我就把金刚钻赢回来了。"达特安放了心,说道:"我从来没听过这样古怪的事。"阿托士道:"你可晓得,我因为运气转了,我又拿金刚钻去赌,把你的马同鞍子赢回来,我的马同鞍子也赢回来,其后又输了。一句说完,我们现在只有了鞍子。"达特安更放心了,问道:"金刚钻还是安然无恙的?"阿托士道:"无恙。鞍子也无恙。"达特安道:"有鞍子没马,中什么用?"阿托士道:"我有个主意。"达特安道:"你的主意叫我发抖。"阿托士道:"你且听我说,你许久没赌了。"达特安道:"我不想赌。"阿托士道:"你别急,我说你许久不赌了,一赌起来,赌运总是好的。"达特安道:"怎样呢?"阿托士道:"那两个英国人,还在那里,他们还想要这两副鞍子,你却想那匹马,你为什么不拿鞍子去赌马?"达特安道:"他们要的是两副鞍子。"阿托士道:"两副一气赌。你只管有私心,我是没私心的。"达特安道:"这个法子好么?"阿托士道:"为什么不好? 你试试,赌一赌。"达特安道:"马是输了,我不愿意再输这两副鞍子。"阿托士道:"拿金刚钻。"达特安道:"不来。"阿托士道:"拿巴兰舒赌。"达特安道:"我什么也不愿意赌。"阿托士道:"可惜了,那个英国人的钱,满地滚,何妨掷一掷呢? 一会子就完了。"达特安道:"输了怎么样?"阿托士道:"你一定赢的。"达特安道:"也罢,我去掷一掷。……如果输了?"阿托士道:"你要把鞍子送给人。"达特安道:"我就掷一掷。"阿托士就去找那个英国人,原来在马房看马。阿托士就同他商量,两副鞍子赌一匹马,不然,就赌一百毕士度。英国人算了一算,那两副鞍子,顶少也值三百毕士度,就答应了。

达特安手抖的在那里掷,一掷是个三点,脸都青了,阿托士看了,都害怕。达特安道:"伙计,掷的不好,鞍子恐怕是英国人的了。"那个英国人以为是一定赢的了,也不摇骰子,就掷。阿托士说道:"这真奇了,只得两点。我生平只看见四次:一趟在某人那里看见,在我自己家里看见一趟,在特统领府里看见一趟,在酒店里看见一趟,那一趟是我自己掷的,输了一百个毕士度,同一顿晚饭。"那英国人说道:"那匹马,还是你的。"达特安道:"那个自然。"英国人道:"不用再掷么?"达特安道:"我们说好的,只要一掷。"阿托士道:"且慢,让我同朋友说句话。"他就把达特安拉开了。达特安道:"你说什么,我晓得了,你还要叫我再掷。"阿托士道:"不是的,我要你想想再定夺。"达特安道:"想什么?"阿托士道:"你不是要把马拿回来么?"达特安道:"自然。"阿托士道:"你错了。你倒不如拿一百个毕士度。随你拣的。是我的话,我宁可拿钱。"达特安道:"我却要马。"阿托士道:"你错了。两个人要一匹马做什么?我们不能两个人都骑那一匹马,我是一定要钱,无钱我们怎样回巴黎。"达特安道:"我很要拿马。"阿托士道:"马是会跌交的,伤了膝,况且还会得病,主人还要喂马。一百个毕士度反可以喂主人。"达特安道:"我们怎样回巴黎?"阿托士道:"我们就骑跟人的马,也没什么。"达特安道:"那像什么?况且颇图斯、阿拉密骑的都是好马。"阿托士大笑。达特安道:"你笑什么?"阿托士道:"两样拣一样罢。"达特安道:"你却劝我……"阿托士道:"我劝你拿钱。这就够我们用到月底的了。我们近来受了许多辛苦,歇歇也没什么。"达特安道:"阿托士,我是不能歇的。我到了巴黎,马上就要找寻邦氏。"阿托士道:"马比不得钱有用,我劝你拿钱,你拿钱罢。"达特安果然听了他的话,拿了钱,就要动身回巴黎。花了六个毕士度,还搭上阿托士的老马,就还了帐。两个人骑了跟人的马,跟人顶了鞍子,随后跟。

到了克拉威,远远望见阿拉密在窗口看,看那远远的尘土。达特安喊道:"你看什么?"阿拉密道:"我在这里,想起世事真同浮云,我那匹英国马走了,只剩一片尘土。"达特安道:"怎么讲?"阿拉密道:"一点钟走五十里的马,只值了六十个路易。"他们两个听了一笑。阿拉密道:"我把你的一分厚礼,送丢了,你别怪我。逼住了,没得法,况且是我自作自受。那个买马的,叫我上了他五十个毕士度的当。我看你们的小心,你们骑跟人的马,叫那两匹好马慢慢随后来。"等一回,一个破菜车到了店门口,巴兰舒同吉利模顶了鞍子出来,——那个车是要到巴黎的,同他们约好了,装他们回去,只要路上有酒吃。阿拉密惊问道:"这是怎么讲,只剩了鞍子么?"阿托士说道:"你现在才明白过来了。"阿拉密道:"我们的运气是一样的,我也只剩了鞍子。巴星,你去把我的鞍子拿来,放在一堆罢。"达特安道:"你那个教士那里去了?"阿拉密道:"不要提了。你走了第二天,我请他们吃饭,店里有的是好酒,我就把他们灌醉了;小教士就叫我还是穿号衣好,不要换了;长老却要当起火枪手来。"达特安道:"弗做论了?我们不要论。"阿拉密道:"后来我们的日子,过得很有趣。作了好几天的诗,用的都是单音字,却是不甚容易。题目倒有趣,一共是四百韵,不过五分钟,就读完了。"达特安是最不喜欢谈诗的,说道:"你作的这首诗,顶少有两样好处:一样好处是短,一样好处是难。"阿拉密道:"那首诗,意思很多的。我们就回巴黎了么?好久没见颇图斯,我很想他。他是一定不肯卖马的,我猜得着的。他骑了那匹马,就像是个大蒙古王。"他们三个人歇了一点钟,就走了,去找颇图斯。

他们见颇图斯很好看,面前摆了许多吃的喝的,足够四个人吃的,看见他们来了,起身说道:"你们来的正好,同我吃饭罢。"达特安道:"我晓得,你这几瓶酒,不是拿绳子套来的。你吃的菜,倒不错。"颇图斯道:"扭了筋骨,是要吃点好的,才养得过来。阿托士,你扭过筋骨没有?"阿托士道:"没有。我从前在某一仗,受了一刀,两个礼拜后,觉得同扭了筋骨一样。"达特安问道:"难道这桌上的东西,是你一个人吃的么?"颇图斯道:"不是的。我约了些朋友,他们不能来了。你们来,正好。摩吉堂,拿椅子来,再叫些酒。"他们坐了十分钟,阿托士问道:"你们晓得我们吃的什么?"达特安道:"我吃的牛肉。"一个道:"我吃的羊肉。"一个道:"是猪肉。"阿托士说道:"都错了,不是的,是马肉。"达特安道:"胡说!"阿拉密绉住眉头说道:"马肉么?"颇图斯不响。阿托士道:"颇图斯,是马肉么? 好像是还有马鞍在里头。"颇图斯道:"不是的。"阿托士道:"我们四个人,都是一样的。人家以为我们是预先商量好的。"颇图斯道:"我也没法,我的朋友,看见我的马,尚觉他们自己的马难看,我只好弄丢他。"达特安问道:"你的公爵夫人还在乡下么?"颇图斯道:"是的。讲到那匹马,这里的巡抚看见了,很喜欢,我就给了他。我请来吃饭的就有他。"达特安道:"你把马给了他么?"颇图斯道:"只算是给他。那匹马顶少值一百五十毕士度,那个老财迷只给了我八十毕士度。运气不好的时候,良马只好当劣马卖了。"阿拉密问道:"连鞍子等件么?"颇图斯道:"单是马。"阿托士道:"你们看看,还是颇图斯办得得法,比我们都好。"说完了,大笑起来;颇图斯是莫名其妙,后来他们告诉他,他才明白,也笑起来。达特安道:"却是有一样好处。我们口袋里,都有几个钱。"阿托士道:"我因为看见阿拉密的西班牙酒甚好,我就买了六十瓶,装在菜车上,带回去,我口袋却轻了好些。"阿拉密道:"我把剩下的钱,都给了两个教士;我因为失了约,故此把钱给了他们,叫他们同我念念经,同你们也念念经,将来我们都可以得点好处。"颇图斯道:"难道你们以为我扭了筋骨,就不用花钱么? 况且还有摩吉堂的伤。外科医生,一天还来看两趟,医生还要拿双分的医费,他说摩吉堂伤的不是地方,不应该他去治的,故此我分付摩吉堂,往后不要伤了那个地方了。"阿托士同那两个使眼色,笑道:"你倒很体恤,你真是个好主人。"颇图斯说道:"我还清了帐,只剩有限几个钱的了,不到三十个柯朗。"阿拉密道:"我只剩了十个毕士度。"阿托士道:"我同你最不济的了。达特安,你那一百个毕士度,还剩多少?"达特安道:"我那一百个毕士度么?我给了你五十个。"阿托士道:"你给了我五十?"达特安道:"给了你的。"阿托士道:"是的,我记起来了。"达特安道:"我给了店主六个毕士度,他真不是个东西。"阿托士道:"你为什么要给他六个毕士度?"达特安道:"你叫我给的。"阿托士道:"是了,我太慷慨了。你现在还剩多少?"达特安道:"我只剩了二十五个毕士度。"阿托士从口袋掏出几个零钱来,说道:"我只有……"达特安道:"你,你还有什么?"阿托士道:"我剩有限的了。让我看看,四个人凑起来,还有多少。颇图斯,你有几文?"颇图斯道:"只有三十个柯朗。""阿拉密,你有多少?"阿拉密道:"十个毕士度。""达特安,你有多少!"达特安道:"我有二十五个毕士度。"阿托士道:"共总有多少?"达特安算很快,答道:"共总四百七十五个利华。到了巴黎,还可以剩四百个利华。"阿拉密问道:"我们的马,怎么样?"两个人说道:"我们那两匹马,拿来抽签,拿四百个利华,再买一匹。余下的钱,都交把达特安,碰见头一间赌馆,就叫他赌。"颇图斯道:"先把饭吃完了罢,不然,都要冷了。"那四个吃完了,叫跟人吃剩下的。

这几个人到了巴黎,达特安接着特统领一封信,说是王上应许了把他补了火枪手。他高兴的很,跑去告诉了那几个朋友,看见他们在那里愁眉不展,几个都在阿托士的寓所,达特安就知道他们在那里议事了。原来是特统领告诉他们说,王上定了五月初一开仗,叫他们赶快预备好了动身。四个人面面相向,想不出法子来。达特安先开口道:"你们看看,我们要预备起来,要多少钱。"阿拉密道:"那却难说。顶省的话,也要每人花到一千五百个利华。"阿托士说道:"四个人就要六千个利华。"颇图斯道:"我有个主意。"阿托士道:"这就好了。我却一点主意都没有,我只晓得我是要二千利华。"阿拉密道:"共总八千利华。我们好在还有鞍子。"达特安先出去,谢谢统领,随手关了门。阿托士说道:"我们却别忘了,达特安还有个金刚钻戒指。这样一个好朋友,总不该叫我们为难。"

第二十九回　办行装之为难

且说这四个人之中,达特安心里最着急。论起来,一个禁兵预备一切,原不花多,不比得火枪手要多花费些的,不过达特安是个小心谨慎的,看钱是看得重的,却要比颇图斯还好穿。他不独因为置办马匹等件烦心,他还在那里想邦氏。王后虽是答应替他设法,达特安以为是永远见不着邦氏的了。阿托士不出门,不去想法子置办行装,说道:"还有两个礼拜。如果到了两个礼拜,还办不了,我只好去找四个主教的亲兵,不然就找八个英国人,同他们打,那是总要打死的。死了之后,人家总说是我为国而死,却用不着去筹款办行装了。"颇图斯两只手摆在背后,抬起头来,走来走去,说道:"我有个好主意,我是要照着办的。"阿拉密是垂头丧气,一言不发。那四个跟人,也学他们四个主人的样子,在那里发愁:摩吉堂终天在那里无所事事;巴星进教堂;巴兰舒坐在那里不动,看苍蝇;吉利模是一言不发,在那里叹气。

除了阿托士,那三个朋友,天天出去,半夜才回来。天天无精打彩的在外头逛,总想碰点机会。有时在路上遇着了,是面面相向,仿佛是要问:"碰着了机会没有?"颇图斯算是有点实在把握的,天天在那里做。有一天,达特安看见他向某教堂那条街走,就跟着他。看见他捋捋胡子,作出风流的样子,进了教堂,靠着一条柱子,达特安亦悄悄的进去,躲在对面。那时教士正在那里讲经,听的人很多,颇图斯在那里看女人。他戴的帽子有点旧了,鸟毛的颜色也淡了,金线也变了色,但是教堂里黑暗,虽是他的样子有点寒酸,也还不甚觉得,远远看见,倒还像样。等一会子,达特安看见一个女人,坐在橙子上,离颇图斯不远。那个女人,先前总算得是个美貌的,现在风采却减了,也还看得过。颇图斯的眼,常看这个女人,女人看见他,脸红了,仿佛有点不耐烦,在那里咬牙,两只脚不停的踏地。颇图斯却得意的很,两只眼又去同别一个女人使眼色。这个女人,坐得远些,不独貌美,且是大人家的风范,有一个小黑奴在那里伺候,还有一个女仆拿着小包,小包上绣的纶章。第一个老点的女人,两只眼跟着颇图斯的眼走,就看见了那第二个美貌的女人。颇图斯一面看,一面笑,老点的女人,就在那里生气,后来着急的很,就咳嗽了一声,响的很,惊动了许多人,连美貌的女人,也惊动了。颇图斯知道那老点的女人要他回头看她,他却故意的不理会——看来那带小黑奴的女人,动颇图斯的情多。达特安留心细看,原来就是蒙城客店见过的密李狄。他就留心察看颇图斯的举动,后来想一想,就知道老点的女人就是状师的老婆。原来颇图斯在这里要报从前写信要钱,那女人一文不给的仇。

等到讲完了经,那状师的老婆走到圣水缸,颇图斯抢上去,把一只手都浸在圣水里,状师的女人笑了,以为颇图斯替她递圣水缸。谁知颇图斯转了头,看那美貌的女人,把手从圣水里拿出来,递向美貌女人。这女人把细嫩的手指,在颇图斯那只粗手上沾了一沾,画了十字,微微一笑,就出了教堂。状师的老婆看了,很生气,若是她是个大家的女人,她登时就要晕倒的了。她想想,自己不过是个状师的女人,只好气抖抖的说道:"颇图斯,你就不送圣水把我?"颇图斯故作惊讶的样子,说道:"柯奶奶,原来是么么?你的男人好么?实在奇怪,怎么这半天我都没看见你,你坐在那里?"柯氏道:"我坐的同你很近,你的眼睛却没看见我,只看见你送她圣水的美人。"颇图斯故作不安的样子说道:"你看见那女人么?"柯氏道:"我眼睛也不瞎,为什么看不见。"颇图斯冷淡得很的答道:"你可晓得,这是我的朋友,是一位公爵夫人。因为公爵最容易吃醋的,故此我难得同这位夫人会面,今日她送信给我,特为到教堂来会我一面。"状师的老婆说道:"请你扶我五分钟,我还有话告诉你。"颇图斯笑了说道:"那个自然。"这个时候,达特安跟着密李狄在他们两个人面前走过,看见颇图斯高兴的了不得,就叹一口气,心里说道:"我们四个人里头,有了一个,他的马匹行装,是有了指望了。"

再说,颇图斯同状师的老婆到了一个庙,四围没什么人,只有小孩子们在那里顽耍,花子在那里要钱,是个僻静地方。状师的老婆先看看左右前后无人,就说道:"颇图斯,你真是了不得,女人见了你,是人见人爱的。"颇图斯作出得意洋洋的说道:"你这句话,怎么讲?"柯氏道:"你送圣水的那位夫人,一定是个公主,身边带着小黑奴女仆。"颇图斯道:"你猜错了,那位不过是公爵夫人。"柯氏道:"她坐的马车,还有穿着阔号衣的马夫,同跟人。"颇图斯原没看见马车,柯氏眼快,是看见的。颇图斯很后悔,为什么不说那夫人是位公主。柯氏叹口气道:"女人们是喜欢你的。"颇图斯道:"天生我总算是不错,也难怪她们喜欢我。"柯氏两眼望着天,说道:"男人是最易忘记的。"颇图斯道:"女人的记性,却不见得比男人好。就拿你来说,我在长德里受了伤,几乎要饿死,你是怎样的待我?我告急的信,你连覆都不覆。"柯氏想起当时大家的女人对待男相好的情形来,也觉得自己不对,说道:"颇图斯……"颇图斯拦住她说道:"我为你,同某男爵夫人分了手。"柯氏道:"我知道。"颇图斯道:"还有某伯爵夫人。"柯氏道:"你不要说了。"颇图斯道:"还有公爵夫人。"柯氏道:"你别提往事罢。"颇图斯道:"也好。我就不提往事。"柯氏道:"那件事原是我的男人不好,他不肯借钱。"颇图斯道:"你还记得我写把你的第一封信么?我却记得。这封信我是永远不能忘的!"柯氏又叹一口气说道:"你要同我借的钱,款子太大些。"颇图斯道:"我为的老交情,先同你借。我只要写信给某某公爵夫人,——我不必把她的名字告诉你——她就马上送我一千五百利华。"柯氏听了,丢下泪来,说道:"你罚我,也罚够了,从此以后,你遇着不得了的时候,你只管告诉我。"颇图斯作出很厌烦的样子说道:"别说钱的话,说起来,太丢脸。"柯氏道:"你不恋爱我了?"颇图斯不答。柯氏道:"你不答我,我知道你的主意了。"颇图斯道:"我在这里想你待我的情形。"柯氏道:"我的宝贝,我将功赎罪罢。"颇图斯耸了耸肩,说道:"第一件,我同你要什么?不过借几个钱。借的也不多,我也晓得你手上没什么钱,就是有几文,也不过是你的男人替人打官司弄来的,是刻薄得来的钱。倘若你是个伯爵夫人,或是公爵侯爵夫人,自然又当别论了。"柯氏觉得难过,急了,说道:"我老实告诉你,我虽然是个穷状师的老婆,我箱子里的钱,恐怕还比那些公爵侯爵的夫人多些。她们不过是装架子罢了。"颇图斯把手缩了回来,说道:"你更不该了。你既然有钱,为什么不肯借。"

柯氏自知话说太多了,赶快辩道:"我说我有钱,不过是说够用罢了。"颇图斯道:"我们别谈钱罢,你会错意了。我们的交情,算是完了。"柯氏道:"你这个人没良心。"颇图斯道:"都是你的不该。"柯氏道:"我不留难你了,你去你的美貌公爵夫人那里罢。"颇图斯道:"这位夫人的交情,是靠得住的。"柯氏道:"我问你一句话,你到底还爱我不爱我?"颇图斯作出极凄凉的样子来,叹口气道:"说来作什么,我不久就去打仗了。这一回,恐怕总是死的了。"柯氏大哭道:"你不要这样说了。"颇图斯道:"我看见兆头不好。"柯氏道:"你老实认了罢,你恋爱别人了。"颇图斯道:"我虽然是还有点恋爱你,但是爱情的事,我早已不提了。大约有两个礼拜,就要开仗,我预备一切,忙得很呢。我还要回到家里去,想法子弄钱。"颇图斯看见柯氏心里已经在那里打仗,一边是爱情,一边是舍不得花钱,两边在那里交锋。颇图斯道:"你在教堂看见的那位公爵夫人,有些田产,离我家里不远,我们两个人一路回去。有人陪着一路走,路上也不寂寞。"柯氏问道:"你巴黎城里没朋友么?"颇图斯带点责备的意思答道:"我原想是有一个的,现在我才知道我想错了。"柯氏很高兴的说道:"你并没想错。你还有一个朋友。你明天到我家里来,说是我的表亲,从披喀狄来的,到巴黎来料理几件官司,要请状师。这几句话,你记得么?"颇图斯道:"我记得。"柯氏道:"吃晚饭的时候来罢。"颇图斯答应了。柯氏又分付道:"你在我男人面前,说话却要小心。他虽然年纪大了,今年七十五岁,他却是很精明的。"颇图斯道:"不过七十五岁,还算是壮年呀。"柯氏很有意思的,看着颇图斯说道:"不然,他年纪实在老了,我天天都可以作寡妇。好在我们的婚约说好的,谁后死,谁承受产业。"颇图斯道:"什么财产都算在里头么?"柯氏道:"什么都算在里头的。"颇图斯很用劲的抓柯氏的手说道:"我的宝贝柯奶奶,你真会打算。"柯氏作出许多媚态说道:"我们又是好朋友了么?"颇图斯道:"一辈子的好朋友。"柯氏道:"请了,明天见罢,我的没良心的反叛。"颇图斯答道:"请了,明天见,我的没长性的骗子。"

第三十回　达特安追寻密李狄

再说，达特安跟着密李狄，密李狄却不晓得。达特安听见她分付车夫往圣遮猛，他因赶不上马车，就回去孚留街。半路碰见巴兰舒，在一间茶食店外面看，样子馋的很，就分付他回来，预备两匹马，牵到阿托士的寓所。于是巴兰舒先回去。达特安走到孚留街，看见阿托士在家，吃买回来的好酒，见了达特安就使眼色，叫吉利模拿酒钟来。

达特安就把在教堂看见颇图斯同状师的老婆的话，说了一遍，还说颇图斯的行装，是有了指望了。阿托士道："我的行装，就没有女人来帮忙。"达特安说："你要晓得，把你的这副相貌，同你的世家的举动摆出来，随你要什么，不论是什么女人，就是王族的女人，看见了，也是要给你的。"阿托士一面耸耸肩，一面分付吉利模再拿一瓶酒来，说道："达特安，你的年纪还轻呢！"刚好巴兰舒伸进头来说："马已备好了。"阿托士问是什么马，达特安道："特统领借我的两匹马。我要到圣遮猛去。"阿托士问道："你到圣遮猛作什么？"达特安就把在教堂里看见那个蒙城客店里的女人的话，告诉了一遍。阿托士耸耸肩，说道："你又恋爱这个女人，同你从前恋爱邦氏一样了。"达特安道："并不是的。我要去打听这个女人作的什么诡事。不晓得是怎的，我虽然不晓得她是谁，我心里总觉得我一生的事，是同这个女人有点关系，就是邦氏不见了，也同这个女人有相干。"阿托士道："你说的也许是不错。不过据我看来，女人丢了的，是值不得再找。邦氏丢了，我心里也觉得不好过。"达特安道:"你不晓得我的意思。我的康士旦,我还是很恋爱的。我只要晓得她在什么地方,我走到天尽头,也是要去找她的。我打听了好久,还是打听不出来,我现在心里是发了狂一样。"阿托士道:"你去找密李狄罢,你如果觉得有趣。我盼望你快活。"达特安道:"你看怎么样:与其关在这里,同关监的一样,倒不如骑了马,同我一路走。"阿托士道:"骑马是要有马的,没得马只好跑腿的了。"达特安微笑了,说道:"很好。我却不要摆架子。人家给我什么,我就骑什么。请了。"阿托士也说"请了",打个手势,叫吉利模开了刚才拿来的那瓶酒。

　　达特安主仆两人上了马,就向圣遮猛而来。达特安听了阿托士的话,心里更舍邦氏不下;他却真是恋爱邦氏,天尽头都要找到的。可惜地是圆的,他却不晓得先从那一方向走,只好先找密李狄。他以为第二次也是那穿黑罩袍的人把邦氏掳了去的,这个人在蒙城客店同密李狄说过话的,他以为找着密李狄,就可以打听出邦氏的所在来。一面在那里想,就到了圣遮猛,走过了离宫,——这所离宫,就是十年后法国王上路易第十四①降生的地方,——他就在街上走,要碰碰那个美貌英国女人。走来走去,走到一所大房前面,看见楼下平地上,有一个人在那里走,像是认得的,一时却叫不出来;巴兰舒却先记得,问达特安道:"主人,你看看那个人,你认得么?"达特安道:"脸是很熟,名字却忘记了,在什么地方会过的,我也说不出来了。"巴兰舒道:"就是狄倭达伯爵的跟人,名叫陆宾。一个月前,我们在加来,去

---

① 路易第十四(Louis XIV),他就是路易十三的皇后奥国安公主所生,(一六三八年九月十六日)于一六四三年继皇位,因年幼,母后临朝,信用红衣主教马萨林(Mazarin)。这位皇上,比他父亲要英明果毅得多。他即位不久,即逢掷石党之乱,国基很危,但自一六六一年马萨林死后,他自揽政权,以Colbert理财,Louvois治兵,国势就一天一天强盛起来。他因为争取西班牙属纳日兰(Spanish Netherlands),和英荷瑞(England, Holland, Sweden)三角联盟国开战,六个月内,所向无敌。他在欧洲成为一个霸主,在法国成为一个专制皇帝。后因西班牙皇位继承问题,路易十四又与欧洲各国开战,结果虽争得了西班牙皇位的虚名,却丧失了殖民地。一七一五年九月一日崩。路易十四时代为法国文学极盛时代,Corneille, Racine, Molière等大作家均生于此时代。

找镇守官的时候,你在半路上,把伯爵刺倒的。"达特安道:"我记起来了。你看他还认得你么?"巴兰舒道:"当日他们已捱够了,我看他认不得我们。"达特安道:"你就去同他交谈,打听那伯爵是死是活。"巴兰舒就下了马,去同那人说话,陆宾却不认得他。达特安把两匹马牵到房子那一边,又走到前边来,忽然听见马车响,达特安便躲在篱笆后,——他看见外边,外边却看不见他。那辆马车,停在房子门口,密李狄坐在车里,从车窗探出头来,分付几句话与女仆;女仆年纪约二十岁,听了车里分付,就跳下车来,到陆宾那里。还没走到,陆宾听见有人喊他,先走开了;巴兰舒四围的看,找他的主人,那女仆忽然把一封信交给巴兰舒,说道:"给你的主人。"巴兰舒很诧异的问道:"给我的主人?"女仆道:"是的,是要紧的信,马上就要交的。"女仆跑回头,跳上车,那马车立刻就走了。

巴兰舒看看那封信,觉得很诧异,跑回路上,见了达特安,说道:"有封信把你的。"达特安道:"给我的信,你没听错么?"巴兰舒道:"我没听错。那个女仆说给我的主人,我没得别个主人,就是你。那个女仆长得很美呢。"达特安拆开了信,信上说道:

有一个同你极有关系的女人,问你几时有空,可以到树林里逛逛;明天在某客店,有个马夫穿了红黑颜色号衣的,在那里等回信。

达特安读完了,说道:"这件事,越闹越有趣了,密李狄同我找的,同是一个人。巴兰舒,你可打听出来,那位伯爵是死是活?"巴兰舒道:"他还活在那里,不过血流多了,人还未复元。陆宾把那事全告诉了我,他一点也不认得我。"达特安道:"办得好,办得好。我们赶快上马,赶那辆马车罢。"两个人登时上了马,就往前赶,居然赶上了。那马车停在路旁。看见一个壮士,穿得很时路的,骑着马,在门口停住,同那女人说话,说得很入神的,达特安主仆两人到了车边,他们还没理会,只有女仆知道。那两个人说的是英国话,达特安不懂。只看见密李狄生了气,把扇子极力的在那壮士身上打,把扇子也打碎了,那个壮士只管大笑,密李狄听了,更生气。达特安看见机会来了,走到马车那一边,脱了帽子,恭恭敬敬鞠躬问道:"那一位先生很叫你生气,我可以帮你的忙么?你只要说句话,我就罚他的无礼。"那个女人回过头来,很诧异的,说法国话道:"这个人若不是我的兄弟①,我是很愿意你帮忙的。"达特安道:"我却不晓得,我得罪了。"那个壮士说道:"你同那个无礼的人说的什么,他来这里做什么?"达特安答道:"你才是无礼!我喜欢在这里。"那个壮士同女人说了句英国话。达特安道:"我同你说的是法国话,你为什么不拿法国话答我?你虽是这位夫人的兄弟,你却不是我的兄弟。"大凡女人都是胆怯的多,见了这事,总要排解的,谁知这个女人却不然;她背靠车子,一点也不管,只分付马夫赶回家去,惟有那俊俏的女仆,却颇着急。

马车走了,只剩两个人,面面相对。那个壮士正要跟马车走,达特安忽然认得他是在客寓赢了他的马的那个人,就跳到马前,抓住缰,拦住了,说道:"你这个人,太无礼了!你且慢走,我还有句话同你说。"那英国人说道:"哈哈,原来是你么?你才是不安分的!"达特安道:"不错,我还没报复咧。我要看看你比剑的本事,比掷骰子的本事如何。"那人答道:"我却没剑。"达特安道:"你家里总有。我有两把剑,我们掷骰子拣剑。"那人道:"用不着,我家里有。"达特安道:"那更好了,你挑好了剑,今晚同我会面。"那人问道:"在那里会?"达特安道:"在罗森堡后面园里。那个地方最好。"那人答道:"很好,我是来的,几点钟会?"达特安道:"六点钟。""你有朋友么?"达特安道:"我有三个朋友。"那人道:"三个?这真奇怪,我也是有三个。请问你贵姓?"达特安道:"我叫达特安,喀士刚人,在德西沙手下当禁兵。请问

---

① 我的兄弟,此指丈夫的兄弟。

你贵姓?"那人道:"我是威脱世爵,萨费尔男爵[1]。"

达特安听了,就上了马,同巴兰舒跑回巴黎,一直去找阿托士。原来阿托士躺在榻上,还在那里等行装,等她自己来。达特安把事告诉他,只有那封信的事没说。阿托士听见说是个英国人,喜欢的了不得,——他平生最喜欢的是同英国人打。于是就请了颇图斯、阿拉密来商量。颇图斯听了,就拔出剑来,一上一下,一来一往的,向着墙打;阿拉密的诗还没作完,走到阿托士房里,关起门来,不许人吵他;阿托士同吉利模打手势,要酒吃;达特安想了一个法子,以为是最妙的法子,忍不住常常的自己微笑。他这个法子究竟好不好,读者观后文便知。

---

[1] 威脱世爵,萨费尔男爵(Lord de Winter, Baron Sheffield)。

第三十一回　达特安会密李狄

再说约会的时候到了,四个朋友带了跟人,到了罗森堡的园子里。那时真无旁人,只有个看羊的,在那里看羊。他们给了他几个钱,叫他领了羊走,叫跟人们四面把守,防生人来搅局。不到一会,那四个英国人也来了,彼此见了面。四个英国人都是有爵位的人,听见四个法国人的名儿古怪,也摸不清他们是什么路数的人。威脱世爵先说道:"你们的名字,是看羊人的名字,我们到底不知道你们是什么人。"阿托士道:"你就晓得,这都是假托的名字。"世爵道:"我们很要晓得你们的真名。"阿托士道:"你们同我们赌的时候,却不要知道我们的真名。"世爵道:"你的话不错。不过从前赌的是钱,现在赌的是命;赌钱是同谁人都可以赌的,赌命一定是要同名位相当的人。"阿托士道:"这话也有理。"就把一个英国人拉开,把自己的真名低声告诉他。颇图斯、阿拉密,也是一样的告诉了。阿托士问道:"你现在知道我的名位,你没得说了么?"世爵道:"没得说了。"阿托士说道:"我还有句话,要告诉你。"世爵问是什么话。阿托士道:"你不该问我的真名姓。"世爵道:"这是为什么?"阿托士道:"人家都以为我是死了的,我却不愿意人家都知道我又活了。我这件秘密事,不要人知道,除非是我把你刺死了。"那个英国人听了,以为阿托士是在那里开顽笑,谁知他却是真的。阿托士说道:"你们都预备好了么?"众人一齐答道:"预备好了。"同时八把剑同闪电一样的,都出了鞘,就打起来,打的真热闹,阿托士是极镇静,他在那里打,就同在书房时习练的时候一样;颇图斯因为在长德里吃了点亏,这趟就加倍的小心;阿拉密还有几句诗没作完,着急的很,要结果了仇敌,回去作诗。阿托士只一剑,就把他的仇敌刺死了;颇图斯伤了敌人的腿,敌人认了输,把剑献了出来,颇图斯扶他上车;阿拉密打得十分出力,敌人招架不住,跑了,让跟人耻笑他。

达特安起先只是守而不攻,得了机会,就把敌人手里的剑打丢了;敌人往后一退,跌倒在地,达特安跳上前,把剑指着他的咽喉,说道:"你的性命,在我手里,我原该结果你的,不过看你的姊妹①面上,我饶你一死。"达特安见想的法子甚好,自己十分高兴。这个英国人很感激达特安饶命之恩,说了许多恭维佩服的话,同他很亲热的拉手。因为有一个英国人被阿托士打死了,他们先去照应他,先把他的衣领解开,看看有救没有。一解开衣服,就有一个钱包从口袋里掉出来,达特安拾起,交给威脱世爵。这个英国人说道:"你把我做什么?"达特安道:"你可以拿去,还他的家里。"世爵道:"他家里用不着这个。他死了之后,家里承受产业,每年有一万五千路易进项。你给了你的跟人罢。"达特安把钱包放在自己口袋里。威脱世爵说道:"今晚我要带你去见见我的喀拉力夫人②,她在宫里很有点力量的,将来或者可以帮你的忙。"达特安鞠躬称谢。刚好阿托士走了来,低声问道:"你要那钱包作什么?"达特安答道:"我正要送给你。"阿托士道:"为什么送把我?"达特安道:"你把那人打死,自然是你的。"阿托士道:"你当我是强盗么?"达特安道:"打仗有战胜品,为什么比剑就不该有呢?"阿托士道:"就是在战场上,我也不干的。"达特安道:"我们给了跟人罢?"阿托士道:"不能给我们的跟人。"说了,就把钱包摔给威脱的车夫,说道:"你们拿去罢!"阿托士如此慨慷,众人都称赞,只有他们自

---

① 姊妹,此指密李狄,就是威脱的弟妇。
② 喀拉力夫人(Milady Clarik)。

己的跟人不大高兴。威脱告辞走了,先把喀拉力夫人的住址,告诉了达特安,原来她住在洛雅尔街①第六号,是条阔人住的街。预先说好了,是晚上八点钟,威脱到阿托士的寓所找达特安,领他去见喀拉力夫人。

再说,达特安不知怎的,总觉得密李狄同他自己的一生,是极有相关的,故此很想去见她。他虽然晓得密李狄是主教的侦探,他却有点被这位美貌夫人迷住了,心里只怕密李狄认得他是在蒙城同那个人打过架的,就知道他是反对党的人,未免要吃点亏。达特安又晓得密李狄同那少年美貌的狄倭达伯爵有秘密的关系,但是他自己是个年轻的人,是一点都不害怕的。于是换了一身极光鲜的衣服,装得极整齐的,先走到阿托士那里,把事都告诉了他。阿托士很留心的听了他这番话,在那里摇头,说他深入险地;又说道:"你原有一个十全的美人,现在丢了,又去找别一个。"达特安道:"你说的不错,我是极恋爱邦氏的,不过我禁不住人都称赞密李狄。我要去见她,为的是要趁此打听她在宫里到底办的什么事。"阿托士道:"据你告诉我的话看,她办的什么事,是极容易晓得的。她自然是主教的侦探,你上了她的圈套,只好留下脑袋把她。"达特安道:"你只是说败兴的话!"阿托士答道:"我不相信女人。白头发,蓝眼睛的女人,更不相信;我上她们的当,是上够了的。你不是说这位夫人是个白头发蓝眼睛的么?"达特安道:"你没看见,这个女人的头发,白如银丝的。"阿托士说道:"呀,你这个小呆子!"达特安道:"你不晓得,我只要晓得她的诡计,我就同她分手。"阿托士说道:"你就竭力的去打听罢。"

果然到了时候,威脱来了,同达特安坐了一辆极华丽的马车,不一会就到了。喀拉力夫人很尽礼的欢迎达特安。房子是极讲究的,虽然为得是英法开仗,许多英国人都回了国,惟有这位夫人,还在那

---

① 洛雅尔街(Place Royale)。

里装饰房子，可见得打仗的事，同她毫不相干的。威脱引见的时候，同这位夫人说道："我是个英国人，得罪了他，同他比剑，我的性命，在他手上，他饶了我，你也要谢谢他。"密李狄听了，绉了眉头，又笑起来。达特安见了，不免打战。密李狄说道："我很欢迎你，你为人慨慷，我永远的感激你。"这个女人刚才露出凶恶面貌来，到说话的时候，她声音却十分柔媚可听。威脱就把比剑的事，说了一遍；密李狄听了，很不耐烦，脸上很有点着急的样子，两只脚在那里不歇的敲地板；威脱却一点也不理会，走到桌边倒酒，请达特安吃。达特安知道推却是不恭敬的，也走到桌子那里吃酒，两只眼却望着镜子，留心看密李狄。看见她脸上的神气，更加凶恶，在那里像发狂的咬手巾。正在这个时候，那先前见过的美貌女仆，开门进来，同威脱说了几句英国话，威脱就同达特安说是有事，就出去了。达特安同他拉了手，回来同密李狄说话，那时她的神气安详了。密李狄就告诉了达特安，说威脱是她的夫兄，并不是兄弟姊妹，她嫁把威脱的兄弟，丈夫是死了，留下一子，如果威脱不娶亲，就是这个儿子承受家产。谈了有半点钟，达特安才听出来密李狄并非英国人，原是法国人。达特安谈天的时候，一味的恭维，密李狄只是笑。后来达特安告辞了，下楼梯的时候，又碰着那个美貌的女仆；女仆的衣裳，碰了达特安，红了脸，同达特安说了得罪的话。

翌日晚上，达特安又来，比昨日更加欢迎。那时威脱不在家，只有密李狄一个人在那里招呼，带了很关切的意思，问长问短，问他可想在主教手下出力。达特安是个少年练达的人，听了这话，在那里极力恭维主教；就说特拉维原是个世交，故此投奔他的，若是主教是个世交，早就该投奔主教，替他出力了。密李狄换了话柄，问他到过英国没有，达特安就说是特统领曾派他到英国，买了四匹好马回来。总而言之，达特安一点也不上当，密李狄知道了遇着个敌手。谈了一回，达特安告辞了，出来的时候，又遇见那美貌女仆。

这女仆名叫吉第①,两只眼不转睛的看达特安,很露出爱慕的意思。达特安心里有事,却没有理会。翌日,达特安又来,后日又来,一连来了数日,一日比一日欢迎得亲热;每来是总碰见吉第,达特安仍然是不甚理会。

---

① 吉第(Kitty)。

第三十二回　老状师之款待

再说颇图斯那天同人比剑，虽然比得热闹，却并没忘记状师老婆请他吃饭。翌日一点钟，穿了极好的衣服，十分得意的走了。他的心在那里跳，为的是头一次到那人家去，看看那装钱的箱子。他梦里也梦见了那钱箱好几回，那个女人也同他说过好几回，还告诉他要开把他看。颇图斯是未有家室的人，现在当军人，常去的都是酒楼饭馆，今天是到人家家里，去享受好酒好肉，还有人来巴结他，自然是高兴的；况且还当他是个亲热的表亲相待，天天在那里吃好东西，坐的是首座，说几句笑话，叫那个老状师开开心，叫他把脸上的绉纹笑平了；闲得没事，还要去教状师的伙计掷骰打牌，赢他们几个钱用。颇图斯就想，暂时先过过这种日子，倒也不错。他是听见人说，状师都是舍不得钱的，但是他的老婆是不同的，还看得钱不重。

颇图斯一路走，一路胡思乱想，及到了门口，兴头有点差了。原来一进那条过道，是很黑的，楼梯也几乎看不见，还亏得墙上有几个洞，从别人院子里透进一点光来。上了第一层楼，看见大门上钉了大钉子，同监狱的门仿佛。颇图斯就敲门。有一个瘦长条子，头发有好几天未曾梳的书手，开了门。后头跟了一个矮些的书手，还有一个瘦长条子，末后还有一个十二岁的小孩子，——共总是三个半书手，也算得是个阔状师了。原来柯氏是早已在那里等候，刚好颇图斯进来的时候，她也来了，喊道："原来是表亲！我的宝贝颇图斯，请进来，请进来!"那班书手听见"颇图斯"三个字,就在那里偷笑,颇图斯瞪了他们一眼,他们就不响了。两个人从写字房出来,就走到住房,那厨房就在写字房的右手。他们进了客厅,颇图斯看见那客厅,也不像个客厅,再偷看那厨房,以为必然大把火煮熬得热闹,谁知却是烟消火灭的,一点声响也没有,不像是预备请贵客的样子。那个状师,大约是预先知道的,见了颇图斯的面,一点也不踊跃。颇图斯走上前,恭恭敬敬行个军礼,那个老头子扶着藤椅,很艰难的慢慢起来,说道:"我们算是表亲。"

那个老状师裹了很厚的衣裳,两只小眼睛却还有光。看来只有他两只眼睛,还有他那板着脸笑的神气,算是活的,浑身筋络都不大活动了,两条腿早已不能走路了。近来这五六个月是动不得,全靠老婆帮忙,故此他见了这个表亲,是很冷淡的。若是早几年,他还动得了,他这一门表亲,是不肯认的。

颇图斯答道:"是的。我们是表亲。"状师说道:"是女人的一面的表亲么?"颇图斯不领略他这一句话的意思,在那里微笑;柯氏晓得状师说话是有点意思的,听听倒觉得有点不好意思。自从颇图斯进来之后,这个老头子两只小眼,不住的向着他的写字桌前面一个木箱看,颇图斯就晓得这个就是他梦里在那里想的那个箱子,看见比梦里的箱子还大些,心里很高兴。老头子不提表亲的话,抬起头来同颇图斯说道:"我盼望你同我们吃一顿饭,再去打仗。"颇图斯听了这句话,大失所望。柯氏忙接着道:"我们若是不好好的待他,我的表亲是不肯再来的,他现在也忙的很。我们总要请他常来才好。"老状师作出高兴的样子说道:"我的腿不济了,我的腿不济了。"颇图斯听了柯氏的话,心里却很高兴。

等了一会,饭预备好了,他们就走到饭厅,原来就在厨房对过,房子也是冷落的很。那班书手闻见点菜香,却是件不常有的事,都跑到饭厅,在那里等,颇图斯看见那三个饿狼,——小孩子是不在一桌吃的,——大吃一惊;又想道:"若是我家里,总不要这班饿狼聚一处,好像是客人在船上遇了险,坏了船,好几礼拜没吃饭的。"柯氏把老状师坐的有轮子的椅子,车到桌边,颇图斯还帮忙。老状师进了饭厅,就嗅起鼻子,舔起舌头来,同那班书手一样。老状师说道:"哈!这样汤的味,好得很!"颇图斯看见那一大盘像清水的汤,面上浮了几块面包皮,就同大海上浮了几点水藻一般,心里想道:"这种汤有什么稀奇?"柯氏在那里微笑,使个手势,众人都坐下了。柯氏送汤:先送把老状师,其次到颇图斯,其次到自己,以后剩下的面包皮,都给了书手们。刚到这个时候,门响一声,颇图斯看见那个小孩子在外头吃干面包,在那里闻厨房同饭厅的好味。汤吃完了,厨房的老婆子送了一只煮鸡进来,算是件了不得的大事。那班书手看见了,眼珠都几乎跳了出来。这只鸡是瘦极了,皮却甚厚,没得牙力,是咬他不动的,不晓得他们从那里寻来的,也亏他们寻得着这种老皮老骨的鸡。颇图斯唧咕道:"我原是个敬老的,不过烧了吃,或是煮了来吃,我却不稀罕。"他说完了,看看旁人怎样,原来他们都眼不转睛的看着那只老鸡!柯氏把鸡摆在面前,割了两条鸡腿送把男人,鸡头鸡颈留把自己,割了一只翅膀给颇图斯,就分付老婆子,把鸡拿走了,那班书手,一点也挨不着。另外来了一大盘豆子,上头摆了许多羊骨,看不见什么肉。那班书手看见了,只好不响。柯氏把豆子羊骨,拣了些,分给他们吃。

等了一会,来了一小瓦瓶的酒,老状师倒酒:每个书手一小半钟,自己也只倒了一小半钟,就把酒瓶交把柯氏同颇图斯。那班书手把水倒满了一钟,先吃了一半,又添上水。当下颇图斯在那里吃鸡翅膀,柯氏常常把膝盖去碰颇图斯,颇图斯觉得了,就发抖;吃了一点酒,原是种最贱的酒,向来是没什么人吃的。老状师看见他一点水也不加,就吃了,觉得这个人太奢侈了,在那里叹气。柯氏向颇图斯道:"你要点豆子不要?"——她说话的意思,仿佛是劝他不吃的样子。颇图斯心里想道:"我宁可跟鬼跑,也不吃一粒这种的豆子。"却大声的回答道:"谢谢你!我不能吃了。"自此以后,桌上就没人说话。颇图斯觉得很难受。老状师独自一个人说道:"柯奶奶,你办得真不错,我们吃得很饱了,我不晓得吃了多少东西!"这句话一连说了好几遍。老状师吃的是:汤,那只老鸡的两条黑腿,还有一块羊骨,——上头沾着看不见的一点肉,别块羊骨却连这一点肉还没有。颇图斯以为他们开他的顽笑,在那里捋胡子,绉眉头,柯氏的膝盖又在桌子底下推他,仿佛是叫他耐烦些的意思。忽然又停住,没人说话,颇图斯是莫名其妙,那班书手是明白的;老状师向众人看了一看,柯氏向众人微微一笑,那班书手就都站起来,把吃饭手巾折好了,点点头,就出来了。然后柯氏站起来,从橱里拿出一块牛乳腐,有几个糖果,还有一块饼,却是柯氏自己亲手制的。老头子看见了许多的东西,就很不高兴。颇图斯很在那里难过,是因为吃不饱。他回头看看那盘豆子,想吃一点,谁知已经拿去了。老状师喊道:"今番是吃得爽快了!"颇图斯偷眼先看看那装酒的瓦瓶,心里想的是:有酒,有面包,有牛乳腐,还勉强可以吃饱。那晓得那个酒瓶也没有了,两个做主人的,仿佛都不理会。颇图斯心里想道:"往后的事,也可想而知了。"他吃了一点糖果,吃了一口柯氏自制的发黏点心,心里想道:"我今天总算是上了当,只要看看钱箱里头有好东西,还算得来。"老头子吃完饭,是要睡个小觉的,颇图斯以为他就在饭厅睡,谁晓得他一定还要回到刚才那房间里睡,不独这样就罢了,还要靠近那个钱箱睡,还要把两只脚踏着钱箱!

柯氏把颇图斯拖到隔壁一间房,说道:"我望你一个礼拜来吃三趟饭。"颇图斯道:"谢谢了,你太客气了。我没得闲工夫,还要去预备行装。"柯氏道:"不错的,预备行装,真是讨厌。"颇图斯道:"你说的预备行装很讨厌,你说的不错。"柯氏问道:"你预备些什么?"颇图斯道:"预备的多咧!我们是特别的一营,同瑞士营、禁军营不同。"柯氏道:"你告诉我要预备些什么?"颇图斯不能一件一件的说出来,只好说一个总数;就说道:"一齐算起来,大约要……"柯氏在那里很留心的听,问道:"要多少?大约总不能过……"说到这里,住了,不去说数目。颇图斯道:"不过二千五百利华。我想若是省俭点,二千个利华也够了。"柯氏听了喊道:"二千个利华?够过许多年日子的了!"颇图斯听见了,很不高兴;柯氏也觉得,就说道:"我要问你,要预备的是什么东西?因为我有几个亲戚朋友,他们替你办,总可省了一半。"颇图斯道:"我明白了。"柯氏道:"第一件,你要备匹马。"颇图斯说道:"是的。"柯氏道:"我晓得有一匹,刚合你的式。"颇图斯说道:"哈,马是算有了,不过还有鞍子等件,是要自己拣的,大约要花到三百个利华。"柯氏叹口气道:"三百个利华么?就算是三百个。"颇图斯微笑;他原有一副鞍子等件,是达特安送的,他可白得三百个利华了。颇图斯又道:"我的跟人,也要一匹马;我自己还要一个皮包。兵器你是不用管的了,我自己有。"柯氏声音发战的问道:"你的跟人,还要一匹马?这却未免太阔了。"颇图斯道:"你当我是个乞丐么?"伸直了腰,作出一副骄傲的模样来。柯氏道:"我以为一匹好看的骡子,也可以当马用。"颇图斯道:"一匹好骡子,是可以用的,我看见过西班牙的阔人,他的随从人都是骑骡子的。不过你要晓得,骡子是要鸟羽响铃去配的。"柯氏道:"那个自然。"颇图斯道:"还有皮包要置的。"柯氏道:"你不必烦心,我男人有六七个,你随便拣一个,就是了。内中有一个,他最喜欢的,那个皮包很大,连你这么大的人,都装得进去。"颇图斯道:"难道那个皮包是空的么?"柯氏见他问的古怪,答道:"自然是空的。"颇图斯道:"我的宝贝,我要的皮包是装满东西的。"柯氏叹了几口气。两个人又把那些零件都商量妥了。最后,柯氏答应了给颇图斯八百个利华去包办,马同骡是柯氏去办。

一切都商量妥当了,颇图斯就告辞,柯氏还使出许多手段要留他,他说公事要紧,就走了,回到寓所,饿的了不得,在那里生气。

第三十三回　密李狄之秘密信

再说，达特安自从会过密李狄数次之后，不由得自己一天一天的深入温柔乡，感动起恋爱之情来。阿托士苦苦的劝谏，总是不听。达特安以为将来有一天，密李狄自然也要恋爱他的，因此每天必去。有一天晚上，达特安到了，看见女仆站在门里，见他来了，拦住他，拉住他的手；达特安心里想道："一定是她的女主人叫她给我幽期密约的信了。"心里很高兴。那女仆想说不说的说道："我有几句话，同你讲。"达特安道："好宝贝，你说罢。"女仆道："在这里不能说，我要说的是极秘密的话。"达特安道："你要怎样呢？"女仆道："你跟我来。"达特安道："请你引路。我什么地方都肯去。"女仆道："你就跟我来。"

于是吉第拉了达特安的手，领他上一个螺旋楼梯，一路黑暗得很，开了一道门，吉第说道："请进来，这里说话，没人听见。"达特安问是谁的房子。女仆答道："是我的房子。从那一个门进去，就是女主人的房子。你请放心，她听不见我们的话，她要半夜才到那房里来的。"达特安四围一看，看见这女仆的卧室，倒还整齐，但是他不停的向那一个门看，吉第知道他的意思，就叹了一口气，说道："你恋爱我的主人。"达特安道："我想得疯了，我恋爱的意思深了，说也说不完。"吉第又叹气说道："可惜了！"达特安道："这话怎么讲？"吉第道："我的女主人，一点也不想你。"达特安道："这句话，是你的女主人叫你告诉我的么？"吉第道："不是的。我想还是告诉你的好。"达特安道："谢谢你，你的意思是很不错，不过令我听了难受。"吉第道："你的意思，是说我的话靠不住。"达特安道："我有希望的人，自然是不肯相信的。"吉第道："你是不相信我的话了？"达特安道："除非我亲眼看见点实在凭据……"吉第从怀里拿出一封信来，说道："你看怎么样？"达特安赶快问道："是给我的信么？"吉第道："不是的，是给别人的。"达特安道："给别人的么？"吉第道："是的。"达特安道："给谁的，给谁的？"吉第道："你看信面就知道。"达特安看是给狄倭达伯爵的，忽然就想起在圣遮猛的事体来，把信抢了，撕开去看；吉第拦他不住，喊道："你做什么？"达特安看那信上说道：

  我第一封信，你尚未答；你是病了，抑或是跳舞会之后，你就忘了我？现在有机会，你还不能来看我么？

达特安看完信，脸上登时青了；吉第抓他的手说道："可怜见的达特安！"达特安道："你可怜我么？"吉第道："我自然可怜你，我晓得恋爱的情形。"达特安很留心的看她道："你晓得恋爱么？"吉第脸红了说道："晓得。"达特安道："你不要在这里可怜我，你还是帮我想法报仇。"吉第道："什么样的报法？"达特安道："我要顶替狄倭达，赢了密李狄。"吉第道："我不能帮你这个忙。"达特安道："为什么？"吉第道："有两层道理。"达特安道："什么道理？"吉第道："密李狄是不恋爱你。"达特安道："你怎么晓得？"吉第道："你得罪过她，她恨你太深了。"达特安道："我没得罪过她。自从会过之后，我就同奴隶一样的，那里有得罪她。你这句话怎样讲？"吉第道："我也不懂。"达特安又很亲切的看吉第，觉得她的丰采，着实俊俏，有许多公爵夫人还赶不上她，说道："吉第，我晓得你的深意思了。"说完，捉着亲嘴。吉第脸红发热，答道："我晓得你不恋爱我，你刚才说了你恋爱我的主人。"达特安道："第二层的道理，还没告诉我。"吉第道："第二层的道理是：凡恋爱的事，人人都是为己的。"达特安记起吉第常常对着他叹气的情景来，她为的是恋爱了主人，就忘了女仆，打鹰的是不去理会小麻雀的。想了一想，他就要借着吉第的恋爱，两个串通了，去截密李狄给狄倭达的密信，还可以常常到吉第的卧室来，打听许多消息。总而言之，达特安是要买了吉第去想密李狄的法子。达特安就说道："吉第，你要我恋爱你的凭据么？"吉第道："你有什么凭据把我？"达特安道："我今晚陪你，不去陪你的主人。你看怎么样？"吉第拍手喊道："这样，好极了！"达特安就坐在椅子上，说道："我的宝贝，你来，我要告诉你，你是第一美貌的女仆。"吉第见他恭维的很有意思，也就信以为真了。但是达特安要搂抱吉第的时候，这个娇小美丽的女郎竟坚决的拒绝。达特安屡次攻击，她都防御得很巧妙，终于不能下手。这样，一个不绝的来纠缠，一个竭力的防御，时候就过得很快。打过了十二点钟，忽然密李狄房里的手钟响了。吉第道："主人叫我了，你可立刻要走了。"达特安站起来，拿了帽子，像要出去的样子，忽然开了橱门，就跳了进去，藏在那些袍子裙子队里。吉第问道："你这是干什么？"但是达特安把橱门的钥匙也拿了，锁在橱里，一句也不答。密李狄在房里喊道："为什么喊你还不来？你睡着了么？"吉第跑进去，一面跑，一面喊道："我来了！我来了！"

　　进去之后，房门却没关，达特安听见密李狄骂吉第；气平之后，谈起他来，密李狄先说道："今晚我没看见那个喀士刚人。"吉第喊道："怎么样？他今天没来么？他就这样的没长性！"密李狄道："不是的。我把他牢笼紧了。大约是德西沙，不然就是特拉维，把他留住了。"吉第道："夫人要怎样待他？"密李狄道："我怎样待他？你不要管。他几乎叫主教不理我，我是要报仇的！"吉第道："我还以为夫人恋爱他。"密李狄道："我恋爱他？我恨死他了！那个呆子把威脱的性命抓在手里，却不去杀他。杀了他，我一年可以多三十万利华进项。"吉第道："我晓得了，夫人的儿子就可以承受家产，不然是要等到成丁的了。"达特安听见这样美貌的女人，说出这种凶险阴毒的话来，在那里发抖。密李狄道："若不是主教叫我同他要好，我早把他收拾了，报了仇。"吉第道:"他恋爱的那个女人,夫人还没怎样办她。"密李狄道:"你说的那个栏杆铺的女人么？达特安早已把她丢在九霄云外了,这个报仇,算不了什么。"达特安听了,吓出一身汗,才知道这美妇人是个恶鬼。达特安还在那里听,原来密李狄已经卸了装,不谈了,末后密李狄分付道:"你可以出去了,明天等我那封信的回话。"吉第问道:"给狄倭达伯爵的信么？"密李狄道:"是的。"吉第道:"这一位似乎同达特安不同。"密李狄道:"你走罢,我不要听你说了。"达特安听见关了门,上了闩。吉第进入房,也把门锁了,达特安从橱里走出来。吉第见了,低声问道:"怎么样了？你脸上都青了。"达特安道:"这个女人见直是个妖精!"吉第答道:"别响了,赶快走罢;这里同那间房,只隔一层板,说话是听得见的。"达特安道:"为的是这个缘故,故此我不肯走。"吉第脸红了,问道:"怎么样？"达特安道:"我等等再去。"说着,伸手去搂住吉第的腰,吉第这次可不敢响,响了,隔壁是要听见的,只好随他了。

  再说达特安缠住吉第,专为的是要报仇。假使达特安不是个没良心的,他得了吉第,原就可以罢手,不过达特安是个好胜,而又有傲性的人。他先自解嘲的想借着吉第去打听邦氏的消息,可是吉第说不知道,密李狄并没告诉她,不过人是还没死。说到密李狄几乎失了主教的照应的话,吉第也不晓得是为什么缘故;达特安却想起从伦敦动身的时候,看见密李狄在一只船上等出口;他晓得是为金刚钻的事,但是这件事,还不算得十分要紧,密李狄最恨的,为达特安饶了威脱的命。

  再说达特安到了第二天,又来见密李狄,看见她在那里很生气,大约为的是狄倭达没回信的缘故。吉第走进来,遭主人的骂;吉第看了达特安一眼,仿佛是告诉他,受这些辱骂,为的都是他。慢慢的密李狄的气平了,听达特安在那里恭维,听得很有味,还让他亲手;达特安都不管,只要打定主意去报仇。出来的时候,又遇着吉第,又同他到了房里,知道密李狄骂吉第不小心,为什么伯爵就没回信,还分付吉第明早九点钟,拿第三封信送把伯爵。达特安告诉吉弟,先拿信把他看;吉第正是恋爱得滚热,什么都答应了。这天晚上,过得同昨晚一样,先是达特安躲在衣橱里,吉第进房,同密李狄卸装,回到自己房里,锁了门,睡觉;达特安等到天亮五下钟,才回寓。到十一下钟,吉第拿信送到寓所来,因为她的身体同灵魂,都已经给了达特安的了,何况这封信。达特安拆开信,上面说道:

  这是第三封信,告诉你,我恋爱你;你要小心,我再写信,就要告诉你,我恨极你了。你要是真心的悔过,这个送信的女子,就告诉你,你应该怎样的来求饶。

达特安读信的时候,脸色变了好几次;吉第在那里很留心的看见了,说道:"我看出来了,你还是恋爱她。"达特安道:"不是的,你错了。我并不恋爱她,我是要想法子去报仇。"吉第道:"我晓得你报仇的法子了,你告诉过我的。"达特安道:"只要是我恋爱你就是了,你还管什么。"吉第道:"我怎样信得过你?"达特安道:"你看我羞辱她,你就相信了。"吉第听了,叹一口气。达特安拿起笔来写回信,说道:

  我现在才晓得你头两封信,是给我的;我原想我不配你这样关切待我,且我近日很有病,不能回信。我晓得你的意思了;不独你的信上告诉我,就是送信的人,也告诉我,说是你恋爱我,送信的人,用不着告诉我求饶的法子,我自己今晚十一下钟,就来赔罪。迟来一天,岂不又加我一层的罪过么?我现在觉得是世界上第一个快活人!

写完了,还签了狄倭达的名字。看官要晓得,这封信总算是个冒名的假信,写得也欠斟酌,拿现在的社会程度论起来,达特安的行为,实在是不体面得很。但是从前社会的程度,本来是低的,不及现在的程度高,达特安晓得密李狄是个凶险不过的女人,无恶不作的,他就一点不留馀地了。不但如此,达特安还想好了一个更下作的法子:他晓得从吉第的房子,可以偷进密李狄的卧室。他想,密李狄初觉得是他,一定惊骇,含羞,恐怖的,他就可以乘她手足无措的一刹那间,把她弄到手;就是或者办不到,也只好冒险了,况且再过八天,就要去打仗,只好先下手,不去慢慢的牢笼了。

　　达特安把信封好,交把吉第道:"你送给密李狄,就算是狄倭达的回信。"吉第脸上变了死灰色,她猜得着信里说的什么话。达特安说道:"这件事,迟早是要闹穿了的。那时密李狄就晓得她的第一封信,是错交了我的跟人,第二第三封是我截留了,密李狄一定是哄你出来,还要想别的法子报仇。"吉第叹气说道:"咳,我冒这些险,为的是谁呢?"达特安道:"为的宝贝!我晓得你全是为我,我感激的很。"吉第问道:"你信里说的什么?"达特安道:"密李狄自然告诉你。"吉第哭道:"你不恋爱我了!我不快活的很。"达特安只好极力的安慰她。吉第哭了好一会,才收了眼泪,又劝了好一会,才肯把回信拿去。达特安还应许她,一早就要从密李狄卧室出来再同吉第会一会再回寓。吉第只好答应了。

第三十四回　阿拉密同颇图斯之行装

再说那四个朋友,因为去办行装,见面的日子就少了。四个人不得在一处吃饭,只好去到那里就在那里吃,不过约好每礼拜在阿托士的寓所会一次。阿托士是发了誓,不出门的了。吉第找达特安的那一天,是他们聚会的日子。吉第走了,达特安就跑到孚留街,看见阿托士同阿拉密在那里谈道理。阿拉密说是还是当教士穿长袍子的好,阿托士也不去劝他,也不去留他,说是听从各人自己打主意。他向来是不出主意的,就是人家问他,他是不肯十分就出主意的。他常说道:"人家来请教的,原不想跟你的主意去作,不过等到事体办坏了,好去赖别人就是了。"

等了一会,颇图斯也来了,就告诉他们,有一位很有位分的夫人,要替他办行装,还没说完,摩吉堂进来,说是有极要紧的事,请他回去。颇图斯道:"想是为行装的事?"摩吉堂道:"也是的,也不是的。"颇图斯道:"也是的,也不是的? 你说的什么话?"摩吉堂道:"请你赶快回去罢。"颇图斯只好同他的跟人走了。

再等一会,巴星来了。阿拉密问道:"你要什么?"巴星道:"有个男人,在寓所等你。"阿拉密道:"有个男人? 什么人?"巴星道:"是个乞丐。"阿拉密道:"给他几个钱,叫他走了,就是了。"巴星道:"这个乞丐说,一定要见你,还说你见了他,一定要喜欢。"阿拉密道:"他有特别要紧的话说么?"巴星道:"他还说是从土尔来的。"阿拉密喊道:"从土尔来的？我只好走了。我盼望着有要紧的消息。"说完就走了。

现在只剩了达特安同阿托士,阿托士说道:"达特安,你看怎的？我看他们两个人的行装,是有了。"达特安道:"我晓得颇图斯还勉强的想得出法子来,阿拉密我是不替他愁的。阿托士,你赢了那英国人的钱,是花得很慨慷的①;你怎样的打算？"阿托士道:"我杀了那个人,我很喜欢的。杀了英国人,算是作了一件好事。至于他的钱,我是不好意思拿他的。"达特安道:"你的意思,同人不同,又深远的很,我真不懂。"阿托士道:"你不要管。你可晓得,昨日特统领到我这里来,告诉我,说是你同主教保护的几个英国人,很要好。"达特安道:"若只说是我去见那个英国女人,那是有的,就是我告诉过你的那个女人。"阿托士道:"哦,我晓得了,就是我劝你不要去见的那个美人。你自然是没听我劝。"达特安道:"我把我为什么要同她来往的道理,告诉过你了。"阿托士道:"你说是要混几个钱来办行装。"达特安道:"不是的。我说这个女人是串同把邦氏藏起来的。"阿托士道:"我晓得了。你因为要找一个女人,就同别的女人要好。这个太绕道了,但你自觉着好顽的。"达特安原想把事体告诉他,因为他为人正派,就不敢说了。阿托士也就不往下问。

再说,阿拉密听见土尔有人来找他,出了门就跑,跟人也赶不上他。他跑到自己的门前,看见有个衣衫褴褛的人,在那里候他,就问他道:"你要见我么？"那人答道:"我要见阿拉密先生,你是他么？"阿拉密答道:"我就是阿拉密。你带了东西来给我么？"那人道:"东西是有的。不过你要把一条绣花手巾给我看看。"阿拉密从怀里取出钥匙,开了一个盒子,取出手巾来,说道:"这就是那条手巾,你请看看。"那乞丐道:"不错的,请你先叫跟人走出去。"原来巴星已赶到了,要晓

---

① "你赢了那英国人的钱,是花得很慨慷的。"此指阿托士与威脱世爵同伴的英国人比剑,赢了那个钱包却不要的事。看三十一回第二节。

得是什么事，站在门口看。阿拉密叫他出去了。那个乞丐见巴星出去了，还四围的看，看见没旁人，把破衣裳脱下来，撕开里衣，取出一封信来。阿拉密看见信上的印，高兴的了不得，一手就把信抢过来，拆开看，信上说道：

  天公不作美，叫我们不能长在一处，又要分离几时。然少年得意之日方长，你只管安心去打仗，我作我的。送上一分微礼，请你收了，但望你早日立功，常常的想念想念我。

那个乞丐又从衣里拿出一百五十个西班牙的双毕士度来，摆在桌上，恭恭敬敬的鞠躬就走了，阿拉密也赶不及。阿拉密重新又读那封信，读了好几遍，原来信后还有一行，说道：

  你要好好的待送信的人，他是一个伯爵，是西班牙的阔人。

阿拉密跳着喊道："好梦来了！前程也有了！不错的，我们的年纪都还轻的，一同过快活的日子还多咧！我的顶慈心顶可宝的心爱女人！"说完了，很用劲同那封信亲嘴，连桌子上的金钱也不看。巴星在那里敲门，阿拉密开了，让他进来，看见桌子上的金钱，也糊涂了。他原来是进来报达特安的，糊涂的也忘了。达特安因为要打听这乞丐是什么人，故此跑了来，看见巴星不替他报名，只好自己跑进去了，说道："如果土尔送来的鲜果，有这样好，我是很要感激那管果园的人了。"阿拉密不愿意说那些金钱是从那里来的，就说道："这是书店送来的钱。这就是你听见我说单音字那首诗的酬劳。"达特安道："是么！你那个开书店的朋友，倒肯花钱。"巴星听了，插嘴道："这是作诗得来的钱么？这样看来，你比某某两位诗家还出名了。你应该去作诗人，不要当教士了。我求你改了，去作诗人罢。"阿拉密道："我们谈得好好的，你来打什么叉。"达特安微笑的说道："呀，你得了许多钱，真是好运气;你却要小心,不然,你口袋露出来那封信,是要丢了的。大约那封信,也是书店来的。"阿拉密听了,红了脸,把信收好,衣襟扣起来,说道:"达特安,我们去找他们罢;我今天有了钱了,我请大家吃饭;等你有了钱,你请我们。"达特安道:"好极了。我们许久没在一起吃饭了,我今晚要作一件冒险的事,多吃两杯好酒也好。"阿拉密高兴的很,喊道:"好极,好极!要吃好酒,我表同情。怕什么?"阿拉密得了信,有了钱,却把当教士的话都忘了。他带了几个大金钱在身上,其余的都装在盒子内,同绣花手巾装在一处,两个人就到阿托士那里。

阿托士是发了誓不出门,他们只好把酒菜弄到他房里来;因为阿托士是讲究吃喝的,他们两个人就请他定酒定菜,出去找颇图斯;走到半路,碰见摩吉堂,赶了一匹马一匹骡,脸上很不高兴。达特安忽然认得那匹黄马是他初到巴黎的时候卖了的,说道:"阿拉密,这就是我从前那匹黄马,你看看。"阿拉密道:"好难看的牲口!"达特安道:"我初到巴黎,骑的就是这个马。"摩吉堂问道:"你晓得这马的来历么?"阿拉密道:"这个马的颜色,实在稀奇,我从来却没见过。"达特安道:"我相信你的话;我因为这样,才肯三个柯朗卖了的。"阿拉密道:"人家买这个马,想是为他这层皮,身子是没用的。"达特安问道:"摩吉堂,你打那里弄来这样的马?"摩吉堂道:"少提起这件事罢,越提越生气。这都是那位公爵夫人的男人办的。"达特安道:"怎么样?"摩吉堂道:"我们很有一个公爵夫人照应,——主人不许我说她的名字,我只不说了;这位公爵夫人,请我们受一匹顶好的马顶好的骡,谁知她的男人知道了,半路上夺回去,换了这两条来。"达特安道:"你现在是把两个牲口送回去么?"摩吉堂道:"她应许我们好的,我们不能收坏的。"达特安说道:"不错的。我倒很想看看颇图斯骑在这条黄马上,你就看见我当初到巴黎的样子了。摩吉堂,你不必等了,你办你的事罢。你的主人在家么?"摩吉堂道:"在家,在那里很生气。"说完了,达特安他们两个人,去找颇图斯;到了寓所,去摇门上的铃。颇图斯原看见他们来了,却不去开门;那两个人只好回转去了。

摩吉堂把那一骡一马赶到状师家门前；他的主人分付他，把两匹牲口拴在门环上，就回来，他就一一照办了，跑回去告诉主人。那两匹牲口，原没吃东西，到了这个时候，就闹起来。老状师叫小伙记去看，是谁的牲口；柯氏认得是她送表亲的一分礼，却不晓得为什么又送回来了。摩吉堂回来，把达特安认得那匹黄马，三个柯朗卖把人的话，告诉了颇图斯；颇图斯很生气的，跑来告诉柯氏，同柯氏约好了，在教堂相见，他就告辞，老状师知道他一定要走的，就苦苦的留他吃饭。

　　柯氏到了时候，果然就在教堂等候，知道颇图斯一定要责备她的，心里很放不下。颇图斯果然大生气，什么责备的话都说到了。柯氏说道："我原是为好。有一个托我们打官司的人，欠了我们的钱，没得还，我看见他有一骡一马，就牵来抵账；他还告诉我说是两条顶好的牲口。"颇图斯道："那个人如果欠你们五个柯朗，他拿这两匹牲口来抵账，他就是个光棍。"柯氏道："如果是买得便宜，也不算什么。"颇图斯道："原是的，不过你样样都是这样计较起来，你却不要怪我去找别的手段阔绰些的朋友。"说完了，就要走。柯氏道："都是我不该。我不该去买这样的贱牲口，送给你这样出色的朋友。"颇图斯不响，仿佛是没听见的；柯氏就觉得颇图斯身边，仿佛有许多公爵夫人围绕着他，要送他钱。柯氏说道："你等等，不要着急；我们再商量。"颇图斯道："同你商量，是没用处的。"柯氏道："你告诉我要什么。"颇图斯道："不要什么，我不同你要了。"柯氏捉住颇图斯的手，哭道："我那里会相马呢。"颇图斯道："你为什么不交把我办，我还懂得点；你要省钱，要自己办。"柯氏道："是我错了，我还可以补救得来。"颇图斯道："你有什么法子？"柯氏道："今晚老状师要去某公爵家，商量事体，至少也耽搁两点钟；你今晚来我家里，是没得别人了，我们慢慢的商量。"颇图斯道："很好。你这才明白过来了。"柯氏道："你饶了我么！"颇图斯道："再看罢。"于是两个人约定了晚上再见，就分了手。颇图斯心里想道："老状师的箱子，可以到手了。"

第三十五回　达特安报仇之法

再说到了晚上九点钟,达特安照常的去见密李狄,看见她很高兴,就知道密李狄是得了狄倭达的回信,在那里欢喜。等了一会,吉第拿了点心进来,主人对着她笑,她却很不快活的,都不理会。到了十点钟,密李狄就坐卧不安起来,站起来看看钟,又坐下了,仿佛是要达特安告辞的意思;达特安站起来,拿了帽子,密李狄同他抓手,抓得加倍亲热。达特安出来的时候,心里想道:"这个女人,恋爱狄倭达,想到疯了。"

这一趟,吉第却并没等他;他就跑上楼去找吉第,看见她的头藏在两手里哭,听见达特安进来,也不抬头。达特安就去抓她的手,她还是哭。原来密李狄果然把回信里头的话,告诉了吉第,还说她送信有功,赏了她一口袋的钱。吉第气得了不得,进了房,就把钱袋摔在楼板上,——达特安看见楼板上有四五个金钱。达特安极力的在那里安慰她,她抬起头来,看见她满面眼泪,一语不发,心里着实难过。达特安虽是个铁石心肠的人,这时候也软了些,不过他一心要报仇,别的事体是拦不了他的。他听见说密李狄分付吉第把房里的灯火都灭了,天没亮就要让狄倭达出去,他心里更得意。

等了一回,密李狄进了卧室,达特安就躲在衣橱里。密李狄就摇手钟,吉第进去了,关了门,听见密李狄详详细细的,问她见着伯爵时候的情形。再等一会,密李狄叫吉第灭了灯,回去自己房里。达特安从门上钥匙洞里看见灭了火,就跳出来,那时吉第正在关门。密李狄问道:"是什么响?"达特安在门外应道:"我是狄倭达。"吉第把手去拦他,低声说道:"还没到十一点钟。"密李狄声音发抖的说道:"伯爵,你为什么还不进来?我在这里盼望你呢。"达特安把吉第轻轻的推开,就进了密李狄的卧室。

他原不是密李狄心爱的人,现在听见密李狄对他说了许多恋爱的话,却恋爱的别人,并不是他,他听了十分难受,也同吉第在自己房里受罪差不多。密李狄说道:"伯爵,我看你的眉眼,知道你恋爱我。我现在很高兴,知道你是真情,不是假意;我明天就要你恋爱我的真凭据,你现在收了这个,却不要忘了我。"说完,就从自己指上脱了戒指,交把达特安。达特安从黑暗里,虽看不出来,他却晓得密李狄平日戴的戒指,是个青宝石镶金刚钻的,很值几个钱的;他原想不受的,但是密李狄已经同他戴在指上,一面戴一面说道:"你戴了,作个记念;况且你收了,我心里就很高兴。"达特安正想把一切事由告诉她,要告诉她自己的真名姓,还要把复仇的话一说,不料密李狄先说道:"谢天谢地,那个喀士刚人没把你刺死,我怕你现在伤还没全好呢?"达特安不知所答,只好说道:"是的。我还觉得很痛。"密李狄道:"不要紧,你的仇是早晚就要报的。"达特安心里想道:"我却不能把真名姓告诉她了。"虽然,他心里是这样想,他却禁不住被这个女子迷了;他若不是亲历其境,是万想不到,仇恨同恋爱是可以同时并存的。他听见打一下钟,知道是要走的了,很舍不得的同密李狄分手。两个人约好了,下礼拜再会。可怜见的那吉第,原望同达特安见面,说几句话的,不料密李狄自己送达特安到楼梯口,吉第的话就没机会说了。

翌日,早上,达特安去找阿托士,把昨晚上的事体,都告诉了他;阿托士听了,摇头,说道:"你那个英国女人,虽然是个极坏的女人,你却不应该骗她。你同她结了不解之仇了。"阿托士一面说,一面看那青宝石镶金刚钻的戒指;那王后赐的戒指,是已经收起来了。达特安道:"你注意我的戒指?"阿托士道:"是的,倒像我家里的东西。"达特安道:"是个很好看的东西,你说是不是?"阿托士答道:"好得很。我想不到世界上竟有两块这样的青宝石。你拿金刚钻戒指同她换的么?"达特安说道:"不是的,是那个英国女人送我的。她实在不是英国人,他是在法国生长的。"阿托士很动了情的问道:"密李狄送你的么?"达特安道:"她昨晚送我的。"阿托士道:"让我细细看。"达特安除出来,递把他;阿托士仔细看了一会,脸色也变了;他把那戒指套到左手指上,竟十分合式。他的镇静的脸上,忽然露出愤恨的颜色;他说道:"不解就是那个戒指,怎么样会到了喀拉力夫人的手上?天下会有这样相像的戒指,是令人难信的。"达特安道:"你认得这个戒指么?"阿托士道:"我原想是认得的,大约是我认错了。"就把戒指还了达特安,说道:"我请你把戒指收起来,不要叫我看见;我看见了,引起许多难受的记念来;我看见了,是同你说不出话来了。你不是来同我商量事体的么?你说是遇着了为难,不晓得怎样办。等一等!让我再看看那戒指;我还记得那块宝石,有一面有点撩裂的痕。"达特安又除下来交把他。阿托士看一看,打了一战,指着宝石,告诉他道:"这岂不奇怪么?"达特安问道:"阿托士,你当日怎么样得着这戒指的?"阿托士道:"我从我母亲手上得来的,是我的祖母给我母亲的;这算是件传家宝,不该出了我们家门的。"达特安很迟疑的问道:"你可曾卖过?"阿托士道:"没有。有一晚上,我送把人,当是恋爱的记念,就同人家昨晚送你的一样。"两个人停了一会,没说话;达特安把戒指收在口袋里。

后来阿托士一只手放在达特安肩膀上,说道:"你晓得我最疼你;我现在要劝你,就同劝我自己的儿子一样。你那个女人,是要丢开的;那个女人,我却不认得,但我晓得这个女人,是近她不得的。不管是谁,近了她,一定是要惹大祸的。"达特安道:"你说的不错。我从今以后,不去近她了。我老实说,她叫我害怕。"阿托士道:"你有这个毅力,能够罢手么?"达特安一点无疑的答道:"我有把握。"阿托士道:"我听了,很欢喜;我只盼望你两个人后来不碰在一处,免致害了你的前程。"达特安告辞了回寓,看见吉第在那里等;吉第哭了一夜,担了一夜心事,脸色全变了,比害了一个月的大病还利害。现在她是奉了主人的命,去问狄倭达伯爵几时再来。吉第以此来找达特安;她脸都青了,在那里发抖,等达特安的回信;达特安听了阿托士那番话,又想起是已经算报了仇,他就拿定主意不再去了,立刻拿起笔来写回信,信上说道:

你别盼望我来赴约。因为我同别人的约会还有许多,总要等过几时,才得有空;等到几时轮到你,我自然告诉你。

写完了,又假冒了狄倭达的名字,签了。达特安却没提起青宝石戒指的话,大约他要留下这只戒指,作抵制密李狄的东西;也许他留下了,将来拿去变卖,这却是无赖的行径,不过看官要知道,当日的情形同现在不同。再说达特安把信给吉第看,起初还不大懂,后来明白了,很高兴;虽说密李狄的脾气甚暴,看了这封回信,是要大生气的,吉第只好不管了。女人的脾气,不问怎么样好,吃起醋来,是不管的。吉第故此就欢欢喜喜的回去送信。果然密李狄才读了几个字,就大生其气,把信抓绉了,向吉第说道:"这是怎么讲?"吉第发抖的答道:"这是给你的回信。"密李狄喊道:"决不是的。没有的话。但凡是个上等人,都不能写这种信给女人的。"忽然得了一个意思,半响的说道:"难道是他看出……"说不完,就停住了,在那里咬牙切齿,脸上气的死白色。她要想到窗子那里去透透气,但四肢却在那里发抖,伸出手来,又往后靠着榻;吉第以为她晕倒了,去同她解衣裳;她推开吉第说道:"你作什么?你为什么摩我?"吉第答道:"我以为你晕倒了,来帮忙。"密李狄道:"晕倒了?你当我是个柔弱无能的女人么?我受了人家的羞辱,是不会晕的,我是要报仇的!"说完了,摆摆手,叫吉第出去。

第三十六回　密李狄报仇

再说那天晚上密李狄分付说：达特安来了，让他进来。达特安却没来。翌日，吉第去把事体告诉了达特安；他听了，觉得报仇报得好，只是笑。到了晚上，密李狄又分付让达特安来见她的话，却又没来。明早，吉第又去见达特安，脸上很有点发愁；达特安问她什么缘故，吉第就从口袋里拿出一封信来。达特安见是密李狄写把他的，不是给狄倭达的，就拆开来看，信上说道：

你快要走了，还不来看看朋友，是很不讲交情；我同我的夫兄等了好几天，要见你。你今晚能来么？

达特安看完了，说道："果不出我的所料；去了狄倭达，她就同我要好起来。"吉第问道："你要去么？"达特安要借口破戒，就说道："你可晓得，她这样请我去，我不能不去；我若是从此不去，她要犯疑的；她不晓得要怎么样的报仇。"吉第说道："你不管作什么事，总要找出许多道理来，说你作的不错；这一趟，你自然是用自己出头，去牢笼她，如果她要你，事体是更不妙了。"达特安拿话去安慰她一番，应许她再不着迷了；分付她回去说，晚上就来，却不敢写回信，恐怕认出笔迹来。

晚上九点钟，达特安到了，吉第去通报；密李狄就分付，如果再有人来,都回他说不在家。达特安看见密李狄,脸色带青,有点疲乏的样子;达特安先同她问好,密李狄说很有点病。达特安道:"我来得不好;你想歇歇了,我就走罢。"密李狄道:"你不要走;你同我谈谈,我倒觉得舒服。"达特安想道:"她今晚同我十分要好,我却要小心。"果然密李狄使出许多手段来,谈得十分有味,眼上脸上都很有精神,达特安又被她迷住了。后来越谈越投机了,密李狄问他有女相好没有;达特安叹口气道:"你还要问? 我自从见了你后,我活在世上,总为的是你。"密李狄笑道:"你当真恋爱我么?"达特安道:"难道你看不出么?"密李狄道:"也许看出一点。你可晓得,值得去赢的人,不是一天就到手的。"达特安道:"我什么为难都不怕,只要人家报答我的恋爱。"密李狄道:"只要是真的恋爱,没有做不到的。"达特安道:"没有做不到的么?"密李狄道:"没有做不到的。"达特安心里想道:"她换了一副手段了,难道她真同我要好,再送我一只青宝石戒指么?"

达特安把椅子挪近些;密李狄道:"你做件什么事,当恋爱我凭据呢?"达特安道:"只要你说,你分付了,我就去做。"密李狄道:"我分付你,你都肯做?"达特安道:"什么都肯作。"嘴里只管答应,心里却想:"我就先答应她,也没什么大不得了的。"密李狄叫他把椅子再挪近些,说道:"你听着!"达特安道:"我留心听了。"密李狄想了一想,说道:"我有一个仇人。"达特安装出诧异的样子来,问道:"你这样好,这样美貌的人,会有仇人么?"密李狄道:"我有一个势不两立的仇人;他羞辱了我,不止一次了,我非要他的命,不能报这个仇。你肯帮我忙么?"达特安登时就晓得她指什么人,就答道:"极肯帮忙。"密李狄道:"很好。你既肯帮忙,……"达特安道:"怎么样呢?"密李狄等了一会,答道:"你就不用说做不到的事了。"达特安听了,跪在地下,去亲她的手,说道:"你叫我心里真快活!"密李狄心里想道:"让他先去杀了狄倭达,同我报了仇,我自然有法子,把这个大呆子撇开了。"达特安心里想道:"她很薄待我几次,现在又来同我要好,这个女人,什么都做得出来的。"——想了一想,说道:"你要我做什么?"密李狄道:"你的两膀,很有力,很出名的;你肯帮我忙么?"达特安道:"自然。"密李狄道:"我该怎样酬答你?我晓得的,有了爱情的人,是望酬报的。"达特安又挪近些,说道:"你知道我的意思。我却不敢相信,真有这样快活的事。"密李狄道:"为什么不相信?只要你值得,你就可以得着酬报。"达特安道:"你只管分付,我就去做。"密李狄道:"你真去做么?"达特安道:"你只要把那人的名字告诉我,——那个害你滴泪的人。"密李狄道:"你怎么晓得我滴泪的?"达特安道:"我猜的。"密李狄道:"我这样的女人,是不滴眼泪的。"达特安道:"很好。你把名字告诉我。"密李狄道:"这却是我的秘密事。"达特安道:"我总要晓得。不然,叫我何从下手?"密李狄道:"不错;你看看,我是很相信你的。"达特安道:"我快活极了。你把名字告诉我。"密李狄道:"你已经知道的了。"达特安道:"不是我的朋友么?"密李狄两眼冒火的喊道:"假使是你的朋友,你就不去做了么?"达特安知道她的意思,就答道:"就是我的亲兄弟,我也是要做的。"密李狄道:"你这样忠心,我很喜欢。"达特安道:"你只喜欢我这一点么?"密李狄抓了他的手,说道:"我爱恋你呢!"达特安觉得浑身打战,浑身都发热,就把她的手抓住了,说道:"你真恋爱我么?"密李狄让达特安亲了嘴,却不去亲达特安的嘴;达特安觉得密李狄的嘴,其冷如冰,同亲石人的嘴一样,却故意露出很快活的意思来,装得十分像,好似狄倭达在眼前,他就要马上刺死他。

　　密李狄就低声告诉他道:"我的仇人,就是狄倭达。"达特安喊道:"我晓得的。"密李狄抓着他的手,很着急的问道:"你怎样会晓得的?"达特安知道说错了;密李狄又问道:"你怎样晓得的?"达特安道:"我怎么晓得的么?"密李狄道:"我要问你。"达特安道:"因为他把一只戒指给我看,说是你给他的。"密李狄喊道:"这个没良心的反叛!"达特安说了这句话,也觉得不对,不过是已经说出来,没法子了。密李狄道:"你打算怎样?"达特安道:"我同你报仇。"密李狄道:"我谢谢你,你几时动手?"达特安道:"明天,立刻,随你分付。"密李狄原想叫他立刻去,不过不好意思说,况且还要预备,不叫狄倭达知道,也要叫他来不及解说;达特安知道她的意思,说道:"明天一定同你报仇;不然,我自己死了。"密李狄道:"那是不用怕的,我晓得他是个懦夫。"达特安道:"也许他对女人是个懦夫,对待男人却是很有胆的。"密李狄道:"你前次同他打,是你赢了。"达特安道:"运气是说不准的;上一次,是我的运气好,明天的运气许是不好的。"密李狄道:"难道你不敢去么?"达特安道:"不是的。我也许被他打死的,你不先给我点好处,却是不公道。"密李狄看着他,很柔媚的说道:"我自然不能不答应你的。"达特安低声答道:"你是个神仙。"密李狄道:"样样都算商妥了?"达特安道:"只有你应许我的好处。"密李狄道:"我已经应许你了。"达特安道:"我明天就许永远不能再来见你了。"密李狄道:"别响,威脱来了,你不要让他看见。"

　　密李狄摇手钟,吉第进来;密李狄领达特安到墙边藏着的一个私门,说道:"你从这个门走,我们等等再谈,吉第让你进来。"吉第听了这两句话,几乎晕倒了。密李狄说道:"吉第,你为什么站在这里不动,同石人一样? 你领这个客人出去,到了十一下钟,再让他进来。"达特安心里想道:"原来密李狄最喜欢的是晚上十一下钟。"密李狄伸出手来,达特安亲了手,跑下楼去了,也没听见吉第怨望他的话,一路上想道:"我却要小心,这个女人,是什么都不顾的。"

第三十七回　密李狄之隐事

　　且说达特安一直出来，并不到吉第房里去，却有两层道理：第一层，他是怕吉第怪他，又怕她留他；第二层，他一心在密李狄身上，就盘算怎样下手。达特安是被密李狄迷住了，那是无疑的了；密李狄却并不想他。达特安原想回寓写信，把前后的事体告诉她，然后说明为什么他不好去把狄倭达刺死；他却迟疑的不去写，为的是他要用自己的名字，去降伏这个女人，不肯把报仇的念头丢开了。他就在那门前大地，走了六七趟，常常抬头看密李狄的楼窗，看见还有亮，知道是还没去睡。后来灯却灭了，他又走进那房子，到了吉第的房间。吉第晓得他的意思，自然是要拦他，不料密李狄在房里留心听，等着他，听见他来了，就喊道"进来"，达特安就进去了。吉第大吃起醋来，原想跑进去，把什么事体都要说出来，想想，闹出来更不好，就忍住了，没进去说。当下达特安所要的事体，到了手了，算是密李狄的一个情人。

　　达特安原也晓得这个女人不过是暂时利用他的，等到杀了狄倭达，就要推开他的，就许把他也杀了，也是难说的；不过达特安当下以为密李狄是真恋爱他，只顾眼前的快乐，却把这个女人的凶险性质忘记了。但是密李狄一心只要报仇，过了一会，就问达特安，想个什么法子去同狄倭达比剑。达特安当下只管快活，就说当下不能谈这件事，况且在她面前也不便谈。密李狄听见他把这紧要事看得不甚要紧，就害怕起来，一定要他想出个法子。达特安以为可以劝她，叫她饶了狄倭达的命;才一开口,密李狄带了很瞧不起他的意思,说道:"我看你是没胆子。"达特安道:"你怎么还疑我没胆子？我不过是要告诉你,狄倭达未必十分得罪你。"密李狄道:"他骗了我,这就够了;我一定要他的命,来赎他的罪。"达特安道:"既然如此,他一定就要死。"说话说得很认真的,密李狄果然就相信他了。

到了快天亮,密李狄就催他走,分付他赶快去同她报仇,不要耽搁了。达特安道:"我就去办,不过还有一件。"密李狄道:"什么?"达特安道:"你当真是恋爱我么?"密李狄道:"你还问什么！我不是给了你凭据了吗?"达特安道:"我想是的。不管怎样,我的身体灵魂,都是你的了。"密李狄道:"我的大胆子的情人,我就望你赶快去,做出你一心为我的凭据来。"达特安道:"那个自然。但是你既恋爱我,你不替我担心么?"密李狄道:"我为什么要担心?"达特安道:"我也许受了重伤,或者死了,也未可知。"密李狄道:"你是个最会比剑的,万受不着伤的。"达特安道:"你是一定要我去比剑的了？据我看来,是用不着的。别的报仇法子,你是不要的了?"密李狄看了他一眼,达特安趁着天的微亮,看见这一眼十分的可怕。密李狄道:"我看你是不甚着急的。"达特安道:"我是很着急的,不过我倒可怜起狄倭达来;因为你既然不恋爱他,他也算受够罪了。"密李狄道:"你怎么晓得我不恋爱他?"达特安使出牢笼的手段,重说道:"我现在相信你恋爱别人了,我倒有点可怜那伯爵的意思。"密李狄道:"你为什么可怜他?"达特安道:"我因为晓得……"密李狄道:"什么?"达特安道:"他没怎样得罪你。"密李狄问道:"这是怎讲?"达特安拿定主意要告诉她真情,说道:"我是个讲体面的男子,我知道你恋爱我,是靠得住了,是不是?"密李狄道:"自然是靠得住的,你请讲罢。"达特安道:"我要在你面前,供我的罪状。"密李狄道:"你供罪状。"达特安道:"假使你不恋爱我,我是不肯供的;现在你恋爱我,是不是?"密李狄道:"你晓得的。"达特安道:"如果我因为恋爱你,到了连命都不要的地位,作了一件得罪你的事,你是饶我的?"密李狄道:"也许饶的。"达特安微笑了,作出恋爱的样子来,还要去亲她的嘴,她躲开了,脸色略青,问道:"你供你的!"达特安说道:"礼拜四晚上,狄倭达到你这房子来了一趟,是不是?"密李狄一点也不迟疑,脸色一点也不改,答道:"没有的事。"假使达特安是没有真实凭据的,也就要相信她的了,但是他是有凭据的,就说道:"我的迷人精,你要骗我了。"密李狄道:"你说什么?你要讲解把我听。难道你要吓死我么?"达特安道:"你不要害怕。你没做过害我的事,就是做了,我也饶你。"密李狄道:"我不懂。请你解说。"达特安道:"狄倭达没得什么大不了。"密李狄道:"什么?你自己告诉我那个戒指……"达特安道:"戒指在我这里。我供出来罢:礼拜四的狄倭达同今天的达特安就是一个人。"

达特安年纪尚轻,这次却呆得很,以为把实情告诉她,她不过诧异一会,害羞一会,或者生点气,哭一场,就完了。谁知这次大错了!密李狄不听便罢,听了这几句话,脸色青了,跳起来,用尽力去打达特安的胸口,跳离了床。达特安因拉住她,一手捉着她的睡衣,那衣料是很薄的,达特安用力过大,肩膀上撕破了,看见那条极可爱的玉臂上,刺了一朵花,——原来这个女人,是犯过大案的女犯。达特安大惊,松了手,说不出话来。密李狄看见自己的最秘密的隐事,被他知道了,就登时同野兽被伤的一样,跳起来,喊道:"被你看出了我的隐事了!"一跳就跳到妆台旁边,向盒子里拿出一把金柄尖刀来,就刺达特安。达特安看见了,也害怕起来,退后一步,靠住墙,拔出剑来,对着密李狄的咽喉;密李狄拿手来夺剑,达特安躲开,拿剑对着密李狄,一面退向房门。密李狄大喊,拿小刀来刺。达特安说道:"你别动手,不然,我要在你脸上刺朵花。"密李狄一面喊,一面赶紧要刺他;他招架着,退到房门。吉第从梦中惊醒,开了门,达特安跳进去,把门关了。两个人用死力顶着门,密李狄也用尽死力推进来,推不开,用小刀戳门,门也戳透了,露进刀尖来。达特安对吉第说道:"你想法救我出去。不然,她喊起跟人来,把我杀了。"吉第道:"你身上没衣服,怎好出去。"达特安才晓得自己没穿衣服,说道:"你随便把衣服给我穿上,不要耽搁了,这是性命交关的时候。"吉第拿了一件自己穿的花袍子,一件帽子,一件袍罩,一双挞鞋来。达特安穿上了,却没穿袜子,就跑下楼去,开了大门,跑了出去,密李狄正在楼窗上喊:"不许开门!"

第三十八回　阿托士办行装的钱

　　再说达特安出了大门,那开门的才知道放跑了人。达特安一路的跑,密李狄在楼上看见了,就晕倒了。达特安来不及管吉第,在街上跑,一直跑到阿托士寓所,跑上楼,敲门。吉利模惊醒了,起来开门,达特安往里跑,把吉利模推倒了。吉利模是向来不大说话的,被他推倒了,喊道:"你这个不识羞的女人,干什么?"达特安把蒙头的东西露了一点出来,手上露出剑来;吉利模看见他的胡子,才晓得他是个男人,以为他是个刺客,登时喊道:"救命呀!救命呀!"达特安说道:"呆子,别响!我是达特安。你不认得么?你的主人在那里?"吉利模道:"你是达特安么?决计不是的!"阿托士穿了睡衣,正要出来,说道:"是你说话么?"一面走出来,说道:"你别响!"吉利模的手指着达特安,阿托士认得他的朋友,看见他穿着女人的衣服,脸上两撇黑胡子,不禁大笑起来。达特安道:"不要笑了。这件事却不是笑的。"阿托士见他脸都青了,说道:"你脸色不对。你受了伤么?"达特安道:"不是的。我才受过一番顶可怕的危险来。"阿托士关了门,问道:"你赶快说:王上死了么?或是你杀了主教么?你告诉我,叫我放心。"达特安道:"阿托士,你听,我把那最可怕的情状告诉你。"阿托士道:"你先穿起这件衣裳来。"

　　达特安穿好了衣裳,阿托士道:"请你说。"达特安低声同他说道:"密李狄肩膀上刺了一朵花。"阿托士喊道:"有这个事么?"说话的时候,好像刀子挖了心的一样。达特安道:"你从前说过的那个女人,你可晓得的确是死了么?"阿托士道:"哪一个?"达特安道:"你在阿密安告诉我的那一个女人。"阿托士把头伏在两手里,在那里哼。达特安道:"我说的这个女人,今年大约二十七岁。"阿托士道:"头发是白色么?"达特安道:"是的。"阿托士道:"她的眼睛蓝的很奇怪,眉毛是黑的么?"达特安道:"是的。"阿托士问道:"身材颇长,样子很苗条的么?"达特安道:"是的。"阿托士道:"左边缺了一只牙么?"达特安道:"是的。"阿托士问道:"肩膀上刺的花,小而红,好像是想过法子去弄丢了的么?"达特安道:"是的。"阿托士道:"我听见你说她是个英国女人?"达特安道:"她说法国话同法国人一样,威脱世爵不过是她的夫兄。"阿托士道:"我要见见这个女人。"达特安道:"阿托士,你要记得,你已经想杀过她一次;这个女人,有了机会,是要报仇的。"阿托士道:"她看见我,是不敢说一句话的。"达特安道:"这个女人,什么都做得出来的。你看见过她生气么?"阿托士道:"没看见过。"达特安道:"她简直是个母老虎。我恐怕她恨极我们两个人,要报仇的。"达特安就把事体都告诉了阿托士,又把凶很的行为,同要报仇的意思,都说了。阿托士道:"她晓得我还活着,一定是要谋杀我的;不过我们就要动身到拉罗谐尔去打仗,只要我们动了身……"达特安道:"阿托士,她若是知道了,她就是到了天尽头的地方,也要找你的。让她拿我报仇罢。"阿托士道:"她杀了我,有什么要紧,我的性命,看得很不重的。"达特安道:"其中还有别的阴谋,我看得她是主教的侦探。"阿托士道:"如果是的,你却要十分小心;就使主教称赞你到伦敦一趟,办的好,他因为你破了他的奸计,是万不肯饶你的;你以后不管在什么地方,作什么事,你都要加倍留神;就是你看见自己的影子,也要防备的。"达特安道:"好在我们只要等过了明晚以后,我们遇见的仇敌,都是在青天白日里的了。"阿托士道:"看来我不如不躲藏了,同你一路到福索街去罢。"达特安道:"很好。不过我不能这样出去。"阿托士道:"不错的。"就摇了手钟,叫吉利模跑到福索街去拿达特安的衣裳来。阿托士道："这件事,却没帮你去办行装。我看你的好衣裳都留在密李狄房间了,她不见得送还与你。好在你有个青宝石的戒指。"达特安道："那戒指是你的东西。你不是说,那是你们传家之宝么?"阿托士道："是的。我先父告诉我的,那戒指值二千个柯朗,是他娶我母亲的时候,给我母亲的;我母亲给了我。可惜了我把这件传家之宝,给了那个女人。"达特安道："你既然看这个戒指看得这样重,你就拿回去罢。"阿托士道："到过那个女人手上,我还要么?"达特安道："不如卖了罢。"阿托士道："我母亲的东西,我不能卖的。"达特安道："不如先当了罢。至少也可当一千个柯朗,先拿钱去办行装;等你有了钱,再去赎。"阿托士笑道："达特安,你是个顶好的同伴,你总是高兴的。戒指当了可使得,却有一层。"达特安道："什么?"阿托士道："我们当了一千个柯朗,要两份分。"达特安道："这却使不得。我的禁兵行装,用不着多少钱,我把鞍子等件卖了,尽够了;我不要什么,只要买匹马给巴兰舒。你不要忘了,我还有一个值钱的戒指。"阿托士道："你看那一个戒指,比我看见的还要重些。"达特安道："是的。到了不得了的时候,是很有用的;不独那金刚钻是值钱的,并且可以当护身符用。"阿托士道："你说的是不错的,不过我不大懂。我们还是当那青宝石的戒指罢。当了的钱,你拿一半,不然,我要把戒指摔在河里了。"达特安道："我就要一半罢。"说到这里,吉利模同巴兰舒送达特安的衣裳来了,——巴兰舒因为不晓得他主人怎样了,也跟来看。

达特安换了衣裳,阿托士使眼色,叫吉利模拿了火枪,跟随他。到了福索街,看见邦那素站在门口看着达特安说道："我劝你快点走,楼上有个美貌女子等你呢,女人是不大耐烦等的。"达特安心里想道："一定是吉第了。"跑上楼来,看见吉第神色很不安的靠着房门等他,见了他,就说道："你应许保护我,不叫我遭了密李狄的毒手,我现在来求你救我。"达特安道："吉第,你不要着急,我尽力的救你。我走过之后,有什么新闻?"吉第道："我不甚晓得。因为跟人们听见密李狄喊,就跑进来;密李狄在那里骂你,诅你;我想起来,你是打我房里向她房里去的,她一定晓得我同你串通了的。我拿了些钱,拿了几样值钱的东西,就跑出来了。"达特安道:"可怜见的女子,我怎样帮你?不幸我后天要走了。"吉第道:"请你救我出巴黎,或是救我出法国。"达特安道:"我去打仗,不能带你在身边。"吉第道:"难道你不能把我放在乡下,或是你家里么?"达特安道:"吉第,你不晓得,我家里的女人们是不用女仆的。等等,我想出法子来了,巴兰舒,你赶快去请阿拉密先生来,商量要事。"阿托士道:"你为什么不托颇图斯,他的公爵夫人……"达特安笑道:"颇图斯的公爵夫人不要女仆的,那班书手就够用了。况且吉第也不愿意住在某街里。"吉第道:"什么地方我都肯住,只要没人来找我。"达特安道:"我快要走了,你用不着吃醋了。"吉第道:"不管你在我跟前没有,我都是一心为你的。"阿托士笑道:"这总算是顶有长性的了。"达特安道:"吉第,你只管放心,我是永远不会忘记你的。我有一句话要问你,你可晓得,有一个女人,有一天晚上在圣遮猛地方被人掳了,你晓得她在那里?"吉第道:"你还想着那个女人,你一定是恋爱她的了。"达特安道:"不是的。我有一个朋友,很恋爱她的,就是阿托士,站在那里的。"阿托士听了,很惊奇的说道:"我么?"达特安拿手推他,要他会意,说道:"可不是你?你晓得的,我们两个人都很留心着邦氏的,吉第是不会告诉人的。吉第,你晓得么?我们说的,就是进门来看见的那个老头子的老婆。"吉第喊道:"老天呀!我恐怕他认得我。"特达安问道:"认得你?你会过这个人么?"吉第道:"我认得他。他到过密李狄屋里两次。"达特安道:"是什么时候的事?"吉第道:"有两个礼拜了。昨天晚上,他还来过一次。"达特安问道:"昨晚来过么?"吉第道:"是的。来得比你略早些。"达特安道:"我们恐怕投在网罗了。吉第,你看他认得你么?"吉第道:"我一看见他,就蒙住头,不过恐怕蒙得太迟了。"达特安道:"阿托士,你下楼看看他还在那里没有,他却不甚疑心你的。"阿托士看了回来,说道:"他走了,门也关了。"达特安道:"他去报信了!说是一群鸽,都在笼里了!"阿托士道:"我们只好跑了。留巴兰舒在这里,同我们送信。"阿托士又说道："我们去请阿拉密,只好略等一等。"达特安道："不错的,我们要等阿拉密。"

等了一会,阿拉密果然来了。达特安把事体告诉他,要他想法子,把吉第寄在一个妥当朋友家。阿拉密想了一会,很迟疑的答道："波特里夫人同我说,她的朋友,住在乡下的,要个女仆,你肯荐她把……"吉第道："只要能够救我出了巴黎,我是十分感激的。"阿拉密说道："就是这样罢。"坐下来,写了一封信,封好了,交把吉第。达特安道："我们也快要离开巴黎了,你也要走了,我们再会罢。"吉第道："不问几时再会,你见着我的时候,你总知道我是一心为你的。"达特安把吉第送到楼口。阿托士说道："你看看这些女人！听听她们说的话！"

于是三个人商量好了,四点钟在阿托士那里会,留下巴兰舒看门,就走了。阿拉密回到自己寓所,阿托士和达特安拿两个戒指去当,当了三百个毕士度,当铺的人还说肯出五百个毕士度买。两个人就去办行装。阿托士是不讲价的,人家要多少,就是多少,达特安就说他浪费,阿托士说是从来没同人讲过价的。阿托士买了一匹黑马,花了一千利华;吉利模的马,花了三百个利华;等到买了吉利模的鞍子兵器等件,阿托士的钱已经用完了。达特安就要把钱借给他,他耸耸肩,问道："当铺的犹太人肯出几个钱买那宝石戒指？"达特安道："五百个毕士度。"阿托士道："这还可以得二百个毕士度,一人分一百。这倒不错,我们回去找他罢。"达特安道："你要……"阿托士道："那个戒指,想起来,叫人心里难受,我们又没得力量可赎回来,赎不回来,是白丢了二百个毕士度。达特安,你回去把戒指索性卖了罢,把二百个毕士度拿回来。"达特安道："你拿定主意了么？"阿托士道："现钱是不容易得的,只好牺牲。你去罢,吉利模同你一路去。"不到半点钟,达特安果然拿了二百个毕士度回来,阿托士办行装,有了钱了。

第三十九回　路逢邦氏

再说到了四点钟,几个人到了阿托士的寓所。虽然说是行装办好了,他们的脸上,还是发愁。等了一回,巴兰舒拿了两封信进来:一封是用绿火漆封的,签了一个鸽子衔着绿叶的印;那一封是个公文,签了主教的印。达特安看见那封小信,心里不禁跳起来,他虽然只看见过这笔迹一次,却并未忘记。拆了信,信上说道:"礼拜三晚上,请你到薛洛路上,留神看走过的马车;但是你若爱惜自己的性命,或恋爱你的人的性命,你千万不要同你认得的人说话,也不要做出你认得她的样子来。我是冒着大险,见你一面。"信尾却没签字。阿托士说道:"这是个圈套,你不要去。"达特安道:"笔迹我却认得。"阿托士道:"笔迹或者是假冒的。况且薛洛路上到了六七点钟,是没得人的,就同到了森林一样。若是你愿意的话,我们一同去,若是有人来攻,我们可以敌得住。"颇图斯道:"这是个好机会,叫人家看看我们的好鞍勒。"阿拉密道:"若是女人写的信,不愿意给人看见,你却不要做出害她的事来。"阿托士道:"我们离远点等,让达特安一个走近马车。"阿拉密道:"不过马车走得很快的时候,在车里是还可以放枪的。"达特安道:"他们打不中我的!倘若他们放枪,我们就去攻马车,把他们都杀了。"颇图斯道:"好的。我们同他们打,试试我们置的新兵器,也甚好顽的。"阿托士道:"很好。"达特安道:"现在已经四点半钟了,我们若是六点钟赶到薛洛路上,可就要动身了。"颇图斯道:"不早点走,就没人看见我们的新鞍新马,岂不可惜。我们就走罢。"阿托士道:"那一封信说些什么?你也忘了,你也要看看。我看公文比那封小信,还许有趣些。"达特安拆开看,那封信说道:

德西沙麾下禁军营达特安:务于今晚八点钟来见主教。

阿托士道:"这件事,比那一件要紧多了。"达特安道:"我办了那一件,再办这一件。第一件是七点钟,第二件是八点钟,还来得及。"阿拉密道:"我若是你,我就不去。"达特安道:"男人不可失女人的约。"阿拉密道:"小心的人,自然是不去见主教,况且内中恐有危险。"颇图斯道:"我同阿拉密表同情。"达特安道:"从前主教叫克和阿请我去见,我却没去,第二天就出了事,邦氏不见了。这趟我却要去。"颇图斯道:"你既然拿定了主意,我就不拦你了。"阿拉密道:"巴士狄大监,怎么样?"达特安道:"如果他们把我收了监,你们就设法把我弄出来。"颇图斯以为是件极容易的事,就答道:"那个自然。不过我们后天就要去打仗,我看你还是不去冒险罢。"阿托士说道:"顶好我们一夜都不离开他。我们每人带三名火枪手,在主教的府门口等,倘若看见有关了窗的车出来,或有别的犯疑的东西,我们就拦住了。我们同主教的亲兵许久没打架了。特统领一定是在那里诧异,说我们太安静了。"阿拉密道:"阿托士,你是个天生的大将,诸位看这个法子好么?"众人都说是好。颇图斯道:"我就去挑几个火枪手,叫他们八点钟在主教府前等。"

当下先去备马,达特安道:"我没得马,我就骑特统领的马。"阿拉密道:"不必,骑我的罢。"达特安道:"骑你的?你有几匹?"阿拉密道:"我有三匹。"阿托士喊道:"你有三匹么?你要不了三匹。你为什么买三匹呢?"阿拉密道:"我原买了两匹,今早有个马夫来,送了我一匹。他不肯说主人的姓名,只说是奉主人之命……"达特安道:"大约是奉女主人之命罢?"阿拉密红了脸道:"也是一样的。他奉了命,把马放在我的马房里,不肯说是那里来的。"阿托士很大方的说道:"作诗的人,才会有这种好运气。"达特安道:"不管怎的,马是有了。你骑那一匹?"阿拉密道:"自然是骑送来的那一匹。不然,岂不得罪了……"达特安接着道:"那送马的人。"阿托士道:"那神秘的好太太。"达特安又说道:"看起来,你买的那一匹,是没甚用处了。是你挑的么?"阿拉密道:"我很费了事挑的。你是晓得的,骑马人的安否,全靠所骑的马。"达特安道:"我就买了你那匹马。"阿拉密道:"我原要让给你;你拿了去,随后给我钱罢。"达特安问道:"多少钱买的?"阿拉密道:"八百个利华。"达特安从口袋里拿出四十个双毕士度来,交把阿拉密,阿拉密说道:"你很像发了大财的。"达特安把口袋的钱弄得很响,说道:"是的。我很有几文了。"阿拉密道:"你先把鞍子送到火枪营,随后备好马送把你。"达特安道:"很好。现在已有五下钟了,不要耽搁了。"于是阿拉密自己去了。

等了一刻钟,颇图斯骑了一匹好马,摩吉堂也骑了一匹马,从孚留街口来了,颇图斯得意的了不得。再过一会,阿拉密从街那一头来了,骑的是英国马;巴星也骑了马,另外牵了一匹,是达特安的。两个人到了门前,阿托士同达特安在楼窗往外看。阿拉密先说道:"颇图斯,你倒得了一匹好马?"颇图斯道:"这一匹马,公爵夫人原先送把我的,她的男人要同我开顽笑,换了那匹坏的,现在在那里受罪,很后悔呢。"随后巴兰舒同吉利模把他们主人的马,牵了来;阿托士同达特安也上了马,四个人一路走了,跟人们随在后头。这一群人,装得很威武,假使柯状师的老婆看见颇图斯骑在马上得意的样子,也就觉得老状师钱箱里的钱,是花得不冤枉了。

再说那四位英雄快到罗弗宫的时候,碰见特拉维统领从圣遮猛回来。他看见了,很恭维他们骑的马,同那鞍勒。不到一会,就围了许多人。达特安就把主教来的公文,告诉了他,——那一封小信的话,却没提一字。特拉维很以他去见主教为然,还说明天若是不看见他,自己去找他。听见打六下钟,四个人就告辞了。跑了一会,就到了薛洛路上,天将晚了,看见几辆马车走过。达特安一匹马同他的同伴离开了些,每辆车走过,他都留心往里看,却没认得的人。过了一刻钟,天快黑了,看见一辆车来,达特安以为是这辆车了。从他面前经过的时候,他看见车里有个女人,从车窗露出头来,把两只手指放在嘴旁,仿佛是不叫他说话的意思。达特安认得那女人,不禁高兴的一喊,——原来那女人,就是邦氏。他看见了,什么都不管,就拍马赶那辆马车,那车窗登时就关了,他什么也看不见了。达特安才想起信上分付的话,只好勒住马,心里十分着急,却不是为的自己,为的是车中的女人冒了大险,同他见一面。那马车走得很快,再等一会子,就不见了。达特安停了一会,在那里想:如果车中人是邦氏,现在回去巴黎,为什么要同电光一样,只叫他看一眼;倘若车中人不是邦氏,——因为那时天色黑了,辨不清楚,也许看错了,——那就更加奇怪了,难道是仇人又想出法子来,叫自己上当。想到这里,那三个也来了,都说看见车中有个女人,惟有阿托士认得是邦氏,他说车中的女人,像是邦氏,好像她旁边还坐着一个男人。达特安说道:"他们是从一个监牢里,搬她到别一个监牢;但不晓得他们现在送她到那一个监里去。"阿托士说道:"你要记得,除非是人死了,在这个世界上,是再不能见面的了;倘若邦氏并未死,我们刚才是看见她的了,迟早有一天,你是可以找着她的,大约不久就可以找着她,也未可知。"当下听见打七下半钟,同伴就告诉达特安同主教有约的话,并且叫他先盘算好了。因为见主教,恐怕是冒险。达特安是好奇的,也不大听旁人相劝的,一定要去见主教。他们就一齐到了主教府,看见十二个火枪手,已经在那里等。阿托士把火枪手分作三队,他自己领一队,那两个同伴,一人领一队,在府前埋伏。

达特安就直入大门,一面上楼,一面却放心不下。他晓得同密李狄的一件事,仿佛是窥破了他们的奸谋,主教是一定袒护密李狄的;况且狄倭达又是主教的侦探,达特安也很有对他不起的事;得罪了主教党人,就同得罪了主教是一样的。达特安心里又想道:"倘若狄倭达把事体都告诉了主教,主教自然是要同他下不去的,不过为什么早不动手,一定要等到这个时候呢? 或者因为密李狄也把事体告诉了主教,激怒了他,因此等到这个时候,才去发作,也未可知。幸而同伴在外头等,不过特统领的几个火枪手,拼不过主教,主教管的是全国的兵,就是王上王后也害怕主教几分。"后来又想道:"自己虽然有胆,还有别的本事,不过到底恐怕为女人所害。"再说达特安一面想,一面到了前厅,他把信给传帖的人看了,那人进去通报。那时候前厅有五六个亲兵,看见了他,都认得他是伽塞克的仇敌。通报的人出来了,引达特安进去,穿过甬道,过一大厅,入了书房,看见一个人在那里写信。达特安留心看那个人,起首以为那个人在那里看公事,随后看见写的一行一行,长短不一,才晓得他在那里作诗。再等一回,那个人把手卷叠好了,——卷面题的是一段戏曲,——抬起头来,看达特安。那个人,原来就是历史上最有名的红衣主教。

第四十回　达特安会主教

再说主教一手托着腮，靠住手卷，打量了达特安一会，两只眼钉在他脸上，像要把他心里最秘密的思想，都要看出来的。达特安却安详的很，脸色一点也不变。看了一会，主教说道："你就是达特安么？"达特安说道："是的。"主教问道："你们塔尔比①的同族很多，你是那一支的？"答道："我的父亲，从前在老王显理身边，打过仗。"主教道："你原来就是前两年来巴黎找过事的那个少年么？"答道："是的。"主教问道："你打蒙城走过，路上还遇着点事，我却不晓得是什么事。"答道："我却记得，我可以告诉大人。"主教道："不要紧的。你有一封荐书，带给特统领的，是不是？"答道："是的。但是这封信……"主教道："我晓得，丢了。但是特统领是个聪明人，会看相，他一看见你，就知道你有本事，就把你安置在德西沙营里，还应许你，将来升你作火枪手。"答道："大人的消息很对的。"主教道："以后你碰见的事，却不少：有一天你走到某处，那天你原应歇在家里的；有一趟，你们到福吉士去，你的同伴都被人留难住，不能走，你却走开了，到了英国，办了点事，是不是？"答道："我去是办……"主教道："到温雪打猎，我晓得的。我所办的，就是要晓得别人的事。你回来了，有一位分极高的人见你，她给你一样厚礼，我现在看见还在你手指上戴着。"达特安听了，禁不

---

① 塔尔比（Tarbes），看第五回第三条注。

住把手拿出,看那戒指。

主教道:"第二天,有一位克和阿,请你到我府里来,你却没来,这趟你却是错了。"达特安道:"我也知是错了,得罪了大人。"主教道:"为什么呢?因为你听上司的号令么?我并不怪你,我很称赞你。不听号令的人,我是不喜欢的,那听号令的人,我是很喜欢的。你试追想,那天晚上的事,你就看见点凭据了。"达特安想起:那天晚上,就是邦氏被掳,今天晚上,不过半点钟以前,他还看见她坐在马车里,在他面前走过;他就想起从前把女人掳去的人,就是今天晚上把她搬到别处监牢的人。主教道:"因为我许久没听见你的信,我就叫你来问问,你是怎么样的打算。第一件:因为一件事,你还要谢谢我;你应该晓得,我向来待你,还算是有体恤的。"达特安听了,鞠鞠躬。主教道:"按公道办,原是不应该的;不过我替你打算出一个前程,要先同你商量。"达特安听见这话拐了湾子,十分诧异。主教道:"第一次我叫你来,就要同你商量的,你却没来,也没要紧,并不耽误;今天我要同你商量,你请坐下,我慢慢同你谈。"达特安听见这番话,非常诧异,竟没坐下,等到主教说了两遍,他才坐下。

主教道:"你为人大胆,却又能精细;我最喜欢的是有胆气兼有思想的人。不过我要告诉你,你年纪虽轻,涉世虽早,你的仇人,却真不少,你若不小心,你就要坏了。"达特安叹口气道:"我也晓得,我的仇人,都是有力量的人,并且有极大势力的人帮忙,我却孤立得很。"主教道:"你说的不错。但是你一个人作的事,已经不少了,你还可以作许多;但是你也要个人指点指点你。我听见说,你来巴黎,也是求名利。"达特安道:"我们年纪轻的人,名利之念是切的。也许是立错了念头了。"主教道:"呆子才发呆念头,你是个聪明人,是不会的。我要请你到我的亲兵营里,先当小武官,等到打完了仗,再升你作营官,你愿意么?"达特安觉得进退两难了。主教也惊讶道:"难道你不愿意当么?"达特安道:"我当了禁军营的兵,我心里是很满意的了。"主教道:"你到了我这边来,也还是替王上出力。"达特安道:"大人错会了意了。"主教道："我晓得了。你要有话借口,那是极容易的。你若说是因为求名利,或是说因为这趟打仗立功,都可以说的,别人也没得闲话说。况且你的仇人太多了,也要个人保护。我老实告诉你,很有人说你的闲话:人家说你不是专替王上出力。"达特安红了脸。主教道："我这里有一大堆的公事,都是说你闲话的;我先同你谈,再读把你听罢。我晓得你是有主意的,只要好好的用你的本事,将来是不可限量的。像你现在的样子,不久就要惹祸的。你自己想想看,想定了,再告诉我。"达特安道："大人的体恤,大人的慷慨,我受了也觉得很不配;但是我也要开诚布公的说……"说到这里,又迟疑不敢往下说。主教道："你只管说。"达特安说道："我要告诉大人:我的好朋友,都是在火枪营里的;我的仇人,却都在大人的亲兵营里。我若是到了亲兵营,他们是不来欢迎我的,我的好朋友恐怕要耻笑我,还许同我作对。"主教道："我要派你的差使,难道你还不满意么?"达特安道："不是的,我自己实在是不配。我将来都是在大人眼前办事,大人如果以我为然,我就算是领了大人的好意了。我现在所以不愿到大人营里来,是恐怕有人说我卖了身子。等到打完了仗,我自己觉得可以自由了。"主教一面很称赞他主意打得定,一面未免不大高兴,说道："总而言之,你是不肯当我的差使。你自己喜欢去拣选,认谁作好朋友,认谁作仇人,那原是你自己很可以自由的,我也不便相强。"达特安正要说,主教拦住道："我本不愿意你惹祸在身。我因为要保护我的朋友,忙得了不得,也就没得工夫去管我的仇人。我却要先招呼你,你要小心;你要晓得,一旦我不保护你,你一天也活不了。"达特安一点也不害怕,答道："我永远不忘主教今日的教训。"主教道："如果你将来惹出祸来,你就记得我曾经招呼过你,我曾经竭力保护过你。"达特安恭恭敬敬的鞠躬答道："我永远感激主教。"主教道："打完了仗,我们再会罢。我总留神着你,我也要去打仗的,我们回来再谈罢。"达特安道："请大人不要怪我,总要看我所作的事,都是大丈夫该作的。"主教说道:"倘若打完仗之后,我还有机会请你在我这里当差,我还是要请你的。"这末后一句话,原是无定的,达特安听了,比刚才恐吓的话,还要害怕,因为这句话里的意思,是叫他知道眼前实是有极凶险之祸,叫他小心堤防。达特安正要说,那主教很骄蹇的样子摇摇手,达特安只好退出来;退到房门,还是迟疑,要上去告诉主教,情愿当他的差使;随后想起,如果当了主教的差使,阿托士是要同他绝交的,因为害怕这一层,他只好退了出来。可见光明磊落的人,陶镕朋友的力量,真是不小。

达特安出了府,看见阿托士他们在那里等他,看他好久不出来,还在那里着急。达特安只同他们说了一句话,他们都放了心,就叫巴兰舒去告诉那些火枪手,请他们先回营。四个人就回到阿托士寓所。阿拉密同颇图斯就问达特安见主教的事,达特安就把主教要他在营里当差,他辞了的话,说了一遍。那两个听了,很以达特安为然,惟有阿托士一个人不响,在那里想。后来散了,阿托士同达特安说道:"你辞的是不错,不过你的地位是很险,我替你担忧。"达特安听了,叹一口气,他自己的意思,是同阿托士所说的话,一样的。

翌日,各人都预备起程。达特安去同特统领辞行,特拉维问达特安短少什么东西,达特安说是什么都办齐了。那天晚上,禁军同火枪手很热闹了一夜,因为是就要动身,日后不知何时何地再能相见了。翌日天亮,号笛一响,各归营伍。火枪手都到了特统领府,禁兵都到了德西沙府,各将官把他所带的兵,领到罗弗宫,王上亲阅了一会。王上面带愁容,因为昨晚上发烧,还不肯耽搁行期,早起亲自阅兵,盼望可以把病减轻了。校阅完了,禁军先行,火枪手随着王上。

颇图斯趁这个机会,跑到状师门前,走一趟。状师的老婆,看见他骑的骏马,装扮得十分威武,禁不住要同他说几句分手的话,就招手叫他停一停。颇图斯在马上,拿了兵器,身边挂了剑,在那里耀武扬威,却是好看。那班状师公事房里的书手,这趟却不敢笑了,恐怕他认真起来。柯氏把颇图斯领去见老状师。老状师看见他的马匹号衣,花了许多钱,两只小眼,钉在他身上,很生气;后来想到人说,这趟一去,一定有场恶战,颇图斯是一定阵亡的,再不能够生还的,他心里却安慰了好些。颇图斯同老状师辞了行,老状师说望他马到成功的话,柯氏禁不住滴泪,别人不晓得真情,以为是表亲远行临阵,伤心起来。后来颇图斯进了柯氏房里,他们才算是真辞行,那时的情形,真是叫人看见伤心。颇图斯告辞了出来,柯氏在楼窗上摇手巾送他。颇图斯走得远了,柯氏也几乎看不见他了,还从窗里远远的伸出头来望,那街上的人以为是她要从窗里丢下来。颇图斯坐在马上,作出惯受女人恋送他的样子来,后来要转湾了,才脱了帽子回礼。

再说阿拉密写了一封很长的信。他这封信写给谁的,却没人知道,只有吉第——她晚上就要动身到土尔的——在隔壁房间等。阿托士那天早起,坐在寓里吃酒。达特安是同着他的禁军营动了身,走到安敦街,回过头来,看看那所巴士狄大监牢。他却没留意,同时密李狄骑在马上,把达特安指把两个脸上极凶险的人看,那个人就特为跑近那禁军队旁边,留心的看,等到那个人看够了,认得了达特安,密李狄拍马走了。那两个人跟着兵队走,走到街尽头,有人在那里牵着马等他们,他们上了马走了。

第四十一回　战场遇刺客

再说当法兰西王路易第十三之世,拉罗谐尔之战,是历史上最有名的一件事。这一场恶战,内中有几件事,很同那四位英雄有点关系。作者要把这一场恶战的根由,细说一番。这位红衣主教,要打这一场的仗,却有两个缘故:一个为公,一个为私。何以见得是为公?因为老王显理第四在世之时,天主教同耶稣教常时争斗,开卷的时候,已经约略说过了。那时候显理第四定下几处地方,给耶稣教的人住,叫他们避避难,到了后来,那些奉耶教的人,不能安居乐业,有许多就搬到外国去住,末后只剩了拉罗谐尔一个地方,算是专给耶稣教人住的。住在那里的人,也是不能安居乐业,常常要想造反。主教的意思,就要把这个地方打服了,从此国里就可望太平。那个时候,欧洲各国,因为闹教,世界是很不太平的,就有许多不得意的人,从西班牙国、英国、意大利国,都跑到拉罗谐尔来,要同天主教的人争,弄到一个欧洲不得太平。那时两教相争,就拿拉罗谐尔作个中心点。这个地方,原是个海口,现在封了口,不同英国往来。除了这个为公的意思,那主教却也有私意。他原来心里也是极恋爱王后,故此同巴金汗公爵吃醋。因为恋爱的势力,敌不过巴金汗,又因金刚钻的事,他也大败了,因此心里大恨,要去攻围拉罗谐尔地方,一举两得,公愤私仇,都要报了。主教心里想,同英国打仗,就是同巴金汗打仗,败了英国,就是败了巴金汗;在欧洲各国面前,丢了英国的脸,就算是在王后面前，丢了巴金汗的脸。再说那英国巴金汗公爵，面子上自然为的是保存国体，要同法国打仗，骨子里也就同主教是一样的意思。他心里想，既不能到法国当大使，他就要想法去打仗，打胜了，可以到巴黎议和，见法国王后一面。总而言之，这两个当国的大臣，都为的是要在法国王后面前争胜，全是一片私意，因此才弄出这一场军事来。

巴金汗却是先发制人，他一下手，就派了九十号兵船，二万兵，攻打法国的罗爱岛，出其不意，就登了岸。镇守官退守马丁要隘①，派一百名兵，守住拉拍理炮台②。主教着了急，就派奥林斯公爵，带兵先行；他同王上，随后带大兵赶去。达特安就是随着大军去的。王上动身的时候，有点病，发烧，走得不远，病重起来，就在维洛阿③地方暂歇；王上歇了，火枪手也只好歇了，阿托士他们三个人就同达特安分开，不在一处了。达特安因为这件事，很发愁，也没得法。一六二七年九月十号，他就到了拉罗谐尔。那时军情，无甚大变，巴金汗公爵的英兵，还在那里围攻马丁同拉拍理两处地方，还未得手。德西沙所带的禁兵，扎在米尼斯④地方。

达特安同那三位分了手，就觉得很寂寞，想起许多心事来。他觉得自己最恋爱的女人，就是邦氏。邦氏被掳了，不知在什么地方。这是私事，讲到公事，他不过是一名禁兵，位分是很低，却得罪了一个名位最高的红衣主教，这位主教的势力，是了不得的，连国王王后，别国的皇帝，都畏惧他三分，主教只要一举手，就可以把他杀了，现在虽还没有杀他，前途却是可怕得很的。况且他还有一个仇人。这个仇人就是密李狄，势力虽然不及主教，也够可怕的了。幸而王后还喜欢他，不过王后的喜欢，是有害无利的。王后的物，都被主教收拾得干干净净的了，只有一只值钱的戒指，不过是卖不丢的，也就同平常不

---

① 马丁要隘(St. Martin)。
② 拉拍理炮台(Fort of La Prée)。
③ 维洛阿(Villeroy)。
④ 米尼斯(Minimes)。

值钱的戒指,没甚分别的了。他闷得难受,就在路上闲走,不觉走远了,天快晚了,忽然看见篱笆后面,有闪光的枪膛;他登时明白了,知道有了火枪,必定有人,那个人的意思,是可想而知的了。他就登时要离开远些,一回头,看见路的那边,也有一把火枪;他是中了奸计了。看见第一把火枪,已经放平了,是要放的意思,登时自己摔倒在地,放平了身子,就听见枪响;枪子从头上飞过,达特安登时跳起来,同时第二把火枪响了,枪子正中他倒的地方,石头也打碎了。到了这个性命交关的时候,只好用机警,胆子是不甚中用的了。他想想,不晓得有多少人埋伏在那里,要害他的性命,只好向扎营的地方,死命的跑。那第一把枪又放了枪子正中达特安的帽,帽子也落地了;他赶快拾了帽子,拼命的跑,跑到营里,脸色也青了,几乎气都绝了。他却一声不响,在那里想,为什么有人来谋害他。他起初想是拉罗谐尔的敌人,在那里埋伏。他细细一看他的帽子,才知枪子不是军中用的火枪打来的,是另外一种手枪,就知道不是敌人埋伏。他再想一想,或是主教叫人来谋害他,不过主教是极有势力的人,用不着这样费事;后来想到或者是密李狄想出来报仇的妙法,他就去想那两个刺客的模样,但因当时跑得太快,还没有认准他们的面貌。想到这里,就很盼望他那三个同伴,来帮他的忙。那天晚上,他一夜睡得不安,常常从梦中惊醒,以为是有人行刺他。到了天亮,却没被人行刺,恐怕有人动他的手,就不出营门。

翌日早起,击鼓齐集。原来奥林斯公爵[①]要去窥探敌人情形,德西沙向达特安使手势,达特安就从队里走出来。德西沙说道:"爵爷要找几个告奋勇的人,去办一件极危险的事,办好了,就算是立了大功。我晓得你是一定愿意去的,故此我叫你来。"达特安听了,极高兴,就谢了他的统领。原来有个大炮台,有一角,是早两日被官军夺

[①] 奥林斯公爵(Duc d'Orléans),奥林斯公爵总是封给法国王室近支的,所以奥林斯公爵时时是帝党。

了,昨日晚上,又被敌人夺回去,公爵就要派几个人去窥探情形,说道:"我要三四个有胆的兵,跟着一个领头的,去办一件要紧事。"德西沙答道:"爵爷要个有胆量有本事的首领,我倒可以保举一个,这个人去作首领,是不怕没人跟他的。"达特安举起剑来,喊道:"要四个人,同我去送命呀!"登时就有两名禁兵,跳出来,要跟他去;又有两名别营的兵,也愿意去。达特安说:"四个人够了。"还有别的要去的,他都不要了。登时他带了这四个人就走:两个禁兵同他向前走,两个跟在后头。离炮台角约有一百步,达特安就立住脚,看看后头两个兵不见了,他以为这两个人害怕,落了后;他就同两个禁兵向前走,转过湾来,离炮台角不过六十步,看见无人把守。三个人正在那里商量,忽然有十几把枪,放的烟,把一角笼满了,有十几个枪子,向他们三个人身边飞过。他们知道这个地方有人把守,久留无益,赶快就退。退到地道的转角,忽然一个禁兵,胸口中了一枪,就倒了,那一个还向前走。达特安湾了腰,去扶那个受伤的同伴起来,扶他回去,忽然听见两个手枪响,那个受伤的同伴,又中了一枪,打死了,那一枪的子,打在石上,达特安幸没受伤。达特安见这两枪来得诧异,他知道在地道角里,敌人的枪是打不着的。他回过头来看,才想起跟他来的,还有两个人,又想起前天晚上两个刺客,他就一定要找着那两个放枪的人,自己就登时倒在那受伤的同伴身上,像受了伤的一样。忽然有两个头,在土堆上出来看。达特安就认得是跟来的两个兵,他就晓得那两个人是跟来行刺他的,刺死了,就推说是敌人打死的。那两个人以为达特安不过受伤,恐怕他将来说出情节来,就要出来把他打死了,却没先把火枪装好,走到跟前,离开有十步的光景,达特安就拔出剑来,对着他们。这两个人一想,若不先结果了达特安,回到营里,是不好交代的。一个就举起枪来,要打达特安,达特安向旁边一闪,不料让出一条路来,那举枪的,就跑了,向敌人所占的炮台角走。敌人不晓得他为什么跑来,就向着他放枪,中了肩膀,倒在地下。

达特安拿了剑,去打那一个没逃的兵,那个兵只拿了空枪招架。

达特安伤了他的腿,到在地下,就拿剑尖对着他的咽喉。那个兵在地下求饶,说道:"你饶了我的命,我什么都告诉你。"达特安道:"你告诉我什么?"那个兵道:"你若是爱惜性命的,你要听我告诉你的话。"达特安道:"你讲:是谁叫你来行刺我的?"那个兵道:"有一个女人,叫我们来的。我不晓得女人的名字,我的同伴称她做密李狄。他口袋里还有一封密信,这封信是很要紧的,你要抢了来才好。"达特安道:"你为什么要跟着那个人,做这种事?"那人道:"他同我商量,要我帮他,我就答应了。"达特安道:"女人给你们多少钱?"那人答道:"一百个路易。"达特安道:"她把我的头,定了一个很高的价钱。你们这样的人,看见一百个路易,是了不得的了,难怪你就肯作这样的事。我饶了你的性命,也可以,不过有一层。"那个兵答道:"是什么?"达特安道:"你要去同你那个同伴,把信要来。"那个兵道:"这就是叫我去寻死,敌人的枪子,要把我打通了。"达特安道:"却是没法,你自己拣选罢:是去要信的好,还是死在我手里的好?"那个兵喊道:"饶命呀,饶命呀!你看你所恋爱的女人分上,饶我一命罢。你以为她死了,我却晓得,她并未死。"达特安问道:"你怎么晓得我有一个恋爱的女人?又怎么晓得我以为她是死了?"那个兵道:"我从同伴的那一封信晓得的。"达特安道:"我一定要那封信。"说完了,就做出要杀他的样子,那个兵在地下乱滚,喊道:"你别动,我愿意去了。"达特安拿了他的枪,叫那个兵在前走,自己在后头,拿剑尖去轻轻的刺他。那个兵一步一步往前拖,脸上害怕得要死,达特安说道:"你在这里等,我作个样子把你看,你也晓得有胆子的人,不像你这样的。"说完了,达特安就两只眼很留着神往前走,遇着有遮盖的地方,就取了巧,不一会,就走到那个倒在地下的兵那里。达特安原可以马上在他身上搜信,或是拖回去,慢慢的搜,他却把死人背在枪后,当了一个挡枪子的一重甲,就退回来,敌人在那里放枪,还打中了死人身上。把他拖到地道,就摔在那个受伤的身边,去搜信,搜出一个皮面袖珍小本子,一个钱袋,装满了钱,还有一盒骰子。把骰盒摆在地下,把钱袋摔给受伤的兵,打开了小本子,从许多信里,找出那一封信来,上面说道:"女人是逃了,到了尼姑庵里了,你不该让她到了庵的。那个男人,你可不要让他逃了命,你若是让他也逃了,你是知道以后我要怎样对付你的了。"那信并没签名,达特安晓得是密李狄写的,无疑了,就把信收起来作凭据,跑到地道的转角去,审问那个受伤的人。他说,是他同那个同伴,原要把那个女人从某路上掳了去,后来因为入酒店吃酒,误了时刻,没遇着那辆车。达特安很在那里发抖,问道:"你们把女人掳去,做什么?"答道:"我们把女人掳了,要送到某处一所宅子里。"达特安喊道:"我晓得了,要送到密李狄的宅子。"想过来,才晓得密李狄时时刻刻要害他,同他所恋爱的女人的性命;才晓得密李狄打听宫里的消息,打听得很详细,总是主教告诉她的,无疑了。又想道:"王后一定知道邦氏关在什么监里,想了法子,把她放了出来。"才晓得在薛洛路上瞥见邦氏一眼的缘故;才相信阿托士说邦氏没死,还可以设法援救的话。达特安心里很高兴,就伸出手来说:"你扶着我的手,我扶你回到营里去罢。"那个兵答道:"这不过是扶我回去问绞罢了。"达特安道:"你只管放心,我是第二次饶你的命了。"那个人就跪在地下,亲达特安的脚,谢他饶命之恩。达特安因为在那里离敌人太近,叫他赶快起来,回营里去。

当下那逃回去的禁兵,报告说是馀人都死了,后来达特安回来了,同伴见了,很诧异,很喜欢的。达特安就把情形说了,说这个受伤的兵,是受了敌人的伤,那一个是中敌人的枪死了。不到一会子,这件冒险的事,通营都知道了,人人都称赞达特安有胆。奥林斯公爵叫了他来,恭维他一番。那一个饶了命的人,现在都改了,很留恋达特安;那一个刺客,是已经死了。达特安以为从此可以高枕无忧了,他却误会了密李狄的性情了。

第四十二回　十二瓶好酒

　　再说奥林斯公爵带了兵在拉罗谐尔地方,起初接到报告,都说王上病未痊愈,后来报说病势已减,王上着急要身临前敌,一等能骑马,就要动身。公爵晓得不久就要让别位有名将官来接统,自己却晓得并没立了什么功,也就不去出主意了。当时达特安冒险回来之后,见刺客又死了,他心里却安乐许多,只因并没接着那三位朋友的信,心里着急。有一天,是十一月初间,他接了罗洛阿一封来信。信上说道:"阿托士、颇图斯、阿拉密三位,有一天在我那里吃饭,吃得高兴了,就闹起来,管离宫的大官,说他们坏了纪律,把他们看管起来。我奉了他们之命,送你十二瓶安周好酒,是他们最喜欢吃的,叫我把酒送给你,请你吃酒,替他们庆寿。"信末签了某某的名字,原来这个写信的人,是管火枪营火食的。

　　达特安得了信,高兴得很,说道:"好极了。酒是要吃的,我却要请几个朋友来吃。"于是去找两个朋友,但是一个不能来,一个明晚也不能来,他只好把请酒的事,耽搁两天,就把酒送到行营的酒店,叫他收好。再过了一日,早上九下钟,他就叫巴兰舒先去预备,十二下钟要请客。巴兰舒恐怕自己一个人忙不过来,就烦了达特安朋友的一个跟人,叫作伏洛①的来帮忙。还有那个假装军人帮同行刺达特安

---

① 伏洛(Fourreau)。

的,他得了命之后,就跟着达特安,帮巴兰舒的忙,今天为的请客,也在那里帮手。到了时候,客人齐了,巴兰舒臂上搭了手巾,在那里送菜,招呼一切。伏洛开酒,那个假装军人①倒酒。那第一瓶酒,好像在路上太受了摇动,瓶底很浑浊不清,毕士列倒出来在那里滩,把酒渣另外倒在一处。达特安说不要了,赏给他吃。同着客人吃完了汤,正要尝酒,忽然听见炮台炮响,他们赶快拿了剑,就去归队。走出来不远,才知是误会了,原来是王上到了,只听见喊"王上万岁!主教万岁!"的声音。王上因为病久了,不耐烦,好了之后,就兼程而来,带了一万救兵,火枪营护卫着王上来的。

过了一会,那三个朋友同他见了面,达特安先说道:"你们来得正巧,我正在那里请客吃饭,菜还没凉咧。"颇图斯先答道:"我们有得吃么?好极了。"阿拉密道:"座上没得女客么?"阿托士道:"你有好酒请我们么?"达特安道:"就是你们送我的酒。"阿托士听了诧异道:"我们的酒?"达特安道:"是的。是你们送的。"阿托士道:"我们几时送你酒?"达特安道:"就是你们吃的安周酒。"阿托士道:"我知道你说什么酒。"达特安道:"你们很喜欢那酒。"阿托士道:"我们得不着香宾酒,自然是喜欢安周酒的。原来我们送了些安周酒给么?"达特安道:"不是怎的,是别人替你们送的。"阿托士问道:"阿拉密,你送他酒没有?"阿拉密说没有。又问颇图斯,颇图斯也说没有。达特安道:"是你们营里管火食的人送的。"阿托士道:"管火食人送的么?"达特安道:"是的。他叫什么?"颇图斯道:"且别管是谁送的,我们只管吃罢。"阿托士道:"别忙。我们先要打听出来,究竟是谁送的。"达特安道:"不错的。你们并没分付那人送酒来么?"阿托士道:"我们并没送。你说是我们叫人送给你的?"达特安把信拿出来给他们看。他们一看,就说是假冒笔迹的。阿托士道:"我未动身之前,查过他的帐,

---

① 假装军人,就是前次行刺达特安未成,后即投降达特安做他跟人的那个假装军人,名叫毕列士芒(Brise mont)。(编者按:正文他处或译作毕士列。)

他的笔迹我是认得的。"颇图斯道："这封信是假的。况且我们并没受人看管。"阿拉密说道："你怎么就相信我们酒吃多了,闹起事来。"达特安当下脸都青了,在那里发抖。阿托士道："你怎么样了？我看见你害怕。"达特安喊道："赶快赶快,我犯了疑心了,又是那个女人做的。"一面说一面跑到饭厅,阿托士随后跟了进去。他们一进去,就看见毕列士芒倒在地下,在那里哼,巴兰舒同伏洛两个人,吓得脸也青了,在那里救毕列士芒,救也救不转来。毕列士芒要快死的了,见了达特安说道："你应许饶了我的命,你为什么给我毒酒吃？"达特安道："老天在上,我并没给你毒酒吃。你告诉我是怎样中了毒的？"毕列士芒道："你给我那酒吃,你毒死我了。"达特安道："毕列士芒,我肯发誓。"毕列士芒道："天不容你！"达特安跪在毕列士芒身边说道："我可以发誓,我不晓得那瓶酒是放了毒的。"毕列士芒道："我不相信。"再等一会,抽了几抽,就死了。阿托士说道："这真可怕。"颇图斯把那几瓶都打碎了。阿拉密要去找个教士,也来不及了。达特安道："你们来得正巧,救了我,同我们几个人的命。我请你们一声也不要响,恐怕这件事同阔人有相关,倘若播扬出去,我们将来还是不得了的。"巴兰舒道："老天,我这趟真徼倖了。"达特安道："你别胡说了。"巴兰舒道："我原要吃点酒,替王上祝寿的,幸亏伏洛把我喊走了。"伏洛发抖说道："我叫他,原是不怀好意的,我原想把他支开了,我自己去吃酒的。"达特安对两位同营的朋友说道："我们只好散了,我明天再补请二位罢。"两个人自然就走了。只剩下他们四个人,面面相向,都晓得这事太过凶险了。阿托士先说道："死人不是好同伴,我们到别处去罢。"达特安分付巴兰舒道："你把这个人好好的收殓了,他虽然犯过行刺的罪,他是已经悔过的了。"

他们四个人走到别间房子,吃了几个鸡蛋,阿托士汲了些井水来吃。达特安把事体都告诉了颇图斯同阿拉密,后来又向阿托士说道："你晓得我同密李狄结了不解之仇了。"阿托士问道："我晓得。你看都是那一个女人做的么？"达特安道："一定是她做的。"阿托士道："我心里却犯疑。"达特安道:"她肩膀上刺了花。"阿托士道:"也许是个英国女人,在法国犯了大罪,故此也把她刺了花。"达特安道:"阿托士,那个女人是你的老婆,她的相貌,同你所说的一样。"阿托士道:"我亲手吊她的,她怎么会再活过来。"达特安还在那里摇头,他心里想,密李狄一定是阿托士的老婆,说道:"我们时时刻刻的提心吊胆,不是件事,我们总要想个法子才好。你有什么高见?"阿托士说道:"你要去再见她一趟,就同她说和。你就说,你晓得的隐事,你不去播扬,她却不要再来谋害你。如果她不听,你就去宰相那里,不然,就在王上面前去告她,拿法律来办她。就是赦了罪,你还要去寻她,第一趟遇着了,就杀了她。"达特安道:"这个法子倒不错,但是怎样去同她约会呢?"阿托士道:"你只管耐烦的等,自然有机会的。"达特安道:"原是的。不过我们眼前时时刻刻要防人行刺。"阿托士道:"有老天保护。"达特安道:"我们当军人的,死了也算不得什么,我那个恋爱的女人,怎么样呢?"阿托士问道:"谁?"达特安道:"康士旦。"阿托士道:"邦氏么?我忽然忘记了,你还恋爱这个女人。"阿拉密道:"那封信不是说邦氏在庵里么?一个人在庵里是很安稳的。等到打完仗,我也就……"阿托士说道:"我晓得你要作教士的意思了。"阿拉密道:"我不过是暂时当火枪手。"阿托士低声说道:"他许久没接着他的恋爱的女人来信,故此又说起当教士的话来了,我们且别管他。"颇图斯道:"我倒有个好法子。"达特安道:"你有什么好法子?"颇图斯道:"你不说她是在庵里么?"达特安道:"是的。"颇图斯道:"只要打完了仗,我们就到那个庵,把她接出来就是了。"达特安道:"我们先要打听她在什么庵里。"颇图斯道:"那个自然。"阿托士道:"不是王后拣的一个庵么?"达特安道:"是的。"阿托士道:"颇图斯就可以帮忙了。"颇图斯问是什么缘故。阿托士道:"你的公爵夫人,总可出点力。"颇图斯道:"别响了,公爵夫人是主教的党,这件事万不可告诉她。"阿拉密道:"我可以找得出来。"众人都喊道:"你用什么法子?"阿拉密道:"替王后施舍的人,我却认得。"这件事商量好了,四个人约好晚上再见,分路走了。

第四十三回　火枪手遇主教

再说路易第十三因为恨极了巴金汗,很着急的要进攻,把英兵逐出了罗爱岛,去围拉罗谐尔,但是三位大将意见不合,耽搁了许多时候。那三位大将,就是巴桑披①、森波格②、安古利公爵③。森波格同巴桑披,那时都是陆军大将,很有名气的,但是主教知道巴桑披同耶稣教表同情的,恐怕他不肯尽力去攻打耶稣教的人,故此叫王上派了安古利公爵做统帅。又恐怕巴桑披、森波格不愿意,另外又派了他们各管一军,不相节制。巴桑披的兵,驻扎城北,安古利公爵在东,森波格在南,奥林斯公爵在东陂④地方。王上的大营,有时在爱堤⑤,有时在拉查⑥。主教另外住在一间小房,四围都无保障的。这样布置好了,奥林斯公爵就可以常常监察着巴桑披的兵,王上监察着安古利公爵的兵,主教监察森波格的兵。

---

① 巴桑披(Bassompierre),生一五七九年,卒一六四六年。一六二二年升为大将。攻打拉罗谐尔的时候,他实在很出力。事后,立殊理主教疑他暗中帮助耶稣教人,于一六三一年下巴士狄大狱,至一六四三年始释放出来。在狱中,巴桑披作《我一生之经历》(Journal de ma Vie)一书。
② 森波格(Schomberg),生一六一五年,卒一六九〇年。德产法籍,在法国做过军官,在英国也做过军官。
③ 安古利公爵(Duc d'Angoulême)。
④ 东陂(Dompierre)。
⑤ 爱堤(Estrée)。
⑥ 拉查(Jarrie)。

再说英国兵所处的情形，不甚得手，因为这些兵是吃惯好的，现在只有咸肉饼干，许多兵都得了病。那时大风甚多，他们的兵船天天都有损失。看起来巴金汗是不能待久的了。后来探报说，英兵要进攻，路易也就预备抵敌。看官要晓得，我们这本书是本小说，不是战纪，故此当日打仗的情形，只好不详细讲了。总而言之，后来是英兵大败，主教是高兴极了，英兵都逃到船上，死伤有二千多人。法国各处得了这个信息，都很高兴，各处的教堂都在那里庆贺。主教见败了罗爱岛上的英国兵，就专心去筹画围攻拉罗谐尔的事。不料有一天捉了一个侦探，问出情形，才晓得巴金汗的外交手段办得很得法，要同奥国、西班牙国，还有罗连，四国同盟，同法国为难。又从巴金汗公爵营里搜得书信，颇有干涉法国王后的事。主教只好想无限若干的法子，去打探消息，要知道欧洲各国对待法国的政策。他深晓得，若是巴金汗公爵的外交政策得了手，西班牙同奥国一定是要派公使到巴黎的，主教的势力，就要减了许多。王上虽是只听主教的调度，心里却是很不愿意的，主教若是败下来，王上心里也是痛快的。

那时候主教住的那间小房子，来来往往的侦探，是日夜不绝的；那些侦探有时是教士的装扮，有时是跟人的装扮，穿的很松大的衣裳，留心察看的人，都晓得是女人装的；有时是乡下人的打扮，手上脸上虽是黑的，看他们的举动，也知道都是上等人装的；有时来的人是不知来踪去迹的。故此就有许多谣言，说是有人要行刺主教；有人说是并无其事，就是主教自己造出来的谣言，其实是他自己要用刺客，去收拾他的仇人。那时的谣言虽然是多，主教的胆子却是甚大，常常的晚上出来，有时是发号令给安古利公爵，有时是同王上商量要事，有时是同那些秘密侦探相会。

再说那些火枪手倒没什么事，常常的去顽耍过日子。有一天晚上，达特安在那里守地道，阿托士三个人在拉查路上，找着一个酒店，叫鸽子笼；那天晚上，他们在酒店顽够了，骑了马，披上罩袍，就回营去，恐怕遇着埋伏，手上拿着手枪。走得不远，听见有马蹄声音，从对面来,他们就立住了,三匹马排在路中间;忽然月亮从云里出来,他们就看见前面路湾子,有两个骑马的人,也立住了,在那里商量进退的样子,实在形迹可疑。阿托士就匹马当先,大声喊道:"来者是谁?"那两个人之中,有一个也喊道:"来者是谁?"阿托士喊道:"这不是对答的话。来者是谁?赶快说,不然,我要放枪了。"听见有一个声音很深的说道:"你可要小心。"阿托士听了,说道:"这一定是个上司出来巡查的。"又说道:"你们做什么?"那个声音甚深的人问道:"你们是谁?你赶快答。不然,你们就要后悔的。"阿托士知道那个一定是个上司,答道:"我们是火枪手。"那个人问道:"是那一营的?"阿托士道:"特领统带的。"那人说道:"你上前来解说,你们为什么深夜在这里。"三个人就上前去,阿托士先行;那两个人之中,有一个也上前来。阿托士叫同伴立住了,自己上前说道:"得罪了,我们不晓得你们是谁,只好预备自保。"那个人有罩袍,略盖住脸,问道:"你叫什么?"阿托士见他这样盘问,很不高兴,就说道:"你也要给我们看你有无盘问的凭据。"那人把罩袍分开了,露出脸来,问道:"你叫什么?"阿托士很诧异的喊道:"原来是主教!"主教又问道:"你叫什么?"阿托士报了名。主教使个手势,那一个骑马的就上前来,主教说道:"我要这三个火枪手跟着走。我不愿意给人晓得我今晚离营出来,我叫他们跟着走,我未回营之前,他们就不能去报告别人知道的。"阿托士道:"我们都是君子,要不说就不说,我们不泄漏机密的。"主教说道:"你的耳朵倒尖,我叫你们跟我,不是怕你们泄漏,只因我要人保护;你那两个同伴是颇图斯、阿拉密么?"阿托士说道:"是的。"一面使手势叫他们上前,他们也上来了。主教说道:"我晓得你们,可惜我不能当你们是我的朋友,我却晓得你们都是有勇有义的好汉,说话是靠得住的。阿托士,请你陪我,王上碰见了,是要妒忌我的。"阿托士道:"大人说的不错,路上是要有护卫的;我们在路上碰见几个面生可疑的人,我们在酒店里还同四个凶人争闹了一场。"主教道:"为什么闹的?我极不愿意你们闹事。"阿托士道:"因为这个缘故,我要告诉大人,恐怕人家说是我们的不是。"主教绉了眉头问道："后来怎么样？"阿托士道："我的同伴阿拉密，臂上受了点伤，不过还不算重，明天还能办公事；如果主教明早要打仗，叫他上前，他还能上前。"主教道："你们这班人，若不是闹了许多事，是不会受伤的，你老实说罢，你们打死人了？"阿托士道："我却没拔出剑来，我只是拿手把仇敌抱住，从窗子把他摔出去了；他丢在地下，折了一条腿。"主教道："哦？颇图斯，你怎么样呢？"颇图斯道："我晓得比剑是犯法的，我只好抓了一条板凳，把那凶人打了一下，把他的膀打折了。"主教道："哈！阿拉密，你怎样呢？"阿拉密道："我是个安静脾气，不久就要做教士的；我去劝解，就被一个凶人把我伤了一刀，我不耐烦了，也拔出剑来去刺他，刺通了他的身子，他就倒了，他的同伴把他抬走了。"主教道："哈！你们在酒店闹事，就打倒了三个人么？你们办事是要办得痛快的。到底是为什么闹起来的？"阿托士道："那班凶人，吃醉了；他们晓得有个女客到了酒店，他们要去打开女客的房门。"主教道："要打开房门么？"阿托士道："大约是要打开房，去行强暴。"主教有点着急，问道："那个女人是谁？年纪轻，长得好看么？"阿托士道："我们并没看见她。"主教很快的说道："哦，你们没看见她？你们保护女人，是很应该的，我现在也要到那酒店去，我一问就知道实在情形了。"阿托士说道："我们都是君子，不肯为保全自己的性命，去说谎的。"主教道："你说的话，我是相信的；你告诉我，那个女人没人陪着她么？"阿托士道："有个男人同她在房里，但是这个男人，一定是个懦夫，不肯露面。"主教听了说道："不要这样打量人。"阿托士点点头。主教说道："众位跟我走罢。"三个人就退在后头，主教把罩袍又蒙了脸，拍马往前走，护卫的人跟紧在后。

不到一会，就到了那鸽子笼酒店，一点声音也没有，很寂寞的。离那店门还有几十步，主教分付护卫的人立住了。窗子外有一匹有鞍子的马，拴在那里。主教上前，敲了三下门，就有个人开门出来，也是披了罩袍，同主教说了几句话，走上了马，向巴黎去了。主教说道："我晓得了，你们刚才告诉我的情形，都是实在的；我们今晚会着了，倒是你们的好机会。你们跟我来。"那三个火枪手下了马,拴好了,跟进店房;那店主人站在店门,他以为不过是个兵官来访那个女客的。主教问道:"你楼下有好房子,生个火,请这几位客人在里面等我罢。"店主就领了火枪手到一间房里来,房里原先是放着一个火炉的,现在把火炉拿走了,换了个火墙;主教分付道:"请你们在这房间等等,我不到半下钟,就来的。"说完了,就跑到楼上。看那情形,主教是走熟的了,他一句也不问,就跑上楼去了。

第四十四回　主教之诡计

再说那三个火枪手那天在酒店闹事,的确是帮了那位女客一个大忙;他们却不晓得女客是谁,也不过是路遇不平,拔刀相救的意思罢了。他们到了房里,在那里猜那位女客是谁,猜来猜去,猜不着,只好不猜了。颇图斯叫店主拿骰子来,同阿拉密掷骰子顽。阿托士一个人在那里走来走去,在那里想心思,不停的在那个破了的烟通旁边走过。原来火炉虽是拿走了,这一节的烟通,却没移走,原是通到楼上那间房的。阿托士走过,听见楼上有人说话,他就走近些,听见几个字,就用心的去听,叫他的同伴不要吵,弯了腰,在地下听。听见主教说道:"密李狄,这是件极要紧的事体,我们坐下慢慢商量。"就听见一个女人的声音答道:"请大人说罢。"阿托士听见这个声音,跳了一跳,发起抖来。主教说道:"有一条小船,是英国人驾驶的,在某海口停泊,船主是我花了钱养的,船在那里等你,明早就要开。"女人道:"我不如今晚上船罢。"主教道:"等我分付你之后,你就要走,门外有两个人等着保护。待我走了半点钟之后,你再走。"女人道:"好的。我们谈谈现在要办的事,你细细告诉我,不要叫我误会了。"

主教在那里想。阿托士就使手势,叫颇图斯他们锁了门,也来听。他们拿了三把椅子来,坐在那里听。听见主教说道:"你去伦敦,找着巴金汗。"女人道:"自从那金刚钻的事体过后,公爵常避我,不大理我了。"主教道:"这趟不比从前,你只要老老实实的,把话告诉他,就是了。"女人道:"老老实实的告诉他?"主教道:"自然是老老实实的说,这件事用不着秘密的。"女人道:"我就听你的分付。"主教道:"你见着巴金汗,就告诉他,说是我说的:我知道他的主意了,我并不害怕,他如果只管同我作对,我就要使出手段来害王后。"女人道:"他晓得你有这个手段么?"主教道:"我有凭据的。"女人道:"我也要知道这凭据的性质。"主教道:"自然。你告诉他:有一天,某大官开一个带面具的跳舞会,巴金汗戴了面具,私会王后,他打扮的是个大蒙古汗,原是某人要穿的,他花了三千个毕士度,转买来穿的。这些情形,我有某某两个人写的凭据,我是要宣布出来的。"女人道:"很好。我就照样告诉他。"主教道:"你还可以告诉他说:有一天晚上,他装扮了一个意大理算命人,私进了宫,罩袍底下,穿了一件白衣,绣了几个死人头,是因为如果犯了疑,人家就当他是白衣夫人出现。你晓得的,罗弗宫里遇着有点大事,白衣夫人是要出现的。"女人道:"就是这两件,没有别的了么?"主教道:"还有,你告诉他:我还晓得他那天晚上在阿密安的故事。如果他不罢手,我就要编出戏来。他当时的情节,同花园的图样,还有他们半夜的事,都编出来。"女人道:"我照样告诉他。"主教又说道:"你告诉他,蒙特古①已到我手里,关在巴士狄大监牢。我虽然没从他身上搜出什么信来,但是我用点酷刑,他就要吐出许多实情的。你可以告诉他,他从罗爱岛跑了,留下许多信件,内中还有一封信,是施华洛夫人的,信上有许多干涉王后的话,不独有王后恋爱王上的仇敌的凭据,还有叛逆的凭据。这几件事,你记得清楚么?"女人道:"记得清楚。第一件是跳舞会,第二件是罗弗宫,第三件是阿密安,第四件是蒙特古关监,第五件是施华洛夫人的信。"主教说道:"不错的,你记性很好。"女人道:"如果我拿这几件事去恐吓他,他还要同你作对,怎么样呢?"主教说道:"巴金汗恋爱王后到疯了,他现在同法国打仗,也为的是恋爱;但是他若知道了同我作对得太凶了,王

---

① 蒙特古(Montague)。

后的自由权就没了,他也要罢手了。"女人道:"只管怎么说,万一他真不听,那又怎么样呢?"主教道:"万一他真不听么？那总不会的了。"女人道:"也许有的。"主教停了一会,说道:"万一他真不听,我只好等机会了。有时机会来得巧,国家的命脉都会变的。"女人道:"请你把历史中这种迁移国运的机会,说一件把我听,我办事就觉得容易些。"主教道:"你还记得老王显理的事,就是个好榜样。那时显理第四正要攻打意大利同比利时,叫奥国首尾受敌,忽然出了一件事,就把奥国救了;法国也许有这样的好机会。"女人道:"你说的是老王忽然被刺的事?"主教道:"是的。"女人道:"有刺客的榜样在前,还有人敢再作这种事么?"主教道:"国家当革命的时候,及当革教的时候,尽找得着几个疯子,去作那种事。疯子们自己愿意去牺牲了性命,买个烈士的声名。现在英国有一班奉清净教派的人,很恨巴金汗的行为。"女人道:"怎么样呢?"主教道:"只要找着一个年纪又轻,面貌又俊的女人,要同那巴金汗公爵下不去,——那公爵的爱情之事有很多的,自然是有人喜欢他,却也免不了有人恨他。"女人道:"这样一个女人,自然是不难找的。"主教道:"只要找着这样的一个女人,叫她把小刀子交给一个疯子,这个女人就救得了法国。"女人道:"不错的。不过这个女人就是刺客的同谋了。"主教道:"从前都有过刺客的,他们的同党,有谁找出来。"女人道:"那是因为同谋的人,位分高了,就不容易找得着他。那里有几个人能够把刑部衙门放火烧了,去保全自己首领的呢?"主教道:"难道你说刑部衙门不是偶然失火烧了的么?"女人道:"我并不是这样讲。我不过照事论事,倘若我的位分是高的,自然不用费许多事去保护我了。"主教道:"你说的不错,你要怎的?"女人道:"我要你一张凭据,可以叫我便宜行事。"主教道:"你先要找着那个同巴金汗公爵有仇的女人。"女人道:"我已找着了。"主教道:"你还要去找一个闹教的疯子。"女人道:"将来总能找着的。"主教道:"等你找着了疯子,我就给你凭据。"女人道:"很好。我晓得我去作的事了。我去告诉巴金汗公爵,就说你晓得某大臣开跳舞会的时候,公爵是改了装,同王后私会;他后来又假装意大利算命人,入宫去见王后;阿密安花园夜半私会的事,你也知道;蒙特古是关了监,将来要用酷刑取供的;施华洛夫人有封信,信上说了许多同王后有交涉的话,这封信在你手上。如果说了这些话,他还要同法国为难,我只好说,望老天悔祸,搭救法国。你叫我办的,就是这几件事,是不是?"主教道:"一点也不错。"女人道:"大人是把自己的仇人打发了。让我说我自己的仇人。"主教问道:"你也有仇人么?"女人道:"我的仇人,都是因为我替你办事结仇的。"主教道:"你的仇人是谁?"女人道:"第一个就是邦那素的老婆。"主教道:"我已经把她关在南特①监里了。"女人道:"原是关在那里的,不过王后向王上说了情,把她放了出来,送她到尼姑庵里去了。"主教道:"在那个庵里?"女人道:"我也不知道,这件事办得很秘密的。"主教道:"我一定要打听的。"女人道:"等你打听出来,我也要晓得。"主教道:"这倒不难。"女人道:"我还有一个仇人,比这个女人可怕多了。"主教问道:"谁人?"女人道:"就是这个邦氏的情人。"主教问道:"他叫什么?"女人很怀恨的说道:"大人认得这个人。这个人不独是我的仇人,也是主教的仇人。打败了大人的亲兵,就是他;刺伤了狄倭达伯爵的,也是他;金刚钻的妙计,也是他破了的;打听出来是我掳邦氏的,也是他;他已经发过誓,只要碰见我,就要杀我。"主教道:"我晓得你说的什么人。"女人道:"我说的就是达特安。"主教道:"这个人胆子很大,是要加倍防他的;他一定是巴金汗的同谋,我却要找他的真凭实据。"女人道:"我可以找得十几件凭据。"主教道:"那就很容易收拾他的了。你只要给我一件真实的凭据,我就可以把他关在巴士狄大牢里。"女人道:"关了之后,怎么样?"主教就低声说道:"只要关了大牢,就无所谓后来的了。只要人家把我的仇人结果了,同我替别人结果了他的仇人一样容易……"女人道:"好极了。这个交易,公道的很;一个人抵一个人,一条命换一条命;你结果

―――――――

① 南特(Mantes)。

了我的仇人,我就结果了你的仇人。"主教道:"我却不晓得你说这番话,是什么意思;只要是道理上说得过去的事,我都肯替你办。你求我的事,是件不相干的小事,我看不见有什么为难,况且你说那个人是个放荡的,是个刺客,又是个反叛。"女人道:"那个人是极不要脸的一个下流人,我很晓得的。"主教道:"你把纸笔给我。"女人就拿把他。主教很想了一会,大约是在那里想,好不好写凭据给她,若是可给的,应该怎么样写法。

再说楼下那三个人,听得入神;听到这里,阿托士抓了那两个人的手,领他们到房子那一边。颇图斯说道:"你作什么?我们索性听完了。"阿托士道:"要紧的我们都听见了。不然,我是不把你抓开了。我要出去了。"颇图斯道:"你要出去么?倘若主教问你到那里去了,我们怎么说?"阿托士道:"你不要让他先问;你不如先说,我听见了店主人说了两句话,恐怕路上有疏虞,我去察看。我出去的时候,就先告诉主教的马夫,我要出去办我的事。你们只管放心。"阿拉密说道:"阿托士,你要小心。"阿托士道:"你放心罢,我不会胡闹的。"说完就走了。剩了颇图斯两个人,坐在那里。阿托士走到院子,告诉了主教的马夫,说是先去探路;把手枪看了一看,把剑拔了出来,骑了马,慢慢的向营里去了。

第四十五回　夫妇密谈

再说阿托士走了之后，不到一会，主教下了楼，推开房门，看见颇图斯、阿拉密两个人赌钱，赌得很入神；看见少了一个人，问道："阿托士那里去了？"颇图斯道："他先走出去看路。"主教道："你们作什么？"颇图斯道："我们赌钱。赢了阿拉密五个毕士度。"主教道："你们跟我回去罢。"颇图斯道："我们预备好了。"主教道："天不早了，我们上马罢。"门外树下有两个人，三匹马，这两个人就是预备护卫密李狄的。主教的马夫，也把阿托士临走分付的话，告诉了主教，主教上了马，两个火枪手护卫着，离了酒店，回大营去了。

再说阿托士一个人出了店门之后，在大路上走；走了有一百码远，看不见酒店了，他向右转一个湾，回头走，离酒店约有二十码远，躲在高堤后，看见主教走过去了，阿托士重复跑回酒店敲门。店主认得他，他说道："统领叫我回来，同楼上的女客有要紧话说。"店主道："女客还在楼上呢。"阿托士跑上楼，看见门还半开，密李狄正要戴帽子。阿托士进了房，把门关了。密李狄回过头来，看见一个人在房里，披了罩袍，帽子拉低了，看不清那人的脸。密李狄看见这个人，害怕起来，说道："你是谁？你要什么？"阿托士听了说道："不错，是那个女人。"脱了帽子，上前走了两步，说道："你认得我么？"密李狄上前走了一步，又退后了，像见了毒蛇一般。阿托士道："还好，你认得我。"

密李狄说道:"原来是德拉费伯爵①。"说话的时候,脸变青了,直往墙边退。阿托士说道:"是的,我是德拉费伯爵。是从别的世界回来了,探望你;请坐下,我们谈谈。"密李狄害怕的要死,一语不响;坐下了。阿托士道:"你是天生的一个女魔鬼,到世上来害人的;我晓得的,你很有害人的本事,不过我们男人,借了天的力量,也能降伏你;你从前出现过一次,我以为是已经把你结果了,断了祸根,谁知你又从地狱回来了。你从地狱回来,钱财也有了,名位也有了,换了一个新名,几乎连脸也换了新的,但是你的心却没换,还是毒的;你的身上,还是刺了花。"密李狄听了这番话,就同毒蛇咬了心的一样,跳起来,两眼发怒。阿托士坐着不动,说道:"你以为我已经死了,我也以为你也死了,谁知阿托士就是从前的德拉费伯爵,就同现在的克拉力夫人,就是从前的安勃勒②——你从前嫁我的时候,不是用这个名字么?现在我们两个人的情形,真奇怪。我们以为彼此都死了,谁知还活在世间。"密李狄断断续续的说道:"你现在为什么来找我?"阿托士道:"你要晓得,我虽是有好久不知道你的踪迹,但是自从你当了主教的侦探,你每天的举动,我都知道。"密李狄听了,露出不相信的意思来,在那里微笑。阿托士道:"你听着:巴金汗公爵衣服上的两个金刚钻,是你割的;邦那素的老婆,是你设法掳去,关在监里的;你恋爱狄倭达伯爵,有一天晚上,你开房门让达特安进去,你不知道,还当他是狄倭达;随后你以为狄倭达骗了你,你叫达特安去杀他;你因为达特安看见你肩膀上的记号,就雇了两个刺客去刺他;你见没刺了他,就去假冒名字,写一封信,送毒酒去害他;今天晚上,你同主教商量好了,你去行刺巴金汗公爵,叫主教把达特安交给你,让你任意报仇。"密李狄又害怕,又生气,说道:"你自己就是个魔鬼!"阿托士道:"你听我说,你去行刺巴金汗,我不管,我又不认得他,况且他又是个英国人;但是

---

① 德拉费伯爵(Comte dè la Fère)。
② 安勃勒(Anne de Breuil)。

达特安是我的好朋友,我要保护他,你若是动了他一根头发,你却不要想再活了。"密李狄道:"他很羞辱了我,我一定要他的命。"阿托士道:"谁人能够羞辱你?你说他羞辱了你,你一定要他死?"密李狄道:"我一定叫他死。我先要那个女人的命,随后要他的命。"阿托士听了,大生气,想起从前的旧事来,就要杀这个女人,把手枪拿出来;密李狄吓得脸无人色,想要喊,吓得喊不出来。阿托士慢慢的把手枪举起来,把枪嘴对着她的脑袋,说道:"你身上有一张主教签了字的凭据,你拿出来给我!不然,我就把你打。"密李狄听了,不动。阿托士道:"我给你一秒钟打主意。"密李狄看见阿托士快要放枪,她赶快从怀里拿出那张凭据来,交给阿托士。阿托士接了,走到灯下,打开一看,见是不错的;阿托士说道:"我把毒蛇的牙拔了,随你咬罢。"说完,就走出了房子,并不回头;走出房门,看见那两个护卫的人,分付道:"你们晓得主教分付的话了,你们要保护那个女人,保到她上了船。"那两个人鞠鞠躬。阿托士跳上马跑了,另走一条路,随后听见马蹄响,他晓得是主教来了,他就把马停在路中间;那时离营约有一百码。等那主教同护卫的人快到了,他先问道:"来者是谁?"主教说道:"这个一定是我们的火枪手。"阿托士道:"不错,是我。"主教道:"阿托士,我谢谢你小心看路,我们到了,你们向左走罢。"主教自己向右走,那天晚上,就住在营里。

且说,颇图斯问道:"她那张凭据,签了字么?"阿托士道:"签了字的,在我口袋里了。"三个人一语不响,回到营里,就叫摩吉堂去告诉巴兰舒,请他的主人从地道回来的时候,马上到火枪营,商量要事。再说密李狄等了一会,也离了酒店,原想把事体告诉主教,恐怕阿托士把她的隐事说了出来不便,只好先去替主教办那件要紧事,等到这件事体办完了,回来再想报仇的法子。那天晚上,走了一夜,早上七下钟到了海口,八下钟上船,九下钟那船就开往英国。

第四十六回　奇赌

再说达特安去找那三个朋友;走进房来,看见阿托士在那里想心思,颇图斯走来走去,捋胡子,阿拉密读祷告歌。达特安说道:"你们实在有要紧事体商量便罢,不然,我是不饶你们的。我一夜在那里攻打炮台,打得十分热闹,辛苦了一夜,你们还不让我睡,叫我来作什么? 你们应该也在那里攻炮台的才是。"颇图斯一面捋胡子,一面说道:"我们晚上去的地方,倒很好的。"阿托士止住他道:"别响了。"达特安看见阿托士的样子,说道:"你们又办了什么秘密事了。"阿托士问阿拉密道:"你前天早上,在某店吃早饭的么?"阿拉密道:"是的。"阿托士问道:"那个店好么?"阿拉密道:"我没吃什么。他们那里只有肉,连鱼都没有。"阿托士道:"一个海口的地方,没得鱼么?"阿拉密道:"没得鱼。他们说,因为主教筑了一条拦江堤,把鱼都吓跑了。"阿托士道:"我不是问你这个。我要问的是那个店里清静么? 没得人来打叉么?"阿拉密道:"我明白了。那个地方倒还清静,没得人来打叉的。"阿托士道:"既然这样,我们就到那个酒店去;这里的墙同纸一样薄。"达特安知道是有要紧事商量,就拉了阿托士的手,出去了,颇图斯、阿拉密跟在后头;碰见吉利模,阿托士就叫他跟去。

一会子到了那个店,那时天刚亮,只有七下钟的光景;他们进去一间很清静的房间,分付了店主,拿早饭来。他们想要清静,却不能够,因为就有许多兵进来吃早饭;店主却是很高兴的,那四个人却甚不高兴。阿托士道:"我看出来了,等不到一会,就要闹事的;我们正要躲开了。达特安,你把晚上攻炮台的事,告诉我们,我们随后把我们昨晚的事体,告诉你。"有一个马兵插嘴说道:"我听说,禁兵营在地道里辛苦了一夜。"达特安看了阿托士一眼,仿佛是要问他为什么同这个人说话。阿托士说道:"波西尼①问你呢?你为什么不把昨晚的事体告诉他们,他们很要听你说呢。"旁边又有一个瑞士兵,在那里吃皮酒,问道:"我听说,你们夺了一个炮台角?"达特安道:"是的。我们拿了一桶火药,埋在炮台角下,轰了一个大口。"有一个兵,拿刀插了一只肥鹅,问道:"是那一角?"达特安道:"就是圣朱维角,他们常躲在这个角后,打我们地道里的人。"又问道:"打得热闹么?"达特安道:"热闹得很。我们死了五个人,敌人死了十个人。"那个马兵说道:"他们大约今天要派兵去收拾那个口子。"达特安道:"恐怕是有的。"阿托士道:"我同你们赌一赌!"那个瑞士兵喊道:"很好很好,赌罢,赌罢!"马兵问道:"赌什么?"那个兵把肥鹅架在火上,喊道:"等一等。店主,拿那盘子来,我要接鹅油,丢了可惜。"瑞士兵道:"是的,鹅油夹面饼,是很好吃的。"那个兵说道:"好了,阿托士,我们赌罢。"阿托士道:"我肯同你们赌:我同我三个朋友,跑到那个炮台角吃早饭,在那里耽搁一点钟,不管敌人怎样来攻,我们也不走。"颇图斯同阿拉密彼此使眼色;达特安低声问阿托士道:"我们都要死在那里了?"阿托士道:"我们倘若不到那里去,死得更容易。"颇图斯转过脸来,捋捋胡子,说道:"这个赌得很公道。"波西尼说道:"我肯赌。赌些什么?"阿托士道:"你们也是四个人,我们就赌八个人的一顿好吃喝。"波西尼道:"很好。"那个兵也道:"很好。"瑞士兵道:"算我一分。"那第四个兵从没开过口的,也在那里点头。店主人说道:"早饭预备好了。"阿托士道:"拿进来。"阿托士分付吉利模,把早饭的东西,都包好了,摆在一个篮子里;吉利模把篮子挂在手上。店主问道:"你们要到那里去吃早

---

① 波西尼(Busigny)。

饭?"阿托士摆了两个毕士度在桌上,说:"你收了饭钱,不要管我们在什么地方吃。"店主人道:"我还要找你。"阿托士道:"不要找了,你拿两瓶香宾酒来;剩下的,算手巾钱。"店主觉得没甚赚头,只把两瓶安周酒,摆在篮子里,并没摆香宾。阿托士说道:"波西尼,我们把表校准了。"波西尼答道:"很好。"拿出表来,一看,是七点半钟。阿托士道:"我把我的表针,摆在七点三十五分;你要记得,我的表,比你的快五分。"说完了,阿托士四个人告辞了出门,向炮台走。吉利模拿了篮子,跟在后头。

　　他们在营界里,一句话也不说;等到走出了地道,达特安先问道:"阿托士,你到底领我们到什么地方?"阿托士道:"你还没看出来么?我们要到那个炮台角。"达特安道:"我们到了那里作什么?"阿托士道:"我们到了那里吃早饭。你还不晓得么?"达特安道:"我们为什么不在那店里吃早饭呢?"阿托士道:"我们为的是要商量紧要事,在酒店里有人来吵,到了炮台角,就没人来吵了。"达特安道:"别的地方,也还可以谈;不然,在海边,也好谈的。"阿托士道:"谈是可以谈的,不过到不了一刻钟,就有主教的侦探,知道我们商量紧要事了。"阿拉密说道:"不错。阿托士的主意不错。"颇图斯道:"只要能够找得出,在沙漠地方谈秘密事,是最好的。"阿托士道:"已经同人赌了,只好去的,不能翻覆的了;好在没人晓得我们的意思。我们要赌赢了,就得在炮台角耽搁一下钟;倘若没人来打仗,那是很好的了,我们就可以太太平平的说话,若是有人打来,我们还可以说的,不问怎的,我们有个好机会,去显我们的本事;盘算到底,我们这件事,办得不错。"达特安道:"错是不错,不过我们都要吃枪子。"阿托士道:"你要晓得,还有许多事,比仇敌的枪子,还危险的。"颇图斯道:"不管怎的,我们该带火枪来。"阿托士道:"带那些累坠东西作什么?"颇图斯道:"一枝好枪,十来个枪子,一大盒火药,也算不了什么累坠。"阿托士道:"难道你把达特安的话忘了么?"颇图斯道:"什么话?"阿托士道:"他说昨晚攻炮台,我们死了十个八个人,敌人死的数目相当。"颇图斯道:"怎么样呢?"阿托士道:"并没人去剥他们的东西同衣服,他们忙得很呢!"颇图斯道;"这便怎样?"阿托士道:"他们的火枪、枪子、火药,一定还在炮台角里;我们到了那里,何止找着四枝火枪同几十个枪子呢。"阿拉密说道:"阿托士,你真是个奇人了。"颇图斯听了,似乎相信阿托士的话,达特安不大相信;吉利模也不甚相信,赶快凑近了主人的身边,问道:"我们到那里去?"阿托士指着前面道:"到炮台角里去。"吉利模道:"我们从此以后,是不能再出来的了。"阿托士拿手指指天。吉利模把篮子放在地下,摇摇头,也坐下了。阿托士拿出手枪来,摆好了机,把枪嘴对着吉利模的耳朵,吉利模登时跳起来,拿了篮子,就往前头走。他们走到了炮台角,回头看看大营,看见有三百多人在那里看他们,内中就有同赌的波西尼四个人。阿托士脱了帽子,放在剑尖上,举高了,在空中摇摆;本营的人看见了,都喝采,在炮台角里还可以听见。于是吉利模先行,阿托士等就进了炮台角。

第四十七回　吃早饭的地方

再说阿托士几个人进去一看，果不出他刚才所料，里头有十几个人的死尸，也有官兵，也有叛党。阿托士道："吉利模先去预备早饭，我们就去拿火枪收枪子，一面就商量我们的要紧事；死尸听了，是不会去泄漏机密的。"颇图斯道："我们不如先搜搜他们的口袋，然后把他们摔在堑里。"阿托士道："这是吉利模的事。"达特安道："叫吉利模马上就搜，把他们摔了。"阿托士道："不必，这些死尸，还有用处呢。"达特安道："阿托士，你好开顽笑：死尸还有什么用处？"阿托士道："教书说得好：料事不要太粗心。阿拉密，你给了几枝枪？"阿拉密道："十二枝。"阿托士道："多少枪子？"阿拉密道："够一百响的了。"阿托士道："够了。我们先装起枪子来。"几个人就在那里装枪；刚装好了，早饭也摆好了。

阿托士就叫吉利模去把守巡哨，他们几个人就吃饭；给了吉利模一瓶酒，一块面包，几块羊排，叫他一面吃，一面巡。阿托士说道："我们就吃罢。"四个人盘了腿，在那里吃。达特安道："现在没人偷听我们的话，请你先说罢。"阿托士道："我们走了一路，走得很高兴；眼前还有很好的早饭，你在洞口向外看，还可以看见有五百多人，看我们的举动；他们以为我们不是英雄好汉，就是呆子了；好汉同呆子，有时是很相像的。"达特安道："你的秘密事，是怎么一会事？"阿托士道："我的秘密事，就是我昨晚见着密李狄。"达特安正要把酒钟送到嘴唇边吃酒,听了这句话,就发抖,赶快把酒钟放在地下,不然,要泼翻了;达特安道:"你看见你的……"阿托士道:"别响,别人没有你这样晓得我的故事;我是见了密李狄。"达特安问道:"在那里看见的?"阿托士道:"在鸽子笼酒店。"达特安道:"我可不得了!"阿托士道:"还没到时候;她现在在海上,向英国去了。"达特安听见了,呼出气来。颇图斯问道:"密李狄是谁?"阿托士吃钟酒,答道:"密李狄是个很美貌的女人,——那个店主,岂有此理,为什么拿安周酒来当香宾,——那个美人很想达特安,他不晓得怎的,却得罪了那个美人;一个月前,那个美人想报仇,就买出刺客去杀他,过了一个礼拜,又去拿酒去毒他,昨天她求主教杀他。"达特安道:"她同主教要我的头么?"颇图斯道:"实有这件事,我也听见她说的。"阿拉密道:"我也听见的。"达特安道:"看来我的命是逃不了的了,我倒不如拿出枪来,先打死自己罢。"颇图斯道:"你呆了,还有别的好法子呢。"达特安道:"我是八面受敌逃不了的了。第一个是那个蒙城遇着的人;第二个是狄倭达伯爵,我把他打伤的要死;第三个是密李狄,她的隐事,被我知道了;第四个是主教,我把他的诡计破了。"阿托士道:"这不过是四个。我们也是四个人呢!哈,你们看看,吉利模在那里打手号,我恐怕不止四个仇人来了。吉利模,什么事?事体要紧了,你可以说话,不过要说短些;你看见什么?"吉利模道:"有一队兵。"阿托士问道:"有多少人?"吉利模道:"二十人。"阿托士问道:"什么兵?"吉利模道:"十六个开路兵,四个别的兵。"阿托士道:"离开多远?"吉利模道:"有五百步。"阿托士道:"很好。达特安,还来得及,把鸡吃完了,喝钟酒,同你祝寿。"颇图斯阿拉密齐声道:"愿你身体康健。"达特安道:"谢谢了,我恐怕你们恭祝我的话,没有什么用。"阿托士道:"头顶上还有天。"说完,把酒吃干了,慢慢起来,拿了一枝火枪,走到洞口;颇图斯、阿拉密、达特安三个,都学了他的样子。吉利模在他们身边,专管装枪。

俄而看见仇人了,在地道上走。阿托士道:"这一班人,手上只拿了锹子铲子,我们原用不着丢了饭不吃,只叫吉利模叫他们走开,就完了。"达特安道:"不见得,他们来得很有胆子;除这班人之外,我还看见一个小兵官,带着四个兵,手里却拿了火枪。"阿托士道:"我料他们没看见我们。"阿拉密道:"老实说,我很不愿意放枪打这班乡下人。"颇图斯道:"你不是个好教士。叛教的人,你还可怜他么?"阿托士道:"阿拉密说的不错;我要告诉他们,叫他们走开。"达特安道:"你作什么?你要被他们放枪打中你的。"阿托士不去理他,自己跑到缺口上,一手拿枪,一手拿帽子,同他们说话;那敌兵看见了,就同白日见了鬼一样,登时不走了,相离还有五十步光景。阿托士很恭敬的向他们喊道:"诸位听了!我同几个朋友在这里吃早饭,你也晓得的,吃饭吃到一半让人吵散了,是很没趣的;我要问你,如果你们要来这里办事,请你们略等一等,等我吃完了,再来;你们如果要投到我们这边来,那是更好了,请你进来吃酒,同王上祝寿。"阿拉密道:"阿托士你要小心,你还不看见他们要放枪么?"阿托士道:"也许是的,不过这班都是乡下人,不是放枪的好手。"说还未了,有四个枪子,中了墙,却没打中阿托士;火枪手登时还敬,打死了三个敌兵,另外伤了一个开道的。阿托士还站在缺口,喊道:"吉利模,再给我一枝枪。"吉利模给他主人一枝枪,那三个也把枪装好了,四枝枪一齐放,打倒了一个小兵官、两个乡下人,余人退了。阿托士喊道:"我们赶上去!"四个人就赶到敌人倒地的地方,把敌人的枪抢了几枝,又跑回炮台来。

  阿托士道:"我们吃早饭,吉利模装枪;我们刚才说到那里?"达特安道:"你说到密李狄去了英国,却没说她去办什么来。"阿托士道:"她去自己行刺巴金汗公爵,或是叫人行刺。"达特安听了,喊了一声,生气的了不得。阿托士道:"那行刺的事,同我没相干;吉利模,你把枪装完了,拿个棍子,捆一条手巾在上头,竖起来,叫敌人看。"吉利模果然把白旗子竖起来,大营看见喝采。达特安说道:"公爵被刺了,同你不相干么?公爵是我们的好朋友。"阿托士拿一个空瓶,摔在地下,说道:"公爵是个英国人,他现在同我们打仗;他怎么样,我不管,我看他就同这个空瓶一样。"达特安道:"我不以你的话为然。他送了我们几匹好马。"颇图斯说道:"他还送我们好鞍勒。"阿拉密道:"上帝只愿有罪的人改过,并不愿叫他们死。"阿托士说道:"说的不错,我们随后再商量这件事罢;我同达特安最关切的,是一件公文,我向密李狄要来的,——她有了这件公文,是随便要杀一个人,她都无罪的。"颇图斯道:"这个女人,见直的是个魔鬼。"达特安道:"这个公文在那里?"阿托士道:"在我这里,我很费了点事弄来的。"达特安喊道:"你第二次救我的命了。"阿拉密道:"原来你昨晚离开我们,就是去找这个女人么?"阿托士道:"是的。"达特安道:"主教给她的公文,在你那里了?"阿托士从怀里拿出那公文来,交把达特安,说道:"你看看。"达特安在那里发抖,打开公文,读道:"为国事起见,我叫执拿公文之人,杀一个人。"下签主教的字,押了一六二八年八月三号的日子。阿拉密道:"密李狄杀了人是无罪的。"达特安道:"这纸公文,一定要烧了他。"阿托士道:"烧不得。一定要好好的留着,任凭拿多少金子来,我是不换的。"达特安道:"依你看,她现在要想什么法呢?"阿托士道:"她大约要写信,告诉主教,说是有一个火枪手,名叫阿托士的,把那件公文抢了去;她一定劝主教设法,把阿托士同他两个朋友阿拉密、颇图斯害了。主教是记得的,这三个人常常破他的奸计;再过几时,也把达特安捉住,因为怕他一个人太寂寞,叫他去同那三个人在巴士狄监牢作伴。"颇图斯道:"你同人开顽笑,开得多可怕。"阿托士道:"我并不开顽笑。"颇图斯道:"与其同这班奉耶稣教的人打仗,我们不如去把那个女人的头切下来;奉耶稣教的人,并没犯什么罪,不过他们唱祈祷歌,是用法国话,我们唱祈祷歌,用的是拉丁文。"阿托士道:"我们教士,怎么说?"阿拉密道:"我很同颇图斯表同情。"达特安道:"我也表同情。"颇图斯道:"幸亏那个女人在英国,同我们隔一条海;倘若她近在我身边,我一定觉得很不舒服的。"阿托士道:"不问那个女人在英国或是在法国,我都是不能放心的。"颇图斯道:"密李狄在你掌握中的时候,你为什么不绞死她,不然,也溺死她;人死了,是不会回来的。"阿托士笑了一笑,说道:"你真是这样想么?"这一笑,只有达特安会意,就说道:"我有个主意。"颇图斯道:"什么主意?"忽然吉利模喊道:"拿枪! 拿枪!"几个人同时跳起来,提了火枪。

这一次却来了二十五个敌兵。颇图斯道:"我看不如回营罢,他们来的太多了。"阿托士道:"我们不可回营。第一件,是我们早饭没吃完;第二件,我们的办法尚未商妥;第三件,是还差十分,未到一点钟,赢不了那一顿吃。"阿拉密道:"既然如此,我们要商定一个抵敌之法。"阿托士道:"这个容易的很。等敌人走近了,我们放一排枪;他们若是还向前进,我们再放,等到枪子完了为止。若是敌人还没死完了,还要向前来的,我们等他到堑边,把墙推倒去压他,这面墙是快要倒的了。"颇图斯道:"你是天生的一名大将,主教终天在那里吹,那里赶得上你。"阿托士道:"我们都预备了,各人都要看准了要打那一个敌人。"达特安道:"我对准了我的人。"颇图斯道:"我对准了。"阿拉密道:"我也对准了。"阿托士喊道:"放!"他们一齐放枪,打倒了四个。敌人擂鼓前进。以后的枪,是各有各放,却是枪无虚发的;敌人知道自己人多,逼上前来。阿托士他们虽是枪无虚发,却打不倒许多,等到敌人到了跟前,还有十二个人,阿托士等又放了一排枪,敌人不管,跳到堑里;阿托士喊道:"只有末后一着了。向墙跑,向墙跑!"四个人在前,吉利模在后,拿了枪把,去推那一幅已经摇动的墙,拼命的把墙推了,只听见一声响,一阵的尘土,就完了。阿托士道:"给你看,他们都埋在土里了么?"达特安道:"好像是都埋了。"颇图斯道:"不是的。我看见有两三个,跛着腿,走了;实在是有两三个,一身土一身血跑回去了;余人都埋在土里,有死的,有伤的。"阿托士看看表,说道:"我们在这里有一点钟了,赌赢了,不过我们要慷慨点,多耽搁一会;况且达特安的主意,还未有说。"说完了,他又坐下,吃早饭。

达特安道:"你说我的主意?"阿托士道:"你不是说你有个主意么?"达特安道:"我记起来了;我的主意是,不如我再到英国,告诉巴金汗公爵。"阿托士道:"你不要去。"达特安道:"为什么? 我是已经去过一趟的了。"阿托士道:"情形不同。你第一趟去的时候,英法两国并没打仗,公爵是我们的朋友,不是我们的仇敌;你现在去,人家就说你是犯了大逆。"达特安见他这话有理,就不响了。颇图斯道:"我现在却有一个主意。"阿拉密道:"请你说。"颇图斯道:"我去同特统领告假;——应该怎么措辞,是要你们教我的,我自己是不大会的。密李狄是认不得我的,我到她身边,她是不会犯疑,我等到有了机会,就把她弄死了。"阿托士道:"据我看来,这个主意倒不错。"阿拉密道:"杀女人,是不冠冕得很;我有一个好主意。"阿托士道:"请你讲。"阿拉密道:"我们要先告诉王后。"颇图斯道:"这个意思很好。"阿托士道:"我们同宫里不大通气的,你有什么法子去告诉王后呢?我们若是送个信去,一定有人晓得的;这里离巴黎还有一千多里,我们的信,还未有到半路,送信的人就要关在监里了。"阿拉密红了脸,说道:"我可以设法,送个信给王后;我认得一个很有本事的人,住在土尔。"阿拉密看见阿托士在那里微笑,就不说了。达特安问道:"阿托士,你看这个法子好么?"阿托士道:"我不说这个法子一定不能用的;不过我们要晓得,阿拉密是不能离开大营的,我们又不能另外叫个人去送信;若是叫人去,不到两点钟,主教的侦探是要知道的,那时节,阿拉密同他的有本事朋友,都要被捉的。"颇图斯道:"王后就是救了巴金汗的性命,却没人来救我们的性命。"达特安道:"颇图斯说的不错。"阿托士说道:"那敌人营里干什么?他们打鼓进兵了。"四个人都不响,果然听见鼓声。阿托士道:"我看他们是要出队来攻我们呢!"颇图斯道:"我们可以不必在这里等他们大队来攻了。"阿托士道:"为什么不等呢?我很想等。我们只要有十几瓶好酒在这里,我可以抵敌他们全军。"达特安道:"鼓声渐渐的近了。"阿托士道:"让他们来,顶快也要一刻钟,才能到。有一刻钟,我们足够预备了。我们若是离开了这里,却找不出一个形势更好的地方来。我忽然想出个好主意来。"达特安问是什么主意,阿托士道:"我先要分付吉利模。"就打手势叫吉利模,指着死尸,说道:"你去把这些死人,扶起来,靠着墙,把帽子同他们带上,把枪叫他们拿了。"达特安说道:"你真聪明,我晓得你的主意了。"阿托士道："吉利模,你懂得么?"吉利模点头。阿托士道："那么,很好了。"又说道："我说我的主意。"众人齐声道："你说。"阿托士道："达特安,你不是说密李狄有个夫兄么?"达特安道："有的。他们两个人,像是不甚对的。"阿托士道："那是更好了。"颇图斯道："吉利模在那里干什么?"阿拉密道："颇图斯,不要响。"阿托士问道："那夫兄叫什么名字?"达特安道："他叫威脱世爵。"阿托士道："他现在那里?"达特安道："宣战之后,他回英国了。"阿托士道："我们要他帮忙。我们先告诉他,叫他留神;顶好是伦敦也有什么改过所,他就可以把密李狄关在那里,我们就可以太平了。"达特安道："等她再逃出来,我们又不得太平了。"阿托士道："你太奢望了。我告诉了你这个主意,我却没得别的法子了。"阿拉密道："我看是要告诉王后的。"阿托士道："原是要的。不过叫谁送信到土尔,叫谁送信到英国呢?"阿拉密道："巴星可以送信到土尔。"达特安道："巴兰舒可以送信到伦敦。"颇图斯道："我们自己虽然不能离开大营,我们的跟人,是可以走开的。"阿拉密道："我们今天就写信,给他们路费,就打发他们走。"阿托士问道："你们有多少钱?"几个人听了这句话,都面面相向。达特安道："你们看,那边有动静。阿托士,你还说是一营人,我看真是全军来了。"阿托士道："可不是? 这班人响也不响就来了,也不打鼓,也不吹号。吉利模,你预备好了么?"吉利模点头,指那几个死尸;他果然把他们都竖起来,同生人一样,也有肩着枪的,也有看准头的,也有手上拿剑的,共总有十几个。阿托士道："吉利模,你办得很好。"颇图斯道："好是好了,我却要晓得……"达特安道："我们先站开了,随后再晓得罢。"阿托士道："等一等。让吉利模先把早饭东西收拾了。"阿拉密道："敌人到跟前了,不要耽误了。"阿托士道："我们可以回营了。我们原赌是一点钟,现在已经有一点半钟了。我们走罢。"

　　吉利模拿篮子先走,四个人在后,离吉利模有十步;忽然阿托士站住了,说道："还有那面旗子,虽然说是块手巾,也不要给敌人拿了去。"说完了,跑回去,把旗子拿下来。敌人那里肯饶,登时就开了一大排枪,阿托士四围都是枪子飞过,身上却没中着;他还在那里扬旗,大营看见喝采,敌人在那里切齿,又放一排枪,手巾打了许多洞。大营里的同伴,喊他回来,他就回到同伴等他的地方。达特安道:"我们已经办得很好了,犯不着等死。"阿托士不肯乱跑,还从从容容,一摇一摆的走。吉利模已经走得远了,枪子打不着了。忽然听见一阵枪声。颇图斯道:"这是干什么?为什么看不见枪子?"阿托士道:"他们放枪,打吉利模竖起来死尸。"颇图斯道:"死人是不会还敬的。"阿托士道:"不会还敬的,敌人就要疑到有埋伏,是要停一会子再向前的;等他们觉着了,我们也走得远了,枪子也够不着了。你就明白了,用不着乱跑。"颇图斯道:"我明白了。"大营里看见他们回来,在那里叫喊喝采。忽然听见一排枪响,原来是敌人又把炮台角占了,枪子在他们身边飞过。阿托士道:"这班人放枪的本事太坏了。我们打死几个?打死十二个么?"答道:"十五个。""那墙压死几个?"答道:"十个,八个。"阿托士道:"我们却并没受伤。哈,达特安,你的手怎样了?"达特安道:"没什么?"阿托士道:"枪子打了手么?"达特安道:"并不是。"阿托士道:"到底怎样?"达特安道:"我手压着墙,一个手指夹在戒指同墙之间,出一点血。"阿托士道:"这为的是你要戴戒指。"颇图斯道:"他有的是戒指,只要有了戒指,还愁没钱么?"阿托士道:"颇图斯说得好。这个主意顶高。"颇图斯道:"可不是,为什么不把金刚钻卖了?"达特安道:"是王后送我的,怎么好卖。"阿托士道:"因为这个缘故,更要卖了。王后要救巴金汗,因为他是恋爱王后的人,那是应该的;有了这个金刚钻戒指,王后也救了我们,这也是应该的。我们就卖了罢。我们的教士,有什么高见?"阿拉密道:"这个戒指,不是达特安情人给的,就不算是恋爱的记念,达特安可以卖的。"阿托士道:"你说得不错,你是劝……"阿拉密道:"劝他卖了。"达特安很高兴的说道:"就卖了罢。不必再说了。"阿托士道:"我们都商妥了,也到了大营;众位要记得,我们一句都不许说密李狄;我们的同伴来欢迎我们了。"果然有四千多人,在那里看见他们四个干这冒险的事,看见他们回来,大声叫喊喝采。波西尼是头一个跑来,拉阿托士的手,同他贺喜,说他赌赢了。这些兵喊得很利害,主教也听见了,恐怕是闹事,派了亲兵统领来问;那些兵把这件事告诉他。他回去,主教问道:"怎么一会事?"统领说道:"有三个火枪手,一个禁兵,同波西尼他们赌,在圣朱维炮台角吃早饭,要在那里耽搁一点钟;那四个人一面在那里吃早饭,一面抵敌住许多敌人,还杀了许多人。"主教问道:"你听见说他们的名字么?"统领道:"他们叫阿托士、颇图斯、阿拉密。"主教道:"他们真是不怕死。那禁兵是谁?"统领道:"叫达特安。"主教道:"又是那个少年魔鬼。我要想法子,把这四个弄到我自己亲兵营里来。"

到了晚上,主教果然同特拉维统领谈到早上的冒险事来,那时通营都知道了。特拉维从他们几个人口里听来的,把详细情形告诉了主教;那条手巾的事,也说了。主教说道:"我要那条手巾,还要绣三朵金花在上面,送给你,就拿来当火枪营的旗子。"特统领道:"这恐怕不公道,因为达特安不是我营里的人,是德西沙的部下。"主教道:"叫他也到了你的营里。他们常在一起的,也应该同在一营。"当天晚上,特统领就把这个好消息告诉了他们,请他们明早吃早饭。达特安听了很高兴,同阿托士说道:"你想的主意很好,对待密李狄那一层,我们是商妥的了。"阿托士道:"往后就没人疑我们破主教的诡计了,人家都要当我们是主教党了。"晚上,达特安去见德西沙,就告诉他自己升迁的事;德西沙很舍不得他,要留他在自己营里,达特安婉辞却了,去求德西沙同他卖戒指,为的是等钱用。翌日早上,八下钟,德西沙的跟人来找达特安,送了一口袋的钱,里头有七千个利华,这就是卖王后所赏的那只金刚钻戒指的钱。

第四十八回　威脱的家事

再说那天几个人在特统领那里吃早饭,是很高兴的。达特安早换了号衣,原来他同阿拉密差不多的高,阿拉密原有两套,就送了达特安一套。达特安心里总丢不开密李狄,因此还不十分高兴。吃完早饭,四个人约好了,晚上在阿托士那里会。达特安这一天无事,各处闲逛了一天,晚上去找阿托士,原来还有三件事体没商量好。第一件是如何写信把密李狄的夫兄,第二件是如何写信把土尔的有本事人,第三件是派那个跟人去送信。

他们各人都肯叫自己的跟人去。阿托士要派吉利模,因为他不好说话;颇图斯要派摩吉堂,因为他身壮有力,一个人可打四个人;阿拉密保举巴星,因为他主意多,又会应酬;达特安保举巴兰舒,因为他有胆子。商量了好一会,阿托士道:"最不幸的,是他们各有所长,却没一个能够兼各人所长。我看还是派吉利模罢。"几个人争起来,各人保举各人的跟人。阿拉密说道:"我看这件事也不甚用得着有分寸有胆子有气力,还是要看那一个最喜欢钱。"阿托士道:"这句话不错,我们还要论他们的短处。阿拉密真是个大哲学家。"阿拉密道:"我们要看看那一个办得最妥。万一有点疏虞,不独是他一个人丢了性命,别人的头也要陪在里头。"阿托士道:"阿拉密,你别说得太响。你说得不错,不独跟人死了,主人的头也是要丢的。你们想想看,这班跟人,能够替我们拼命么?"达特安道:"巴兰舒,我是可以保的。"阿拉密道："你还要给他重重的赏,那就可以有把握了。"阿托士道："就是有了重赏,还是靠不住的。他们看见了钱,什么事都应承去作,一遇了险,他们就忘记了。只要被人捉了,那时就容易叫他们吐出供来。况且要到英国,还要先离开法国,法国的海口,主教的侦探都布满了;并且还要取一张护照,才能出口,到了英国,还要会讲几句英国话。这件事体,倒有点为难。"达特安道："不然,并没什么为难。但是我们若是要写信给威脱,说的是……"阿托士道："别太响。"达特安低声道："倘若我们同威脱说的是秘密的事,是要受车裂的。阿托士,你要晓得,我们同威脱说的是家事,我们只要叫他把密李狄收管起来,不让她来害我们。我们信上,只要说,我的好朋友,……"阿托士说道："你写信给英国人,还要称呼他是朋友,我看你犯的不是车裂的刑,还是要受肢解呢。"达特安道："我信上就称呼他先生。"阿托士道："你要称呼得合法,就不如称他世爵。"达特安道："信上就说,世爵,你还记得罗森堡后面的一件小事么?"阿托士道："这罗森堡三个字,就同母后有相关,使不得。"达特安道："我有了,你看怎么样?信上就说,你还记得,在一处地方,有人饶了你的命云云。"阿托士道："你不是个好书记。你这样说法,人家是要生气的,当你是羞辱他。"达特安道："这样又使不得,那样又使不得,你要挑剔起来,我就不管了。"阿托士道："你倒说对了。你是耍剑耍枪的,讲到动笔,还是请教我们的教士罢。"颇图斯道："还是阿拉密罢,他还会作拉丁文的论呢。"达特安道："很好,阿拉密,你就动笔。你却要快快的写,你若耽搁了时候太多,我是要打叉的。"阿拉密道："我很愿意写,不过你们要把事体告诉我。我晓得那个女人是个魔鬼,我听她同主教说的话,我就知道了。"阿托士道："别说得太响。"阿拉密道："我却不晓得其中细情。"颇图斯道："我也不晓得。"达特安同阿托士两个人,面面相向不响。后来阿托士使个眼色,脸也青了。达特安说道："你照着我嘴里这样说罢:你说,世爵,你的弟妇,是个凶恶女人。她要害了你,去承受你们的家产,她并不算是嫁了你的兄弟,她在法国的时候,先嫁过人了,被人……"达特安在那里迟疑,看了阿托士一眼,就往下说道:"看出她是一个刺了花的罪人,被人驱逐了。"颇图斯道:"刺了花的罪犯么? 没有的事!"阿托士道:"是的。"阿拉密道:"她从前嫁过人么?"阿托士道:"是的。"颇图斯道:"是她的丈夫看见她刺了花的么?"阿托士道:"是的。"阿拉密道:"谁看见的?"阿托士道:"达特安同我都看见的。"阿拉密道:"她的男人还生么?"阿托士道:"还生。"阿拉密道:"这句话,靠得住么?"阿托士道:"靠得住之至,我就是她的丈夫。"众人听了,都不响。阿托士道:"情形是说清楚了,只管去写罢。"阿拉密道:"这却不大容易写,我只好尽力写就是了。"

于是阿拉密执了笔,想了一会,在纸上写,写完了,读一遍。信上说道:

> 世爵:写信的人,同你在某处比过剑,因为你待我不错,故此我写信通知你一件极要紧的事。你有个弟妇,曾经两次要杀你。你以为她可以承受你的产业,其实你这个弟妇,嫁你兄弟的时候,已经在法国嫁过别人。你的弟妇,昨晚又动身回英国,要害你的性命,你要加倍小心。你若要凭据,请看你弟妇左肩上可也。

阿托士道:"写得很好,你可以当个大臣。威脱得了这封信,自然是要留神的了,就是主教得了这封信,也害不了我们。但是送信的人,也许走了半路,回来骗我们,我们只好先给他一半的赏钱,等他送回信回来,再赏一半。"阿托士又说道:"你有那只金刚钻戒指么?"达特安道:"我换了钱了。"说完,把那一口袋钱摔在桌上。颇图斯、阿拉密听见钱响,都觉得诧异。阿托士问是多少,达特安道:"七千个利华。"颇图斯道:"难道你说那个小戒指,值七千利华么?"阿托士道:"一定是值这些钱了。桌上确是七千利华,达特安自己没有零钱添上。"达特安道:"我们却别忘了王后,我们须要保护巴金汗公爵,他是王后的好朋友。"阿托士道："这件事,却要阿拉密设法。"阿拉密红了脸问道："你们要我作什么?"阿托士道："你要写封信把土尔的朋友。"阿拉密拿起笔来,想了一想,把信写好了,读道："我的表亲:……"阿托士道："原来这个有本事的朋友,是你的表亲么?"阿拉密道："很疏的了。"阿托士道："请你读信罢。"阿拉密读道："我的表亲:主教围攻拉罗谐尔的事,快告成功了。我看英国海军万到不了这个地方,巴金汗公爵也不能离开英国。自有世界以来,主教是最有本事的人,假使太阳拦了他的路,主教也有本事把太阳弄灭了的。我梦见那个英国人死了,——死于刀子,或是死于毒药,我却忘记了,我只记得梦见他死,我的梦是没有不灵的。"阿托士道："写得好。你很有诗人的意想。信是写好了,请你写信面住址罢。"阿拉密道："容易得很。"执起笔来写,写的是"内信送土尔女裁缝米桑收。"那三个朋友看见住址,不禁大笑。阿拉密不去管他们,说道："还是派巴星送信好,他认得我的表亲,况且巴星还读过几年书,他知道西士达第五①未作教王之先,不过是个牧猪奴,因此他自己也在那里梦想,将来也可以作个教王,顶少也要作个主教。你们晓得,有这种见解的人,是不会被人捉住的,是宁死也不肯供的。"达特安道："你派巴星去土尔,我派巴兰舒去英国。密李狄有一次叫人把巴兰舒打了,阕了出去,巴兰舒是有记性的,他要报仇,什么都肯干的。巴兰舒到过伦敦,还记得几句英国话。"阿托士道："很好,我们先给巴兰舒七百个利华,等他回来,再给七百。巴星先拿三百利华,回来再拿三百。只剩了五千利华,我们每人拿一千利华,剩一千,交把我们的教士,预备将来紧急用项。你们看怎么样?"阿拉密道："你安排得很好。"阿托士道："就是这样了,派巴兰舒、巴星两个人去很好,吉利模还是不去的好,别人也不惯伺候我。况且他经昨日那一番的险,也够他受的了,不必再叫他去了。"

---

① 西士达第五(Sixtus the Fifth),他是最近四百年来许多教王中间最有本事的一个。生于一五二一年,卒于一五九〇年。他一生最大的事业,就是巩固将倒的旧教势力,摧残方兴的新教。

于是喊了巴兰舒来，分付了他，叫他胆大心细，要冒点险。巴兰舒道："我把信藏在衣服里子内，若是人家捉了我，我就把信吞了。"达特安道："这样，那封信是交不到的了。"巴兰舒道："让我今晚把信读熟了，我就记得，永远忘不了。"达特安道："你去是八天，回来也是八天。你若是第十六天后，晚上八点钟，回不了这里，那赏钱是要罚了的。"巴兰舒道："既然是这样，我却要个表，对对时候。"阿托士把自己的表，交给他，说道："你就拿这个表。你却要小心，你若是多说话，或是吃醉酒，你就害了主人的性命。他因为相信你，故此叫你去办这样的要紧事。你若是因为不小心，害了你的主人，我是要同你算帐的。不管你在那里，我要找着你，把你切得碎碎的。"颇图斯道："我是要剥你的皮。"巴兰舒害怕了，喊起来。阿拉密低声的告诉他道："我却要用慢火把你煮熟了。"巴兰舒听了，哭起来，却不晓得是因为害怕，还是因为舍不得主人。达特安捉住他的手，安慰他道："这几位说的话，不过因为同我要好，并不是真要难为你。"巴兰舒道："我一定要成功的。人家就是把我切碎了，我也不供出实情来。"于是商定了，明早八点钟，巴兰舒动身，叫他先把信读熟了。到了翌日早上八点钟，巴兰舒正要上马，达特安拉开他，同他说道："你把信送给威脱世爵，等他读完了信，你就告诉他说，要小心照应巴金汗公爵，因为有人要行刺他。巴兰舒，你要记得，这是件极紧要的事，我交代把你，连我的朋友，我都没告诉，连信都是不能写的，犯不着去冒险。"巴兰舒道："请主人放心，我一定要把这事办好的。"说完上了马，高高兴兴的走了。走了二百里，另外雇了马，向海口去了。巴星是迟一天动身，说好了八天来回。

那四个火枪手，很在那里盼望回信。他们无事的时候，留心打听消息，察看主教的举动。有时叫他们去办意料不到的事，他们就害怕起来——很怕密李狄想出新法来害他们。第八天早上，四个人正在酒店吃早饭，巴星回来了，精神很好的进来同他的主人说道："表亲回信来了。"四个人使眼色，微笑，知道他们要紧的事，总算办了容易的一半了。阿拉密拿了信,红了脸,说道:"米桑的字,永远写不好的了。"有一个瑞士兵,刚才同他们四个说话的,问道:"你说米桑怎么样了?"阿拉密道:"不相干。她是个很体面的女裁缝,我向来很喜欢她的,常有信来往。"瑞士兵道:"只要这个女的名位也有她写的字一样大,你是有了运气的了。"阿拉密读完信,交把阿托士。阿托士先看了一看,叫旁人不要犯疑,他就大声的读信道:"我的表亲:我同我的姊姊,都是会解梦的。我们最怕的是恶梦,至于你的梦,是要相反的,请了。常常通信。"读完了,刚好一个兵走上来,问道:"说的什么梦?"瑞士兵也问道:"什么梦?"阿拉密道:"是我做的梦,告诉了她。"瑞士兵道:"做了梦,是容易告诉人的,我却从来不做梦。"阿托士一面站起来,一面说道:"你的运气真好,我却不能说这句话了。"瑞士兵听了,高兴的很,说道:"我真是永远不做梦的。"达特安也站起来,捉了阿托士的手,出去了,只剩了阿拉密、颇图斯两个人,同那两个兵说话。当下巴星睡倒在一堆干草上,在那里做梦,梦的是阿拉密作了教王,自己作了主教。

再说巴星虽然是回来了,那四个火枪手,心里还是十分着急,越等越着急起来,以为密李狄是有魔鬼帮忙的。达特安更虚心,听见有点声响,就怕是有人来捉他,后来阿拉密同颇图斯,也虚心起来,只有阿托士一个人,还是照常,一点也不动声色。到了第十六天,达特安三个人着急的受不住了,坐也不是,站也不是,就跑到大路上,盼望巴兰舒回来。阿托士道:"你们这样着急,岂不成了小孩子了么? 就算是我们都关了监了,还有法子可以逃出来的。邦那素的老婆,不是逃出来了么? 至于杀头的话,我们天天在地道里,不是更险么? 设或腿上中了一枪,医生锯了一条腿,我看比杀头还要疼。你们耐烦点罢,再等六点钟,就到了。我是相信他的话的。"达特安道:"万一他不来,怎样呢?"阿托士道:"也许路上有耽搁。他在路上,许摔下马来;在船上,也许闪了腿;也许得了风寒病;人生在世,偶然之事,多得很呢。有道理的人看了,只好付之一笑。我们不如作个有道理的人罢,坐下来吃了酒。后来的事，且不去管他。"达特安道："我开了一瓶酒，心里先要想想，看是密李狄送来的不是。"阿托士道："你这个人，真难伺候，密李狄是个美貌女人。"颇图斯道："是个有记号的女人。"阿托士打了一个战，额上都是汗，站起来。

到了晚上，酒店里有许多人。阿托士有了钱，不大离开那酒店，他同波西尼还谈得来，七下钟的时候，他同波西尼打牌。七点半钟，听见吹歇息的号，达特安悄悄的同阿托士说道："我们糟了！"阿托士答道："糟了。"把钱还了，说道："我们睡罢。"阿托士出来了，达特安跟着他，阿拉密、颇图斯在后，手牵手的走。阿拉密背诗，颇图斯捋胡子。忽然见黑暗里有个人，声音很熟的，说道："今晚很冷，我把罩袍送来了。"达特安认得这个声音，很高兴的说道："巴兰舒！"阿拉密、颇图斯同声喊道："是巴兰舒。"阿托士道："自然是巴兰舒，有什么大惊小怪的。他说八点钟回来，这才打八下钟。巴兰舒，你的话很靠得住，你将来若是离开了旧主人，你就到我这里来。"巴兰舒道："我永远不离开老主人的。"一面说，一面把封信交给达特安。达特安道："我有了回信。"阿托士道："回去读罢。"达特安原是很着急，要赶快跑回去，阿托士拉住他的手，要他慢慢走。到了营里，点了灯，巴兰舒把了门，达特安拆开信，信上只有四个英国字，说的是："谢谢，放心。"阿托士把信拿了来，跑到灯前，把信烧了。阿托士喊了巴兰舒来，说道："你赚了七百个利华了，但是那封回信，却不能叫你惹祸。"巴兰舒道："是我叫他写短的。"达特安道："你把情形告诉我。"巴兰舒道："说来话长，天也不早了。"阿托士道："说得不错，歇息的号已经吹了，我们还点着火，人家看见是要犯疑的。"达特安道："也好。巴兰舒，你去睡觉罢。"巴兰舒道："我有十六晚上没好好的睡觉了。"达特安道："我也是这样说。"阿托士、阿拉密、颇图斯三个人都说道："我也是这样说。"

第四十九回　密李狄

再说密李狄在船面上走来走去,同一个笼里的狮子一样,在那里生气;她因为达特安羞辱了她,阿托士吓她,她现在离开法国,一点仇也没报,心里很不高兴。有一会,她想先回到法国去。船主要赶快到英国,本不肯回头,但是主教分付过,叫他好好的待密李狄,他只好答应送她到法国某海口。不料那里风浪太大,不好走,开了船九天,才远远看见法国某处海岸。密李狄想想,就是登了岸,还有四天才见得着主教,算是白蹧蹋了十三天,况且主教看见她回来,一定生气的,只好不登岸了,就向英国走。

到了英国波士木①那一天,正是巴兰舒从波士木动身回法国,那时波士木很热闹,有四条新打的兵船,刚下了水。码头上有巴金汗公爵站在那里,穿得很华丽,头上戴了毡帽,插了一条白鸟羽。那日天气甚好,密李狄站在船面上,看船快进口。正要下锚,来了一条舢板,满装了兵;上头一个兵官,一个副兵官,八个兵。兵官上了船,拿出公文来;船主看了,传齐船上的人,到了船面。兵官问了些话,问他这条船是从那里开的,到过几处地方,走的是那一条路。问完了,就去查看船上的水手同客人。走到密李狄面前,站了一会,很留心的看,却

---

① 波士木(Portsmouth),或译音为朴资茅,是英国重要海口,亦为商业巨镇,在伦敦南西七十四英里。

一句话没说;回到船主面前,说了几句话,后来兵官就管驾了这条船,舢板跟着船走。兵官把船驶进去了。

  一路走,那兵官一路留心看密李狄。密李狄虽说是很聪明,也看不出兵官的举动。这位兵官,有二十五岁光景,脸色略青,眼深而蓝。看他的嘴脸,像是个主意打得很牢的;头发很细,却不甚多。他们进口的时候,天已晚了,天气潮了,还带点雾,密李狄在那里发抖。兵官分付,把密李狄的行李送到舢板上;搬好了,就伸出手来,扶密李狄下舢板。密李狄看他一眼,在那里迟疑,问道:"你为什么加倍的照应我?"兵官道:"我是英国海军的一个兵官。"密李狄问道:"你们海军兵官都是这样照应女客的么?"兵官道:"太平时候是用不着的。我们为的是并不是客气,为的是小心。凡是外国人来,都要住在另外特别的地方,有人看管着,等到打听清楚了来踪去迹,才许他们走。"密李狄听了,还不满意,说道:"我并不是个外国人,我是克拉力夫人,你这样……"兵官道:"这是照例的办法,免不了的。"密李狄道:"既然这样,我就跟你走。"说完,走下了舢板。兵官把罩袍打开了,请密李狄坐,自己坐在她身边,分付水手摇船;到了,就扶她登岸,有马车等在那里。密李狄问道:"这是我们坐的么?"兵官道:"是的。"密李狄问道:"住的地方,离这里远么?"兵官道:"是的,在那一方。"密李狄说"很好",就进了车。兵官把行李同她照应好了,也进了车,坐在她身边,马车就走了。

  密李狄看见这种形情,背靠了车,在那里寻思。过了一刻钟,她抬起头来,看是往那里去,——不见房子,只看见树,密李狄发起抖来,问道:"我们离开城市了么?"兵官不答。密李狄道:"你若是不告诉我送我到什么地方去,我是再不去的了!"兵官还是不答。密李狄道:"这却使不得!"从车窗探出头来喊道:"救命呀!"原来那是个空旷地方,喊了也没人听见。兵官坐在那里,同石人一样。密李狄两只眼只管看那兵官,兵官一点也不理;密李狄就去开车门,跳出去。兵官道:"你要小心,恐怕要伤了命。"密李狄只好坐下,在那里生气。兵官看看她,看见她生气,脸色都变了,很难看,没有不生气的时候那样美貌了。密李狄也觉得生气无益,登时就改变过来,问道:"请你告诉我,这样待我是英国政府的责成,抑或是我落在仇人之手了?"兵官道:"并没什么强硬手段。我已经告诉你了,凡到英国的,都要用这种办法。"密李狄道:"你不晓得我是谁?"兵官道:"我却不晓得。"密李狄道:"你并不仇视我么?"兵官道:"并没这个意思。"密李狄听他说话很镇静的,也放了心。

马车走了有一点钟,就停在一个地方。那个地方有很大很厚的铁门,门里是一条大道,两旁有树,进去是所极大的房子,盖在山边的,离海不远,听见风水击石的声音。马车进了两重门,到一个黑暗院子,门开了,兵官先跳下来,扶密李狄下车。密李狄道:"我现在还算是个被禁的人,但是我盼望监禁的日子不长。我自己心里知道我并没犯罪,看你待我很有礼,我知道不久就出监的了。"兵官也不答。兵官从口袋里取出一个银哨子来,吹了三声,就有几个马夫跑出来,把车卸了。兵官领密李狄进去,走过一道矮门,上了一道石梯,在一个大木门外停住了。兵官取出钥匙,开了门。密李狄知道是自己住的房子,往里一看,看见那些椅桌及铺陈,倒不像是间监房,看到窗子,都是有铁条拦着的,自然是监房无疑了。密李狄害怕起来,没了主意,倒在一把椅子上,垂头丧气。一会子,进来两个水手,送行李来,摆在一角,出去了,兵官在那里看着。密李狄忍不住了,问道:"这是怎么讲?眼看得见的凶险,或是不幸的事,我都能受;这种光景,我却受不来。我现在在什么地方,为什么安置我在这里?窗上的铁条,门上的重闩,是什么意思?倘若我是个监犯,我却要问问我犯了什么罪?"兵官道:"我奉命去接你,保护你到这个地方,我——奉命而行,办得也算尽礼了。我的公事,现在算是完了,除外的事,是别人管的了。"密李狄道:"这个别人是谁?"忽然听见梯上有人脚步响,有人说话的声音,再一会,就有人开门进来。兵官见了,伸直腰,行了礼,像是见了上司的样子,说道:"就是这一位。"这个人站在门口,没戴帽子,身边挂了剑,手上拿着手巾;密李狄一看,仿佛是认得的,伸出头只管看。

那个人走进房来,光照脸上,密李狄吓了一跳,喊道:"原来是我的夫兄!"威脱伯爵微笑点头道:"是我。"密李狄道:"这间大房?"威脱道:"是我的。"密李狄道:"这间住房?"威脱道:"是你的。"密李狄道:"我是你的监犯了?"威脱道:"也可以算得。"密李狄道:"这是无法无天了。"威脱道:"你坐下歇歇,不要说怎样的话。我们原是亲戚,有事慢慢谈。"看见兵官还在那里等,威脱就说道:"费尔顿,你的公事完了,你请歇歇罢。"

第五十回　威脱与密李狄之密谈

　　再说，威脱把门关了，窗子也关了，把椅子挪近密李狄。密李狄一面在那里想，威脱是个君子，打猎是个好手，也会巴结女人，不过是个很坦白的人，不会想什么诡计的，为什么他晓得她来英国，还派人来把她捉了呢？听阿托士说的话，她知道同主教商量的那一番话，是被人窃听了，但是不明白消息就泄漏得这样快？她一面想，一面心里就害怕从前在英国的诡事，都被人看破了。大约巴金汗公爵晓得金刚钻是她割去的了，现在要报仇，但是公爵若是晓得她作这件事，不过为的是吃醋，是断断不会这样收拾她的。想到现在落在夫兄手中，并不落在别的奸人手里，她心中暗喜，就说道："我们慢慢的谈谈。"

　　威脱道："你从前说过，永远不再回来英国了，你为什么改了主意，又回来？"密李狄不答这个话，先问道："我要晓得你怎样晓得我要回来？怎样晓得我登岸的地方，同登岸的时候？"威脱也不答这句话，先去问她道："你先要告诉我，为什么事回到英国来？"密李狄只要安威脱的心，却不晓得中了达特安信上的话，就答道："我回英国来，为的是要见你。"威脱很犯了疑心的说道："你来看我么？"密李狄道："为什么我来看你，你倒觉得诧异呢？"威脱道："你到英国来，就专为看我？"密李狄道："是的。"威脱道："你过海只为得是我么？"密李狄道："专为你。"威脱道："我不晓得你如此的留恋我。"密李狄道："我不是你的至亲么？"威脱道："你还是我的承受家产人。"密李狄虽说是很能镇静的,听了这个话,不免一跳,其时威脱一只手放在密李狄膀子上,也觉得这一跳。密李狄以为威脱晓得她谋产的心事,初时以为是吉第告诉威脱的,后来又疑到是达特安窥破了的。密李狄答道:"我不懂你这句话怎么讲。难道你这句话,内中还有深意么?"威脱道:"并不是的。你想来见我,我晓得你的意思。恐怕你一个人晚上到了不便,我派一个兵官去接你,我送了我的马车去接你来。这所大房子,现在改了炮台,是我管的,我天天来巡查。我就收拾一间,给你住,就常常可以见面谈谈。有什么诧异的事情?"密李狄道:"我最诧异的,是你怎么知道我来的。"威脱道:"这也并不奇怪。你没留心么?你的船快进口的时候,先把船上日记各种,打发小船先送到我这里来,我是这个海口的镇守官,我就看见你的名字,我就晓得你冒了风波之险来见我,我就派舢板去接你。此外的事体,是你都知道的了,我不必再说的了。"密李狄听了这番话,知道威脱是骗她的,心里很着急。

密李狄问道:"我船到的时候,岸上那一位,是巴金汗公爵么?"威脱道:"是的。我晓得,你看见他,是很关切的。你所从来的地方,那里的人天天都谈他,你的好朋友红衣主教,很留心公爵的事。"密李狄吓了一惊,说道:"主教不是我的好朋友。"威脱道:"他不是你的好朋友么?我许错了,你不要怪,往后我们再谈他罢。你不是说特为来看我么?"密李狄道:"是的。"威脱道:"我总要好好的照应你,我们好在天天可以见面。"密李狄害怕了,问道:"我就永远住在这里么?"威脱道:"你要什么东西,我分付人去办。"密李狄道:"我并没男仆女仆伺候?"威脱道:"你要什么有什么。你只要告诉我,你第一个丈夫是怎样照应你的。我虽然不过是你的夫兄,我总要办好了,叫你舒服。"密李狄心里很慌的问道:"我的第一个丈夫?"威脱道:"你的法国丈夫。我不是说我的兄弟。倘若是你把旧事忘记了,我可以写信去问他,——他还活着呢,——叫他把一切情形,都告诉我。"密李狄登时脸色变了,同死人一样,两只手抓住椅说道:"你说笑话么?"威脱站起来说道:"你看我像说笑话的么?"密李狄也站起来说道:"你是羞辱我。"威脱道："我羞辱你？这是做不到的事。"密李狄道："你不是吃醉了，就是疯了。你走开罢，叫个女仆来伺候我。"威脱道："女人嘴不密，不如让我伺候你罢。家里的丑事，只有我同你知道，就不至于外扬了。"密李狄道："你这个无礼的东西！"一面说，一面跳上前来。威脱原是站在那里，叉了手的，却有一只手抓着剑。威脱说道："我晓得你是惯于行刺的，我要先告诉你，我要保护自己的。"密李狄道："我也晓得，我可以相信你这种懦夫，会打无保护的女人的。"威脱道："也许有的。我动手自有说法。我也晓得人家有说法而后动你的手，不是一次了。"威脱说完，拿手指着密李狄的肩膀。密李狄要喊，又喊不出来，躲到房角。

　　威脱道："你要喊，只管喊；却不要咬，咬了，你没得便宜，现在是没人来救你的了，但是有的是法司，他们可以对付背夫再嫁的女人。自然有人去把你右边肩膀上再刺了花，去配你左边的肩膀。"密李狄听了这话，脸上露出恶鬼一般的样子来。威脱看见了，也害怕，浑身都冷了，更生气的说道："我知道你的手段了。你把我兄弟的产业承受了，你还想来承受我的家产。我老实告诉你罢，我已经预备好了，你若是把我谋死了，一个钱也到不了你的手上。我告诉你，我因为念在兄弟手足之情，不肯把你送到官里的监牢，或送你到法场上去，你可要安分的，就住在这里。大约还有两个礼拜，我就带兵赴拉罗谐尔去打仗，我动身那天晚上，你就上船，装你到南边的属地去。你不要害怕，我派个人护送你；你想逃走，这个人就登时把你打死了。"密李狄听得，眼都直了。威脱又道："当下你就住在这里。墙是很厚的，门是很结实的，窗子上有的是铁条，我的人都是我的心腹，在这里把守。你就是到了院子，外头还有三重铁门。我已经分付了，你若逃走，他们就放枪。你若是不幸死了，那是你自取。你现在明白过来了。你是很有主意的，我看你现在就在那里想法子逃走，你也可以试试。"密李狄咬牙切齿，说不出一句话来。威脱又说道："那个替我把守的兵官，你是看见了的，他知道他的职守。你在路上想法叫他说话，是无疑的了,但是我也知道,你从他嘴里并没打听出什么消息来。你是很用过手段去迷人,不幸许多人都上了你的当,倘若你能够牢笼这个兵官,迷住了他,你可真是个魔鬼了。"威脱说完了,开了门,喊守门的去请费尔顿来。

过了几分钟,没声响,慢慢听见脚步声,来了一个人,就是那个兵官。威脱道:"进来,关了门。"费尔顿进了房。威脱道:"你看看这个女人,年纪又轻,相貌又美,但是她所犯的罪,一本书还写不完;她的声音又柔脆,神情又动人,她一定想出许多法子来牢笼你,不然她就想法子来杀你。费尔顿,你须要记得,你从前过的日子很难,是我提拔你,叫你做到兵官,有一次还救了你的命。这个女人来英国,专为的谋害我的性命,我现在把她置在我掌握中了,费尔顿,你要晓得,我的性命,算是在你手中了,你要保护我,也要保护自己不要让这个女人逃了法网。"费尔顿道:"我发誓,我听你的分付。"密李狄声色不动的,在那里听,威脱看她仿佛是前后两个人。威脱又分付道:"费尔顿,不要让她出了这间房子,不要让她同外人通信;她可以同你说话,不要同别人说话。"费尔顿道:"我晓得了。我发了誓,遵办。"威脱对密李狄道:"你只好向天求饶,人是不能饶你的了。"密李狄点头不语。威脱出了房,使手势,叫费尔顿跟了出来,关好了门。

再等一会,房里听不见声响,只听见把门的,在门外往来的走,肩上背了枪,腰间挂一把斧子。密李狄起先不敢动,恐怕有人在外偷看;等了一会,抬起头来,跑到房门听,又跑到窗子往外看,回到椅子上,坐在那里想。

第五十一回　巡查

再说，主教天天的很着急，望英国的消息，偶然得着点消息，听了很不满意。当下拉罗谐尔地方，虽说是被官兵围得很密，因为海口筑了长堤，船只进不去，然而那城里的人，守得很固，还可以支持得许久。主教见了这个情形，十分着急，因为将帅不和，巴桑披同安古利，很闹意见，先是奥林斯公爵办围攻的事务，现在交代了主教。城里的人有反叛的，市长捉来问绞；官兵偶尔搜着拉罗谐尔同巴金汗来往的密信，捉着了奸细，是不饶的，都是问绞。凡绞奸细的时候，都请王上亲临，因为他围城围到厌倦了，要看看绞奸细解闷，后来闷得受不住了，就想回去巴黎。

等了许多日子，拉罗谐尔的人，还是不降。官兵有一天捉了一个奸细，搜出一封信来，说的是求救于巴金汗的话，说是两个礼拜无救兵，全城的人都要饿死了。拉罗谐尔的人，只盼望巴金汗发救兵，若使有人告诉他们，说是不用盼望巴金汗，那守城的人也就心淡了，自然是要降的了，故此主教很着急，盼望英国有消息，说是巴金汗不能来。官军营里，常商量要进攻，盼望一战成功，众将却都不以为然。主教晓得拉罗谐尔地方，是极坚固的，难以攻破，又恐怕叫法国人多杀法国人，天下的人都要骂他的，没法子，只顾围城，等他们没得吃了，自然是要降的。想到那个女侦探，他就狐疑起来，恐怕她是死了，不然是走漏了消息了。他原晓得密李狄应许去办一件事，不管什么为难,都要办到的,除非是真没法子想了,她才罢手的;但是眼前这件事,有什么为难,却就料不到了。他后来想到,惟有他可以保护密李狄,总是靠得住的。最后就拿定主意围城,不靠外事帮忙了,一面催人筑堤,围困得海口水泄不通。主教又想起劝降的法子来。从前显理第四①围困巴黎的时候,看见城里乏食,就抛了许多面包食物入城,现在主教抛了许多信件入城。信上说的,都是责备为首的人,不应该死守,叫众人去受苦的话。原来那为首的人,打定了主意,饿死了多少老弱都不管,只要少壮打仗的有得吃,就是了;但是众人看见官军抛来的信,也晓得为首的人不公道,因为饿死的,都是少壮打仗的人的父母妻子,不应该分开,一个有得吃,一个要饿死。于是城里就有人,慢慢的同官军开议。主教的法子,正要收效的时候,忽然有一个奸细,偷进了城,说是海峡有一大队英国海军,七八日间,就要开来救应;同时又接着巴金汗的密信,说是三国联盟的事,已经办妥了,不久就有西班牙国、奥大利国、英国几国的兵,同攻法国。为首的人,登时就把这些消息,榜示通衢,连小街狭巷,都贴满了;就是从前偷去同官军开议的人,也不去续议了,专候英兵来救。主教得了这个消息,又着急起来,不晓得密李狄的事,办得怎样了。

那时候官军过的日子,倒很好:有的是钱,吃的是酒食,闲得无事,去捉奸细,捉着了,就把他问了绞;有时跑海边去顽,有时到堤上去顽,想出许多解闷的法子来。他们的日子,过得很快。拉罗谐尔的人,日日盼望救兵,主教日日盼望好消息,那日子过得却不舒服。主教常常的骑马,到堤上看工程,——虽说那时很有几个有名的工程师,那工程却是作得甚慢,——只要碰见了特拉维的火枪军,他就留心看他们。

有一天主教着急得非常,在海边骑马走过,克荷萨同拉胡丁两个

---

① 显理第四(Henry Ⅳ),英王,于一四一一年间乘法国内乱,派了两队兵马侵入法国,围巴黎。

人陪着他。他登了海边的一个小山，望见岸边沙上有七个人，有四个就是火枪营的人，内中有一个在那里大声读信，那些人连牌也不打，在那里听信，信上的话，一定是要紧的了。还有三个人在那里开酒，是他们的跟人。主教原是心里着急，看见这几个人在那里很快活，他心里就不舒服起来，他就使手势，叫随从的两个人，在这里等他。他下了马，慢慢走到那队人那里去偷听。因为沙是不响的，旁边有一点土堆挡住，看不见，主教要躲在那里窥听。离他们十步，主教就认得达特安的声音，他料想那三个，一定是阿托士、颇图斯、阿拉密了。主教听是他们，更要听他们说的什么话，就躲在那一点土堆的后头。只听了几个字，忽然听见有一个喊道"兵官"，原来是吉利模说的。阿托士很生气的说道："你这个东西，你吵什么？"吉利模不响，拿手指那一点土堆，几个火枪手，登时跳起来，认得是主教，站住了，行了军礼。主教脸上很不高兴说道："你们火枪手，有例要人把守，同大兵官一样的么？"阿托士是极机警的，答道："火枪手没公事的时候，是可以吃酒打牌取乐的，对付自己的跟人，自己就是个大兵官一样。"主教道："说什么跟人！你们的跟人，就是巡兵一样。"阿托士道："我们假使没叫跟人在这里巡哨，我们这趟就要失了机会，同大人见礼。我们有了这个机会，就可以谢谢大人，优待我们。达特安也在这里，他还要谢谢大人的栽培呢。"达特安走上前，说了几句感谢的话。那主教还是不高兴，说道："我很不愿意当一名兵的人，摆出贵族的架子来，就是在一个特别营里当兵的，我也不喜欢看。纪律是要划一的，不能有分别。"阿托士鞠躬答道："我盼望我们并没犯了纪律。我们现在，并不是办公事，我们要怎样解闷过日子，是可以自由的。主教有什么分付，我们可以照办。大人也看见，我们出来，是带了兵器的。"说完，拿手指四枝火枪，架在一边，底下摆一面鼓，鼓上摆了牌，同骰子。又说道："我们若是早知是大人，我们自然要护卫的。"主教听了，咬牙说道："我告诉你罢，你们四个人带了兵器，带了巡兵，好像是谋反的。"阿托士道："大人说的，也有一半对，因为我们谋的，是拉罗谐尔人，大人是知道的。"主教道:"我们只要看得见你们的心,如同你们刚才看信的一样容易,倒可以看出许多诡计来。那封信,你看见我来了,就收藏起来。"阿托士有点急了,走前一步,说道:"我看大人是审问我们。如果是审问我们,倒要问问是犯了什么罪。"主教道:"我问的人,并不是你是第一个。我问别人,别人都答我的。"阿托士道:"如果大人也要问我们,我们自然答。"主教问道:"阿拉密,你刚才读的,是封什么信?"阿拉密道:"是个女人给我的信。"主教道:"这种信,我们是要有分寸的,但是我是个教里的人,你可以给我看。"阿托士看见事急了,答道:"那封信虽是女人的,但是签字的人,并不是洛吾夫人,也不是代吉隆夫人①。"阿托士明知说了这句话,犯了主教的怒,是有性命之忧的,但是箭在弦上,不得不发,只好说了。主教脸色灰了,十分生气,回过头来,仿佛是要叫随从人的意思。阿托士看见这个情形,就向那火枪堆里走,他的三个朋友,也跟着去。那时主教共总只有三个人,阿托士他们有七个人,主教看见不济事,微笑的说道:"你们都是很有胆子的,我不能怪。你们带了巡兵,保护自己,到了要紧的时候,你们也去保护别人的。那天晚上,你们护送我到那间酒店,你们都是很出力的,我却并没忘记。假使我恐怕路上有险,我是要叫你们护送的,但是现在无险,我就不劳驾了。你们别动了,打你的牌,吃你的酒罢,请了。"主教上了克荷萨牵来的马,摆摆手,去了。

这四个人,动也不动,话也不说,等到看不见主教了,他们面面相向,在那里害怕。他们晓得主教临走时候说话,是很客气的,心里却是十分不高兴。阿托士还在那里笑,很有看不起那主教的意思。颇图斯要找人出气,先开口道:"吉利模并没用心巡哨。"吉利模正要辩,阿托士伸出手指,指住他,只好不响了。达特安说道:"阿拉密,倘若主教一定要看信,你给他看么?"阿拉密道:"如果他一定要看,我只好一手给他信,一手拿剑刺死他。"阿托士道:"我知道你的意思,故此预

---

① 因为这两个女人都是主教的情妇,所以阿托士这样说。

先拦住。主教不是应该同我们说刚才那番话,他把我们当作女人小孩子了。"阿拉密说道:"阿托士,我虽是很恭维你的机警同你的胆子,我却要说,我们是不对。"阿托士道:"我们不对,这话怎么说?我们呼吸的天气,是谁的?我们看见的海,是谁的?我们坐的沙子,是谁的?你的恋爱的女人,写给你的信,是谁的?难道都是主教的么?他以为天下的东西,都是他的。你们站在这里,动也不动,话也说不出来,仿佛是你们都到了巴士狄大监牢,监门已经关紧了,仿佛是你们已经绑赴法场了!你从你的情人接了一封信,这算是谋反么?倘若你有一个恋爱的女人,被主教关了监,你要把她放了,这是你同主教的把戏,你为什么把秘密事去告诉主教?让他顽他的把戏,我们顽我们的。"达特安道:"我明白你的意思了。我们且不管,先叫阿拉密把信读完了。"阿拉密从口袋里拿出信来,三个人凑近,他跟人站在酒瓶旁边。

达特安道:"你刚才不过读了一两行,请你从头读起。"阿拉密读信,信上说道:

"我的表亲:我想到比东①地方去。我的姊姊,已经把女仆安置在一个庵里。她也不想别的,晓得到了别的地方有险,等到那些家事办好了,就要同她恋爱的人相见。她现在心里并非不快活,但望某人给她一封信。送信到庵里,原不是容易的事,不过我还有点本事,可以办得到。我的姊姊谢谢你,她很着急了些日子,现在稍放心了。"

信尾是米桑签字。达特安听完了,说道:"谢谢你,阿拉密。原来我的康士旦在西田尼庵里。西田尼在什么地方?"阿拉密道:"在罗连地方,离阿勒塞不远。打完仗,我们去那里逛逛。"颇图斯道:"仗是快完的了。今早捉着一个奸细,说拉罗谐尔什么都吃完,现在吃的是鞋

---

① 比东(Béthune),法国小镇,属 Pasde-Calais。

底皮。"阿托士吃了一钟酒,说道:"这些可怜儿的人,他们不晓得,天主教是很好的,然而这班人总算得有勇。阿拉密,你做什么?你还要把信收在口袋么?"达特安说道:"阿托士说的不错,那封信应该烧了的。你可晓得你把信烧了,主教或者还有法子,重新把信内的字看出来。"阿托士道:"也许可以的。"颇图斯道:"那封信怎么样呢?"阿托士道:"吉利模,你过来,刚才我并没叫你说话,你就说话,这是要罚的,罚你把这封信吃了;然而你说得合时候,却应该有赏,我就赏你一钟酒。信在这里。"

吉利模看见要吃信,原不甚踊跃的,看见那好酒,却甚高兴,于是当真的把信嚼得很碎,居然吞了。阿托士道:"吉利模,办得好,请你吃酒罢。"吉利模很高兴的,把酒吃了。阿托士道:"除非主教想出割吉利模的肚子,那就不必说了,不然的话,那封信是收藏得很好的了。"

当下主教回去的时候,一路走,一路想道:"那四个人,我一定要设法把他们拨到我自己的营里。"

第五十二回　监禁之第一日

再说，密李狄关在那间房子里，愁闷得要死，一点脱逃的想法都没有。她算是第二次被人收拾了，两次都是达特安办的：第一次是达特安羞辱了她，把她的恋爱之事，打断了；第二次把她监禁起来，或者送了性命，也未可知。主教叫人行刺巴金汗，是被达特安破了的；假冒狄倭达伯爵去羞辱她，又是达特安；她自己的隐事，又被达特安看见了；后来她要挟主教，得了公文，可以任便杀人，那张凭据，又被人抢了；大约现在被人监禁，也是达特安想的法子，将来还不晓得要困败到什么地步。她一想这些事体，全是达特安办的。达特安认得威脱，一定是写信把一切的秘密事体，告诉了威脱。

密李狄想起来，坐在房里，动也不动，只有两只眼，露出心里的情状来。她心里翻来覆去的情状，同海里的波涛一样。她在那里一个人想，想出来杀了邦氏、巴金汗的法子，层出不穷，最恨的是达特安，但是去报仇，先要出了监，这所监房的石墙石地，厚的很，窗子拦的都是铁条，要挖开了墙洞地洞，割断了铁条，都不是一日能够做得到的，况且威脱已经告诉了她，只有十馀日关在这里，想起来，心里急的发狂。后来渐渐的气平了些，拿镜子照着脸，说道："我为什么这样不济？这样生气，是没力量的人做的事，我是同男人作对，我一定要使出女人的手段来，去降伏男人。"于是对镜理妆，把头发理好了，说道：

"只要我的美貌还在,还可以想法子。"那时在晚上八点钟,她想,歇息一会,精神风采,还要动人些。后来想起还没吃晚饭,不久要送饭来的,她就打稳主意,打探情形,还要把看管她的人的举动脾气,察看清楚。忽然看见有亮光,侵入房来,知道有人来了,赶快坐在椅子上,头发是散的,露出颈子,一手摩着心口,一手下垂。门闩去了,门开了,一个人走进来,说道:"把桌子摆在这里。"密李狄听了,认得是费尔顿的声音。又说道:"拿灯进来,叫把守的人去罢。"费尔顿说完,看看密李狄,说道:"她睡着了,等她醒了,请她吃晚饭。"一个看守的人说道:"我看她并没睡着。"费尔顿道:"她没睡着,她怎么样了?"那个人道:"她晕过去了,她脸色很白,呼吸也听不见了。"费尔顿看看密李狄,说道:"你说得不错。你去告诉威脱世爵,说是密李狄晕过去了,我不知道怎样好。"那个兵出去了。当下费尔顿离门不远,坐在椅子上,一语不发。密李狄假装睡着,去偷看他,看了有十分钟,费尔顿也不回头来看她;忽然想起威脱就要来的,就失了机会,于是长叹一口气,抬起头来。费尔顿听见了,回过头来看,说道:"你醒了么?我没事。你要什么,请摇铃罢。"密李狄说道:"老天,我受够了!"说话的声音,柔脆动人,不论是谁,听了都要动心。说完了,坐起来,坐的样子,也是极动人的。费尔顿站起来说道:"每天送饭三次:早上九下钟,中午一下钟,晚上八下钟。你若是要改时刻,请你说就是了。"密李狄问道:"把我一个人放在这个寂寞地方么?"费尔顿道:"已经到乡下去找个女人来,她明天就到,时时可以陪你。"密李狄点点头,谢他;费尔顿也点头,向门口走。

正要出门,碰见威脱来了,手上拿个瓶子,后头跟着刚才去报信的人,看见密李狄坐在那里,说道:"现在又闹什么了?这个死过去的女人,又活转过来了么?费尔顿,我怕你还不知道,这不过是第一段的把戏。"费尔顿道:"我也是这样想。不过她究竟是个女人,我不好十分难为她,我也知道她不值得可怜的。"密李狄听了这话,晓得费尔顿是个极难感动的人,不觉浑身打战。威脱道:"原来那样好看的头发,雪白的皮肤,迷人的眼睛,居然不能感动你么?"费尔顿道:"爵爷,女人的把戏,动不了我。"威脱道:"我们去吃晚饭,让密李狄一个人在这里想想法子罢。我晓得的,那第二段把戏,不久就要来了。"威脱说完,同费尔顿手拉手的走了。密李狄咬着牙,心里说道:"这个穿了军衣的小道学,我有法子叫你改过来。"威脱出门的时候,说道:"你却不要因为关在这里失了胃口,那个鱼同鸡是很好的,并没放毒药。我侥幸得很,厨子同我是个好朋友,因为他并不想承受我的家产,我倒很相信的。请了,我的弟妇,等你再晕的时候,我再来看你。"密李狄听了,真受不住,门关了,在那里咬牙切齿,气到狂了,看见桌上的刀子闪光,就跳过去抢,才知是把银刀子,一点都不利的,很失所望。

忽然门又开了,威脱喊道:"哈哈,费尔顿,你看见么?我同你怎么说的?这把刀子,既给了她,她就想法子,要作弄我们了。倘若我听了你的话,用钢刀子,你同别人都要挨刀子了。你可看见,她拿刀子的本事,不很么?"那时密李狄还把刀子拿在手中,听了这两句话,手松了,刀子丢在地下。费尔顿说道:"爵爷,是你说对了,我却说错了。"两个出去了,关好了门。密李狄这次加倍的小心了,听见他们脚步声都没有了,才自己对自己说道:"我完了,我完了。我在这两个人的掌握中了,我一点都不能运动他们。这两个人,见直是石人铜人。他们又看出我的意思,心要更狠的了。不过还许有法子逃出这场灾难。"想到这里,比从前略为高兴了些,就去吃饭,喝了点酒。

吃完之后,兴致回来了,未有睡觉之前,重新又把这两个人的言动行为,想了又想,以为两个人之中,费尔顿容易入手。威脱刚才说的"倘若我听了你的话"这一句话,密李狄想起来,总是费尔顿还有怜悯之意,威脱却不肯听。密李狄想道:"姑且不问这个人有力量没力量,他却还有一点怜悯之意,这一点星星之火,我可以煽动了,变成大火,那他自己就失了把握了。那一个是无望的了,他害怕我,知道我逃了,他是不得了的。这一个费尔顿,年纪还轻,阅历又少,我倒可以去运动他。"

  密李狄去睡了,睡着的时候,脸上还是笑的,别人不知道的,看见了,以为她是个无挂无碍,极美貌的少年女人。

第五十三回　监禁之第二日

再说密李狄那天晚上，做了一场最痛快的大梦，梦见达特安被她捉着了，她去监斩，故此脸上带着笑容。她睡着的情形，同监犯遇赦的一样。翌日早上，密李狄还没起来，费尔顿来了，领着了新来的乡下女人。费尔顿在房外过道等，那个女人进了房子，去帮忙。密李狄向来脸色带点白的，从来没见过的人，是要误会的。密李狄道："我发一夜的烧，一夜也没睡。你待我，可会比昨天那两个人好点？我只要在床上歇歇。"女人问道："你要医生来看看么？"费尔顿在房外不响，静听。密李狄晓得来人越多，越不便设法，况且医生会看出她的假病来，说道："不用了。那两个人昨天说我是假装的，假使他们看得是要医生的，早已请来了。"费尔顿在门外说道："你要怎样呢？请你说罢。"密李狄道："我也不能说，我只觉得痛，随便你们给我什么东西罢，我也不去的了。"费尔顿没了主意，说道："我只好去请威脱爵爷来。"密李狄道："不必了，不必请他来。我不要见他，我好了，我什么也不要，请你不必请他来。"费尔顿听她说得很认真，很可令人相信的，不由自主的走进房来。密李狄心里说道："不管怎样，他进来了。"费尔顿说道："你如果是真病，一定要请医生的；如果是假的，我们不能饶你。"密李狄不响，把头靠着枕，大哭起来。费尔顿起先站着看，一点也不动，后来看见许久还是不住声，他就走了，那个女人也跟他出去，却并没去告诉威脱。密李狄高兴的很，说道："我看我运动他有点意思了。"

过了两点钟,密李狄说道:"现在我可以说病好了些,我要起来了,设设法。我眼前只有十天,到了今晚,就算过了两天了。"那天早上,早饭是送来了,她却没吃。想一想,一会就有人来收东西,费尔顿也许进来的,密李狄就起了床,去梳洗。果然费尔顿进来,也不管早饭吃了没有,叫人收了去,费尔顿却留在房里,手里拿一本书。密李狄那时候靠着椅背,那种神情,令人看见,实在可怜。费尔顿走上前,说道:"威脱世爵是奉天主教的,同你是一样的,叫我送这本经书来给你,你可以做你的麻斯①安安心。"说完了,把书放在密李狄身边一张小桌上。密李狄看见他说这几句话,说得很轻的,很有藐视的意思,心里很在那里想。看见他头发很短,衣裳很朴实,脸色很严厉,就晓得他是奉清净教②的。——那时英法两国,很有这种人。密李狄忽然得了一个主意,说道:"什么麻斯?威脱晓得我同他是异教,他不过设阱陷我。"费尔顿很诧异的问道:"你奉的什么教?"密李狄道:"等到你看见我为教受罪的时候,你就晓得我奉的什么教了。"费尔顿仍然不动。密李狄却看见这句话他听了,脸色有点不同了,就装出奉清净教人的说话样子,说道:"我现时在仇人手中,我的上帝要救我的,不然,我就为教而死。我对威脱,就只有这两句话。"又指着那本书说道:"你把那本书拿去,自己用罢,我看你同威脱是一个道路的人。你们奉教是同一条道路的,设法去害异教的人,也是同一条道路的。"费尔顿听了,还是不响,把书拿了,就出门去了。

下午五点钟,威脱世爵进来,密李狄想好了许多法子,去对付他。威脱同她对面,坐在椅子上,伸直两条腿,说道:"你原来是个翻覆无定的人。"密李狄道:"这句话怎样讲?"威脱道:"自从我前次见你之

---

① 麻斯,原名是 mass,通常译为"弥撒"——也是音译。天主教徒每晨祷告,叫做"弥撒"。

② 清净教(Puritans),或简称"清教",是英国的新教徒,他们反对因袭的和形式的习惯,主张较为简单之信仰形式与崇拜仪式。当时清教徒在英国也颇受旧教徒的压迫。

后,你改奉了教,难道你嫁了第三次?这次嫁的丈夫,是奉耶稣教的么?"密李狄道:"你的话,我是听见了,你的意思,我却不懂,请你解说。"威脱道:"看来你是没教的。"密李狄道:"看你作事,你才是没教的。"威脱道:"我老实说,我看得却没什么要紧。"密李狄道:"你何必告诉我,你平日所作放荡犯法的事多了。"威脱道:"你这个杀人的女犯,你同我讲犯法放荡么?你却真是放肆了!"密李狄道:"你同我说的话,不过骗骗看监的人同刽子手,叫他们恨我罢了。"威脱道:"你做戏做得很像,说什么我的看监的人同我的刽子手,你昨天作的是惹人发笑的小戏,今天作的是凄惨动人的戏。不过再等八天,你就要到别处去了,我的事也完了。"密李狄作出为教殉难人的情形来,喊道:"你的凶恶事也完了!"威脱站起来说道:"这个女人疯了。你这个奉清净教的女人,安静些罢,不要吵了,不然,我要送你到牢里去了。我的好酒,恐怕是上了你的头了,不过酒醉是易醒的,一会就散了。"威脱说完,出了房门,费尔顿在门外,那两个人说的话,他句句都听清楚了,密李狄原是说把他听的。密李狄道:"你走罢,你走罢,你设的法子多了,不久自受罚的。等到那时,后悔也迟了。"当下密李狄独自一个人在房里。

又过了两点钟,正送晚饭进去的时候,看见她在那里祷告。这祈祷的话,都是从她第二个丈夫的跟人学的,那个跟人是奉清净教的。密李狄在房里祈祷到出了神,别人在房里作什么,仿佛是都不理会的。费尔顿分付不许去搅扰她,把晚饭摆好了,同看守的人一齐出了房。密李狄以为他们一定在门外窃听的,什么都不管,在那里祈祷;慢慢才起来,坐在桌边,吃了一点东西,喝了一点水。再过一点钟,他们进来收东西,拾桌子,密李狄看见只有看守的两个人进来,费尔顿并没进来,密李狄晓得他不敢多进来了,欢喜得很。

再过半点钟,那所大房子,寂静得很,一点声音也没有,只听见海水的声音,她就唱起清净教人最喜唱的祈祷歌来。那唱的声调,真是动听。密李狄听见看守的人也立住在那里听,更唱得高兴了。谁知那看守的人，大约是个奉天主教的，倒没被这个祈祷歌迷住了，敲门说道："不要唱了。我在这里守监，已经够寂寞的了，还要听这种的唱，更难受了。"忽然听见有人对那看监人说道："别响。"——密李狄认得是费尔顿的声音。费尔顿说道："这不是你管的事。谁告诉的，不许被禁的人唱歌的？你是在这里看守的，她如果要逃走，你就放枪打她，这是你的公事。你只好看管，如果她要逃，你可以放枪，别的事，你不要去管罢。"密李狄听见了，十分高兴，恐怕人家疑她窃听，她又唱起来，加倍的动人。费尔顿听了，着了迷，以为是仙女在那里唱。费尔顿听得入迷，就开门进来，问道："你为什么唱到这个样？"密李狄道："我得罪了。这种教歌，原不应在这里唱的，我并不是有意得罪你，请你不要见怪。"费尔顿此时看见密李狄精神流露，比平时加倍的动人，就像是见了仙女一样，说道："你不要在这里唱了，恐怕把别人吵醒了。"密李狄做出极柔顺的样子，答道："我不唱就是了。"费尔顿道："在晚上，你却不可十分的高声唱。"说完，出了房门。那个看守的兵说道："你止她不要唱，好的很。听了叫人翻动脑筋，但是唱的声音，却真好听。"

第五十四回　监禁之第三日

再说密李狄虽能感动费尔顿，但是感动尚浅，还要引他说话，拿话去感动他，密李狄只好常常留心，要等机会，同他交谈。至于对付威脱，密李狄故意要惹他生气，特为叫费尔顿看见。那天早上，费尔顿照常的进来，快要出门的时候，想要说话，嘴唇略动一动，又不说了。到了中午，威脱进来。那天天气晴明，日光从窗子射入。密李狄向窗外望，威脱进来的时候，她假装作不理会。威脱说道："叫人发笑的小戏，也演过了；叫人动情的戏，也演过了；今天要演的，大约是闷戏了。"密李狄听了不答。威脱道："我晓得了，你想逃出去。跑到船上，不过到了水上，或是在岸上，你总是要想出法子来杀我。你耐烦点，等等罢，还有四天，你就可以到海上了。还有四天，我们就把你弄走了。"密李狄合了两手两眼，面朝着天说道："我饶了这个人的罪过，望上天也饶了我的罪过。"威脱出去的时候，说道："你只管替我祷告，我是不上你的当的。"密李狄看见费尔顿在过道里，躲在一边，密李狄就跪在地下，祷告道："上帝在上，你晓得我为什么事受罪，给我点力量，叫我去受得起苦。"当下听见有人开门，密李狄不去理会，还在地下祷告道："上帝要同我报仇，不要让此人胜了我。"祷告完了，故作一惊，见了进来的人，特为作出脸红的样子来。

费尔顿说道："我并不想惊吵你在这里祈祷。"密李狄道。"你怎么样晓得我在这里祈祷？你许错了。"费尔顿道："你以为我来阻你祈祷么？犯了罪的人，不问犯罪的大小，是要祈祷的；就是犯了罪的人，他祈祷的时候，我看得是神圣不可侵犯的。"密李狄道："犯罪的人？你是晓得的，我并没犯罪，我晓得有人收拾我。不过上帝知道我是无罪的。"费尔顿道："如果你是无罪，受人冤枉了，也是要祈祷的，我还要替你祈祷。"密李狄双膝跪在他面前，说道："你是个奉教很笃的人，你听着，我恐怕我的胆力心力，不能再受了，我请你帮我一点忙，我一生是感激你不尽了。"费尔顿道："你要同我的主人说，我是无权的。"密李狄道："不，我要同你说，你不要帮同那个人来害我。"费尔顿道："你若是犯了罪，该受苦的，你只好去受。在上帝的眼内，你就可以算无罪了。"密李狄道："你误会我的意思了。我是不怕监禁，不怕受罪的。"费尔顿道："我不晓得你的意思。"密李狄道："你是故意装作不懂的。"费尔顿道："我实在是不懂。"密李狄道："你真不晓得威脱世爵对待我的意思么？"费尔顿道："我真不懂。"密李狄道："你是他的心腹，你还不懂么？"费尔顿道："我的确不懂。"密李狄道："到了这个时候，你还不晓得他的用心么？这却令人难信。"费尔顿道："我不去打听的，我要等他告诉我。除了他在你面前说的话之外，我别的都不晓得。"密李狄故作十分诧异的样子，说道："看来你并非他的心腹了？你不晓得，他要我作丢脸没廉耻的事么？这件事比监禁比死，还要难受。"费尔顿脸红了，说道："你错了，威脱世爵不是这样人，不会犯这样的罪。"密李狄想道："他说这样的罪，却不晓得究竟是件什么事，这倒好了。"于是大声说道："有个无耻的人的朋友，是惯作这种事的。"费尔顿道："你说无耻的人，是指谁？"密李狄道："通英国只有这一个人，难道你不知道么？"费尔顿两眼闪光的说道："难道你说巴金汗么？"密李狄道："就是他。"费尔顿道："这个人，上帝要罚他的。"看官要晓得，费尔顿说的这句话，是英国人个个嘴里要说的话。那时英国的奉天主教人，骂巴金汗是个强盗，是个浪子，奉清净教的人，骂他是个魔鬼。密李狄装出很气愤的样子，说道："请上帝赫然震怒，去罚这个人。我求上帝，并不是为我一个人报仇，是为全国的人报仇。"费尔顿问道:"你认得他么?"密李狄想道:"好了,这个人要进我的圈套了。"于是大声说道:"我认得他? 我认得这个人,是我一辈子最可耻的事。"一面说,一面装出痛恨的样子来。费尔顿看不下去了,自己也没了把握了,就要出去。密李狄拦住他喊道:"你可怜我,听我说,威脱世爵把刀子拿走了,他晓得我要刀子作什么用。我求你给我把刀子,只要一分钟,什么都完了,也不拖累着你。你给我一把刀子,借我用一分钟,你在门外等,我从门缝把刀子还你。求你可怜我,叫我保全名节罢。"费尔顿吓了一跳,问道:"你要自尽么?"密李狄跪在地下,同自己说道:"他知道我的意思了,他都知道了,这却怎么样?"费尔顿站在那里,同木鸡一样,不晓得怎样好。密李狄想道:"他在那里狐疑,还不大相信我呢。"这时候,听见过道有脚步声,两个人都认得是威脱世爵。费尔顿就向房门走,密李狄跳到他身边,低声说道:"你一字也不要告诉他,不然我是毁了。"那时脚步的声音渐近了,密李狄拿手去堵费尔顿的嘴,叫他不要答话,费尔顿轻轻的推开了,密李狄倒在椅子上。威脱世爵过门不入,一直走了。费尔顿脸上变了死白色,站在那里听,听了一会,听不见回来的脚步声,呼了一口气,跑了。

密李狄对自己说道:"哈,看起来,你是在我掌握中了。"等了一会,脸上又发起愁来,说道:"倘若他去告诉了威脱,这个把戏演不成了。我的夫兄是深晓得的,我并不想自尽,他就许当着费尔顿的面,给我一把刀子,费尔顿就晓得我是假装要自尽的。"密李狄在房里走了好几遍,对镜子照照,看见今天自己的相貌十分美丽,微笑说道:"我晓得他不会去告诉的。"到了吃晚饭,威脱进房来。密李狄道:"你已经把我监禁起来,你还要来看我作什么?"威脱道:"这是怎么讲?你不是告诉我,说来英国,要见我的么? 你还说冒了大险来的。现在我们在一处了,你又不中意,况且我还有要紧话同你说。"密李狄听了,十分害怕,浑身打战,怕的是费尔顿把寻死的话告诉他,那就大失所望了。那时密李狄坐在椅子上,威脱挪了一把椅子,坐近密李狄,从口袋里拿出一件公文来,慢慢打开了,说道:"你看看,这是张路照,上面说的是充到某某地方。你要晓得,地名还没填上,你愿意到什么地方,你可以告诉我,只要这个地方离伦敦一万里,你都可以拣的。再读把你听,'今有巴格生①,在法国犯过大罪,刺了肩膀,后来释放出来的,今充到某某地方,永远居留,不得走出该处十里之外。倘若逃脱,再行拿获,处以死罪。每日用度,定额五个先令。'"密李狄道:"这个同我不相干,写的不是我的名字。"威脱道:"你的名字?你有什么姓名?"密李狄道:"我有你兄弟的姓名。"威脱道:"你错了。我的兄弟,是你的第二个丈夫,你却不能用他的名字,因为你第一个丈夫,还没死。你把你第一个丈夫的姓名告诉我,我就可以改填在公文上头,就不写巴格生的字样。你不响,我看你是不肯的,只好仍填巴格生的了。"密李狄害怕得说不出话来,晓得威脱打好了主意,要充她的军,拿眼去看那件公文,看见尚没签字,又放心一点。威脱看出她的意思,说道:"你看见公文并没签字,以为是我拿这个东西来吓你,你是错会了。明天就拿去给巴金汗公爵签字,他签了字,盖了印,二十四点钟之内,就要奉行。我都告诉了你了,没得别的话说了。"密李狄道:"拿我的假名,办我充军,你未免太作威福了。"威脱道:"你如果愿意的话,也可以用别的名字。不过你晓得的,背夫再嫁,英国律例是很严的,是要问绞的。你要玷辱我家的姓名,也可以,我也不怕,只要问你一个死罪,就是了。"密李狄脸上变了死白色,一语也不答。威脱道:"我看出来了,你还是愿意到外国逛逛去。那也怪不得,性命比什么都值钱,故此我不愿意你来害了我的性命。我每日只给你五个先令,觉得少些,不过我不叫你拿钱去买通看管的人。如果你的狐媚手段,同费尔顿还没得手,你还可以试试别人。"密李狄想道:"费尔顿并没把话告诉他,我还有法子想。"威脱说道:"我要走了,明天我再来告诉你,送公文的人,几时动身。"说完了,站起来,出去了。

　　密李狄呼了一口气,幸而还有四天,那时费尔顿要尽入她的圈套

---

① 巴格生(Backson),密李狄从前的闺名。

了。忽然想起一件事来,就同冷水洗背一样。最怕的是威脱派费尔顿去送公文,费尔顿走开了,虽有圈套,也是枉然,一片苦心,便要付之东流了。密李狄虽是这样想,却不让威脱所说的话去吓她,仍然坐在那里,吃她的晚饭。吃完了,又同昨晚一样,跪在地下,大声祷告。看管的人,又在门外站住了听。过了一会,听见过路有脚步声,走到门外,停住了,密李狄想道:"这是费尔顿。"于是又唱起祈祷歌来,唱得淋漓尽致的,这趟却没人开门。后来,她唱完了,仿佛听见门外有长叹之声,那听唱的人,慢慢走了。

第五十五回　监禁之第四日

再说翌日费尔顿进房来,看见密李狄站在椅子上,撕了许多布条,作了一条绳子;看见费尔顿进来,登时跳下椅子,去藏那条绳子。费尔顿脸色很不好看,好像一夜没睡着的。费尔顿跑到密李狄身边,看见露出一点绳子来,问道:"这是作什么的?"密李狄微笑答道:"没有什么。我因为闲得没事好作,作条绳子顽顽。"费尔顿抬头看看刚才密李狄站在椅子的地方,看见上头有个钩子,不禁打个冷战,被密李狄看见了。费尔顿问道:"你站在椅子上作什么?"密李狄道:"你管我作什么?"费尔顿道:"我一定要管。"密李狄道:"你不要问罢。你晓得的,我们奉教的人,是不能说谎的。"费尔顿道:"我却晓得你要作什么,——你要作你昨日心里盘算要作的事。你要记得,我们教里,不许人说谎,也不许人自尽。"密李狄道:"若是在自尽同失节两件事体中去挑,我挑了自尽,上帝也是要宽恕我的。这就同为教殉难一样的。"费尔顿道:"我不懂,这个同你本身的事体,有什么相干。"密李狄道:"你以为我都是假装出来的,我又何必同你说呢!你知道了,是要告诉我的仇人的,我又何必说明了我的用意呢!况且我是个被禁的人,同你有什么相干:你的责成,只有我的身体,你若是只有我的死身体去交代,谁还责备你呢,——非但不受责备,还许有重赏呢。"费尔顿喊道:"你想我是拿你的身体性命去换钱的么?"密李狄道:"费尔顿,你随我去罢,不要干预了。不管怎样,你的功名富贵,总是有望的了？倘若我死在这里，那么更好了，你一定可以升官的了。"费尔顿道："你为什么叫我担这样的大责成？再过几天，你就不归我管了，那时候，你要作什么，都可以的。"密李狄道："你自己还说是个奉教的人！你只晓得卸肩，不担责成。"费尔顿道："我的责任未完，我是要保护你的性命的。"密李狄道："你可晓得，倘若我真是犯了罪，你这样待我，见直是虐政；倘若我并没有犯罪，你这样的行为，我却叫不上来。"费尔顿道："我在人手下，只好听上司的号令。"密李狄道："你倒愿意同人串通，要害我的灵魂，却来拦阻我自戕我自己的身体？"费尔顿说道："我再告诉你，眼前你并没什么险。我可以保，威脱世爵并没这个意思。"密李狄道："你怎么能够保别人？就是最好最聪明的人，连自己都是保不住的。你现帮着有强力的人，来欺负一个柔弱女人，这是什么意思？"费尔顿听了，觉得她说话有理，因答道："我不能帮你，叫你逃走；也不能帮你，让你自尽。"密李狄道："你不晓得，我所失的不独是性命，我所失的是廉耻。将来我失了廉耻，也是你的责成。"

到了这个光景，费尔顿虽是个无情的人，也不由得不受了激刺了。他看见这样一个美貌的女人，受这样的折磨，心里怎样不动，况且他又是个奉教最笃的人。密李狄看见说动了他，索性装出极凄恻动人的样子，向费尔顿面前走来，唱祈祷歌。费尔顿大惊，问道："到底是天上下降的仙女，抑或是地狱跑来的恶鬼？"密李狄道："费尔顿，难道你还不晓得么？我不是仙女，又不是恶鬼，我是世上的人，是真教里的一朵花，同你是一样的。"费尔顿道："是的是的，我信你的话。"密李狄道："你相信我，为什么还同威脱串通来害我？你既相信我，为什么还要把我送在上帝的仇人手里？你既相信我，为什么还把我交给巴金汗？这个人，我们同教都叫他作恶鬼。"费尔顿道："你说什么？你说我把你交给巴金汗么？"密李狄引教书说道："人有眼，不会看；人有耳，不会听。"费尔顿以手加额，说道："是的，是的。"又说道："我现在明白了，我看见仙女在我眼前了。我天天晚上梦见仙女告诉我，说道：'你要救英国，你要救自己，不然，是不能见上帝的。'你说罢，我明白了。"密李狄看见这个光景,很高兴;费尔顿看见了,很发抖,仿佛是窥破了她的奸计,想起威脱分付他防备的话来,往后就退,退了一步,两眼只管看密李狄。

密李狄知道他尚在迟疑,就要去降伏他到底。费尔顿尚未答话,密李狄装出力不能胜的样子,两手垂下来,说道:"我没胆力,不能如教书上那个女人,去行刺仇人,我的两臂无力,不能动刀,只好自己死了,免得失了廉耻。我并不要你放我走,或是同我报仇,我只求你让我死。我跪在地下,求你让我死,我永远感激你。"费尔顿看见这个情形,自己起首责怪自己,竟被这个女人迷住了,一点也不迟疑了,说道:"咳,我只能够作一件事,——我只能可怜你,但是威脱说你的罪名很重。我们都是同教,我现在觉得可与你表同情。我向来的心,只向着救过我的恩人,现在有点不同了。但是你相貌这样美,外面看来,你还是个好人,你一定是犯了极大的罪,不然,威脱不会这样待你的。"密李狄装出很凄凉的样子,说道:"人有眼,不会看;人有耳,不会听。"费尔顿道:"你告诉我,这话怎样讲?"密李狄红了脸,装出很害羞的样子道:"我自己不体面的事,我怎样好对你讲。男人犯了罪,就是女人受了羞辱。我不能讲,我万不能对你讲!"说完了,两手遮着脸。费尔顿道:"不能对我讲?不能同兄弟讲么?"密李狄很看了他一眼,作出怀疑的样子。费尔顿仿佛是求她讲。到后来,密李狄道:"我告诉我的兄弟罢。"说到这里,听见威脱的脚步声到了门口,同看守的人,说了两句话,开了门,走进来。

当威脱在门外说话的时候,费尔顿退后两步,同密李狄离得远些。威脱很看了他们两个人,从这个看到那个,又从那个看到这个,说道:"费尔顿,你在这房间里很久了,我晓得的。如果这个女人在这里供她的罪状,那是很长的。"费尔顿听了这几句话,很有点不安。密李狄看见了,要帮他一个忙,说道:"你是害怕我逃走了,你不妨问问看守的人,我向费尔顿求的什么。"费尔顿也说道:"是的,可以问问。"威脱道:"求的什么?"费尔顿道:"她求我借一把刀,说是从门缝还我。"威脱问道:"这位夫人要杀那个阔人?"密李狄道:"就是我自己。"威脱道:"我随你拣,还是喜欢到美国,还是到太班①? 我看还是太班的好。绳子比刀子还来得稳当些。"费尔顿记得进来的时候,密李狄手上原有一条绳子,现在听了这句话,脸色都变了。密李狄道:"你说的不错。我想起来了,我还要再想想。"费尔顿听了,很害怕。威脱看见了,说道:"费尔顿,你要小心。我是相信你的,不过你真得小心,我已经分付过你的了。好在还有三天,我们就把她送到别处去了。她到了那个地方,就不能再害人了。"密李狄喊道:"你听见么?"费尔顿低了头,在那里寻思。威脱拉了费尔顿出去,回头看看密李狄,仿佛是恐怕她有点不妥的举动。

　　门关了,密李狄想道:"我的进步,还是不甚猛。威脱近来加倍的小心,总为的是报仇心切了。费尔顿这个小子,拿不定主意,同那个达特安是两样的。奉清净教的人,很喜欢女人的,不过是跪在地下喜欢;火枪手也是喜欢女人的,他们却是搂住喜欢。"密李狄恐怕费尔顿当天不再来,很着急的等。过了一点钟,听见有人在门口低声说话,一会,开了门,费尔顿走进来。进来得很快,门也不关,脸上很有着急不安的样子,摆手叫密李狄不要响,低声说道:"我把看管的人支走了,现在没人听见我们说话了。威脱刚才告诉我一件顶可怕的事。"密李狄摇头微笑。费尔顿道:"若不是你是个恶鬼,威脱就是个妖人。我认得他,爱他,有二年了;我认得你,不过是四天。怪不得我迟疑不决。你一定要把实情告诉我,叫我相信。今晚十二点钟后,我来听你说,我就可以决断了。"密李狄道:"不必了。我是没法的了,为什么拖累你? 我求你让我死了罢。我死了,你就相信了;我说的,你是不相信的。"费尔顿道:"你不要这样说。我要你发誓,你不去自尽。"密李狄道:"我不发这个誓。发了誓,我是要守的。"费尔顿道:"你只要先应许我,等再见了我,才去打你的主意。如果你见了我之后,你还是

---

① 太班(Tyburn),从前伦敦城内太晤士河之小支流,昔时其地又常为绞人的法场。

一定要死,我只好随你的便,我还要借刀子给你。"密李狄道:"既然如此,看你分上,我等就是了。"费尔顿道:"你要发誓。"密李狄道:"我就发誓。"费尔顿道:"很好。请了。晚上再见罢。"说完,出去了,关上门,把看管人的兵器,拿在手里,替他看管,等到那人来了,交还兵器,密李狄在钥匙洞往外张,还看见费尔顿画十字。

密李狄走回椅子上,坐下了,说道:"世界上真有这种疯子!但是我借他的力量,就可以报仇了。"

第五十六回　监禁之第五天

再说密李狄因为想出的法子很有进步，就一点不肯放松，要做到底。自从她与男人交接以来，并没碰见有什么大为难，因为她所碰见的人，都是放荡的，只凭她的美貌，就可以得法。这趟碰着一个人，却不是用平常的法子，可以赢得过来的。这个人，信教信得极笃，只好装出道德同迷信的样子，加以美貌，才能动他。密李狄现在晓得费尔顿的用意，就先预备好了。现在只有两天了，倘若巴金汗签了字，威脱就要送她出口的了。密李狄也晓得当了罪犯之后，无名无位，无财无产，只靠美貌，是不中用的，逃也逃不了。她流到远处之后，是要逃走的，不过不知什么时候，才逃得脱。等到两三年，是等不了的。又想到，逃回来的时候，主教许已失位了，或是死了，让王后及达特安这班人出来得意，自己流落，无人保护，心里更气不过。况且主教为人多疑，事体既没办成，难以空手回报的。若是把被禁的话告诉他，主教是反要责备的。于是密李狄想好了方法，专候费尔顿来。

到了九点钟，威脱来了，把房门、窗子、地板、烟通都细细看了一遍，一言不发；等到都看完了，说道："今晚是可保无虞的了。"十点钟，费尔顿来巡查了一次。密李狄认得他的脚步声，一面心里是盼望他来，一面因为他上自己的当，很瞧不起他。过了两点钟，看管的人换了班；十分钟后，费尔顿来了，分付看管的人说道："无论什么，你不许走开。昨晚看管的人走开了，我在这里替他，他受了罚。"那看管的人答道："我晓得他受罚。"费尔顿又说道："你要小心的看管,我今晚还要进去看看那个女人。我奉了命,严密的看管她,恐怕她要寻死。"密李狄听了,想道："这个奉清净教的人,学会说谎了。"看管的人说道："你这个差使,倒也还好。"费尔顿听了,红了脸,说道："我若是喊你的话,你就进来,告诉我有什么人来。"看管的人答应了。

费尔顿进了房,密李狄起来迎他,说道："你来了。"费尔顿道："我应许过来的。"看见密李狄的神色不对,喊道："你作什么?"密李狄道："你应许带把刀子来,等我们谈完之后,交把我的。"费尔顿道："你不必再谈这句话了。不管所处的情形怎样难受,都不应该自尽的。我已经想透了,我不能让你作这件事。"密李狄坐下,微笑说道："你想透了么?我也想透了,打好了主意了。"费尔顿道："什么主意?"密李狄道："失信的人,我是不能告诉他的。"费尔顿道："我怎么办呢?"密李狄道："你走罢。我没话同你说了。"费尔顿道："刀子我是带来了。"密李狄道："让我看看。"费尔顿道："为什么?"密李狄道："我看了,就还你。你可以摆在桌子上,你站在桌边,可以拦我。"费尔顿把刀子送给密李狄,她拿手指去试试利不利。密李狄把刀子还了费尔顿,说道："刀子还利,你说话很靠得住。"费尔顿不响,把刀子放在桌上。密李狄道："你听我说。"费尔顿立在她面前,很留神的听。

密李狄道："我把我的一生历史告诉你。我从前年轻貌美的时候,上了人家的当。后来我逃出来了,我奉的教,又受人家欺侮。后来有一夜,有人放药在水里,我吃了,就昏迷起来,觉得天翻地覆的,快要倒的时候,我去抓椅子,就倒在地下。后来我就全不知道了,醒过来,是在一间极华丽的房里,一张床上。这房子四围无窗无门,只有一个天窗。我的头脑很糊涂,同在梦中一样。我坐在床上看,看见我的衣裳在椅子上,我却记得我自己并没脱衣裳。我慢慢明白过来,才晓得我并不在自己家里。我一想是已经睡了二十四点钟了!我不晓得睡着的时候,出了什么事。我就起来穿衣裳,四肢还是很软弱的。那间房子,铺陈的十分华丽,不过我不算是第一个女人监在那里的。我四围的找门,也找不着。我倦了,坐在椅子上。后来天黑了,我更加害怕。我虽是一日没吃饭,我也不知道饿。四面一点人声都没有。到八点钟的时候,忽然听见开门的声音,有一个极亮的火球,从天窗射进光来,照得房子如同白日。看见一个人在我面前,离我不过几步远。忽然同变戏法一样的,房中间摆了一张桌子,上面摆着两人的夜饭。那个人就告诉我,说是想我一年了,昨天晚上的事,就是他作的。"费尔顿喊道:"这个恶棍!"密李狄道:"他以为用了迷药害我,我后来就依从他了。我只管骂他,他叉着两只手,只管笑。我骂完了,他走向前来,我就一跳,把桌上的刀子,抓了一把,放在我自己的咽喉,说道:'你再走一步,我就死在这里!'我一定是说得很有力的,他听了,就不敢动,说道:'你要死么? 我捉了你,不能轻易饶你的。我等你心肠改变了,再来见你罢。'他说完了,吹个哨子,那个火球上去了,房里黑了。听见开门关门的声音,房里又光了,那个人不见了。我就明白,我在那个人掌握中了。"费尔顿问道:"那个人是谁?"密李狄道:"那一夜我坐在椅子上,听见一点声响,我就害怕;坐到半夜,房里又没了光,一片黑暗;我坐到天亮,桌子是没了,刀子还在我手里;我一夜没闭眼,两眼发痛。天亮之后,我倒在床上睡,手里还拿着刀子。睡醒起来,看见又有了桌子,上面摆着早饭。这个时候,我虽是十分害怕,却是四十八点钟没吃东西,觉得饿了,只好吃点面包鲜果。我因为吃水上当的,我就不敢吃桌上摆的水,墙上原有出水的龙头,我就取了点水,喝了。喝过之后,我还是害怕。这趟却并未中毒。我却很小心的,把桌上瓶子的水倒了些,装作吃了的样子。那天白天没事。到了晚上,房里是一片黑暗,我看惯了,看见桌子从地板沉下去,过了一刻钟,桌子又上来了,摆着晚饭,再过一会,房子又亮了。我打定主意,不吃可以放药的东西,只吃了两个蛋,一点鲜果,又去龙头那里取水解渴,吃过之后,觉得水味不对,我就不敢多吃。我越想越害怕,出了一身冷汗。大约有人看见我吃墙上龙头的水,又放了毒,不到半点钟,又渐渐昏迷起来,同第一晚一样。好在这趟只吃了半钟水,来势却没从前来得猛,人虽昏迷,却没睡着,眼还能看,四肢却无力,不甚能动了。我慢慢挪到床边枕底下想把小刀拿来,够不着枕头,就倒在地下,两手抱住床脚,动不得了。……"费尔顿听到这里,脸变了,浑身发抖。密李狄道:"我虽然动不得,却还看得见,听得见。我看见灯上去,房子里黑暗,听见开门声,觉得有人到跟前来,我就大声喊,要站起来,一倒就倒在那个人手上。"费尔顿道:"你告诉我,那个人是谁!"密李狄晓得所述的这段可怕之事,很能感动费尔顿,她就要说得更可怕,激动费尔顿同她报仇。密李狄说道:"虽然自己是已经失了主动力,我却晓得我所处的地位,十分危险,我拼了命的同他相持。他很着急,说奉清净教的人了不得,但是我万没力量,同他相持得久的,我渐渐难支了,后来我晕倒了,落在仇人掌握中……"费尔顿听了,怒气填胸的说不出话来。

密李狄说道:"等到我醒过来,我就去枕头底下找刀子,我虽然不能用刀子去保护自己,我还可以用刀子去自尽雪耻。谁知我把刀子拿在手上,就得了一个可怕的主意。我发过誓,对你说实话,就是说出来,自己害自己,我也不怕告诉你。"费尔顿道:"你要报仇?"密李狄道:"是的。我知道这不是奉教的人该作的事。我现在受的灾难,就因为我要报仇的缘故。"费尔顿道:"你往下说,我要听完了。"密李狄道:"我要赶快的报仇,我知道他晚上还要来的。白天是不怕的,我照常的吃早饭,晚上打算不吃。我把早起的水,收藏了一点,预备晚上用。到了晚上,桌子也摆好了,灯也点了,我坐下吃些鲜果,早上收起来的水,我喝了几口。吃完晚饭,我装作昏迷的样子,慢慢挪到床边,倒在床上,一手拿着刀子,装睡着了。过了好一会,并没人来,我以为他不来了。后来灯上去了,房里黑了,我就定睛在黑暗里看,过了有十分钟,还没声响,后来听见门响,有脚步声,看见人影走到床边……"密李狄说到这里,停住了,两眼看费尔顿,费尔顿道:"你快讲!"密李狄道:"我以为报仇的时候到了,我把刀子抓紧了,等他走得近了,伸出两手来抱我,我大声一喊,用尽力向胸头刺去。谁知这个人,仿佛是知道我的用意,先预备好了,披甲而来,刀子刺他不着,从旁一闪,我的仇人一点也不受伤。那个人笑道:'哈哈,你要我的命么?你真没良心,你歇歇,安静些。我以为你过了这几天软下来了,你若不愿意,我并不监禁你,你不肯爱我,我晓得了,明天我就放你走。'他一面说,一面把我的手捉住了,抢了刀子。我当时什么想望都没有,只盼望他把我登时刺死了,我对他说道:'你要小心,我逃得出去,是要播传你的凶险行为的。'他说道:'这是怎么讲?'我说道:'我一出去,就要逢人便说你的行为。我要罚你,我把你这间密室的事,去告诉众人。你的名位虽然高,你也是要害怕的。因为在你之上,还有王上,世界之上,还有上帝。'我说了这几句话,他很生气,我看不见他的脸,他捉着我的那只手,却在那里发抖。他听了说道:'你若是这样作法,我永远不放你出去。'我就答道:'你不放我出去,我就死在这里。'他说道:'我以后小心,不留利器在你手上了。'我答道:'到了没法的时候,还有一个法子,只要有胆的人,就敢用,——我可以饿死。'他答道:'算了罢,我们想个和平办法罢。我登时放你出去,说明你并没失身。'我说道:'我流血报仇。'他说道:'你若是存了这个意思,倒不如就住在这里。你要什么有什么,你若是要饿死,那是你自己之过。'说完,他走了,我还听见开门关门的声音。到了翌日,白天同晚上,他都不来,我只好祈祷上帝求早死。到第二天晚上,听见门开了,我就起来,听见那人说道:'你想好了么?我看,我是很慷慨的了。我原是不大理奉清净教的人的,不过我待他们还是公道的,脸上长得好的奉清净教的人,是更要待他好点的。我只要你对着十字架发誓,出去一字都不提,我就放了你。'我听见这话,气极了,答道:'说什么十字架!我发个誓,无论你应许我什么,无论你怎样恐吓我,无论你用什么酷刑,我是要说的。我对着十字架发誓,要到处播扬你拐骗良家子女,是个杀人的凶手,是个无耻的懦夫;我对着十字架发誓,要布告天下人,请他们同我报仇!'他恐吓我,说道:'我有一个法子,叫你一句也说不出来,就是你说了,也没人相信。'我听了,狂笑。他说道:

'我给你一天一夜,再去细商。你只要答应了不说,富贵名位,你都可以有;你若是要说,我要叫你一生没脸见人。'我就喊道:'你作这种事么?'费尔顿,我那时疑他是疯了。他答道:'我要作这件事。'我说道:'你走罢,不然,我要撞墙了。'他说道:'随你的便。我给你想到明晚。'他走了之后,我倒在地下,生气得很,没得好咬,只好咬地毯。"费尔顿很被这番话感动了,密李狄看见,十分得意。

第五十七回　末了一段把戏

再说密李狄看了费尔顿一会,又说道:"我那时有两三天没吃饭,难受到了不得,觉得额上有块重东西压住,眼前一片云雾,人是半迷半醒的。到了晚上,我弱极了,常常晕过去,那时我只盼望死。有一次,我晕倒了,仿佛听见门响,我又醒过来。要害我的人,又进来了,后头还跟着一个人,两个人都戴了面具。那一个人声音行动,我是认得的。他先说道:'我要你应许我的事,你怎么样?'我答道:'我们奉清净教的人,心肠是不会改变的。我的主意,一点也没变。我心里记着的仇恨,是忘不掉的,总要在上帝面前,同在人面前,办你的罪。'他说道:'你的呆气,还没有改么?'我说道:'我对天发誓,将来天下都要知道你的罪,我非把你办了罪不算。'他大声喊道:'你是个妓女,你将来要受你应得之罪。我把你当作罪犯,刺了花,你还有什么脸见人。'随即向跟来的人说道:'刽子手,办你的事。'"费尔顿道:"这人是谁,你告诉我。"密李狄不去管他,说道:"我哭也不中用,我喊也不中用。刽子手捉住我,拿绳子把我捆了,我哭到说不出话来,挣脱也无用。我忽然大喊起来,因为刽子手拿烧红的铁,同我刺了花。"说到这里,密李狄露了胸口同肩膀,指把费尔顿看,说道:"费尔顿,你看看,这就是他们在一个柔弱无罪的女子肩膀上,刺了这朵花,你要会看坏人的心,不然,你就被他们骗了。"费尔顿说道：":但是这是个莲花瓣①?"密李狄道："他们的手段,毒极了。他们若是刺的英国记号,我自然会去告他们,问他们这是那一个公堂刺的；他们刺了法国的记号,叫我何处诉冤?"费尔顿听到这里,全被密李狄迷住了,登时跪在她面前。刺花不刺花,他也不管,以为这个女人,真是德性全备,被人陷害,受了折磨的。

他跪在地下,说道："你恕我无罪,你恕了我的罪。"密李狄一看,就知道这个人着了迷,满脸都是怜悯恋爱的意思。密李狄道："我恕你什么罪?"费尔顿道："恕我无知,帮着人来收拾你。"密李狄伸出手来,费尔顿尽情的亲了手,密李狄看着他微笑。费尔顿是个奉清净教的人,恋爱之中,却带点尊敬崇拜之意,亲完了手,又去亲脚。密李狄装出醒悟过来的样子,把胸口遮盖了,等费尔顿说话。等了一会,费尔顿问道："有一件事,你却没告诉我,那个分付刽子手刺花的人是谁?"密李狄道："难道你还猜不出,还要我告诉么?"费尔顿道："难道就是那个大反叛么?"密李狄道："是的,就是那个害英国的人。他同真教最反对,专好拐骗妇女的。他现在无缘无故的,叫英国去同法国打仗。这个人,今天保护耶稣教人,改天他又要杀他。"费尔顿恨极了,喊道："你说的是巴金汗公爵!"密李狄故意把头藏在两手上,仿佛不要听这个名字的样子。费尔顿喊道："巴金汗谋害这个无辜的女子,老天呀,难道他还不是罪恶贯盈了么？还不去叫他死么?"密李狄道："总要自己出力,然后上帝来助力。"费尔顿道："用人力先去罚他,然后让天去罚他。"密李狄道："他的权力甚大,人家都怕他,不敢动手。"费尔顿道："我不怕他,我一定不饶他!"密李狄听了,觉得十二分的高兴。

费尔顿道："我的恩人威脱世爵,同这件事有什么相干?"密李狄道："慷慨好义的人,往往受恶人的骗。我有一个定了亲的丈夫,彼此都很相恋爱的。他的为人,同你一样,是个诚实慷慨不过的人。我脱

---

① 莲花瓣(fleur-de-lis),法国皇室的记号。

离之后,就把事体都告诉他。他深知我的为人,他听了,很相信我的说话。他原是个贵族,也敌得过巴金汗,他一言不发,拿了一把剑,穿了一件罩袍,一直就走到巴金汗公爵府。"费尔顿道:"不错的,只有这一个法子,不过他应该拿把小刀去的。"密李狄道:"谁知巴金汗已往西班牙,去商议两国结婚的事,我的丈夫就回来了,说道:'这个人暂时走了,我就要同你成亲,威脱世爵是会保护自己及老婆的名誉的。'"费尔顿喊道:"威脱世爵么?"密李狄道:"是的。我的丈夫,就是威脱世爵。你现在明白了。巴金汗去了有一年,他回来的前一个礼拜,我的丈夫威脱世爵死了,家产全留下给我。他怎么样死的,只有天知道,——我并不说是有人谋害的。"费尔顿道:"这件事体,太惨了,太惨了!"密李狄道:"威脱世爵死了,并没把我们的秘密事告诉他的胞兄。我们夫妇,原约好的,等到报仇的时候,才把那秘密的事体告诉他。你的恩人,就是现在的威脱世爵,很不愿意他的兄弟娶我,因为我是个穷家女;因为有了我,他为兄的不能承受家产。我就从来不望他来保护我,我就往法国,原想在法国过日子,但是我的产业,全在英国。英法两国开了仗,来往不通,不能寄钱来,我只好回到英国。六日之前,我在波士木地方登岸,巴金汗不晓得怎么样就打听得我回来了,他一定告诉了威脱世爵。我的夫兄同我很不对,公爵一定告诉了他,说我是个刺了花的罪犯。咳,可惜我的丈夫死了,不能够常在我的身边保护我。威脱世爵听了别人的话,自然是相信的,故此把我监禁在这里。后来的事,你是知道的了。后天他们就要办我一个流罪,流到远处去了。这个法子,是想得极周密的,我的名誉,是不能挽回来的了。费尔顿,你想想看,我还有什么法子,只有死的了!我求你把刀子给我罢!"说到这里,装出力不能胜的样子来,晕倒在费尔顿手上。费尔顿恋爱得没主意了,把女人抱得很紧,说道:"不要死,不要死!你活着,还有恋爱你尊敬你的人呢!你的仇还要报呢!"密李狄一只手轻轻的去推他,两只眼不动的看他;他把密李狄抱得更亲近。密李狄闭了眼,说道:"死了,死了。我宁死不受辱!费尔顿,我的兄弟,我的朋友,你让我死罢。"费尔顿道:"不要死,仇是要报的。"密李狄道:"费尔顿,我活了,不过叫亲近我的人难过,不如死了。"费尔顿尽情的同她亲嘴,说道:"我们两个人,在一处死,在一处活罢。"

这个时候,听见有人敲门,密李狄把他推开了,说道:"别响,有人偷听我们说话。有人来了,不好了!"费尔顿道:"不是的,不过是看守的兵,来报换班。"密李狄道:"你去开门。"费尔顿开了门,看见是守兵的队长,问道:"有什么事?"守兵道:"你分付我,听见有人喊,叫我开门。我听见你喊,我就来开门,才晓得门是在里头关了的,我只好去找队长。"队长说道:"他找我,我就来了。"费尔顿糊涂了,说不出话来。密李狄看见不妥,赶快装出个样子来,去帮他,登时跑到桌子边,抢了桌上那把刀喊道:"我要寻死,是我的事,你拦我做什么?"费尔顿看见了,大喊起来。忽然听见过道上一片冷笑之声,威脱穿了睡衣,来到门口,手里拿了一把剑,说道:"我们看到最末了一段把戏了!费尔顿,你晓得这几段的戏,果不出我之所料,你们不要害怕,不会流血的。"密李狄晓得机会到了,要造作出真要寻死的样子,给费尔顿看,大喊道:"血是要流的,逼死无辜人的仇,将来是要报的!"说完就拿刀子,向自己前胸一刺。费尔顿喊了一声,走上前去救,已经来不及了,密李狄已经刺了自己。不过她很小心,把刀尖向乳罩的钢片去刺,刀尖闪开了,只伤了一点皮肤,登时衣裳却沾了血,假装晕倒地下。费尔顿从她手上夺了刀子,很有怒气的向威脱说道:"爵爷,你叫我看管的女人,自刺死了。"威脱道:"费尔顿,你不要害怕,也不能死得这样容易,你到我房里等我。"费尔顿还要说话,威脱道:"听我分付,你去罢。"费尔顿很不愿意的出去了,把刀子也拿去了。威脱当下喊了女仆来,分付她去伺候密李狄,自己出去了。他虽然不相信她会自尽,恐怕伤重了,叫人赶快去喊医生。

第五十八回　逃走

再说威脱说密李狄自刺之伤，不至十分危险，却也不错。威脱一走之后，密李狄见左右无人，只有伺候她的乡下女人，她就睁开两眼看看，装出受伤甚重的样子来。那个女人，被她骗了，全夜在房里伺候。密李狄一个人在那里想，知道费尔顿是相信她受伤很重的了，假使有个仙女下凡告诉他，说密李狄的行为，是假装出来骗人的，他也不能相信的了。只要骗得过费尔顿，就可以望同他串通逃走了。只怕威脱疑心费尔顿，连费尔顿都要看管起来，事体恐怕就有点不妙。

早上四下钟，医生来了，看见受伤的地方，已经起首合口，脉动如常，知道是并无大险。到了天亮，密李狄装作一夜没睡，要去安歇，就叫伺候的女人出去了，盼望费尔顿来看她。到吃早饭的时候，还没进来。只剩一天了，心里害怕威脱犯了疑，不许费尔顿来。威脱说过了二十三，就要送她上船，今天已是二十二了，早饭没吃什么，中饭仍旧送来。看见换了看管的人，心里又怕，打听了，才知道费尔顿一点钟前，骑马出门了。又问威脱在那里，看管的人说，威脱分付过，如果密李狄要见他，他就来；密李狄说觉得很不舒服，不想见他。等到看管的人摆好了中饭，出了房门，密李狄从床上起来，在房里走来走去，怒容满面，倘若那把刀子还在桌上，她一定是把刀子藏在身上，——不是去杀自己，是要杀威脱。六点钟的时候，威脱进来，身上是披了甲，带了兵器，看了密李狄一眼，他就晓得密李狄想什么，说道："你今天不能杀我。你没有兵器,我是有预备的了。你想法子去牢笼费尔顿,他已经上你的当了,你再不能看见他的了。你没什么法了,你去把东西收拾收拾,明天就要上船。我原想叫你二十四动身的,我看还是早点走好,明天我就请巴金汗签字。你到船上去的时候,路上若是同人讲了一句话,我分付护送的人,把你打死。到了船上之后,船主不准你同人说话,你就不能说。你若犯了这个规条,是要把你摔在海里的。我今天没什么话同你讲了,明天我来同你送行。"说完,走了。密李狄听了,十分发怒。晚饭送进来了,密李狄虽然不想吃,却勉强吃了好些,为的是若有机会逃走,是要费点精神气力的。

到了晚上,天色很不好,天际浮云飞动,远远的闪电。到了十点钟,风雷大作,忽然听见有人敲窗子之声,电光一闪,仿佛有个人在铁条外边。密李狄走到窗口,喊道:"费尔顿,我有救了。"费尔顿说道:"别响,我要锯断铁条。你要小心,不要让人在门外看见。"密李狄道:"房门的铁条,今天他们拿板钉了,外面看不见房里。我在这里,可以帮你的忙么?"费尔顿道:"你不能帮忙。你要把窗子关了,你穿好衣服,倒在床上,等我预备好了,我再敲窗。你能够跟我走么?"密李狄道:"能够。"费尔顿道:"你的伤怎样了?"密李狄道:"还觉得疼,却还能走。"费尔顿道:"睡下,留心听我的暗号罢。"密李狄关了窗子,灭了灯,睡在床上。虽然那时候是风雷交作,锯声还听得见的,一闪电,还看见费尔顿的影子。

密李狄睡在床上,等了一下钟,听见门外过道有点声响,就十分害怕。等了这一点钟,仿佛是等了一年。再等一会,听见敲窗,密李狄从床上跳下来,开了窗子,看见锯断两条铁条,一个人很可以穿过了。费尔顿道:"你预备走了么?"密李狄道:"预备好了。要带东西么?"费尔顿道:"你如果有钱,可以带点。"密李狄道:"幸而还有点钱。"费尔顿道:"很好。我自己的钱,都花完了去雇船。"密李狄把钱交给他,说道:"钱在这里。"费尔顿拿了那口袋钱,摔在墙外地下,说道:"你来罢。"密李狄站在椅子上,伸出头,往窗子外一看,看见一个绳梯,挂在铁条上,费尔顿悬在那里。看见底下一片黑暗,不禁打个冷战。费尔顿道:"我就恐怕这一层。"密李狄道:"不要紧。这不算什么。我下去的时候,就闭住眼,就不害怕了。"费尔顿道:"你信得我过么?"密李狄道。"信得过之至。"费尔顿道:"你两只手,交加起来。"密李狄伸出手来,交加了,费尔顿拿手巾,先把手腕包好了,外用绳子一捆。密李狄很诧异的问道:"这是做什么?"费尔顿道:"你把膀子搂住我的颈脖子,我背你下去,安稳得很,你别害怕。"密李狄道:"我身子很重,歪斜一点,我们两个人都要摔下去,摔得粉碎的。"费尔顿道:"我是个海军的人,这种事我惯得很,你别害怕。"密李狄恐怕耽误了时候,就如法办了,挂在费尔顿身上。

  费尔顿背了这个女人,一步一步的从绳梯而下。两个人挂在绳梯,在狂风中,摆来摆去。忽然费尔顿停住了,密李狄问是什么事。费尔顿道:"别响,我听见脚步声。"密李狄道:"让他们窥破了!"停了一会,费尔顿道:"不相干。"密李狄道:"什么声响?"费尔顿道:"不过是巡兵巡查。"密李狄道:"巡兵在那里?"费尔顿道:"就在底下。"密李狄道:"恐怕他们看见。"费尔顿道:"没有闪电,是看不见的。"密李狄道:"他们许碰着绳梯。"费尔顿道:"绳梯尽头,离地还有六尺呢。"密李狄道:"我听见他们的声音。"费尔顿道:"别响。"他们两个人悬在那里,离地还有二十尺,动也不敢动,呼吸也不敢,听见底下的巡兵说话,两个人挂在那里,非常害怕。等了一会,巡兵走得远了,说话渐渐听不见了,费尔顿道:"好了,我们安稳了。"密李狄长叹一声,晕过去了。费尔顿再往下走,到了绳梯尽头,原没立脚的地方,他用两手抓着绳梯尽头落到地下,低下头,拾钱口袋,用牙咬着,走了出去。走到路上,一会就到海边,他吹了号哨,等了五分钟,有只小船到了,船上有四个人。小船不能拢岸,费尔顿背着女人涉水,送到小船上,把女人放下来,自己也坐下了,说道:"你们赶快摇到大船上。"四个人拼命的摇,那时天色甚黑,岸上看不见这只小船。费尔顿把绳子解开,去掉手巾,弄点海水,洒密李狄的脸,密李狄长叹一声,睁开眼,问道:

"我现刻在那里?"费尔顿道:"有了救了。"密李狄道:"是的。我看见天了,看见海上的波浪了,费尔顿,我谢谢你。"费尔顿搂住她。密李狄说道:"我两只手怎么样了?仿佛是擦破了?"费尔顿一面看着那两只手,一面摇头。密李狄道:"我记得了,不要紧的。"回头四围的看。费尔顿道:"钱口袋在这里。"那时已快到大船,密李狄问道:"这是个什么船?"费尔顿道:"我替你雇的。"密李狄道:"送我到那里?"费尔顿道:"随便你要到那里。我却先要到波士木。"密李狄道:"你去波士木作什么?"费尔顿笑道:"我还要去办威脱分付的事。"密李狄道:"什么事?"费尔顿道:"你还不晓得么?"密李狄道:"我不晓得,你讲我听。"费尔顿道:"威脱很疑心我,要自己去看管你,打发我送信给巴金汗,请他在那张公文上签字。"密李狄道:"倘若威脱不相信你,为什么还要叫你去办这件要紧事呢?"费尔顿道:"我总算是不晓得信里讲什么事,只要送给巴金汗,就是了。"密李狄道:"我明白了,你这就要到波士木去。"费尔顿道:"不能耽延的了,明早就是二十三,巴金汗要带了兵船动身。"密李狄道:"他明天动身?往那里去?"费尔顿道:"往拉罗谐尔。"密李狄说道:"不能让他去。"费尔顿道:"你请放心,他万去不了。"密李狄听了,满脸高兴,她晓得巴金汗要死在费尔顿手里,密李狄道:"费尔顿,你救了英国了。如果你因为这件事死了,我同你一道死。"费尔顿道:"别响,我们到了。"

到了大船边,费尔顿扶密李狄上梯子,到了船面,费尔顿说道:"船主,我同你谈的,就是这位夫人,请你送她到法国去。"船主道:"要一千个毕士度。"费尔顿道:"不错的,我已经付过五百了。"船主道:"不错。"密李狄在口袋里拿钱,说道:"这里还有五百。"船主道:"那五百,就等到了布朗才付,我先不拿了。"密李狄道:"我们过海峡,安稳么?"船主道:"安稳的很。"密李狄道:"你若是说话不失信,我给你一千个毕士度。"船主道:"夫人慷慨得很,但愿我装的客人,都同你一样。"费尔顿道:"你要先把我送到某地方,我先登岸。"船主发了号令,早上七下钟,船就开行。在路上的时候,费尔顿把昨天的事体告诉密李狄,说是原要先到伦敦的,他却并没去,先雇好了船,晚上回来,爬上墙,把绳梯挂好了,以后的事,是不必说了。密李狄原想再去激动他的,后来想想,这个少年是勇往直前的疯子,可以不必再激动的了。于是两个人定了计,密李狄要在船里候他,候到十点钟。到了时候,还不来,他们先开船走,约到在法国比东地方一个庵里相见。

第五十九回　行刺

　　再说费尔顿拿着密李狄的手,亲了一嘴,同她辞行,还说了不久相见的话。自外面看去,费尔顿此时无异常人,留心看他,才觉得两眼露出凶光,脸色死白,神色很不安静,像是要作凶险事的。他在小船上,还不停的两眼回头看密李狄,密李狄在大船上,以目相送,两个人都晓得,现在不怕了,没人来追赶了。费尔顿登了岸,把帽子拿下来,摆了几下,同密李狄辞行。他走了百余步,下了山,回头只看见大船的桅尖,他就一路向波士木走。一路走,一面想起近两年的事体,觉得巴金汗的罪,擢发难数,专论密李狄一件事,巴金汗就死有馀辜,越想越怒。他想到密李狄,却越想越恋爱,敬之如神。再一想,如果他现在想作的事,万一失手,密李狄一定又要落在仇人之手了,想到这里,什么险他都肯冒了。

　　那天早上八点钟,他到了波士木,街上的人很多,那些军队,都打着鼓,飞着旗,往码头走。费尔顿就到海军衙门,满身都是尘土,脸色很不安静。守门的人,原不许他进去的,他拿出威脱世爵的信来,守门的人知道威脱同巴金汗是最要好的,看见信,就让他进去。到了大厅,有一个人进来,好像是连夜骑马赶到的,才下了马,那马就倒在地下了。他同费尔顿两个人,都是立刻要见公爵的。费尔顿说出威脱的名字来,那个人不肯说,要见了公爵才说。白得理先领费尔顿去见,叫那个人等着,那个人着急的了不得。白得理领费尔顿到了一间房子,那时巴金汗公爵才洗澡出来,白得理开了门,说道:"费尔顿要来见爵爷,带了威脱世爵一封要信。"公爵道:"有威脱的信么!叫他进来。"费尔顿进去了,看见公爵正脱一件长袍,穿上一件珠子作扣的蓝绒外衣。公爵道:"我请世爵今早来的,为什么他不来?"费尔顿道:"世爵分付我,叫我同爵爷说,他今早有点事,自己不能来了。"巴金汗道:"是的。我晓得他那里有个很要紧的罪犯。"费尔顿道:"我来就是为这个罪犯。"公爵道:"你有什么说的?"费尔顿道:"我只能同爵爷一个人说。"公爵道:"白得理,你出去,不要走得太远,我一会还要你来。"白得理出去了。公爵道:"现在没人了,你可以说。"费尔顿道:"有一天,威脱写信把爵爷,为的是要流一个女人,名叫巴格生。"公爵道:"有的。我回信说,他只要把公文送来,我就签字。"费尔顿道:"公文在我这里。"公爵就从费尔顿手上把公文拿过来,看了一看,摆在桌上,拿起笔来,正要签字,费尔顿道:"我得罪了,爵爷可晓得,巴格生不是那个女人的真名姓么?"公爵拿笔沾了墨水,说道:"我晓得的。"费尔顿道:"看来爵爷是晓得她的真名姓?"公爵沾好墨,正要在纸上写,说道:"我晓得。"费尔顿脸上露出死灰色,问道:"爵爷既然晓得她的真名姓,还要签字么?"公爵道:"自然。如果再签一趟,我也是签的。"费尔顿说道:"我不相信爵爷晓得这事与威脱夫人相干。"公爵道:"我晓得很清楚的。我倒觉得奇怪,你为什么也晓得?"费尔顿道:"爵爷一点都不迟疑,就要签字么?"公爵有点不耐烦,很有骄蹇的意思,说道:"你问的话,问得很奇怪,我可不答了。"费尔顿道:"爵爷一定要答我话。事体是很要紧的。"巴金汗以为是威脱叫费尔顿这样问的,只好同他客气点,说道:"我签这个字,是一点都不迟疑的。威脱同我都晓得,这个女人犯了死罪,现在只办她一个流罪,算便宜她了。"说完了,又去签字。费尔顿走进一步,说道:"你不能签这个字。"公爵道:"为什么就不能签?"费尔顿道:"你问问自己的良心罢,不要冤枉了这个女人。"公爵道:"把她送到太班去绞了,那才算不冤枉。"费尔顿道:"你晓得的,她是个最无害的仙女,我要你放了她。"公爵道:"你疯了么？同我说这种话！"费尔顿道:"爵爷恕罪。我说的话，都是我知道我应该说的。爵爷,你办了这个无辜的女人,你要小心呀。"巴金汗喊道:"你这个人,来恐吓我么？"费尔顿道:"爵爷,不是的。我求你细想想我的话。你晓得,杯子已经装满水,再加一滴,就要流出来的;罪恶贯盈的人,再走错一步,就要受罚的。"公爵道:"费尔顿,你出去罢,你算是被我拘押了。"费尔顿道:"你要听我说到底。你骗了这个少年女子,你强奸了她。你要尽力的帮她,你放了她,我就不求别的了。"公爵很诧异的说道:"你不求别的了？"费尔顿此时心已乱了,说道:"爵爷,你要小心。你犯的罪多了,通国的人,无不恨你。你几乎篡了王位,天人共怒的了。天自然有罚你的时候,我现在就要罚你。"巴金汗向着门走,说道:"这个太难了！"费尔顿拦住他,说道:"我再求你签一纸公文,把威脱夫人放了。你要记得,这个女子,是你害过她的。"巴金汗道:"我再叫你出去。不然,我喊亲兵来,把你锁了。"费尔顿抢上前,站在公爵同手钟之间,拦住,不许摇钟,说道:"不许你喊人。"又说道:"你要小心,你在天的掌握中了。"巴金汗大声的喊道:"我在恶鬼的掌握中了！"喊得很响,是要亲兵知道。费尔顿拿了一张纸,递给公爵,说道:"你签字放了威脱夫人。"公爵道:"你逼我签字么？你疯了！白得理,你在那里？"费尔顿道:"你签！"公爵道:"不能签。"费尔顿道:"你不签么？"公爵一手摸剑,一面喊道:"外间有人么？"费尔顿动手得快,不让公爵拔剑,拿了小刀,跳上前:

白得理进来,说道:"爵爷,法国来一封信。"公爵听了这句话,什么都忘了,说道:"法国来的么？"费尔顿趁这个机会,一把刀子,就刺去,刺得很深,几乎刀把都全进去了。巴金汗喊道:"哈,反叛,你刺死我了！"白得理喊道:"杀人呀,杀人呀！"费尔顿四围一看,找路逃走,就从房门逃出去,跑到楼梯口,正碰见威脱。威脱看见他脸白神乱,身上有血迹,一手就叉住他的咽喉,说道:"我晓得的！我猜着的！可惜我来迟了一步。"费尔顿动也不动。威脱把他交给亲兵,就跑到巴金汗房里。当下那个走了一夜,同时要见公爵的人,在房外听见公爵喊,白得理喊救,也跑到房里,看见公爵倒在榻上,一手去压着伤口。公爵看见那人进来,声音很弱的问道:"拉波特,王后叫你来的么?"拉波特说道:"是的。我没来得太迟么?"公爵道:"别响。有人听见。白得理,不要让许别人进来。老天呀,我快死了。王后同我说什么话?我恐怕都来不及晓得的了。"说完了,靠在榻上,不省人事。当下威脱世爵,还有许多官兵,同公爵的手下人,都进了房。这个新闻,不到一会,通城都知道了,还放了一口炮,众人都知道是出了不测之事。

威脱世爵悔恨得要死,说道:"我只来迟了一分钟。真是不幸得很。"原来当天早上七下钟,就有人报告,说有一道绳梯,挂在窗外,他登时跑到密李狄房里一看,窗子开了,铁条锯断了,犯人也跑了,他就想起达特安送他的信,恐怕公爵有险,就跑到马房,骑了一匹马,跑到海军衙门来。到了,就跑到楼上,一上楼,就碰见费尔顿。

再说公爵那时并没死,慢慢醒过来,睁开眼,说道:"诸位请便。我要同白得理、拉波特说话。威脱,你来了么?今早你派了一个很古怪的送信人来,你看他把我刺了。"威脱道:"我永远不能饶我自己的了。"巴金汗道:"你说得不对。你先出去,让我同这个人说几句话。"威脱滴下许多眼泪来,走出了房,只剩拉波特同白得理。拉波特跪在地下,说道:"爵爷,你还可以活,你还可以活。"公爵说道:"王后同我说什么话?你们读给我听,不要耽误了。"拉波特拆了封,把信摆在公爵面前。公爵眼看不见,说道:"我看不清楚,你们赶快读给我听。"拉波特读道:

> 爵爷:如果你还念我,还记忆我为你所受之苦,我求你把兵散了,不要打仗。虽然你说是为宗教动兵,有人说你是为的恋爱我。我求你听我所劝。现在这仗,不独英法两国受害,连你自己也有性命之忧。你要小心,有人谋害你的性命,只要你不同法国作对。我看得你的性命,是极其贵重的。

巴金汗拿出全副精神,来听这封信,等到听完了,很有点不满意,问道:"拉波特,王后没别的口信么?"拉波特答道:"爵爷,有的。王后分付我说,请爵爷小心护卫,王后听见说,有人要行刺。"公爵很不耐烦的问道:"没别的话了么?"拉波达道:"王后还分付我说,王后还恋爱爵爷。"巴金汗道:"谢天谢地,我死了,她不当是死了个路人了。"回头对白得理说道:"把装金刚钻的盒子拿来。"白得理拿了盒子来,拉波特认得是王后的东西。公爵又说道:"把钉珠花香囊拿来,——上面绣了王后名字的。拉波特,王后送我的东西,只有这两件同那两封信,你拿回去,送还王后。再拿我一样东西,送去作记念。"说到这里,两眼四围的看,快要死了,两眼看不清楚,只看见费尔顿行刺他的那把刀子,血迹模糊,他抓着拉波特的手说道:"你就把那刀子拿去罢!"他把这几样东西摆在一堆,就不能说话了。再等一会,就从榻上倒在地下。白得理喊了一声。看见公爵脸上却带着笑容。这时候医生到了,拿着公爵的手,等了一会,说道:"死了,没得救了。"白得理喊道:"死了,死了!"衙门的人听了,个个慌张忧惧。

威脱找着费尔顿,说道:"你这个人!你晓得你作了什么事?"费尔顿道:"我报了仇了。"威脱道:"你是串通了密李狄作的,我们不能让这个女人再犯罪了。"费尔顿道:"我不懂你的话。我刺死巴金汗公爵,为的是他不升我的官。你保举我两趟,他都不答应,我现在就是报这个仇。"威脱听了,摸不着头脑。那时费尔顿很害怕,怕的是密李狄自己来出首,同他一路死。他两眼向海上望,忽然打了一战。原来他看见远远有一条船,就是要送密李狄到法国的那条船,脸上就登时变色,咬牙切齿,他知道上了密李狄的当,说道:"我要问一句话。"威脱道:"什么话?"费尔顿道:"现在有几点钟?"威脱看表,说道:"差十分到九点。"原来密李狄比约定的时候早一点半钟,就开船。她因听见炮响,晓得是行刺的事成功了,先走为妙。这时候那条船已到天涯,几乎望不见了。费尔顿说道:"这是天意了。"两眼还只管望那条船。威脱知道他的意思,说道:"你的伙计,不回来同你一处死的了。但是我应许你,她是走不脱的。"威脱下了楼,向码头走。

第六十回　找寻邦氏

再说英王查理第一听见他所最喜欢的大臣，被刺死了，就怕拉罗谐尔的人不肯固守。红衣主教的记载上说，英王得了这信，十分秘密，封了海口，不许船只出口，预备自己的大兵，先行出海。巴金汗死后，查理自己料理发兵的事，那时丹国的钦差正要出口回国，也不能动身；荷兰国的钦差也羁留住了。但是封口的号令，是公爵死后五点钟才颁发的，那时已经有两条船先出口了，一条是送密李狄到法国的，还有一条，下文再叙。

现在追说法兵围拉罗谐尔的事。一连好几天，都没动兵，路易觉得在营里难受，打算要回去圣遮猛离宫，过路易节①，要微服回去，叫主教拨二十名火枪手护送。主教很愿意王上离开大营，自然是照办的，约好九月十五回来。主教告诉了特拉维，特拉维晓得阿托士他们四个人很想回去巴黎，就派了他们四个。阿拉密接到秘密消息，说密李狄要到比东地方的一个庵。达特安听见了，很替邦氏着急，阿拉密就立刻写信给米桑，请她同王后说，叫邦氏离了那间庵，改到罗连②，或是比利时去。一个礼拜内，接到回信，说道："我的表亲：信内有我的姊姊发给的凭据一张，准她出庵。我的姊姊很喜欢邦氏，将来还要

---

① 路易节（festival of St. Louis）。
② 罗连（Lorraine）。

帮她忙的。"信尾签着米桑的字,再看那张文凭,上面写道:"掌庵长老:见凭即将我所荐的某氏,交与执持此据之人。"底下签着是王后的字。这些人听了之后,都去同阿拉密开玩笑,说他的表亲不过是个女裁缝,居然称呼王后是姊姊。内中颇图斯取笑得最利害。阿拉密急了,说:如果他们还是要取笑,他只好跑开,不帮忙了。他们以后就不提米桑两个字了。他们得了这张凭据,因为在拉罗谐尔打仗,不能走开,也是没用。达特安正想告假,忽然特统领派他们四个人护送王上,他们高兴得很,先打发跟人们送行李,翌日他们动身,随扈。主教送到某处。王上原想二十三到巴黎,路上却不时的逗留,臂鹰取乐。火枪营的人,都喜欢逗留解闷,达特安他们倒很着急。二十三晚上,到了巴黎,王上准了火枪手四天假,却不许他们到公众的地方去,阿托士他们很高兴。随后特统领又加两天假。

他们二十四下午五点钟动身。达特安先说道:"我们这件事,看来还不甚难,只要两天工夫,蹧蹋两三匹马,我就赶到比东,交了信,把康士旦领出来。我不送她到比利时,也不送她到罗连,我要领她回巴黎。主教在拉罗谐尔,倒不如把邦氏安置在巴黎的妥当。等到打完仗,王后念起我们的功劳,那时我们所求必应的。我看,你们不如就在这里,不必陪我远行了。我带了巴兰舒,有两个人,也够了。"阿托士说道:"达特安,你要记得,比东是主教同密李狄约会的地方,你晓得密李狄到了那里,那里就要出祸的。若是你去只同四个男人相敌,也就罢了,你去对敌那个女人,不是顽的。我们带了跟人,陪你去,或者还可以敌得住。"达特安道:"你说得很可怕的,其实有什么可怕。"阿托士道:"样样都是可怕的。"达特安看看他们,他们脸上都很有不放心的样子,后来都没话说。

二十五的晚上,到了阿拉士①地方,下了马,入店喝酒,见一个人从院子里出来,骑了一匹马,向巴黎走。虽是八月天气,他披了罩袍,

---

① 阿拉士(Arras)。

出门的时候,风吹罩袍,把帽子往上略移一移,那个人伸手去抓帽子,又戴低了些。达特安登时认得这个人,脸色变了,把酒钟放下来。巴兰舒道:"不好,我的主人得急病了。"阿托士三个跑去看,看见达特安正要上马,阿托士问道:"你又要到那里去?"达特安跳上马说道:"那个人,就是他,我一定要赶。"阿托士道:"是谁?"达特安道:"就是蒙城人。他来了,总没好事的。我第一趟碰见他,他就同那一个凶恶女人在一处。我碰痛阿托士的肩膀,同他吵闹的那一趟,就为的这个人。邦氏被掳的那一天早上,我又碰见这个人。今日又碰见他!"又喊道:"我们都上马,我们一齐去赶他!"阿拉密道:"等等,你要晓得,他骑的是新马,走的路是同我们相反的,如何赶得上,由他去罢。我们要救邦氏,够忙的了。"忽然有个马夫,跑出来,要追那个人,说道:"他丢了这张纸。"达特安说道:"你把纸给我,我赏你半个毕士度。"马夫给了纸,拿了钱,很高兴的回马房去了。达特安把纸打开,几个朋友,很着急的问道:"说些什么?"达特安道:"只有一个字。"阿拉密道:"那个字,许是地方名。"颇图斯道:"阿们特①,我从来没听过有这个地方。"阿托士道:"笔迹的确是那个女人的。"达特安道:"很好,我们记着,这半个毕士度,花得并不冤枉。我们上马罢,我们上马罢。"于是四个人上马,向比东路上走。

---

① 阿们特(Armentières)。

第六十一回　比东庵

再说罪大恶极的人往往的漏网，密李狄这一趟从英国逃回来法国，却没被两国的巡船拿获。她打法国去的时候，在英国波士木地方登岸，说是个避难的英国人，从英国逃回来的时候，在法国布朗登岸，她说是个法国女人。她身上原带了最得力的护照：第一件，是美貌；第二件，是名贵态度；第三件，是肯花钱。她到了布朗，那镇守府是个老头子，见她很美貌，举止又大方，一点也不留难，让她登了岸。她先写了一封信给主教，说道："大人可以放心，巴金汗公爵永远不能动身到法国的了。"写的是二十五的日子。信下又加几句道："我就要动身到比东，在那里候你来。"当天晚上就动身，路上在一个小店歇了。早上五点钟又走，走了三点钟，到了比东，问到庵的所在，见了掌庵的，交上主教的一件公文。掌庵的女长老请她到一间房里，请她吃早饭。密李狄脸上安静如常的，一点不露凶恶。

吃过早饭，长老进去见她，她就使出许多手段，叫长老欢喜。这位长老，原是贵人出身，最喜欢听宫里的新闻。密李狄原在法国宫里混过五六年的，就把许多宫里的事体及王后恋爱巴金汗等事，说得落花流水，要引长老开口。谁知长老听了，只是听，一语不发。密李狄看见这样，便换了话柄，谈主教，却不晓得长老的意思同主教怎么样，她就先去探听。长老听见她说起主教，只是点头。密李狄大着胆，想法去探听，就谈起主教同代吉隆夫人及洛吾夫人恋爱的事，慢慢有点意思了。密李狄想道:"她听了这些故事,倒没什么,即使他是个主教党,也不见得是很崇拜主教的。"于是密李狄谈起主教对待仇人之辣手段,长老听了,画个十字,却还不置可否。密李狄知道长老是王上的党,不是主教党,重新又谈到主教酷烈政策。长老说道:"这些事,我都不大晓得。我虽然离宫里很远,不幸我们庵里,倒有避难的,内中有一个,很吃了主教的亏。"密李狄道:"我倒很可怜她。"长老道:"是该可怜的。这个女子,受过监禁,还有许多暴虐的事体,——也许主教不是乱来的。这个女子,面貌倒是无害的,但是看人甚难。"密李狄道:"原是的。若是上帝生的最好看的人,都会骗人的,我们去相信什么人呢? 我这个人,总是一生受人骗的了,我看见可怜见的人,我是表同情的。"长老道:"据你看来,这个女子,是无罪的了。"密李狄道:"却有一样:主教虽然想办有罪的人,但是有德之人,他有时也要办的。"长老道:"你这句话,说得有点奇怪,我却不大懂。"密李狄道:"什么奇怪?"长老道:"主教派你来的,你是主教的朋友,但是……"密李狄道:"我还要说他的坏话。"长老道:"你却没说他的好话。"密李狄道:"可惜他不是我的朋友,倒是我的仇人。"长老道:"这封信里,主教叫我照应你。"密李狄道:"他叫我到这里,不过是把我监禁起来,等他派人来放我。"长老道:"你为什么不逃跑呢?"密李狄道:"跑到那里呢? 只是主教要寻我,随便跑到那里,都是跑不脱的。倘若我是个男人,自然还有法子好想,我是个女人,只好罢了。你刚才说的那个女人,她想法子逃跑么?"长老道:"这个女人的事,是两样的。她为的是有恋爱的事,羁留住了。"密李狄道:"她若是有恋爱的事,那还算不了十分不快活。"长老道:"看来你也许是有人要收拾的。"密李狄叹道:"是的。"长老忽然想起来,问道:"你不是反对真教的人么?"密李狄道:"我不是奉耶稣教的。我可以对天发誓,我是个最相信天主教的人。"长老微笑道:"你不要害怕。你在这里,没有什么难受的,我们总要想出法子来,叫你过的好日子。况且那个女人,你总要会着的,她是很招人爱的,总算同你是同病相怜,一定处得来的。"密李狄道:"她叫什么名字?"长老道:"有一位大家夫人送她来的,喊她作吉第。她别的名字叫什么,我就不晓得了。"密李狄喊道:"她叫吉第,当真的么?"长老道:"是的。你认得她么?"密李狄想到那个女人许是她的女仆,不禁微笑,后来满面怒容,再过一会,又装出慈善面貌来,问道:"我几时可以见她? 我很着急的要相见。"长老道:"等等就可以见。不过你跑了四天的路,今早起得又早,你先去歇歇罢。等到吃饭的时候,我再喊你。"密李狄原不要睡的,听了长老的话,只好先去歇歇,养养神。于是同长老告辞出来,倒下去睡。她想起拿吉第来报仇,心里极高兴;又记起主教应许她的话,她已经替主教把仇人杀了,达特安的性命,是在她手上的了。只有一件事,她却很放心不下,她以为德拉费伯爵早已死了,谁知还未有死。伯爵同达特安是好朋友,一定是两个人同谋破主教的密计,收拾达特安的时候,就可以拖累伯爵。想了许多妙计,心里十分高兴,就睡着了。

  后来有人喊醒她,看见长老站在床边,旁边还有一个少年女子,长得很细的,密李狄却不认得她。两个人的相貌,都是很美的,密李狄却来得名贵些。长老同他们引见了,就出去,那一个女子也想出去。密李狄道:"你不要去,你陪陪我,我很想同你作朋友,请你等等,同我谈谈。"那女人道:"你很乏了,要好好的歇歇,我不要惊吵你。"密李狄道:"我睡够了,醒来很舒服,你陪陪我罢。"说完伸手去拉她,请她坐下了。那女人说道:"真是不幸得很,我在这里有六个月了,没得一个人谈谈,你现在来了,我却要出庵了。"密李狄道:"你要走了么?"那女人很高兴的说道:"是的。"密李狄道:"我听说你是受了主教的害,到这庵里来的,我们是同病相怜了。"那女人道:"你也是受主教的害么? 长老的话不错了。"密李狄道:"别响。我们虽在这庵里,也不好大声说他。我所以受害,都为的是同一个我所亲信的女人话说多了,谁知她反去谋害我。你也是被人谋害的么?"女人道:"不是的。我是忠心被害。有一个女人,我是很忠心于她的,我肯舍性命为这个女人。"密李狄道:"她丢开了你么?"女人道:"我当初以为她忘记了我,丢开我了;前两三天,我才知道,她并没丢开我。不然,我心里是要很难受的。但是我听见说,你原可逃跑的?"密李狄道:"我既无朋友,又无银钱,叫我跑到那里?况且这个地方,我从没来过。"女人道:"你心地这样好,相貌这样美,随你跑到什么地方,都是有朋友的。"密李狄道:"虽是这么说,我也还是免不了受人谋害。"女人道:"你要信天呀!到了时候,你作的好事,自然是有好报的。好在我们见了面,我虽然是不能帮你的忙,我却有几个有力量的朋友,等我出了庵,我请他们帮你。"密李狄道:"我刚才说我被人收拾,并不是因为我没得朋友;不过这班朋友,都是怕主教的。就是王后自己,也不敢同主教相抗。我晓得的,得罪了主教的人,王后想救,也救不来。"女人道:"你请放心,王后有时似乎不能相救,等到了机会,王后还要设法的。"密李狄道:"王后是个好女人,你说的话,我都很相信。"那女人很高兴的说道:"王后是个极好极美的女人,你也知道了。"密李狄道:"我同王后不熟,我却认得王后的几个心腹,我认得普唐①,在英国会过杜萨特②,我还认得特拉维。"女人道:"你认得特拉维么?"密李狄道:"我同他很熟的。"女人道:"火枪营的统领?"密李狄道:"是的。"女人道:"我同你要作好朋友。你认得特拉维,一定到过他府里?"密李狄道:"常去。"原来她造这个谎,是要骗那女人多说话,打听消息。女人道:"你常到他府里,你一定碰见过几个火枪手。"密李狄觉得渐入佳境了,说道:"特统领请到府里吃饭的那几位火枪手,我都碰见过。"女人道:"你把你碰见的几个姓名,说把我听,也许有我也认得的。"密李狄道:"我会过的是某人某人。"女人道:"难道你没会过阿托士么?"密李狄听了,脸变了色,浑身的发抖。女人说道:"什么事,我没说出伤你心的话么?"密李狄道:"不是的。你说的这个名字,原是我的朋友,我觉得奇怪,你也认得他。"女人道:"我认得他,还认得他的朋友颇图斯、

---

① 普唐(De Putange)。
② 杜萨特(Lujart)。

阿拉密。"密李狄道:"我也认得。"女人道:"他们都是有胆子有义气的人,你如果认得他们,为什么不请他们帮忙呢?"密李狄道:"我同他们不很熟的,不过我有个朋友,叫达特安,倒同他们很熟。他常同我谈起那几个人。"女人问道:"你认得达特安么?"看见密李狄脸上露出怪样,女人又问道:"你同他什么称呼?"密李狄道:"不过朋友罢了。"女人道:"不是的,你是他的相好!"密李狄道:"你才是他的相好!"女人道:"我么?"密李狄道:"是的,你是他的相好,你是邦那素的老婆。"女人听了,害怕起来,往后退。密李狄道:"你不必赖了,你是他的相好,是不是?"女人道:"是的,不错,我同你是敌手了。"邦氏说完了,看见密李狄脸上变得十分凶恶,很害怕,原想走开,但是醋意发作,特为不走,说道:"我要问你,你作过他的相好没有?你现在还是他的相好不是?"密李狄道:"不是的,从来没作过。"她说得很亲切的,邦氏也相信了,说道:"我信你的话。为什么我刚才谈起他,你就叫起来?"密李狄道:"你还不晓得么?"女人道:"我怎么会晓得。"密李狄道:"因为达特安是我的好朋友,他同我说过许多秘话。"女人道:"是么?"密李狄道:"是的。故此我很知道你的事:从前你如何在圣遮猛被人掳了,他如何的着急,他同他的几位朋友,如何的各处找寻。我现在无意的碰着你,自然是觉得诧异的。他同我常谈你,他恋爱你的很,还叫我恋爱你。康士旦,我居然找着你了。"说完,就搂邦氏。邦氏信以为真,当她是极可靠的朋友了,说道:"我得罪你的话,你不要见怪。"密李狄原想把邦氏登时就弄死了的,不过这个地方,不好下手,就装出笑脸来,说道:"我找着你,高兴极了。让我看看,达特安对我说你的面貌神情,一点也不错,我为什么一见你,还不认得。"邦氏却看不出这副笑脸,藏着许多毒计,邦氏道:"看来你晓得我所受的苦了。他自己所受的苦,是已经告诉过你的了。不过我为他受苦,倒还觉得快活。"密李狄道:"自然是快活。"上面说,一面心里想别的。邦氏道:"幸亏我的灾难满了,明天他就来了,也许今晚就到。"密李狄听了,大惊,问道:"你说什么?你盼望着接他的信么?"邦氏道:"我知道,他自己来。"密李狄道:"达特安自己来么?"邦氏道:"是的。"密李狄道。"没有的事,他在拉罗谐尔地方打仗,打完仗,才能够来。"女人道:"你自然是这样想。不过我的达特安,有胆子,没有办不来的事。"密李狄道:"我不相信。"邦氏一点都不疑心,高兴的很,把信送给她,说道:"你看看这封信。"密李狄见了信,心里想道:"这是施华洛夫人的笔迹,我常疑心她传递消息的。"密李狄读信道:"我的好孩子,你预备动身,我们的朋友,就来见你,把你放了。我们有胆子的喀士刚,很可靠。你告诉他,有几个人因为他预先送信,很感激他。"密李狄道:"这是不错的。你可晓得预先送信的话,是怎么讲?"邦氏道:"大约说的是主教的诡计。"密李狄道:"许是的。"说完,往后靠,在那里想。

这个时候,听见路上有马蹄声。邦氏跑到窗子看,说道:"许是他来了。"密李狄很惊动,一点也动不得,说道:"真是他来了么?"邦氏道:"不是的。这个人我从来没见过,是到这里来的,摇门铃了。"密李狄从床上跳下来,问道:"当真不是达特安么?"邦氏道:"当真不是的。"密李狄道:"也许你没看清楚。"邦氏道:"我只要看见他帽子的鸟毛,或是衣裳的一块,我就认得是他。"密李狄赶快穿了衣裳,说道:"你说这个人,来这里么?"邦氏道:"这时候,他已经进来了。"密李狄道:"不是来看你的,就是来看我的。"邦氏道:"你为什么这样不安?"密李狄道:"我没法子,主教是可怕的。"邦氏道:"别响,有人来了。"话没说完,长老开门进来了,问密李狄道:"你是从布朗来的么?"密李狄道:"是的,有人找我么?"长老道:"是的,有一个人,他不肯报名姓,说是从主教那里来的。"密李狄道:"他要见我么?"长老道:"他说他要同从布朗来的人说话。"密李狄道:"请你领他进来罢。"邦氏道:"难道这个人来送凶信的么?"密李狄道:"恐怕是的。"邦氏道:"我让你去会这个人,等到这个人走了,你许我进来么?"密李狄道:"自然,我要你来。"长老同邦氏出去了,只剩密李狄一个人,两只眼不停的看着门。听见一阵登楼的声音,脚步慢慢的近了,推开了门,进来一个人,密李狄见了,很高兴,喊了一声,原来这个人,是主教的侦探罗时伏伯爵。

第六十二回　密李狄之布置

再说密李狄看见罗时伏进房,喊道:"原来是你么?"伯爵答道:"是我。"密李狄问道:"你从那里来?"伯爵道;"我从拉罗谐尔来,你从那里来?"密李狄道:"我从英国来。"伯爵道:"巴金汗公爵怎么样?"密李狄道:"他不是死了,就是受了重伤了。有一个奉清净教的疯子,行刺他。"罗时伏微笑,说道:"哈,这是偶然徼倖的一件事,主教知道,一定高兴的。你告诉他了没有?"密李狄道:"我在布朗,写信告诉他了。你来这里作什么?"伯爵道:"主教很不放心你,特为派我来打听。"密李狄道:"我昨天才到这里。"伯爵道:"昨天以前,你办的什么?"密李狄道:"我一点时候都没蹧蹋。"伯爵道:"我晓得的。"密李狄道:"你晓得我在这里碰见什么人?"伯爵道:"不晓得。"密李狄道:"你猜猜。"伯爵道:"我猜不着。"密李狄道:"就是王后特为从监里放出来的少年女人。"伯爵道:"难道是达特安的相好么?"密李狄道:"邦那素的老婆。主教寻不着她的足迹。"罗时伏道:"运气真好。主教是个走好运的人无疑了。"密李狄道:"我同她两面相遇,你说奇怪不奇怪。"伯爵道:"她晓得你是谁么?"密李狄道:"不晓得。"伯爵道:"她全不认得你。"密李狄微笑说道:"是的。我们现在是好朋友了。"伯爵道:"你真是个奇怪女人!"密李狄道:"幸亏这样。你晓得她要怎样?"伯爵道:"她要怎样?"密李狄道:"王后有命:明天要放她。"伯爵道:"是么？谁来接她?"密李狄道:"就是达特安,同那几个朋友。"伯爵道:"我们总要把这个人,关在巴士狄大监,才得了。"密李狄道:"我不懂为什么还不把他们关起来?"伯爵道:"主教好像很喜欢这几个人,我不晓得什么意思。"密李狄道:"有这件事么?"伯爵道:"是的。"

　　密李狄道:"罗时伏,你去告诉主教,就说我同主教在鸽子笼酒店说的话,那四个人都听见了。你告诉他,他走过之后,有一个跑到我房里,强逼我,抢了我的护照。你告诉他,这四个人,把消息送给威脱世爵,那件事几乎办不成。你告诉他,为首的是阿托士、达特安两个人;你告诉他,阿拉密是施华洛夫人的恋爱人,我们晓得他的秘密事,我们还可以利用他;至于颇图斯,他不过是个大呆子。这个人,我们可以不理他的了。"伯爵道:"他们四个人,不是随大军在拉罗谐尔么?"密李狄道:"我原想他们是在那里的,谁想邦氏得了施华洛夫人的一封信,邦氏这个呆子,给我看了,我才晓得那四个火枪手要到这里接邦氏。"伯爵道:"这却怎么好呢?"密李狄道:"主教叫你分付我办什么?"伯爵道:"叫我来取你的报告。你嘴说给我也好,或写出来,也好,我得了报告,马上就走。主教得了你的报告之后,另外有事分付你去办。"密李狄道:"我就在这里等么?"伯爵道:"在这里也好,在附近地方也好。"密李狄道:"我不能同你一道走么?"伯爵道:"行不得。营里许有人认得你,于主教有点不便。"密李狄道:"我就住在这里,或在附近地方,就是了。"伯爵道:"你要给我晓得,好送信。"密李狄道:"我也许不能久在这里。"伯爵道:"为什么呢?"密李狄道:"不问什么时候,我的仇人,都可以到这里。"伯爵道:"你若是不住在这里,那个女人是要跑了的,你不晓得她跑到那里。"密李狄道:"你忘了,我现在是她的最好朋友了。"伯爵道:"我就可以告诉主教,说这个女人……"密李狄道:"请他不用烦心的了。"伯爵道:"就是这句话么?"密李狄道:"他晓得这句话怎样讲。"伯爵道:"是了。我怎么样呢?"密李狄道:"你赶快回大营去,这些消息,你要赶快报告主教。"伯爵道:"我的马车到了某处,车就坏了。"密李狄道:"这是顶好的事。"伯爵道:"你听了,为什么高兴?"密李狄道:"我要用车。"伯爵道:"我怎样走呢?"

密李狄道:"骑马。"伯爵道:"说得容易,有一千多里呢!"密李狄道:"你可以办得了。"伯爵道:"办是办得了。还有什么呢?"密李狄道:"你到了某地方,可以打发车来,叫你的跟人来,同我带信。"伯爵道:"很好。"密李狄道:"你带了主教的公文么?"伯爵道:"主教授我全权。"密李狄道:"你就告诉长老说,或今日,或明日,有人来领我,请她让我跟你派来的人走。"伯爵道:"晓得。"密李狄道:"你同长老说到我,总要诋毁我。"伯爵道:"这是什么缘故呢?"密李狄道:"我装作主教的反对党,你这样才能坚邦氏相信我之心。"伯爵道:"我明白了。你把报告写好了,给我。"密李狄道:"用不着了。我什么都告诉你了。你好记性,你回去照说就是了。信件是容易遗失的。"伯爵道:"也好,你把住地告诉我,不要叫我通国的找你。"密李狄道:"等等,让我想想。"伯爵道:"你要地图么?"密李狄道:"用不着,这里地方,我很熟的。"伯爵道:"什么?你到过这里么?"密李狄道:"我是在这里生长的。"伯爵道:"是么?"密李狄道:"有个生长的地方,是占点便宜的。"伯爵道:"我在那里寻你?"密李狄道:"让我想想,你在阿们特找我罢。"伯爵道:"阿们特?在什么地方?"密李狄道:"在力斯地方,只要一过河,就是外国了。"伯爵道:"很好,不过你不是遇着十分危险,你不要过河。"密李狄道:"那个自然。"伯爵道:"你倘若是过了河,我在那里寻你呢?"密李狄道:"你一定要带跟人么?"伯爵道:"不一定。"密李狄道:"你的跟人,靠得住么?"伯爵道:"很靠得住。"密李狄道:"你把他留下,给我。没人认得他,他在阿们特地方等,倘若我离开那里,他可以告诉你,我到什么地方去了。"伯爵道:"你把地名写在纸上,恐防我忘记了,地方是不会泄漏的。"密李狄道:"那可难说!你既然要,我就写给你罢。"说完,写给伯爵。

伯爵接了那块纸,藏在帽子里,说道:"我一路走一路把地名念熟了,纸块丢了,也不要紧。没别的事了么?"密李狄道:"没得了。"伯爵道:"让我看看,巴金汗死了,或是受了重伤;四个火枪手偷听你同主教的密谈;你到波士木,威脱世爵先得了信;阿托士同达特安,要关在巴士狄大监;阿拉密是施华洛夫人的情人,颇图斯是个大呆子;邦氏是找着了;你要我的车,还有我的跟人;我去告诉长老,说是你得罪了主教;我去力斯岸边阿们特地方去找你;对不对?"密李狄道:"不错的。你的记性很好。不过还有句话。"伯爵道:"什么话?"密李狄道:"我看见庵旁花园,同树林很相近,你告诉长老,让我在树林里走走,将来我许要从后门逃跑的。"伯爵道:"你什么都想到了。"密李狄道:"你却忘了问我一句话。"伯爵道:"什么话?"密李狄道:"你没问我要钱用不要。"伯爵道:"你要多少?"密李狄道:"你所有的金钱,都交给我。"伯爵道:"我可以给你五百个毕士度。"密李狄道:"我也有这个数。你把你的给了我,我有了一千个毕士度,可以够了。"伯爵道:"这就是了,你拿去罢。"密李狄道:"谢谢你,你几时走?"伯爵道:"再过一点钟。我还要吃东西,我的跟人,还要替我找马。"密李狄道:"请了罢。"伯爵道:"请了。"密李狄道:"替我候候主教。"伯爵大笑道:"候候恶鬼。"

果然过了一点钟,他就动身,五点钟之后,在阿拉士地方走过,达特安是在阿拉士地方遇见他的。

第六十三回　太迟了

再说罗时伏才走了,邦氏就进来,看见密李狄满脸高兴,很诧异。邦氏说道:"我听说,你害怕的事体,就要出来了。不是今晚,就是明早,主教叫你去。"密李狄道:"我的宝贝,谁告诉你的?"邦氏道:"我听见送信的人说的。"密李狄道:"你过来,坐在我身边。等等,我看看有人偷听没有。"密李狄站起来,开了门,看看过道,走回来,坐在邦氏身边。邦氏道:"为什么要这样小心?"密李狄道:"我告诉你罢,刚才送信的人,很有点为难。"邦氏道:"你说的是主教打发的人,去见长老的么?"密李狄道:"我的宝贝,是的。"邦氏道:"难道他不是主教打发来的么?"密李狄低声道:"不是的。他是我的亲兄弟。"邦氏喊道:"你的亲兄弟么?"密李狄道:"是的,你不要告诉别人。别人知道了,我是不得了,你也不得了。"邦氏喊了一声。密李狄道:"你听着我告诉你。我的亲兄弟,原是来接我的,要用强硬手段,接我回去。半路上,遇见主教的人,我的兄弟就紧跟着他,到了无人地方,拔出剑来,要那个人把公文拿出来,那个人不肯,我兄弟把他杀了。"邦氏听了,很害怕,说道:"可怕得很。"密李狄道:"他也是没法。他把公文抢了,就冒名是主教派来的人,再等一两点钟,就有车来接我。"

邦氏道:"原来是你的兄弟派车来接的。"密李狄道:"还有一层,你接的那封信,你以为是施华洛夫人的,原来是封冒名的假信。"邦氏道:"假信?没有的事。"密李狄道:"特为作封假信,叫你不要抗拒。"

邦氏道:"达特安自己来呢?"密李狄道:"没有这会事,他们都还在拉罗谐尔打仗呢!"邦氏道:"你怎么晓得的?"密李狄道:"我兄弟遇见几个主教的人,假装作火枪手,他们快要来了。你以为他们是好朋友,他们就把你捉回巴黎去。"邦氏道:"我听见这些诡计,我都糊涂了,我要疯了。"密李狄道:"你听听。"邦氏道:"是什么?"密李狄道:"马蹄声音。我的兄弟就走了。我到窗子上去同他送个行。"密李狄开了窗子,罗时伏正跑过,密李狄喊了他一声兄弟;罗时伏抬头,看见两个女人,对着他们摆摆手。密李狄装出很亲爱的样子,又喊了他一声,坐下了,在那里想。邦氏道:"我该怎么办呢?你的阅历比我多,你替我想个法子,我感激不尽了。"密李狄道:"我也许猜错的,达特安同他的朋友,也许来的。"邦氏道:"那是自然更好了,不过我恐怕没有这个好运气。"密李狄道:"全靠谁先到的了。如果达特安他们先到,你是遇了救了;如果主教的人先到,你可无望了。"邦氏道:"如果这样,我是没得救了,这却怎样好?"密李狄道:"你倒不如先藏起来,看看来的是谁再说。"邦氏道:"我藏在什么地方呢?"密李狄道:"这倒不难,我也先到一个地方躲藏,离这里有数十里,等我的兄弟。我可以带你同去,我们同躲在一处。"邦氏道:"他们不让我走,我在这里同监犯一样的。"密李狄道:"他们来找我,算是主教派他们来的,人家都不相信你愿意同我一路去的。马车停在门口,你站在车门,同我送行,我兄弟的跟人,是晓得的,他一使手势,车就走了。"邦氏道:"倘若当下达特安来了,怎么样呢?"密李狄道:"那个,——我们可以打听出来的。"邦氏道:"怎样打听?"密李狄道:"容易的很。我兄弟的跟人,是很靠得住的,我叫他回来在比东打听,他自然改了装,守住这个庵。若是主教的人来了,他不出来,若是达特安来了,他自然领他们来。"邦氏道:"他认得达特安他们么?"密李狄道:"他在我家里,见过达特安。"邦氏道:"是了,我还许有得救,不过我们不要躲得太远了。"密李狄道:"我们躲的地方,不过离这里七八十里。我们紧靠在边界上,只要风声不好,我们就过界,跑到外国去。"邦氏道:"我们现在作什么呢?"密李狄道："只好耐烦的等，就是了。"邦氏道："万一仇人来了？"密李狄道："我兄弟的马车，一定先到的。"邦氏道："万一车到了，我们不在一处，我许去吃饭怎么好呢？"密李狄道："你要同长老说一声，说同我一处吃饭。"邦氏道："她许我么？"密李狄道："一定许的。"邦氏道："只愿长老准了我，我就可以常同你在一处。"密李狄道："你就去同长老说，我现在有点心烦意乱，我要到园里走走。"邦氏道："你去罢，告诉我，在什么地方找你？"密李狄道："过一点钟，我就回来。"邦氏道："你替我费了许多心，我谢谢你，你待我这样好，我真是感激不尽。达特安知道了，也要很感激你的。"密李狄道："什么事都商妥了，我们下楼罢。"邦氏道："你要到园里去么？"密李狄道："是的。"邦氏道："从过道出去，下了小楼梯，一直去，就是了。"密李狄道："谢谢你。"于是两个人微笑，分了手。

　　再说密李狄的诡计是要先把邦氏劝走了，带在自己身边，随后再去骗她，说达特安并没来比东。再过几时，罗时伏回来，那时谋害阿托士同达特安的法子，总可想好了。密李狄谋事，仿佛像个大将，通盘先筹算好，胜则进，败则退，一丝不漏。她到了花园，先把路径看好，那一条路可以逃走，以备缓急。过了有一点钟，听见邦氏喊她，原来长老许了邦氏，准她同密李狄一处吃饭。两个人刚走到院子，听见马车之声，到了庵门口，马车停了。密李狄很留心的听，问道："你听见声音么？"邦氏道："我听见有马车声音。"密李狄道："这就是我兄弟送来的马车。"邦氏道："我害怕的很。"密李狄道："来，来，你要壮壮胆。"说完了，听见门口摇铃的声音，密李狄对邦氏道："你到你房里去，拿点值钱的东西。"邦氏道："我房里只有他的信。"密李狄道："你就去拿，随后到我房里。我们先吃晚饭，再走，恐怕要走一夜的路。"邦氏把手摆在胸口，说道："我心跳得利害，我几乎不能走了。"密李狄道："胆子放大些，再过一刻钟，我们就平安了。你要记得，你是为他去作这件事。"邦氏道："为的是他，我什么事都肯作。想到这里，我胆子大起来了。你先上去，我随后就来。"

密李狄上了楼,看见罗时伏的跟人,在房里等她。密李狄先分付他,叫他在大门等,倘若是火枪手来了,他先把马车赶到树林那一边的村子等,密李狄自己从花园入树林,步行到村里;倘若是火枪手不来,密李狄先上车,邦氏同她送行,马夫登时就打马快跑。说到这里,邦氏进了房,密李狄又把等邦氏来送行快把马车赶走的话,说了一遍,叫邦氏听见。密李狄问是什么马车?跟人说是三匹马的车。商量好了,叫跟人骑马在前,作向导。密李狄原先还怕邦氏犯疑,谁知邦氏脸上这样温柔,心里又十分慈善,一点也不疑心,况且密李狄是谁,她一点不晓得。跟人出了房,密李狄说道:"样样事都预备好了。长老一点也不犯疑,以为我是真蒙主教放我走的。你吃点酒,吃点菜,我们就动身罢。"邦氏道:"我们就走么?"两个人坐下来,密李狄送邦氏一双鸡翅膀,替她倒了一钟酒,说道:"我们运气好得很。天快黑了,等不到天亮,我们就到了躲避的地方。那时就没人疑我们了。"邦氏吃了几口东西,喝了一点酒。密李狄道:"来罢,你学学我的榜样。"刚好拿起酒钟,忽然听见马蹄之声,吓得同雷打的一般,登时脸上全变了色,跑到窗口去看。邦氏也浑身发抖,站起来。那时只听见声音,并看不见人。邦氏喊道:"这又是谁呢?"密李狄道:"不是朋友,便是仇人。你不要动,让我看看。"邦氏站着不动,话也说不出来,同石人一样。马蹄之声,渐渐近了,只离庵门不过几十码远的了,密李狄瞪眼在那里看,忽然在路转湾那里,看见帽子上的鸟羽同金线,数一数,起先是两个人,随后四个人,共总八个人,有一个跑在前头,离开那几个人很远。密李狄看见为头先行的一个人,不禁哼了一声,原来那个人就是达特安。邦氏也喊了一声,问道:"来的是谁?"密李狄道:"来的是主教亲兵。我认得他们的号衣。不要耽误了,我们快跑罢。"邦氏道:"我们逃罢。"说只管说,她却害怕得要死,一步也动不得。

　　那时马蹄的声音,已经过了窗子,密李狄牵了邦氏走,说道:"我们从花园逃走罢,钥匙在我身上;快走罢,再过五分钟,就来不及了。"邦氏勉强走了两步,倒在地下,晕过去了。密李狄要扶她起来,扶不了。听见马车先走了,因为马夫看见了火枪手,就赶马车走;同时又听见放来两三枪的声音。密李狄说道:"你到底走不走?"邦氏道:"我恐怕不能了。我一点力也没有了。你先逃罢,留我一个人在这里。"密李狄喊道:"我逃了,留你一个人在这里么?我万万不来!"说完了,忽然有了主意,脸上露出极凶恶的样子来,跑到桌边,从手上脱下一个戒指,打开了,摇出点红色粉子,放在邦氏的酒钟内,那粉子入了酒,登时化了,密李狄送酒给邦氏道:"你吃了这钟酒,就有力量了。"一说完,把酒送到唇边,邦氏就吃了。密李狄心里想道:"我原不想这样报仇的,现在只好将就了。"密李狄微笑,把酒钟放在桌上,出去了。邦氏看见她走,自己一点力量也没有,想跟也不能。再过几分钟,听见庵门大吵,邦氏时时刻刻望密李狄回来,永远不见她回来,额上出了许多冷汗,倒在地下,几乎不省人事。随后听见开庵门声,又听见过道靴子响声,仿佛还听见有人喊她的名字。邦氏忽然十分高兴,喊了一声,爬到房门口,喊道:"达特安,达特安,是你么?我在这里!你进来罢。"达特安喊道:"康士旦,康士旦,你在那里?"同时几个人把门推开了,跑进房来。邦氏倒在榻上,不省人事。达特安看见了,把手枪摔在地下,跪在邦氏跟前;阿托士把手枪放在腰间,颇图斯、阿拉密把刀藏好在身边。邦氏道:"达特安,我的恋爱的达特安,你果然来了!"达特安道:"宝贝康士旦,我们到了,找着你了!"邦氏道:"那个女人,还告诉我,说你不来了。我晓得你是要来的,幸亏我没同她走,我快活得很。"达特安道:"你说的是什么女人?"邦氏道:"我的同伴,一位夫人,同我很要好,还要帮我逃走。她以为你们是主教的亲兵,她先逃走了。"达特安道:"你的同伴?你说的是什么同伴?"邦氏道:"她的马车,停在庵门口,她说是你的好朋友,你还把我们两个的事,告诉过她。"达特安道:"她叫什么名字?你忘记了么?"邦氏道:"我听见过她的名字一趟;你等等,这真奇怪,我为什么觉得天翻地覆的,我眼也看不见了。"达特安道:"快帮忙,快帮忙!她两只手冰冷了,她晕倒了!"颇图斯去喊人来救,阿拉密跑到桌子拿水,一眼看见阿托士钉着眼看酒钟子,脸上十分惊惧的。阿托士说道:"难道那个女人又谋害了一条人命么? 我倒不肯相信。"达特安喊道:"拿水来,拿水来!"阿托士见了,很伤心,断断续续的说道:"可怜这个女子! 可怜这个女子!"达特安亲邦氏的脸,过了一会,邦氏睁开眼,达特安道:"谢天谢地,醒过来了。"

阿托士向邦氏问道:"你赶快说,是谁吃这钟酒的?"邦氏道:"我吃的。"阿托士道:"谁倒酒给你吃的?"邦氏道:"那个女人。"阿托士道:"那个女人是谁?"邦氏道:"我记得了,她叫威脱夫人。"四个人听了,大喊一声;邦氏的脸,变了死色,气喘不出来,倒在颇图斯、阿拉密两个人手上。达特安捉住阿托士的手,问道:"你看她是什么? 难道是……"阿托士咬牙切齿道:"我看很不好!"邦氏喊道:"达特安,达特安,你不要走开,我快死了。"达特安跑到身边,看见邦氏眼也直了,浑身大战,脸上全是死色,达特安喊道:"颇图斯、阿拉密,赶快去求救!"阿托士道:"也是枉然。不中用的了,那个女人放的毒,是没得救的。"邦氏声音很微的,说道:"救命呀! 救命呀!"后来伸着两手,捧住达特安的头,很恋爱的看着他,同他亲亲嘴。达特安同疯了的一样,喊道:"康士旦,康士旦!"邦氏长叹了一声,死了。达特安心如刀割的,叫了一声,倒在邦氏身边。颇图斯滴下泪来,阿拉密两眼望天,阿托士画十字。

这个时候,忽然有个人立在门口,脸上很慌张的,问道:"这个是达特安么? 你们就是阿托士、颇图斯、阿拉密么?"三个火枪手看见这个人,很诧异,因为他们惊魂未定,一时说不出话来。那个人道:"诸位要晓得,我来找的,就是你们要找的女人。我看见死尸,我知道那个女人一定在这里走过。"那三个朋友见这个人,脸是熟的,好像在那里见过,一时记不起来,三个人还是不响。那人说道:"你们仿佛是不认得我了。你们却救了我的命两趟了,我只好自己引见罢。我就是威脱世爵,是那个女人的夫兄。"阿托士站起来,抓他的手,说道:"我们很欢迎你。我晓得你一定肯帮我们的忙的。"威脱道:"我从波士木动身,不过比那个女人迟了三点钟;到了布朗,也不过落后三点钟;我到了某处,不过比她迟了二十分钟;赶到某处,就失了她的踪迹。我一路跑,一路打听,还看见你们跑过。我认得达特安,我喊你们,你们没听见,我就跟你们跑,那时我的马乏了。看起来,你们虽是跑得快,也到得太迟了。"阿托士指着邦氏同达特安道:"你看看,我们到得迟了。"威脱道:"他们两个都死了么?"阿托士道:"不是的。幸而达特安不过晕过去了。"威脱道:"幸亏他没死在那个女人手上。"这个时候,达特安睁开眼,慢慢起来,又倒在邦氏身边。阿托士走上前,很温和的劝他道:"来罢,我的好朋友。你是个大丈夫,女人为死者滴泪,男人要为死者报仇。"达特安道:"是的。我们替她报仇,我跟你走!"阿托士低声同阿拉密说,叫他去请长老来。阿拉密在过道碰见长老,满脸是慌张之色,长老就喊了庵里的几个尼姑来。阿托士抓着达特安的手,对长老说道:"这个女人的尸首,我们交把你照应。这个女人,生在世界上,原是个仙女,现在登天,也是个仙女。我们将来,还要回来祭她的墓。"说完了,领了达特安出去。

　　五个人上了马,跟人随后,走到比东地方,住了客店。达特安先说道:"我们不如立刻就去追赶那个女人。"阿托士道:"要就动身。不过我先要布置。"达特安道:"她要逃走了!捉不着她,是你担责成。"阿托士道:"你不要怕。我可以保她逃不了。"达特安素来是最相信阿托士的,也就不催,颇图斯同阿拉密面面相向,不晓得阿托士想什么法子。威脱以为阿托士不过是安慰达特安的话。阿托士把房间定了,说道:"我们先去歇歇罢。你们放心,交把我罢,我布置一切就是了。"威脱道:"据事体论起来,应该我布置的。为的是我是那个女人的夫兄。"阿托士道:"我是那个女人的丈夫。"达特安听了微笑,他晓得阿托士直认不讳的把秘密事说出来,是要自己去报仇的。颇图斯同阿拉密听了,很惊异;威脱听了,以为阿托士疯了。阿托士说道:"你们都到房里歇息罢。你们现在都晓得,我是那个女人的丈夫,自然是让我设法报仇的了。达特安,你把那个人在阿拉士地方丢的那块纸给我。你记得么？那块纸上,写了一个地方名。"达特安道:"是的。那个地方,叫阿们特。我明白了。那个字是那个女人的亲笔。"阿托士道:"是的。你知道了,头顶上还有天。"

第六十四回　红衣人

再说阿托士到了这个时候，把他平常看得世界冷淡的意思，全没有了，打起十二分的精神去报仇。他恐怕对不起几个朋友，很在那里用心。先同店主要了一张地图，看见从比东到阿们特地方有四条路，他先分付了四个跟人，叫他们天黑亮就动身，各人走一条路，去阿们特。巴兰舒最聪明的，从马车走过的一条路走。阿托士叫他们先走，是要他们打听，没人犯疑。密李狄认得主人，不认得跟人，跟人们却都认得密李狄。预先约好，四个跟人，翌日早上七点钟，在阿们特会齐。倘若找出了密李狄躲藏的地方，三个人在那里守住，一个人回来领路。

阿托士分付过，叫他们出去，自己站起来，带了剑，披上罩袍，出了店门。那时快有十点钟了，街上没什么人，阿托士的样子，是要找个人打探情形。后来遇着一个人，他走上前去，问了一句话，那个人听了，很有惊怕的样子，指了一指。阿托士要送他半个毕士度，要他领路，那个人不肯，阿托士只好一个人向着那个人所指的方向走。碰见四条路口，阿托士糊涂了，在那里等，看见人，就要问。等了几分钟，来了一个更夫，阿托士又问他，他也害怕起来，不肯陪他走，只指了方向，阿托士就向这条路走；又糊涂了，站在那里等，刚好有个乞儿走来要钱，阿托士给了他一个柯朗，要他领路，乞儿原先不肯，后来在黑暗里看见银钱的光，他就答应了。走到街的转角，乞儿指一间房子把他看,阿托士去敲门,那乞儿就跑了。那间冷落房子,无灯亮,无人声,仿佛是没人住的。敲了三下,听见屋里有人答应了,有人出来,半开了门。看见出来的人,身子很高,脸白,发黑,额下有黑须。两个人说了几句话,那个人就请阿托士进去。关了门,那个人把阿托士领入试验房。原来这个人在房里,用铁丝捆一副骷髅架子,是捆好的了,只余那个人头,还摆在桌上。一看房里的东西,就知道这个人是个博物家。有几个黑木的笼子,装了些干蜥蜴,还挂了许多干草药。这个人,是一个人住在这里,连家眷跟人都没有的。阿托士进了房,看看各种东西,坐下了,先把来意告诉他,还要相烦他帮忙,这个人只是摇头。阿托士从怀里拿出一张纸来,上面有两行字,签了字,盖了印的,这个人看见了,点头答应。阿托士站起来,告辞走了。

回到客店,天亮的时候,达特安走进来,问他怎样办。阿托士道:"你耐烦等了。"过了一会,长老打发人来送信,说日中行埋葬礼。那密李狄跑到什么地方,却没得消息,只晓得她是从花园跑了,地下有她的足迹,花园门仍关着,钥匙却不知所往。到了时候,威脱世爵同那四个火枪手,走向庵里来,远远听见钟声。教堂门开了,礼坛有栏杆门未开,坛中间摆着邦氏的尸首,穿了修行的衣裳。栏杆里是尼姑,在那里念经。达特安走到教堂门,有点支持不住了,回头一看,不见阿托士。原来阿托士把报仇的事想得很周到,先到花园去看足迹。他寻到花园后门,走入树林一看,就知道猜得不错,马车走的路,是绕着林子走的。阿托士两眼钉着路上,跟住走,还看见有点血迹,以为是拉车的马受了点伤。走了六七里路,快到非士土①村子,看见很大块的血迹,为马蹄所踏,重新又看见密李狄的足迹。看来马车在这里停了,一定是在这里出了树林,上的马车。看清楚了,就回到客店。看见巴兰舒在那里,很不耐烦的等。

巴兰舒报告的话,很满意。这个跟人,也在路上走,也看见血迹,

---

① 非士土(Festubert)。

同停马车的地方,他还到非士土地方,进了客店,打听得早一天晚上,八点半钟时候,有一个受伤的男人,同着一个女人,坐了马车,因为那个男人,不能走了,就歇在客店,说是在树林里遇了贼,男人受了伤,只好在店里歇,女的换了马,先走了。巴兰舒找着赶车的马夫,才晓得他把女人送到法罗梅①地方,女人就向阿们特地方走了。巴兰舒早上七点钟到了阿们特,那里只有一间客店,巴兰舒装作是个马夫要找事,过了一会,晓得有个女客是昨天晚上七下钟到的,只自己一个人来,住了一间房子,告诉店主说,还有几天住。巴兰舒打听了这些消息,跑回头,告诉那三个同伴,叫他们看守着那间店,他自己回来,送信给阿托士。

刚好说完,那三个火枪手来了,脸上都很着急。达特安先问道:"我们作什么呢?"阿托士道:"耐心等!"他们都回到自己房里。当天晚上八点钟,阿托士分付备马,叫人告诉他们三个同威脱,马上就动身。不到一会,都预备好了,兵器弄好,火枪都装好。阿托士最后出来,看见达特安已经上了马,正要起行。阿托士道:"再等一等!还有一个人还没来。"那四个人面面相向,露出很诧异的光景,不晓得等什么人。这时候,巴兰舒把阿托士的马牵出来,他跳上马,分付同伴的等他,他先跑了。不到一刻钟,又跑回来,有一个人陪着来。这个人戴了面具,披了红罩袍,威脱世爵同达特安几个人,都不晓得这个人是谁,看见是阿托士带来的,只好不问了。到了九点钟,这一群人就起行,巴兰舒作向导,跟着马车走过的路走。各人的心绪,都是凄惨不宁的,一路无话。

---

① 法罗梅(Fromelles)。

第六十五回　问罪

再说那天晚上，天色黑暗，刮很大的风，天上黑云乱飞，遮着星光，未到半夜，月亮还没上来，路上黑暗得很。有时电光闪过，才看见路。达特安最不耐烦，一匹马向前走。阿托士常常的喊他回头，不要走得太快。他们过了非士土村，靠着大树林旁边走，走到哈利尔地方，巴兰舒领路。转向左走，威脱世爵、颇图斯、阿拉密三个人，轮班的同那红衣人说话，不管他们问什么，红衣人只是点头不响，他们只好不问了。他们晓得这个人有点古怪，不肯同他们说话。

越走天色越坏，电光不歇的闪，雷声越响，树林的风声，吼得很利害，不久就有极大的风来了。这班人骑马赶快走，要找地方躲避。快要到法罗梅，大风大雨同时来了，各人打开罩袍，披在身上。还有十里路光景，他们只好冒雨前行。达特安一个人，不披罩袍，连帽子也不戴，因为他头上发热，宁可让雨淋着，觉得爽快。

他们刚到一个地方，正要往前一站走，看见有一个人躲在树下的，跑出来，站在路中间，把手指放在嘴边，招呼他们不要响。阿托士认得是吉利模。达特安喊道："怎么样了？那个女人离了阿们特了么？"吉利模点头。阿托士道："达特安，你不要响，让我来问他。"就问道："那个女人，向那里去了？"吉利模拿手指向力斯河。阿托士问道："离这里有多远？"吉利模摇摇头，屈了半个指头，是五里的意思。阿托士道："她一个人跑的么？"吉利模又点头。阿托士道："诸位，那个女人,一个人跑了,向力斯河走,离这里有五里路。"达特安道:"很好,吉利模,你领路罢。"吉利模领他们走了五百码远,到了一条水边,他们涉了水,电光一闪,看见安肯汗①村。阿托士问道:"吉利模,她在这里么?"吉利模摇头。阿托士道:"我们往前走,却不要响。"一班人于是向前走。电光一闪,吉利模伸出手,指着一间单房子,在河堤上,离渡头有一百码远,窗子上微微有点灯光。阿托士说道:"就是这个地方。"说到这里,有个人藏在路边沟里,跳了出来,原来是摩吉堂,跑上前来,一手指着窗子,低声说道:"她在那里?"阿托士问道:"巴星在那里?"摩吉堂道:"我看住窗子,他去把门。"阿托士道:"很好。你们办得很好。"阿托士下了马,把缰交给吉利模,自己向窗子走,叫他们去把门。原来这间房子,四围有道篱笆,有三尺上下高,阿托士跳过去,走向窗子,原来是无窗门的,只有窗帘,盖了下半段。他从石头上爬上去,从窗帘上向房里看,看见一个女人,裹了一件黑长袍,坐在小凳上,旁边还生了点火,两只手靠住一张桌子,头歇在手上,两只手洁白如雪。他虽然看不见这个女人的脸,他晓得这个女人就是他要找寻的人,脸上冷笑了一会。

这个时候,忽然一匹马嘶起来,密李狄抬起头来,看见阿托士的脸,就喊了一声。阿托士晓得她认得他,就用力去推窗子。一声响,玻璃碎了,窗架也倒了,阿托士一跳,就进了房。密李狄向房门跑,开了门,达特安先站在门口,密李狄看见了,又喊一声,往后退。达特安恐怕她逃了,从腰间拔出手枪来。阿托士举手止住他,说道:"你把枪先收了。这个女人,要过堂审讯的,不可行刺她。你等一等,我们办她罪。诸位请来罢。"达特安听他的布置。威脱世爵、颇图斯同那位红衣人,都进了房。跟人都在外头,有把门的,有守窗的。密李狄倒在一把椅子上,两只手盖住脸,是不愿意看她的仇人。

那班人进来了,她抬起头来,看见她的夫兄,她喊道:"你来要什

---

① 安肯汗(Erquinheim)。

么?"阿托士答道:"我们要的是巴格生,又叫德拉费伯爵夫人,又叫威脱夫人。"密李狄道:"不错的。那就是我。你要我作什么?"阿托士道:"我们要开堂,审问你所犯的罪,你自己还有机会,可以辩论。你辩得过来,就只管辩。达特安,你先告状。"达特安走上前,说道:"老天在上,诸位在前,我告她用毒药害死了邦那素的老婆。邦氏是昨晚死的。"回头看看颇图斯、阿拉密两个人,两个人齐声说道:"我们作见证!"达特安又说道:"我告这个女人,设法用毒酒谋害我,酒是从维洛阿送来的。她假冒别人名字把酒送来,我幸亏没中计。有一个叫毕列士,吃了那酒,毒发死了。"颇图斯、阿拉密又说道:"我们作证!"达特安又说道:"我告她叫我去杀狄倭达伯爵,只有我自己可以作证。我说完了。"达特安退后,站在一边。

阿托士说道:"爵爷,轮到你了。"威脱走上前,说道:"我告她主谋把巴金汗公爵刺死!"几个火枪手,原没听见这个消息,一听了,齐声喊道:"巴金汗公爵被人刺死了么?"威脱道:"是的,刺死了。我接了你们告警的信,这个女人一到了英国,我就把她捉住了。她牢笼了那个看管的人,把刀子交给看管的,用了许多法子,劝那人去行刺公爵,现在那个刺客,想已在英国判决死罪了。"众人听了这番话,打了个冷战。威脱道:"还有别的。我的兄弟,把家财交把了她,得了一个极古怪的病,不到三点钟,就死了,死后身上露出很可疑的形状来。威脱夫人,你大约可以告诉我,我的兄弟,是患什么病死的?"密李狄不响。威脱又说道:"你这个杀巴金汗公爵的凶手!杀费尔顿的凶手!杀我兄弟的凶手!我请你们要把她正法。不然,我是要自动手的了。"密李狄两只手捧住头,在那里发昏。

阿托士声音发战的,慢慢说道:"轮到我了。我娶她的时候,她年纪还轻;我娶她的时候,我家里的人,都不以为然的,我也不管,把我的名位富贵,都给了她。有一天,我才看见她是刺了花的一个罪犯,——她的左肩膀上,刺了一朵莲花瓣。"密李狄听了这句话,站起来,说道:"你能够找出凭据来,说是那一个公堂刺的花么?你能够找出那个刺花的人来么?"忽然听见有很深很古怪的声音,说道:"这两句话,要我来答的。"说完了,那个红衣人走出来。密李狄问道:"你是谁?你是谁?"众人的眼,都看着那红衣人。惟有阿托士知道这个人,却也不晓得他同眼前这件事也有干涉。红衣人慢慢的走到密李狄面前,到了桌子边,把面具脱下来。密李狄睁眼看了一会,喊道,"不是的,不是的,不是他!这是个鬼,救命呀,救命呀!"一面喊,一面拿手去捶墙。威脱问道:"你是谁?"红衣人道:"让那个女人说我是谁。她还认得我呢。"密李狄吓得动不得,紧靠着墙,说道:"他是利尔①地方的刽子手。"众人听了,都往后退,只剩刽子手一个人,站在房中间。密李狄跪在地下,喊道:"饶我罢,饶我罢!"

过了一会,红衣人说道:"我说过的,她还认得我。不错的,我是利尔地方的刽子手。我把事体告诉你们听。"众人很留心的听他说。他说道:"这个女人少年的时候,是唐博玛庵②里的一个尼姑。庵里的教堂,是一个少年老成的教士管教务,这个女人用尽了多少法子,去蛊惑他,居然得了手。这个女人,连神圣都可以蛊惑的。两个人就海誓山盟的,互相恋爱,却也晓得,不久有人晓得他们的事。那个女子就劝教士同她逃到远方,以免被人看破;但是逃走出来,是要钱用的,教士偷了教堂里几件的值钱东西,来变卖了。正要逃走的时候,两个人双双的捉住了,关了监。不到一个礼拜,这个女子把监卒的儿子蛊惑了,私放女子出监。教士得了个十年苦工的罪,还要刺花为记。我那个时候,就当利尔的刽子手,教士就是我的亲兄弟!我气极了,发了誓,要替兄弟报仇,为的是我兄弟所犯的事,全是这个女子主谋。我找寻出这个女子躲在什么地方,把她捉住了,捆起来,把她也刺了花,同她也留下个记号。我回到了利尔的第二天,我的兄弟也越狱逃走了,官府说是我与兄弟同谋,把我捉去关了监,等到拿获我的兄弟,

---

① 利尔(Lille),法国工业重镇。
② 唐博玛庵(Benedictines of Templemar)。

才放我。我的兄弟并不晓得我替他坐了监,他逃了出来,又去同这个女子逃到勃黎,当个小教士。这个女人,冒充他的妹子。那个地方上,有位世爵,恋爱这个女子,要娶了作老婆。这个女子,背了我的兄弟,就嫁了这个伯爵,做了德拉费伯爵夫人。"众人听了,都看阿托士,到了这个时候,才晓得他就是德拉费伯爵。红衣人说道:"我的兄弟,看见这个女人这样无耻,打定主意回到利尔,回来才晓得我替他坐监。官府知道我兄弟回来了,才把我放出来。诸位,现在晓得我告这个女人的罪状,也晓得她因为什么刺了花的了!"

阿托士问道:"达特安,你看这个女人,应该科什么罪?"达特安道:"死罪!"阿托士道:"威脱世爵,这个女人应得什么罪?"威脱世爵道:"应得死罪!"阿托士道:"颇图斯、阿拉密,这个女人应得什么罪?"两人齐声答道:"死罪!"密李狄听了,大喊,跪在地下。阿托士说道:"巴格生,又叫德拉费伯爵夫人,又叫威脱世爵夫人,你是罪恶贯盈,天人共怒的了。你若是晓得祈祷的,你赶快祈祷罢。我们定了你的罪,你是要死的了。"密李狄听了这几句话,想要站起来说话,也站不起来。她晓得抗拒也无益,只好跟了刽子手出去。威脱同火枪手跟了来,跟人在后。那间房子,窗子也破了,大门开着,里头什么都没有,只剩一盏残灯,还在那张小桌子上。

第六十六回　正法

再说那时候已到了半夜,月亮上来,照得远远的几间房很清楚,又照着力斯河的水。那边河堤之外,是一派树林,上头一片黑云,左边有一间磨房。那时风已定了,风帆一点也不动,只听见夜鹰在那里叫。路的两旁,全是小树,在月光里看见,仿佛像是无数的小鬼,伏在那里守路的,远远还有电光,不时打闪。风已停了,树叶不动,地下很湿很滑。两个跟人拉了密李狄的两只手,在前头走,后头跟着的是刽子手,在后就是威脱世爵同四个火枪手,最后就是巴兰舒同巴星。

密李狄一路没说话,等到同后头的人,离得远了,低声说道:"你们两个人,帮我逃走,我给你们每人一千个毕士度。你若是把我交给你们主人,你们是要后悔的。我的朋友,快要同我报仇的!"吉利模听了,迟疑起来,摩吉堂浑身发抖。谁知被阿托士听见了,同威脱世爵跑上前,说道:"换两个人!她同这两个人说了话,这两个人不可靠的了。"于是巴兰舒同巴星上去,拉着密李狄。

走到河边,刽子手上前,要把密李狄手脚捆起来;密李狄发怒,喊道:"你们这班人,都是懦夫!都是刺客!十个男人,欺负一个女人!你要小心,你害了我,自然有人替我报仇的。"阿托士道:"你不是个女人,你那里算是个女人!你是从地狱跑出来的恶鬼,我们不过请你回到地狱。"密李狄道:"你要记得,不管是谁害了我的性命,就是个杀人的凶手。"红衣人手拿刀子,说道:"刽子手杀人,是办公事,不算是杀人的凶手,只算是行法。"说完了,把密李狄捆起来。密李狄叫喊的声音,入了树林,也无人听见。密李狄道:"就使我犯了许多罪,你们只该把我送到法堂去,你们并不是执法官,不能定我的罪。"威脱世爵道:"我原叫你到太班去的,你为什么不去?"密李狄道:"我年纪尚轻,不愿意死。"威脱世爵道:"你在比东庵毒死的女子,年纪比你还轻,你为什么叫她死?"

密李狄道:"我到庵里去当尼姑罢。"刽子手道:"你原是个尼姑。你还了俗,就害了我的兄弟。"密李狄哼了好几声,跪在地下。刽子手把她抱起来,往小船走。密李狄道:"上帝可怜呀!你要把我溺死么?"密李狄喊得实在可怕,达特安原是最要紧报仇的,听见了喊得伤心,支持不住,身子靠着树,两只手掩住耳,说道:"我不能看这个可怕的事!我不要这个女人这样死法!"

密李狄听见了,心里又有了指望,喊道:"达特安,达特安,你可记得,我恋爱过你!"达特安听了,立起来,向密李狄那里走。阿托士拔出剑来,拦住了,说道:"达特安,你不要动。不然,我只好不顾交情,同你比剑了。"达特安不动,回过头去看别处。阿托士说道:"刽子手,办你的事。"刽子手说道:"我预备好了,我杀了这个女人,是为世界除害。"阿托士走到密李狄身边,说道:"你叫我受了许多祸害,你虽然是把我的前程毁了,把我的声名也蹧蹋了,把我的恋爱也玷辱了,我都饶了你。你好好的死罢!"威脱世爵走上前说道:"你毒死我的兄弟,叫人刺死了巴金汗公爵,叫费尔顿去受死罪,你还要想法害死我,你所犯这些罪,我今日都饶了你。你好好的死罢!"达特安也走上前说道:"我骗了你,求你饶我;你把我的好朋友杀了,你还想出许多法来谋害我,我都饶了你;我还替你哭。你好好的死罢!"密李狄说道:"我完了!我要死了!"说完,四围一看,是要求救的意思。看见树林里,只有一片黑,看不见人,听不见响。密李狄问:"我在什么地方死?"刽子手道:"在对岸。"说完,把密李狄放在小船里,自己上了船。阿托士给他一袋钱,说道:"这是照例的酬劳。"刽子手道:"不错的。不过我要这个女人知道我作这件事，为的是要办罪，不是为的几个钱。"随即把钱袋摔在河里。

那条小船，开往对岸，船上只有密李狄同刽子手，馀人站在初到时地方，河面上月亮照着这条小船，到了对岸，这边略可看见。当过河的时候，密李狄想出法子，把绑弄松了，到了对岸，忽然跳出小船，就跑。岸边泥滑，到了岸上，跌倒了，动不得，觉得兆头不好，在那里垂头合手。对岸的人，看见刽子手慢慢把两手举起，把那杀人的刀子在月亮下闪光，俄而两手下来，听见刀响，又听见喊了一声，有一个无头的身子，倒在地下，刽子手把红衣铺在地下，把尸身同首级，放在衣上，拿四角打了结，包好了，背在身上，落了小船，走到中流，停了船，把那包尸首摔在河里，说道："上帝执法无私，去你的罢！"

过了三天，四个火枪手回到巴黎，幸而未过假期。当天晚上，走到特统领府里销假，特统领问道："你们这趟出去，顽得快活么？"阿托士替众人答道："顽得很快活。"

第六十七回　达特安二次见主教

再说九月六号,路易第十三从巴黎动身去拉罗谐尔,听见巴金汗公爵被刺,很动心。王后虽然知道有人要害公爵,起初听见说是刺死了,还不相信,说道:"没有的事,他才有封信给我。"到了第二天,拉波特回来了,——因为英国封口,耽搁了些时候,才能动身,——他把巴金汗分付的话,告诉王后,把纪念的东西,也呈交了,王后才相信。路易第十三见了王后,作出十分高兴的样子来,得意极了。过了几天,又不高兴,这个人是不能长久高兴的。因为要到拉罗谐尔,他觉他营里的日子,过得没趣,又很怕见主教,同鸟见了蛇一样,飞来飞去,只管害怕,总逃不出圈子。王上回到拉罗谐尔,一路上都没高兴。各人都看见那四个火枪手,没一个打得起兴致来。到了之后,王上到了驻跸的地方。四个火枪手,无精打彩的,有时到酒店去,有时在寓所,也不赌钱,也不吃酒,四个人谈天,都是很低声的,有什么热闹,他们都不去。

有一天,王上厌烦了臂鹰的日子,四个火枪手没得公事,到了大路边的一个酒店。他们坐在那里的时候,忽然看见一个人,骑了马,从拉罗谐尔来的,停下来,吃钟酒,看见他们,那人道:"那位不是达特安么?"达特安抬头一看,高兴得很的喊,原来那人就是蒙城会着的那人。达特安拔出剑来,追出门口。这一趟,蒙城人不躲他了,跳下马来。达特安道:"我这趟同你面面相对,你可逃不了!"那人答道:"我从来不躲你。我正要找你。我奉了王上之命,来拿你。你先把剑交出来。你若是抗旨,你的性命不保。"达特安把剑尖放低了,问道:"你是谁?"那人道:"我是罗时伏,主教的家臣。我奉命带你去见主教。"阿托士说道:"我们正要到拉罗谐尔去。你可以拿达特安誓语作保,他马上就去见主教。"罗时伏道:"我奉的命,是看管着他,带他去见主教。"阿托士道:"我们自己看管着他。我们的意思,是不让他一个人去。"罗时伏回头一看,看见颇图斯同阿拉密两个人,站好在这里,罗时伏知道没法,说道:"只要达特安把剑交出来,我就请你们领他到主教那里去。"达特安交剑,说道:"这是我的剑,我就听你的分付。"罗时伏道:"很好,就这样罢。我还要跑我的路。"阿托士道:"如果你是要去找寻威脱夫人,我告诉你,你永远找不着她了。"罗时伏道:"怎么讲?她怎么样了?"阿托士道:"你同我们一路回到拉罗谐尔,你就晓得了。"罗时伏迟疑了一会,后来改了主意,同他们回去。那时主教,原约王上到了一个地方,离这里还有一天路,他一路回去,还可以看管着达特安,于是同一路走。

翌日下午三点钟,到了,主教在那里等王上。主教同王上相见的时候,是很亲热的,互相庆贺,说是法国的大仇人死了,从此法国可以太平了。过了一会,主教告辞了,知道把达特安拿来了,就要登时去审问他。回到寓所来,看见达特安在门前,还有三个火枪手护卫着;此次主教身边,也有许多护卫。他叫达特安跟他进去,阿托士说道:"达特安,我们在这里等你!"说话说得很响,要给主教听见。主教绉了眉头,停了一会,要说话,又不肯说,一声不响,进去了;达特安跟了进去,门口有许多人把守。主教进了书房,分付罗时伏,叫达特安进房。罗时伏领了达特安进去,鞠了躬,先出来了,只剩了达特安同主教两个人。这是达特安第二次见主教,后来出来对人说,他自己以为这总是末一次的了。

主教站着,先说道:"你可晓得,是我分付把你拿来的么?"达特安道:"我晓得。"主教道:"你可晓得,我为什么拿你?"达特安道:"我不晓得。你拿我,或是为着一件事,不过这件事,你还没晓得。"主教道:"是么？你这句话,怎样讲?"达特安道:"请主教先把我犯的什么罪告诉我,我随后再把我作的事告诉主教。"主教道:"你所犯的罪,就是名位比你高的人犯了,也是要杀的。"达特安道:"是什么罪?"主教道:"你同法国的仇人通谋,你得了国家的秘密消息,你破了上司的秘计。"达特安晓得一定是密李狄告他的,故意问道:"是谁告我这几条罪状的？我可猜得着几分,大约是一个犯了罪,刺了花的女人告我的。这个女人,原有男人活在法国,却在英国又嫁了人。这个女人,把第二个丈夫毒死,还雇了刺客杀我,拿毒药谋害我。"主教问道:"这是怎样讲？你说的女人是谁?"达特安答道:"就是威脱夫人。主教是很尊敬她,很信任她的。大约她那些罪状,主教是不会晓得的。"主教道:"如果威脱夫人确是犯了这些罪,我是要办她的。"达特安道:"她已经受了罪了。"主教道:"谁办她的罪?"达特安道:"我们办的。"主教道:"她现在关了监么?"达特安道:"不是的。她已经死了。"主教有点不相信,说道:"她死了么？你说她死了么?"达特安道:"死了。她三次要害我的性命,我都不去报复。她把我所恋爱的女人杀了,我们因为这一件,还有她所犯别的罪,我们要办她,故此我同我的同伴,把她捉了,审问她,定了她的罪。"达特安就把邦氏如何在比东庵中毒,密李狄如何躲在河边那间小房子,他们如何把她拿着了,如何在力斯河边,叫刽子手把她正了法,都说了一遍。主教听了密李狄所犯的各种罪状,同她的结果,不禁打个冷战,说道:"你们几个人,就做起法司来,去定人的罪！你可晓得,你们这样无法无天的去杀人,律例是不能容你们的。"达特安道:"我现在并不辩护我们所作的事。主教要办我们一个什么罪,我们是甘受不辞的,性命不算了不得的值钱,我又何必怕死。"主教颜色很温和的说道:"是的,我晓得你是个最有胆的人,你将来也要过堂受审,再定你一个应得的罪名。"达特安道:"我不妨告诉主教,我原有赦罪的文书在身上,但是我还是请主教照律办就是了。"主教很诧异的问道:"你身上有什么赦书?"达特安道:"是的。

我身上有签过字的赦书。"主教露出很藐视的神气,说道:"谁签字的?王上签字的么?"达特安道:"不是的。是主教签的。"主教道:"我签的字?你疯了!"达特安道:"主教还许认得自己的笔迹。"说完了,达特安从口袋里拿出那张公文来,——原是阿托士那天晚上在酒店同密李狄硬要来的——拿了出来,送给主教看。主教接在手中一看,认得是一六二八年八月二十三号在拉罗谐尔大营自己签的一张赦书。看了一回,在那里寻思,拿了那张纸,不肯交回。达特安心里想道:"他定在那里拟我的罪名了。不相干的,我给他看看,大丈夫是不怕死的。"

　　主教在那里很想了一会,不停的用手指卷那张纸,后来抬起头,两眼不停的看达特安,看见他那副聪明坦白的脸,还看出他受过忧愁着急的情形来。他想这个人不过二十一岁,倒办有好几件大事,胆子又大,主意又多,遇险不怕,不论何人能够得这个人帮忙,是极有用的;随后又想想密李狄的凶恶性情,同所犯的各种大罪,现在死了,摆脱开这种可怕的同谋之人,也是件好事,于是慢慢的把那张纸,撕碎了。达特安想道:"他一定要办我的罪了。"主教一语不发,走到桌子边坐下,填写一张公文,那张公文,原已写了许多字的了,写完,盖了印。达特安想道:"这一定是把我的罪名填写好了。大约他不要我去受审问监禁的了,叫你早日死,不去拖长日子。他的用意,也还不错。"主教说道:"我刚才从你手里,拿了一张公文,我现在另外还你一张,名字随后填罢,你自己可以填的。"达特安把公文接过来一看,原来是补火枪营帮统的一张文凭。达特安跪在地下,说道:"主教,从今以后,我是替你出死力的了。我自己不配补这个缺,我有三个朋友,他们倒可以补这个缺。"主教看见把这个天不怕地不怕的人降伏了,十分高兴,说道:"你真是个有胆子的人。这张文凭,随你怎样用罢,名字却还没填。你可不要忘了,我是专给你的。"达特安道:"我永远不忘大人的恩典。"主教回过头来,大声的喊罗时伏。罗时伏进来,主教说道:"罗时伏,我要你晓得,达特安是我的好朋友,你们两个人,拉拉手,从前的仇恨,一切都忘了。"主教两只眼看住他们,他们两个人没法,只好在主教面前拉手,却是很有点勉强。拉完了手,两个人对主教鞠了躬,一同走出来。罗时伏道:"我们还要会会。"达特安道:"什么时候都可以。"罗时伏道:"不久就有机会。"说到这里,主教开了门,往外看;两个人对着笑,又拉拉手,同主教再鞠躬,就走开了。阿托士见了达特安,说道:"我们很替你着急。"达特安道:"我出来了,不但是个自由人,并且很蒙主教关照。"阿托士道:"你见主教的情形,告诉我们听听。"达特安道:"我今天晚上告诉你们。"

　　到了晚上,达特安走到阿托士那里,看见他吃完饭,在那里吃西班牙好酒,就把同主教见面的情形,说了一遍,从袋里把授官的文凭拿出来,说道:"阿托士,这是给你的。"阿托士微笑,说道:"这张文凭,给了火枪手阿托士,自然是很体面的,但是德拉费伯爵却不便受。你自己拿去罢,你是舍了性命换来的。"达特安晓得无论怎样劝,阿托士总是不肯要的了,走去找颇图斯。看见颇图斯对着镜子,称赞自己,穿了一身绣花的新号衣。颇图斯道:"达特安,原来是你么?你看我这一身衣裳好不好?"达特安道:"好看得很!我现在来送你一套,还要好看。"颇图斯道:"是什么?"达特安道:"是一套火枪营帮统的号衣。"达特安把见主教的情形,告诉他,从口袋里拿出文凭来,说道:"你只要填了你的名字,你就是我的司令官。"颇图斯看了一看,还了达特安,达特安很诧异。颇图斯道:"好是很好,不过我恐怕不能当得久。你可晓得,我们到比东办事的那几天,我的公爵夫人的丈夫死了,我要去娶她。她那里还有一个钱箱,箱里头的钱,我同公爵夫人一齐受用。你进来的时候,我正在这里试试我做新郎的衣裳。我的好朋友,你不如把文凭收起来,自己用罢。"达特安没法,走去找阿拉密。看见阿拉密跪在地下,额枕着一本祈祷书,在那里祈祷。达特安把见主教的情形告诉了他,又拿出文凭来,说道:"阿拉密,你受了罢。我们四个人之中,你的谋略最好,听了你的主意,是无不成功的。这张文凭,该是你的。"阿拉密叹口气道:"我看见我们作的最后的一件事,我生了厌世之心,我不当军人了。我这趟打定主意,永远不改的了,等到军务完了,我就要出家为僧了。你把文凭收好罢,当军人,是同你性格最相宜,你将来一定是个极有特色、极有胆子的司令官。"达特安听了这句恭维话,晓得阿拉密是诚心的,很高兴,走回去,找阿托士。

　　看见他还在灯下吃酒,达特安把文凭摆在桌上,说道:"他们都不要这张文凭。"阿托士道:"这为的是,别人都配不上你。"阿托士随手执笔,在文凭上填了达特安的名字,然后还了他。达特安道:"我晓得了,我的老朋友都要离开我了。我什么都丢了,只剩些凄凉痛心的记念!"说完了,两手捧着头,滴了好些眼泪。阿托士安慰他道:"你年纪还轻,将来只有快心的记念,没得凄凉的记念了。"

第六十八回　结局

再说拉罗谐尔的叛民看见英国的海军不甚得力,巴金汗的救兵,又日久不来,前后死守了一年,只好降了。一六二八年十月二十八号,降款签字,十二月二十三号,路易第十三凯旋。沿路百姓欢迎,仿佛是胜了大敌一样,其实不过是拿全国的兵力,打胜了几个法国百姓罢了。

达特安补了火枪营的帮统,颇图斯不当军人了,第二年,果然娶了柯氏,打开陪嫁的钱箱数数,原来有八十万个利华。颇图斯是欢喜极了,摩吉堂也阔起来了,穿着很华丽的号衣,遇着颇图斯坐了镀金的马车出门,他站在主人背后,洋洋得意,他就算他一生的希望,到了极点了。阿拉密到了罗连,有好几时,几个旧朋友都没接着他的信,后来听见施华洛夫人说,阿拉密已经做了教士,就不知是在什么地方。巴星也得了一个教里的一个小名目。阿托士仍在火枪营里,当了达特安的部下;到了一六三一年,告假到土尔林①地方,随后出了军籍,住在洛西伦②,因他有些祖上的遗产在那里,吉利模仍跟着他。

达特安同罗时伏比剑,比了三次,罗时伏三次受伤。第三次比剑的时候,罗时伏受伤倒地,达特安扶他起来,说道:"比到第四趟,恐怕

---

① 土尔林(Touraine),法国旧时省名,省会即是土尔。
② 洛西伦(Rouaaillon)。

我要打死你的了。"罗时伏道:"看起来,我们两个人,只好罢手了。你以为我是你的仇敌,其实并没这会事。我老实告诉你,我们最初会面的那一次,我只要同主教说一声,早已把你关在巴士狄监牢的了。"罗时伏这句话,原不见得是尽实的,达特安只好同他和解了,以后不再比剑。罗时伏派了巴兰舒在亲兵营,当了把总。

邦那素永远不晓得他的老婆在那里,也不去找寻。有一天,他还去见主教,说了许多他如何有功的话,想主教帮他个忙。主教分付他说,自然要照管你的。第二天晚上七点钟,邦那素走到罗弗宫去,以后就不知所往了。有人晓得的,说是他住在一个堡砦里,主教照管着他呢。

附录：
《侠隐记》用词及译名简释

编者按：《侠隐记》所用的字词，有些是从我国古白话来的，与今天的白话，已颇有不同。另历史人名及地名，有些与今天的通行译法，也迥然不同。为了读者在阅读时，不至于引起误会，今摘出其出现较多的，列入此表，并给予相应简释，供读者参考。

（按首字拼音顺序排列）

阿奇理，阿喀琉斯。
捱，挨。
爱则克士，埃阿斯。
奥大利，奥地利。
巴士狄，巴士底。
拜轮，拜伦。
波士木，朴茨茅斯。
答腔，搭腔。
打叉，打岔。
打救，搭救。
带面具，戴面具。
到，倒。
的，地、得。

堤防，提防。
抵当，抵挡。
跌交，跌跤。
钉，盯。
多们，多么。
恶梦，噩梦。
翻覆无定，反复无定。
分付，吩咐。
忿不顾身，奋不顾身。
共总，总共。
喝采，喝彩。
合式，合适。
很，狠。

化钱,花钱。
火伴,伙伴。
伙记,伙计。
激刺,刺激。
记念,纪念。
见直,简直。
徼倖,侥幸。
尽礼,敬礼。
慨慷,慷慨。
累坠,累赘。
立殊理,黎塞留。
利害,厉害。
连盟,联盟。
卢弗宫,卢浮宫。
么,吗。
那,哪。
南西,西南。
年记,年纪。
陪不是,赔不是。
气分,气氛。
让许,允许。
塞望提司,塞万提斯。
沙士比亚,莎士比亚。
身分,身份。
失丢,丢失。
事体,事情。
疏虞,疏忽。
双分,双份。
司各德,司各特。

搜括,搜刮。
索鲁们,所罗门。
塌,踏。
唐贵萨,堂吉诃德。
天气,空气。
土尔林,都兰。
顽,玩。
无精打彩,无精打采。
夏朵勃梁,夏多布里昂。
显理,亨利。
像,象。
消夜,宵夜。
泄漏,泄露。
形情,情形。
虚心,心虚。
许,也许。
寻着,循着。
一会事,一回事。
一钟酒,一盅酒。
阴私,隐私。
源源本本,原原本本。
蹧蹋,糟蹋。
怎么,这么。
帐,账。
争脱,挣脱。
枝,支。
转湾,转弯。
作,做。

图书在版编目（CIP）数据

侠隐记 /（法）大仲马著；伍光建译. —2版. —上海：上海大学出版社, 2022.3
（近代名译丛刊）
ISBN 978-7-5671-4059-2

Ⅰ. ①侠… Ⅱ. ①大… ②伍… Ⅲ. ①长篇小说－法国－近代 Ⅳ. ① I565.44

中国版本图书馆 CIP 数据核字 (2022) 第 032180 号

策　　划　　庄际虹
责任编辑　　陈　强
封面设计　　柯国富
技术编辑　　金　鑫　钱宇坤

侠隐记

[法] 大仲马 著　伍光建 译　沈德鸿 校注
上海大学出版社出版发行
（上海市上大路 99 号　邮政编码 200444）
（http://www.shupress.cn　发行热线 021-66135112）
出版人：戴骏豪

※

南京展望文化发展有限公司排版
商务印书馆上海印刷有限公司印刷　各地新华书店经销
开本 890mm×1240mm　1/32　印张 13.25　字数 340 千字
2022 年 3 月第 2 版　2022 年 3 月第 1 次印刷
ISBN 978-7-5671-4059-2/I・652　定价：56.00 元